D1389406

Virginia ANDREWS®

Meisje in de schaduw

Van Virginia Andrews® zijn de volgende boeken verschenen:

De Dollanganger-serie
Bloemen op zolder
Bloemen in de wind
Als er doornen zijn
Het zaad van gisteren
Schaduwen in de tuin

De 'losse' titel
M'n lieve Audrina

De Casteel-serie
Hemel zonder engelen
De duistere engel
De gevallen engel
Een engel voor het paradijs
De droom van een engel

De Dawn-serie
Het geheim
Mysteries van de morgen
Het kind van de schemering
Gefluister in de nacht
Zwart is de nacht

De Ruby-serie
Ruby
Parel in de mist
Alles wat schittert
Verborgen juweel
Het gouden web

De Melody-serie
Melody
Lied van verlangen
Onvoltooide symfonie
Middernachtmuziek
Verstilde stemmen

De Weeskinderen-serie
Butterfly
Crystal
Brooke
Raven
Vlucht uit het weeshuis

De Wilde bloemen-serie
Misty
Star
Jade
Cat
Het geheim van de wilde
 bloemen

De Hudson-serie
Als een regenbui
Een bliksemflits
Het oog van de storm
Voorbij de regenboog

De Stralende sterren-serie
Cinnamon
Ice
Rose
Honey
Vallende sterren

De Willow-serie
De inleiding: Duister zaad
Willow
Verdorven woud
Verwrongen wortels
Diep in het woud
Verborgen blad

De Gebroken vleugels-serie
Gebroken vleugels
Vlucht in de nacht

De Celeste-serie
Celeste
Zwarte kat
Kind van de duisternis

De Schaduw-serie
April
Meisje in de schaduw

Virginia ANDREWS®

Meisje in de schaduw

DE KERN

Sinds de dood van Virginia Andrews werkt haar familie met een zorgvuldig uitgekozen auteur aan de voltooiing van haar nagelaten verhalen en ideeën en aan het
schrijven van nieuwe romans, waartoe ook deze behoort, die zijn geïnspireerd op
haar vertelkunst.

Alle namen, personen, plaatsen en gebeurtenissen in dit boek zijn bedacht door de
auteur. Elke gelijkenis met feitelijke gebeurtenissen of bestaande personen, nog in
leven of overleden, berust op puur toeval.

Oorspronkelijke titel: *Girl in the Shadows*
Original English language edition © 2006 by The Vanda General Partnership
All rights reserved including the right of reproduction in whole or in part in any
form
This edition published by arrangement with the original publisher, Pocket Books,
a Division of Simon & Schuster, Inc., New York
V.C. ANDREWS and VIRGINIA ANDREWS are registered trademarks of The Vanda
General Partnership
Copyright © 2007 voor deze uitgave:
Uitgeverij De Kern, De Fontein bv, Postbus 1, 3740 AA Baarn
Vertaling: Parma van Loon
Omslagontwerp: Mesika Design, Hilversum
Omslagillustratie: Lisa Falkenstern
Zetwerk: Scriptura, Westbroek
ISBN 978 90 325 1073 2
NUR 335

www.virginia-andrews.nl
www.uitgeverijdefontein.nl

Proloog

De meeste mensen realiseren zich niet hoe de nacht om hen heen valt. Ze gaan vrolijk hun gang en denken dan plotseling: O, het is donker buiten. Ze zijn er zich niet van bewust hoe de schaduwen zich verdiepen en langzaam naar elkaar toe drijven, zich vermengen, met elkaar versmelten, hun onzichtbare handen ineenslaan en naar voren glijden en ons omringen. Ze merken zelden dat de vogels zich hebben teruggetrokken op hun rustige plekjes in het inktzwarte woud, en zich daar kalm en geduldig en optimistisch nestelen. Vogels lijden niet aan nachtmerries zoals ik vaak doe. Ze vertrouwen dat de zon altijd zal terugkomen en de wolken uiteindelijk zullen verdwijnen. Alles wat ze weten hebben ze bij hun geboorte meegekregen. Ze maken geen scheiding tussen hun kennis en henzelf. Het gaat erom wie of wat ze zijn en daarmee voelen ze zich op hun gemak. Je kunt hun tevredenheid en hun zelfvertrouwen zien aan de wijze waarop ze vliegen.

Ik benijd ze om hun zorgeloosheid, maar vooral om hun zelfverzekerdheid, hun wonderbaarlijke vertrouwen in zichzelf en in de beloftes van de Natuur, of dat nu de belofte is van de seizoenen, de belofte van de regen, of de belofte van de zon zelf. Ze glijden en duiken door hun dag, scheppen een wereld van schoonheid voor zichzelf.

Mevrouw Westington zei dat zelfs al zijn wij de gecompliceerdere en hogere vorm van het leven waarvoor dit alles geacht wordt te zijn gecreëerd, wij toch nog steeds verlangen naar de eenvoud waarin de dieren, zelfs de insecten, zich verheugen. Hun levens zijn zo ongecompliceerd.

'Ze hebben niet de leiding nodig van de Tien Geboden om de zonde te vermijden,' zei ze.

'Maar,' vroeg ik, 'zijn ze in staat tot waar geluk of gaan ze gewoon maar automatisch verder met hun leven? Hebben ze ambities? Hebben ze dromen, hoop? Kunnen vogels, konijnen, vossen en slangen glimlachen? Voelen ze ooit echte vervoering, extase, voldoening?'

'O, dat weet ik niet. Ik weet ook niet eens of dat er wel iets toe doet. Belangrijker,' antwoordde mevrouw Westington, 'is de vraag: doen wij dat? We hebben onze momenten, zelfs onze dagen, maar die zijn niet van lange duur. Algauw zijn we jaloers op anderen of we ergeren ons aan iemand van wie we houden of vervelen ons, zijn vol afkeer, teleurgesteld. Besef jij het als de avond valt?' vroeg ze toen ik haar mijn overpeinzingen had toevertrouwd. Ze onderbrak haar antwoord met haar zachte lachje dat meer op kuchen leek. 'De meesten van ons merken niet eens dat het dag is, laat staan dat we even blijven staan om aan de rozen te ruiken of omhoog te kijken naar de sterren en hun verblindende schoonheid te bewonderen. Mijn man was vergeetachtig in dat opzicht. Hij stopte nooit om te genieten van wat hij had. Hij was altijd op jacht naar meer en het was nooit genoeg. Ik vraag me af of hij in het graf heeft gevonden wat hij zocht.'

Soms kon ik urenlang naar haar luisteren, als ze van het ene onderwerp overging op het andere, haar brokjes informatie op me losliet als een liefdevolle moeder die haar jong voert in het nest. Ze was autoritair, belerend, als een lerares op een school waar met harde hand werd opgetreden. Als ze te depressief werd, of met de gescheurde vlag van levenslange treurnis zwaaide, schudde haar trouwe dienaar, Trevor Washington, die al vijftig jaar bij haar in dienst was, zijn hoofd en zei: 'Kom nou, mevrouw Westington. Niet dat sombere doemdenken, anders jaagt u dat arme kind nog de deur uit.'

Meestal negeerde ze hem of wimpelde hem af met een kort handgebaar.

De enige die verder nog op het oude landgoed woonde, haar veertienjarige kleindochter Echo, was doof, en leek in veel opzichten zelf een klein vogeltje, weggedoken in haar eigen hoekjes, wachtend op een lied dat ze nooit zou horen zingen.

Mevrouw Westington had me gevraagd bij hen te komen wonen en haar te helpen met Echo en Echo gezelschap te houden. Echo's moeder, mevrouw Westingtons dochter, Rhona, had Echo hier meer dan tien jaar geleden achtergelaten. Echo had geen broer of zus, geen vrienden en geen ouders. Ik kon me geen eenzamer mens voorstellen dan Echo die toch al opgesloten zat binnen de vier muren van de stilte.

'Mijn dochter noemde haar Echo toen de dokter verklaarde dat haar baby doof was. "Het is of je jezelf hoort als je tegen haar praat. Het is een perfecte naam voor haar," antwoordde ze toen ik erover klaagde. Maar ik moet eerlijk bekennen dat ik het langzamerhand een leuke naam ben gaan vinden.'

'Het is een unieke naam. Ik vind hem ook leuk,' zei ik.

'Dat wist ik. Ik wist ook dat je een goede vriendin voor haar zou zijn. Die hoort ze te hebben. Het arme kind hunkert naar goed gezelschap.'

Maar wat ik me algauw realiseerde, was dat mevrouw Westington mij net zo hard nodig had als Echo. Ze had zoveel wijsheid en een levenslange ervaring die ze heel graag wilde delen met iemand van wie ze hield. Dat trekt me aan. Ik houd van het gevoel dat ik belangrijk ben voor iemand, dat iemand van me houdt. Zelfs toen mijn ouders en mijn oudste zus Brenda en ik nog bij elkaar waren, voelde ik me niet zo nodig als hier in het oude huis en het wijnlandgoed in Noord-Californië.

Een verkeerde afslag naar een doodlopende weg had me naar dit huis en deze mensen gevoerd. Na het overlijden van mijn moeder, niet zo heel lang na de verzwegen fatale ziekte van mijn vader, was ik bij Brenda en haar geliefde, Celia, gaan wonen. Beiden studeerden aan de universiteit in Memphis, waar Brenda een atletiekbeurs had gekregen. Evenals mijn ouders, negeerde ik elke gedachte aan Brenda's mogelijke homoseksualiteit. Ik twijfelde er niet aan dat mijn ouders het wisten maar in hun hart wegsloten. Ik was bang om iets te vragen, bang dat dezelfde vragen later aan mij gesteld konden worden, bang dat ik de adem van al die fluisteringen in mijn hals zou voelen.

Mijn diepe droefheid na mama's overlijden en een traumatisch seksueel incident met Celia, noopten me te vluchten naar mijn oom Palaver, de broer van mijn moeder, op zoek naar emotionele geborgenheid. Voordat ik bij mevrouw Westington kwam, was ik maandenlang met mijn oom rondgetrokken. Hij was een goochelaar en een opmerkelijke buikspreker die met zijn camper van theater naar theater reed om op te treden. Ik besefte na korte tijd dat hij alcoholist was, een drankzucht die zijn oorzaak vond in zijn eigen intense verdriet over het verlies van zijn geliefde partner, de Afro-Amerikaanse vrouw, Destiny. Ze was zijn partner op het toneel, maar belangrijker nog, de partner in zijn leven.

Op een avond, toen ik al een tijdlang bij hem was, stierf hij achter in zijn camper, naast de replica van Destiny, een levensgrote pop, die hij na haar overlijden in zijn show gebruikte. Zelfs al had ik gevreesd dat het zou gebeuren, omdat ik had gezien hoeveel en hoe vaak hij dronk, was het toch een afschuwelijke schok om hem dood in bed te vinden, met zijn armen om de naakte pop. Te oordelen naar de glimlach op zijn gezicht, wist ik zeker dat hij gestorven was in de overtuiging dat ze weer bij hem terug was.

Mevrouw Westington geloofde dat het zo had moeten zijn, dat het in de sterren geschreven stond, vooral mijn komst hier, en ik moet bekennen dat ze me wist te overtuigen. Ik voelde me bevrijd, geloofde dat ik naar deze plek was geleid. Mevrouw Westingtons theorie was dat onze dierbare overledenen nog een tijdlang bij ons blijven en ons leven beïnvloeden.

'Ze doen hun best om over ons te waken en ons de weg naar het geluk te wijzen,' zei ze. 'Maar alleen als het goede mensen waren,' voegde ze eraan toe. 'Hoe goed ze waren, bepaalt hoe lang ze bij ons blijven om ons te beschermen. Dat is wat de bijbel bedoelt als we lezen: "De zonden der vaderen komen neer op het hoofd van hun kinderen." Als de vader een zondaar was, dan hebben zijn kinderen geen beschermengel, zie je, niemand die hen beschermt tegen de last van al die zonden en de gevolgen daarvan. In dat opzicht moeten ze lijden. Je vader en moeder moeten goede mensen zijn geweest. Ze waken nog steeds over je.'

Het deed me goed dat te horen. Haar interpretatie van de bijbeltekst beviel me. Mevrouw Westington was niet echt een bijbelfanaat, een door religie gedreven vrouw. Ze hield zelfs vaak lange tirades over de corruptie van de geestelijkheid en de door religies veroorzaakte problemen in de wereld. Ze zei dat er een takelwagen voor nodig zou zijn om haar naar de kerk te krijgen en ze zou de hele weg met haar hielen greppels graven in de grond. Ze was erg koppig en overtuigd van haar gelijk. Vaak maakte ze me aan het lachen met die tirades van haar. Soms deed ze dat met opzet, maar soms kon ik zien dat het haar verbaasde als ik glimlachte.

'Ik meen het serieus, meisje,' zei ze dan met wijd opengesperde ogen, gevolgd door een snelle, harde tik met haar stok. Die lange, oude notenhouten stok met de parelmoeren knop had Trevor Washington voor haar gemaakt. Zoals ze het mij vertelde: 'Twee seconden nadat ik begon te wankelen.'

'O, ik weet dat u het ernstig meent, mevrouw Westington,' zei ik, waarop ze een sceptisch gemompel liet horen. 'Echt waar, en ik lach u niet uit!' hield ik vol.

Ik wilde haar niet van streek brengen. Ze was zo goed voor me geweest. Ze had me geholpen de begrafenis van mijn oom te regelen en was mijn steun en toeverlaat tijdens die beproeving. Brenda, nu een beroepsatlete, moest de dag nadat oom Palaver was overleden naar Duitsland voor een basketbaltoernooi. Alles kwam dus op mij neer. Ik wist dat ze vond dat ik mijn problemen aan mijzelf te wijten had. Ik had niet weg moeten lopen nadat ze haar vriendin Celia bij mij had aangetroffen, maar dat was niet mijn schuld, en ik was niet bestand tegen Brenda's woede. Ik kon de gedachte niet verdragen dat ik bij haar zou blijven wonen terwijl ze me verachtte. Ik voelde me toch een blok aan haar been. De verantwoordelijkheid voor een jong tienerzusje terwijl ze bezig was haar eigen veelbelovende carrière op te bouwen, was een last die ze liever kwijt dan rijk was.

Maar toch, zelfs na dat alles, toen mevrouw Westington me had gevraagd bij haar in te trekken, was ik zenuwachtig en aarzelde ik. Per slot waren zij, Trevor en Echo volslagen vreemden voor me en was ik nog geen dag op het landgoed. Ik merkte echter algauw dat als mevrouw Westington een besluit had genomen, ze dat ten koste van alles wilde doorzetten, ook al was het iets waar ze niet lang over had nagedacht.

'Niemand hoort impulsief te zijn en tussen de wal en het schip terecht te komen, maar het leven is te kort om onze tijd te verspillen,' beleerde ze me tijdens het eten, het tijdstip waarop ze haar meeste wijze lessen uitdeelde. 'Als je zo oud bent als ik, besef je dat nog meer. Je hart lijkt op een van die parkeermeters. God gooit er een muntje in en het begint te tikken, maar de wijzer van de verstreken tijd klimt steeds hoger en de Man met de Zeis staat klaar om je een bon te geven. Ik kan zijn knorrige oude gezicht vorm zien aannemen in de nevel voor de ramen van mijn ziel.'

De uitdrukking op haar gezicht, de manier waarop ze haar ogen focuste, lieten de rillingen over mijn rug lopen. Het was alsof de Dood bij ons aan tafel zat en ze hem echt kon zien.

'Hoe weet u dat de Dood een man is?' vroeg Trevor met een ondeugende tinteling in zijn ogen.

'Ik ben vaak genoeg aan hem voorgesteld om het te weten,' snauwde ze. 'En kom me niet aan met die bijgelovige onzin die je oudtante je in je hoofd heeft geprent, Trevor Washington, een bijgeloof dat je zuidelijke slavenvoorouders hebben doorgegeven. Je hebt al die jaren waarschijnlijk kilo's zout verspild door nu en dan een snufje over je schouder te gooien. En ik weet dat je nooit een spin zult doodmaken. Ontken het maar niet!' voegde ze er snel aan toe en wees naar hem met haar rechterwijsvinger.

'Als het helpt, moet je niet klagen,' mompelde hij niet in het minst uit het veld geslagen. 'Ik heb gezien hoe u om een ladder heenloopt om te vermijden dat u eronderdoor moet.'

'Dat komt omdat je dat verdomde ding vlak voor iemands neus laat staan.'

Het was amusant die twee te horen bekvechten. Ik had medelijden met Echo, die het niet kon horen. Toen ik de gebarentaal onder de knie had, vertaalde ik hun liefdevolle geharrewar vaak, en dan lachte ze met me mee.

'Totdat jij kwam,' vertelde mevrouw Westington me op een dag niet lang nadat ik mijn intrek bij haar had genomen, 'was de lach van dat kind net zo zeldzaam als het gezang van vogels in de winter.'

Ik realiseerde me snel dat in een huis waarin de jongste doof is, de stilte regeert. Er klonk nauwelijks muziek en gebaren hadden de taal van stemmen vervangen. Mevrouw Westington had de gewoonte aangenomen hardop in zichzelf te praten, en de eerste paar dagen raakte ik daardoor in de war. Ik wist niet zeker of ze tegen mij sprak of tegen zichzelf, of zelfs tegen iemand anders die ongemerkt was binnengekomen. Na een tijdje deed ze het steeds minder vaak als ik binnen gehoorsafstand was, maar ik vermoedde dat ze het nog steeds deed als ze alleen was en de troost en het gezelschap zocht van tenminste haar eigen stem.

In de korte tijd dat ik bij oom Palaver had gewoond en met hem had rondgereisd om hem te helpen met zijn magische show, was ik gaan begrijpen hoe pijnlijk en angstwekkend eenzaamheid kan zijn. Het hielp me om begrip op te brengen voor zijn levensgrote replica van Destiny. Ze had echt haar, lange wimpers, volle lippen en ze was zacht op plaatsen waar een vrouw zacht hoorde te zijn. Hij had Destiny's kleren en schoenen bewaard en kleedde de pop daarmee aan. Hij bespoot de pop zelfs met Destiny's parfum. In plaats van tegen zichzelf te praten, praatte hij tegen haar, tegen de illusie en het beeld van de vrouw die hij niet kon vergeten. Hij was gestorven met haar beeltenis voor ogen en een glimlach om zijn lippen. Ik geloof nu dat hij zich met opzet had doodgedronken om bij haar te kunnen zijn. Met zijn stervende ogen zag hij haar, zag hoe hij haar hand vast-hield, hoorde haar stem, die hem veilig door de duisternis leidde naar een wereld waarin hun liefde straalde.

Misschien waken de doden niet alleen over ons, maar spoken ze ook bij ons rond, dacht ik. Niet als geesten in een oud huis; ze spo-ken rond in onszelf. We moedigen het aan, zoeken het zelfs op. Hoe-veel nachten had ik niet wakker gelegen, had ik met mama of papa gepraat en hen horen praten? Heb respect voor de doden, is ons ge-leerd. We zouden ook respect moeten hebben voor degenen die zijn achtergebleven, voor de diepbedroefde nabestaanden. En nu moest ik ook om oom Palaver treuren. Ik denk dat de reden waarom ik van mevrouw Westington hield was dat ze het scheen te begrijpen en zelfs te waarderen.

'Je oom was een gekwelde ziel,' zei ze, toen ik haar beschreef hoe het was om bij hem te wonen in zijn camper en te zien hoe hij om-ging met zijn pop. 'De enige rust en vrede vond hij waarschijnlijk als hij optrad voor zijn publiek. Het verbaast me niets dat hij koos voor magie en illusie. Het was een uitweg uit deze wereld, een ma-nier om de pijn in zijn hart te verdoven. Maar ga niet denken dat het de manier is om al je problemen op te lossen. Treed niet in zijn voet-sporen, April. Dat is hetzelfde als je kop in het zand steken.'

Natuurlijk wist ik wat ze bedoelde. Ik had nog steeds al zijn ma-gische rekwisieten. Niets was weggehaald of aangeraakt, en toen ik hier kwam, nam ik behalve mijn Mr. Panda, de teddybeer die mijn vader me jaren geleden had gegeven, een paar van oom Palavers trucs mee. Het gaf me het gevoel dat hij er nog wàs. Onder zijn lei-ding had ik veel van de illusies en trucs en ook een beetje buik-spreken geleerd. Op een keer trad ik met Destiny op voor Echo en

Tyler Monahan, haar leraar, die ook mijn docent was geworden.

Toen ik was weggelopen van Brenda, was ik ook weggelopen van school. Ik was nog geen achttien en ik wilde mijn highschooldiploma halen. Zoals mevrouw Westington zei: 'Je hebt minder wegen die je kunt bereizen en in deze wereld moet je elke richting kiezen die voor je open staat.'

Maar dit en nog veel meer zou allemaal komen aan het eind van de nieuwe reis die ik had ondernomen.

Mevrouw Westington zei dat je, zelfs als je je hele leven op één plaats blijft, toch veel reizen maakt over veel verschillende wegen.

'En het graf is slechts een tussenstation, niet meer dan een halte om te wachten op de volgende trein. Daarom bezoek ik geen kerkhoven. De doden zijn allemaal vertrokken, iedereen van wie ik heb gehouden. Maar ze blijven altijd hier,' ging ze verder en tikte zacht met haar lange, benige rechterwijsvinger tegen haar slaap. 'Altijd. Ik hoor hun stemmen, zelfs hun voetstappen.' Als ze dergelijke dingen zei, zwegen we allemaal, Trevor, ik, en vooral Echo, die ons zag nadenken en zelfs, al was ze doof, ons zwijgen hoorde.

Gevieren staarden we op de veranda naar de vallende avond. We waren niet zoals de meeste mensen als we naar de voortschrijdende duisternis staarden.

Wij dachten erover na.

1. Geheugenverlies

Het plotselinge, door de dunne witkatoenen gordijnen gefilterde zonlicht maakte dat ik mijn ogen opende. Een tijdje lag ik te staren naar de plafondlamp in het midden, een bovenmaatse zilverblauwe lantaarn met vier kleine gloeilampen. Mijn gedachten en herinneringen vermengden zich als melk en koffie die krachtig dooreen geroerd worden.

Waar was ik? Hoe kwam ik hier? Was alles wat er gebeurd was sinds papa ons in de steek had gelaten slechts een droom geweest, een lange, beklijvende nachtmerrie waarmee ik tot in de ochtend had geworsteld? Was dat maar waar, dacht ik. Als ik werkelijk ontwaakt was met een tweede kans, hoe zou ik mijn leven dan veranderen? Wat zou ik dan anders doen? Ik durfde er niet aan te denken. Als ik eens iets deed dat het allemaal terug zou brengen?

Het verbaasde me niet dat ik gekweld werd door besluiteloosheid. Elke belangrijke keus die ik had gemaakt, vooral in de laatste tijd, had me naar donkerder schaduwen, een diepere verbijstering, een grotere verwarring gevoerd. Ik kwam er angstig dichtbij om volkomen energieloos te worden, doodsbang om me te bewegen, in welke richting ook.

Terwijl ik daar lag en probeerde me alles te herinneren, besefte ik hoe ik verlangde naar geheugenverlies. Het verleden vergeten was een verleidelijke luxe. Hoe heerlijk zou het zijn als vandaag werkelijk de eerste dag van mijn leven was, dacht ik. Papa zou niet gestorven zijn aan de hersentumor die hij voor ons verzwegen had. Mama zou niet zo depressief zijn geworden dat ze zou sterven aan een overdosis slaappillen. Mijn zus Brenda zou me niet haten omdat ik de avances van haar vriendin Celia niet had kunnen afweren, en ik had niet hoeven aanzien hoe oom Palaver zich dooddronk. Het was genoeg om iemand vrijwillig in een toestand van amnesie te lokken.

13

Ik haalde diep adem en ging langzaam rechtop zitten. Mijn nacht-hemd was aan de krappe kant en trok onder mijn armen. Mevrouw Westington had erop aangedrongen dat ik alle kleren van haar doch-ter Rhona zou dragen die me pasten. Wat feitelijk niet veel meer was dan dit roze nachthemd. De kast hing vol met schijnbaar nauwelijks gedragen kleren, mooie jurken, rokken en blouses, waarvan ik slechts kon dromen dat ze me op een dag zouden passen. Ik was nog steeds tien kilo te zwaar en vond het vreselijk mezelf te zien als ik uitgekleed was. De vetrol rond mijn middel wekte de indruk dat ik een binnenband had ingeslikt. Toen ik jonger was, vroeg ik me vaak af of ik me zou kunnen prikken met een speld om het vet eruit te la-ten vloeien, zoals ik de lucht kon laten ontsnappen uit een ballon. Het scheelde niet veel of ik had het geprobeerd.

Ondanks mijn gewicht hield ik voor de spiegel stuk voor stuk alle mooie kleren op die Rhona had achtergelaten en droomde hoe ik eruit zou zien als ze me zouden passen. Toen ik de kast inspecteer-de, zag ik dat Rhona een aanzienlijke garderobe had achtergelaten. Aan een paar rokken en blouses hingen zelfs nog de prijskaartjes. Er stonden minstens twaalf schoenen in de kast. Maar toen ze bijna tien jaar geleden haar verantwoordelijkheid verzaakte, liet ze meer achter dan alleen haar kleren en andere materiële bezittingen. Vol-gens mevrouw Westington had Rhona haar dove dochter Echo ver-laten zonder afscheid, zonder een belofte om terug te komen. Ze had zelfs geen brief voor haar geschreven die ze op een dag zou kunnen lezen, waarin ze haar uitlegde waarom ze haar alleen had gelaten.

'Ze gaf het kind niets anders dan haar naam. Toen ze wegging leek het net of mijn dochter veranderde in een sliert rook,' zei me-vrouw Westington en knipte met haar vingers. Ze zat in haar lieve-lingsstoel en praatte over Rhona, terwijl ze haar blik strak op de muur achter me richtte, alsof alles daar als een home movie werd geprojecteerd.

'Ze voelde zich altijd ongelukkig, klaagde altijd. Ze zei dat ze weg moest, dat ze wat plezier wilde hebben in haar leven. Ze kon de verantwoordelijkheid voor een kind niet aan, zeker niet voor een gehandicapt kind. Op een dag was ze verdwenen, zomaar, ineens. Ik had het kunnen verwachten. Ze gaf geen bliksem om iets dat niet voor haar persoonlijke genoegen was. Ik zweer je dat dat kind zon-der geweten is geboren. De goede engelen moeten met vakantie zijn geweest toen ze op de wereld kwam. Ze was mijn dochter en ik heb mijn uiterste best gedaan om haar fatsoenlijk op te voeden, maar je zou tot aan het eind van de wereld moeten zoeken om iemand te vinden die nog egoïstischer is dan zij.'

Al woonde ik pas drie dagen in dit oude huis, toch voelde ik het verdriet van mevrouw Westington als ze de naam Rhona noemde. Ze probeerde zich in een pantser te hullen en net te doen of ze zich niets aantrok van die hele geschiedenis met haar dochter. Maar aan de manier waarop ze haar magere vingers rond de parelmoeren knop van haar bruine wandelstok klemde zodra de naam Rhona viel, kon ik merken dat ze nog steeds leed onder de diepe teleurstelling. Ze kon haar niet zomaar afschrijven en vergeten, zoals ze zwaaiend met haar hand beweerde: 'Wat mij betreft is het of ze nooit bestaan heeft. Of ze er nooit geweest is.'

Trevor Washington zei: 'Een moeder vragen haar eigen kind te verloochenen is of je een bloem vraagt de regen te verloochenen. Mevrouw Westington kan de schijn ophouden zo lang ze wil, maar bloed is bloed. Dat kun je niet negeren wat je ook doet.'

Dat zei hij fluisterend tegen me na een van mevrouw Westingtons tirades over haar ondankbare dochter, maar ik wist zeker dat mevrouw Westington hem had gehoord. Ik kreeg al heel gauw door dat haar niet veel ontging van hetgeen zich om haar heen afspeelde, ondanks haar leeftijd en broze verschijning.

Het verbaasde me dat haar vertrouwde employé tegen mij een negatieve of kritische opmerking over haar maakte, maar van begin af aan was Trevor bereid me in vertrouwen te nemen. Misschien hunkerde hij naar gezelschap, naar iemand die niet alleen kon horen maar ook wilde luisteren. Per slot van rekening had hij geen eigen familie en werkte hij voor een oude dame en een doof veertienjarig meisje. De eenzaamheid had ook in zijn leven een plek gevonden.

Mevrouw Westington vertelde me over de tragedie die hij had meegemaakt. 'Hij heeft zijn vrouw verloren aan botkanker, die haar opvrat als een monster met metalen tanden. Dat arme mooie meisje verschrompelde als een van zijn druiven aan de wijnrank en dat brak zijn hart. Er staat een regel in de bijbel die op hem van toepassing is,' zei ze. '"Als jij sterft, zal ik het ganse vrouwdom haten."

'Dat is in het kort het verhaal van Trevor Washington. Hij sloot een huwelijk met deze grond en deze familie met de toewijding van een monnik. En ik voel me er niet door gevleid. Integendeel, het stemt me bedroefd.'

'Heeft hij geen andere familie?' vroeg ik.

'Hij heeft een paar oude tantes en een paar nichten en neven, en zijn moeder leeft nog.'

'O?'

'Ze is drieënnegentig en woont in een verpleeghuis in Phoenix, Arizona. Hij gaat regelmatig bij haar op bezoek, maar hij zegt dat ze zweeft in de ruimte tussen leven en dood, waarin ze zich niets meer herinnert, ook hem en zijn bezoeken niet. Natuurlijk gaat hij toch naar haar toe.'

Toen mevrouw Westingtons man stierf of, zoals zij het uitdrukte, 'het hoekje omging', sloot ze de wijngaard. Ze wist dat Trevor het grootste deel van het werk dat hij deed zelf moest verzinnen, maar ze wilde hem niet laten gaan. Het oude huis van drie verdiepingen was groot genoeg om geregeld onderhoud te vereisen, en ik wist dat hij een lievelingsproject had: het bewerken van een klein stukje van de eens vruchtbare, bloeiende wijngaard en zijn oogst verwerken tot een chardonnaywijn. Ik begreep dat hij voldoende druiven verbouwde om vijftig tot honderdvijftig kisten te produceren van de chardonnay waaraan de Westingtons hun bescheiden vermogen te danken hadden. De rest van de grond was overwoekerd.

Hoewel het huis nog steeds de oorspronkelijke charme en stijl bezat, leek het hele interieur oud en versleten, alsof het samen met mevrouw Westington verouderd was. Gerafelde banken, versleten kleden, een gebarsten beeldje op een wankel voetstuk, hadden niettemin, net als zij, nog steeds karakter. Iets weggeven of weggooien leek of je oude vrienden verried. Vanaf het moment waarop ik voet in huis zette, wees mevrouw Westington me op iets en vertelde me de geschiedenis ervan en waarom het nog steeds belangrijk was voor haar. Dit was een cadeau, dat was iets dat ze had gekocht tijdens een reis naar het Verre Oosten of tijdens een vakantie.

Ik vermoedde dat ze die anekdotes vertelde aan iedereen die binnenkwam, alsof ze wilde uitleggen waarom iemand die over een bankrekening beschikte als zij, niets wilde aanvullen, restaureren of vervangen door nieuwe en modernere dingen.

'Omdat de mensen tegenwoordig hun bezittingen met zoveel minachting behandelen, behandelen ze ook elkaar op dezelfde ma-

16

nier,' verklaarde ze, voordat het zelfs maar bij me opkwam zulke vragen te stellen. 'Mensen die geen respect hebben voor wat hun voorouders hun nalieten, hebben geen respect voor zichzelf. Je hoort nooit genoeg te krijgen van dingen die betekenis voor je hadden en belangrijk waren.'

Maar de slaapkamer waarin ik was ondergebracht was van Rhona geweest en was nieuwer en moderner dan het meeste in huis. Ik sliep in een fraai wit-met-roze hemelbed. De bijpassende ladekast, klerenkast en toilettafel hadden identieke roze krullen en er lag een zacht roomwit kleed rond het bed. De enige onvolkomenheid was een donkergele vlek, waarvan mevrouw Westington zei dat het Rhona's schuld was. Ze had wijn gemorst zonder het tegen iemand te zeggen.

Nieuwsgierig als ik was naar de dochter die hier had gewoond, maar was weggelopen en haar eigen vlees en bloed in de steek had gelaten, zocht ik in de laden en de kast naar aanwijzingen. Ik kon echter niets vinden dat me kon vertellen wat de reden was geweest. Ik vond een oud pakje sigaretten dat ze waarschijnlijk verborgen had gehouden en een paar korrels hasj. Mevrouw Westington had posters van rocksterren en schaars geklede mannelijke modellen van de muur gehaald en achter in de kast geborgen. Ik vond een paar sieraden in de la van de toilettafel, maar niets leek enige waarde te hebben. De make-up was verdroogd en de eau de toilette rook te oud om nog te kunnen worden gebruikt.

Het meest verrassende dat ik vond was een dildo. Ik wist wat het was, want de minnares van mijn zus, Celia, had er een op het kleine nachtkastje naast haar en Brenda's bed liggen. Ze noemde hem Mr. Feelgood. Brenda werd woedend als ze er in mijn bijzijn over sprak, maar niettemin had ze er eens een verjaardagsfeestje voor gegeven en hem in het midden van een taart gezet. Natuurlijk vroeg ik me nu af of de meeste vrouwen, heteroseksueel of homoseksueel, een dildo gebruikten. Ik borg hem haastig weer op waar ik hem gevonden had, verborgen onder een stapel *Playgirl*-tijdschriften helemaal achter in Rhona's kast.

Ik vroeg me af waarom mevrouw Westington deze kamer niet gecontroleerd had en tenminste haar huishoudelijke hulp, Lourdes, iets ervan had laten weggooien. Had ze geleefd in de hoop dat haar dochter berouw zou krijgen en terugkomen? Zelfs na al die jaren?

17

Mevrouw Westington leek me niet iemand die illusies koesterde, maar iedereen, zelfs iemand als zij, klampt zich vast aan de reddingsboei die hoop is genaamd.

Toen ik langzaamaan wakker werd, herinnerde ik me dat Echo's docent, Tyler Monahan, vandaag zou komen. Mevrouw Westington had me verteld dat hij op reis was geweest en nu terug was. Op weekdagen werkte hij vijf uur per dag met Echo. Mevrouw Westington legde uit dat hij les had gegeven op een school voor gehandicapten in Los Angeles en was teruggekeerd naar het naburige stadje Healdsburg om zijn moeder, Lee Monahan, te helpen met haar chocoladewijnsausfabriek nadat zijn vader plotseling aan een hartinfarct was gestorven. Dat was bijna twee jaar geleden. Tot die tijd was Echo's opleiding nogal lukraak geweest, door leraren van een betrekkelijk dichtbij gelegen school voor gehandicapte kinderen. Geen van hen was bereid net zoveel of net zo regelmatig tijd aan haar te besteden als Tyler Monahan, en mevrouw Westington wilde Echo niet naar de school voor speciaal onderwijs sturen, waar ze ook 's nachts zou moeten verblijven.

Hoewel ze er nooit recht voor uitkwam en het nooit hardop zei, was mevrouw Westington haar dochter kwijtgeraakt aan slechte invloeden, en ze was bang dat er iets dergelijks zou gebeuren met Echo, die door haar handicap misschien kwetsbaarder was. Volgens mevrouw Westington kon ook Echo de slechte genen bezitten die Rhona van haar vader had geërfd, en dan was er ook nog het mysterie van wie de vader was.

'Hij kan voor geen cent gedeugd hebben,' hield mevrouw Westington vol. 'Niet als hij met Rhona was. Waarschijnlijk weet hij niet eens dat hij een kind heeft, wat ongetwijfeld maar beter is ook.'

Ik wist niet hoe lang ik hier zou blijven, maar mevrouw Westington wilde dat ik in ieder geval lang genoeg bleef om me door Tyler les te laten geven, zodat ik mijn highschooldiploma kon halen. Ze wist me ervan te overtuigen dat ik echt nuttig was voor Echo, wat me enigszins geruststelde omdat ik zoveel van haar kreeg. Natuurlijk wist ik dat ik methoden moest leren om met Echo te communiceren. In de paar dagen dat ik hier was, had ik zelf al wat gebarentaal geleerd. Trevor was er redelijk goed in en mevrouw Westington ook, al leek zij ook prima met Echo te kunnen communiceren door middel van een blik of een willekeurig gebaar. Bijvoorbeeld, ook al kon ze het niet horen, als Echo zag dat mevrouw Westington met haar stok op de grond tikte, begreep ze dat haar oma iets prompt gedaan wilde hebben.

Wat me verbaasde was dat Echo zich er zo bewust van was dat anderen goed konden horen. Ik besefte dat vanmorgen weer toen er, nog geen vijf minuten nadat ik wakker was geworden, op de deur van mijn slaapkamer werd geklopt. Ik riep: 'Binnen'. De deur ging niet open. Ik hoorde weer kloppen en realiseerde me dat het Echo was, dus stond ik op en deed open. Ze stond aangekleed en wel voor me, glimlachte naar me en gebaarde goedemorgen. Ik gebaarde terug en combineerde een paar van mijn eigen tekens met woorden, vertelde haar dat ik snel zou douchen en me aankleden, zodat we beneden konden ontbijten. Ze was goed in liplezen en begreep mijn mimepogingen.

Vanaf het eerste moment dat ik haar zag, vond ik haar een leuk meisje, dat waarschijnlijk tot een heel aantrekkelijke vrouw zou opgroeien. Haar zwarte krulhaar was slecht en te kort geknipt. Het zag eruit alsof er een kom op haar hoofd was geplaatst, dus vermoedde ik dat haar oma het had gedaan. Maar Echo had opvallende groene ogen, een lief klein neusje dat een beetje omhoogwipte, volle lippen en een kuiltje in haar kin. Ze droeg geen beha. Misschien had ze er niet eens een, maar haar borsten waren al duidelijk te zien en goedgevormd. Ze begon een mooi figuur te krijgen, een figuur dat ik, twintig pond of zo te zwaar, haar benijdde.

Ik draaide me om en liep haastig naar de badkamer om te douchen en me aan te kleden. Terwijl ze op me stond te wachten bekeek ze een paar posters en foto's van oom Palaver die op de toilettafel lagen. Ze moest lachen toen ze Mr. Panda op mijn bed zag liggen. Ik schreef zijn naam voor haar op en vertelde haar dat het een cadeau was geweest van mijn vader. Daarop hield ze hem aandachtiger vast en keek ernaar met een vertederde blik in haar ogen, want niet alleen had zij nooit een cadeautje gekregen van haar vader, ze wist niet eens wie hij was en had hem nooit ontmoet.

'Wil jij Mr. Panda in jouw kamer bewaren?' vroeg ik, en haar ogen begonnen te stralen. Ze knikte snel. De teddybeer had me altijd getroost, dacht ik. Misschien zou hij haar ook kunnen troosten.

Ze was nieuwsgierig naar een paar van mijn andere spullen, vooral die eigendom waren geweest van oom Palaver en die ik op de avond van zijn begrafenis uit de camper had gehaald. Ik beloofde haar later meer te laten zien. Hij had instructies achtergelaten voor zijn crematie, en de plechtigheid, die alleen werd bijgewoond door mij, mevrouw Westington en Trevor Washington, duurde maar heel kort. Toen we terugliepen, vroeg ik haar of ze er bezwaar tegen had dat ik de Destinypop mee naar huis nam. Ik voelde me schuldig als ik haar in de camper achterliet, languit liggend op het bed waarin oom Palaver was gestorven. Het feit dat ik bij oom Palaver had gewoond en had gezien met hoeveel eerbied hij zijn pop behandelde, had kennelijk een diepe indruk op me gemaakt.

'Niet meteen,' antwoordde mevrouw Westington, 'Het zal nog even duren voordat Echo alles begrijpt.'

Hoe kon ik haar tegenspreken? Ik moest zelf nog steeds mijn best doen alles goed tot me te laten doordringen.

Echo nam Mr. Panda mee naar haar kamer. Ik kleedde me snel aan en toen ze terugkwam, gingen we samen ontbijten. Mevrouw Westington, die altijd vroeg opstond, had al ontbeten, een ontbijt dat voornamelijk bestond uit partjes sinaasappel, een kom havermout en een kop thee met honing. Echo en ik persten sinaasappels uit en mevrouw Westington kookte een paar eieren. Echo hield van zachte eieren, net als ik. De tafel was gedekt; er was gesneden eigengebakken brood, diverse jams en boter, en vers fruit.

'Tyler gebruikt het oude kantoor van mijn man voor zijn lessen,' zei mevrouw Westington plotseling. Met haar stok wees ze naar de klok boven de koelkast. 'Hij komt over een halfuur, dus treuzel niet te lang.'

Ze vertaalde wat ze tegen mij gezegd had in gebarentaal en Echo hield op met glimlachen en keek serieus.

'Hij weet nog niets van jouw bestaan af,' zei mevrouw Westington. 'Maar ik zal hem vragen of hij jou ook wil helpen.'

'Misschien wil hij dat niet,' zei ik. Ik was niet gehandicapt, en hij was gespecialiseerd in het werken met gehandicapten, al was mijn zelfbeeld waarschijnlijk niet veel beter dan dat van een gehandicapte.

'Misschien wel, misschien niet. Noteer,' ging ze verder, wat haar manier was om me te vertellen dat ik iets goed in mijn geheugen moest prenten. 'Als ik in de toekomst kon zien, zou ik beslist niet de fouten maken die ik heb gemaakt. Maar gedane zaken nemen

20

geen keer, meisje. Je legt je erbij neer en begint weer met een schone lei. Als je blijft stilstaan bij het verleden, heb je geen toekomst,' eindigde ze, met een tevreden knikje over haar eigen wijsheid.

'Ik denk dat u gelijk hebt,' zei ik, me herinnerend wat mijn eerste gedachte was die ochtend.

Ze trok haar wenkbrauwen op. 'O, denk je dat? Dat klinkt hoopvol. Mijn grootvader zei altijd: "Jeugd is verspild aan de jeugd. Jammer dat wijsheid pas komt met het ouder worden." Eet,' vervolgde ze, toen ze de eieren binnenbracht. 'Koffie of thee?'

'Dit is voldoende,' zei ik met een knikje naar de melk.

Echo keek toe terwijl ik zorgvuldig de smalle top van mijn ei afkapte en deed daarna hetzelfde met haar eieren. Ze imiteerde alles wat ik deed. Mijn vader deed het altijd op deze manier. Hij deed het heel nauwgezet en het maakte indruk op me. Ik deed trouwens alles wat hij deed graag na.

Echo glimlachte en ik zag hoe mevrouw Westington naar haar keek, met een warme blik in haar ogen en een zachte trek om haar lippen. Ze besefte dat ik naar haar keek en draaide zich snel om, zette de pan met een smak in de gootsteen alsof ze het zichzelf kwalijk nam dat ze betrapt was op enig vertoon van genegenheid.

'De schoonmaakster komt vandaag. Ze zal wel weer te laat zijn, zoals altijd. Niemand let tegenwoordig nog op de tijd,' mompelde ze. 'Ik wou dat ik jonger en sterker was, zodat ik zelf weer het huishouden kon doen. Ouder worden is heel onplezierig. Het maakt je te afhankelijk van de vriendelijkheid van anderen, en geloof me, kind, in sommige mensen moet je heel diep graven wil je ook maar een greintje vriendelijkheid vinden.'

Ze haalde diep adem. Ik was bang dat ze zou vallen.

'Voelt u zich wel goed, mevrouw Westington?' vroeg ik snel.

'Wat? O, ja, ja, uitstekend,' zei ze, maar ik wist zeker dat ze een scheut van pijn had gevoeld. 'Mijn eigen schuld, door al dat gebazel van me. Veel geschreeuw en weinig wol.'

Echo scheen mevrouw Westingtons stemmingen te kunnen peilen aan de houding van haar hoofd en schouders. Ik zag hoe ze onmiddellijk reageerde en er een bezorgde uitdrukking verscheen op haar gezicht. Wat zou er met haar gebeuren als mevrouw Westington iets overkwam? vroeg ik me af. Haar moeder was zo goed als dood voor haar en haar vader kende ze niet. Toen ik besefte hoe kwetsbaar ze was, moest ik weer denken aan mijzelf toen mama zo ziek was. Het was angstaanjagend geweest, en ik had de beschikking gehad over al mijn zintuigen en had ook nog een oudere zus. Mevrouw Westington was Echo's levensader die haar met de wereld verbond, al was het nog zo'n kleine en beperkte wereld.

'Nu ík hier ben, kan ík het werk doen, mevrouw Westington. Ik vind het niet erg. Ik hielp vroeger mijn moeder ook altijd in huis.'

'Wat? O nee, nee. Ik kan Lourdes haar werk niet ontnemen. Ze heeft het geld nodig en bovendien heb jij andere dingen te doen. Het is voldoende als je je slaapkamer bijhoudt.' Ze boog zich naar voren om uit het keukenraam te kunnen kijken. 'Moet je die domme man toch eens zien die daar maar staat te zwoegen met die wijnranken. Heb je ooit zo'n koppigheid meegemaakt? Hij denkt dat hij een stukje van het verleden vasthoudt, dat hij me zover zal krijgen dat ik weer opnieuw wil beginnen. Al vertel ik hem keer op keer dat hij zijn tijd verdoet, hij gaat er toch mee door. Ik snap niet waarom ik hem al die jaren om me heen heb geduld.'

Ik glimlachte even bij mezelf. Ik wist nu al dat ze moeilijk zou kunnen overleven zonder Trevor Washington. Het was typisch blaffen en niet bijten, al zou ze dat nooit toegeven. Ik weet dat hetzelfde opging voor Trevor. Geen van beiden wilde toegeven hoe hard ze elkaar nodig hadden. Ze waren gewend geraakt aan elkaars levenswijze. Ze bogen naar alle kanten om hun wereld in evenwicht te houden, en de een paste zich gemakkelijk aan de stemmingen en hebbelijkheden van de ander aan.

'Wat een heerlijk brood!' zei ik. Ik had er eigengemaakte bramenjam op gesmeerd.

'Beter dan wat Trevor soms meebrengt uit de winkel,' merkte mevrouw Westington op. 'Die man zou hondenvoer eten als ik hem niet uitnodigde om samen met ons te eten.'

'Ik hoor niet zoveel te eten.' Ik schoof mijn bord opzij. Ik had al twee dikke sneden verorberd. 'Ik moet afvallen. Dat had ik mijn oom beloofd. Hij had een kostuum voor me dat me nooit echt paste, al deden we allebei alsof het me gegoten zat.'

'Denk daar nu maar even niet aan. Dat is verleden tijd. Je hebt genoeg verdriet gehad, en dat vreet aan je. Je gaat niet een van die modieuze diëten volgen zolang je hier in huis bent!' waarschuwde ze, zwaaiend met haar stok. 'De mensen zouden zeggen dat ik je uithonger, en niemand heeft ooit hongerig Loretta Westingtons huis verlaten.'

Ik lachte. 'Ik denk niet dat dat ooit zou gebeuren, mevrouw Westington. Ik betwijfel of ik er ooit uitgehongerd uit zal zien.'

Ze bromde slechts iets. Ze kende me nog geen week, maar ze wist genoeg om er niet op te rekenen dat ik genoeg discipline bezat om slank te worden. Was ik dik omdat ik mezelf haatte of haatte ik mezelf omdat ik dik was? Het was of je erop betrapt werd dat je in een echoput schreeuwde tegen je eigen geschreeuw.

Zodra we klaar waren met eten ruimde ik de tafel af en begon met afwassen.

'Laat dat staan voor Lourdes,' zei mevrouw Westington. 'Ik betaal haar toch al te veel voor wat ze hier doet. Het grootste deel van het huis wordt niet gebruikt. Ik zou haar kunnen vervangen door een nieuwe stofzuiger.'

Dat meende ze niet, maar om de een of andere reden, misschien om vele redenen, was ze onwillig om aardige dingen te zeggen over iemand of enig vertrouwen te stellen in hem of haar. Misschien hield dat alles verband met haar dochter en de manier waarop haar dochter haar en haar eigen dochter had behandeld.

Ze draaide zich om naar Echo en gebaarde haar dat ze zich klaar moest maken voor haar lessen. Ze hoefde het niet te herhalen. Echo's gezicht begon te stralen van verwachting. Ze holde weg om haar boeken te gaan halen, maar vooral, zag ik, om haar haar zo goed mogelijk te borstelen en zelfs een beetje lippenstift op te doen. Ik dacht niet dat mevrouw Westington er enig idee van had dat Echo bezig was verliefd te worden op haar leraar. Als ze naar Echo keek, zag ze nog steeds het kind en niet de ontluikende puber. Ze dacht dat haar enige belangstelling voor Tyler zijn lessen gold.

'Er zijn bewijzen dat er allerlei soorten honger bestaan in deze wereld,' vertelde ze me, met een knikje naar Echo's verdwijnende rug. 'Dat kind dorst naar kennis. Je moet eens opletten hoe ze het ene obstakel na het andere overwint.'

'Ik zal het doen,' zei ik en ging weg om te zien wat Trevor precies deed, omdat ze me nieuwsgierig had gemaakt.

Hij stond in zijn deel van de wijngaard, plukte zorgvuldig de druiven en legde ze voorzichtig in een mand.

Zelfs met dat kleine stukje grond dat hij bebouwde, zou dat een eeuwigheid in beslag nemen, dacht ik. Hij keek even naar me en plukte verder. De septemberlucht was een beetje nevelig, maar de zon scheen omlaag met een intense hitte. Kleine pareltjes zweet glinsterden op Trevors voorhoofd. Leeftijd had niet veel invloed gehad op zijn gestalte. Hij was nog steeds een zwaargebouwde man die kracht uitstraalde, en hij had een dikke bos wit haar. Maar ondanks zijn grote handen en dikke vingers, zag ik dat hij werkte met de accuratesse en zorg van een chirurg.

'Goeiemorgen,' zei ik.

'Goeiemorgen. Wat beter geslapen vannacht?'

Trevor had aan de ontbijttafel gezeten op de ochtend na oom Palavers begrafenis en had de sporen van het gewoel en gedraai van die nacht op mijn gezicht gezien, nog benadrukt door mijn hangende oogleden.

'Ja, dank je.'

Hij zweeg even en keek me aan. 'Weet je iets over druiven en wijn?'

'Niet veel. Ik weet dat er rode en witte wijn bestaat,' antwoordde ik, en hij lachte.

'Vergeet de rosé niet. Dit zijn chardonnaydruiven voor witte wijn, wat de specialiteit was van de Westingtons. Ik wist niet veel meer over wijn dan jij toen ik voor het eerst op het landgoed kwam. Ik was net mijn baan kwijt bij een houthandel en diezelfde dag kwam meneer Frank, Frank Westington, langs om een bestelling te plaatsen voor hout. Hij hoorde dat ik ontslagen zou worden en vroeg of ik voor hem wilde komen werken. Hij was niet veel ouder dan ik, maar hij had zojuist de wijngaard geërfd en wilde uitbreiden. Hij was toen nog niet eens getrouwd. Trouwde vijf jaar later met mevrouw Westington. Vroeg me of ik zijn getuige wilde zijn, wat niet in goede aarde viel bij zijn jongste broer, Arliss. Ze waren zelfs toen al geen vrienden meer, en zeker geen broers,' ging hij verder en plukte nog wat druiven.

'Waarom niet?'

'O, ze kregen laaiende ruzie toen hun vader het huis en het landgoed uitsluitend aan meneer Frank naliet. Zijn broer Arliss was een spilzieke, luie en genotzuchtige jongeman die vond dat hij op alles recht had.' Hij boog zich naar me toe. 'Rhona lijkt op hem, haar oom Arliss. In ieder geval waren ze wat mevrouw Westington noemde water en vuur. Je vraagt je af hoe het mogelijk is dat ze dezelfde vader en moeder hadden.' Hij keek naar het huis en ging toen luid fluisterend verder. 'Je vraagt je af of hun moeder niet een paar keer een slippertje heeft gemaakt. Soms dacht ik wel eens dat het enige wat ze met elkaar gemeen hadden hun achternaam was.'

Ik keek naar hem terwijl hij doorging met zijn druiven te plukken. Hij deed het heel snel, ook al behandelde hij elke druif alsof het een kostbaar juweel was. Later hoorde ik dat hij het sap 'vloeibaar goud' noemde.

'Is er geen gemakkelijkere manier om de druiven te plukken?'

'Gemakkelijker? Ja. Beter? Nee. Ik pluk ze met de hand en leg ze in kleine kistjes om te voorkomen dat ze op het veld gekneusd raken. Elke stap van dit proces vereist concentratie en aandacht.'

'Hoe komt het dat je maar zo'n klein stukje bewerkt?'

Hij lachte en keek weer naar het huis. 'Ze denkt dat het komt omdat ze altijd tegen me tekeergaat dat ik mijn tijd verspil aan een verloren zaak, maar de waarheid is dat als de ranken dicht op elkaar staan, de onderlinge wedijver wordt bevorderd en er kleine, maar veel meer druiventrossen groeien. Hier.' Hij bood me een druif aan. 'Proef maar.'

Ik deed het. 'Zo zoet als honing. Als een vijg of…'

'Een rijpe appel?'

'Ja.'

Hij knikte. 'Chardonnay is een van de weinige druivensoorten die niet gemengd hoeven te worden. Hij staat op zichzelf.' Hij gebaarde naar de kleine wijngaard. 'Ik heb al die wijnranken gekloond van de beste druiven die meneer Westington had.'

'Waarom wilde mevrouw Westington niet de hele wijngaard houden?'

'Het is nooit haar passie geweest. Die hartstocht voor de wijnbouw had alleen meneer Frank, en er was niemand die dezelfde passie had. Meneer Arliss niet en zeker Rhona niet. Ze heeft nooit een vinger hier uitgestoken. Haar enige belangstelling voor wijn was die te drinken met haar vrienden.'

'Hoe komt het dat ze maar één kind hadden?'

Hij bleef verder plukken zonder te reageren, dus dacht ik dat hij geen antwoord zou geven. Er was een bries opgestoken in het noorden en de koelere lucht werkte verfrissend. Ik zag Echo achter de hordeur staan turen naar de oprijlaan, in gespannen afwachting van Tyler Monahans komst.

'Ze hebben nóg een kind gehad,' antwoordde Trevor plotseling. Hij werkte door terwijl hij sprak. 'Na Rhona werd er nog een zoon geboren, maar hij had een hersenafwijking en stierf een paar dagen later. Ze hebben alles gedaan wat ze konden. Mevrouw Westington ontkende later dat de jongen ooit geboren was. Zeg het nooit tegen haar. Ze heeft hem zelfs nooit een naam gegeven. Wilde het niet. Meneer Frank noemde hem naar zijn vader, Byron, maar ze erkende die naam niet en ze woonde ook de begrafenis niet bij. Voor zover ik weet heeft ze het graf ook nooit bezocht. Daarna kwamen er geen kinderen meer. Het enige wat ik ooit gehoord heb over de reden daarvoor was dat ze een keer zei dat het haar geen twee keer verteld hoefde te worden. Maar zeg hierover nooit iets tegen haar,' waarschuwde Trevor, 'want daar zou je grote spijt van krijgen. Niemand heeft zo'n hekel aan roddels als zij, ook al is ze er zelf niet vies van,' voegde hij er met een knipoog aan toe.

We draaiden ons allebei om toen we een auto over de oprijlaan hoorden rijden. Het was een rode cabriolet. Tyler Monahans golvende, lange donkerbruine haar waaide om hem heen en verborg zijn gelaatstrekken. Hij parkeerde voor het huis en stapte snel uit, een stapel boeken en schriften onder zijn arm. Echo kwam snel en druk gebarend naar buiten om hem te begroeten. Hij gebaarde terug en was bijna naar binnen gelopen zonder mij te zien. Hij keek even onze richting uit, draaide zich toen met een ruk om en bleef staan. Ik staarde bijna even strak terug als hij naar mij staarde. Ik had de foto van hem en Echo in de zitkamer gezien en wist dat hij duidelijk Aziatische trekken had. Met een naam als Monahan moest zijn vader haast wel Iers zijn. Het gevolg van de rassenvermenging was een opvallend knap en interessant gezicht.

'Dat is haar leraar,' mompelde Trevor.

'Ja, ik weet het,' zei ik.

Tyler leek ongeveer een meter tachtig lang. Hij was slank en zag er heel fit uit. Hij droeg een lichtblauw poloshirt en jeans met blauwe sportschoenen. Ik dacht dat hij naar ons zou zwaaien, maar in plaats daarvan streek hij met zijn hand door zijn haar, draaide zich toen om en liep snel de trap op naar Echo, waarna ze naar binnen gingen.

Trevor keek van hen naar mij en toen weer naar zijn druiven. 'Zijn moeder komt uit Hongkong,' zei hij, vooruitlopend op mijn vragen. 'Ze is een heel onafhankelijke vrouw, maar familie betekent voor haar veel meer dan voor de meeste mensen. Hij zou haar nooit in de steek laten zoals Rhona mevrouw Westington en haar eigen kind. Maar mevrouw Westington mag haar niet erg.' Hij zweeg even en fluisterde toen: 'Ze zegt dat ze, als ze met die vrouw praat, het gevoel krijgt dat ze mevrouw Westington van achterbaksheid beticht, alsof ze haar zoon zou willen stelen of zoiets, alsof ze geheime plannen heeft om de wijngaard weer in ere te herstellen en daarvoor zijn hulp nodig heeft. Dat soort dingen.'

'Over hulp gesproken, kun jij wat daarvan gebruiken?' vroeg ik.

Hij lachte. 'Dat is iets wat ik hier niet vaak gehoord heb. Natuurlijk.' Hij bukte zich om een mand te pakken en hing het koord dat eraan bevestigd was om mijn hals. 'Dan heb je beide handen vrij,' zei hij. 'Wees voorzichtig met de druiven en gooi ze niet te hard in de mand, oké?'

'Oké,' zei ik, en begon. Ik voelde dat hij tersluiks naar me keek. Hij leek de druiven te behandelen alsof het zijn baby's waren.

'Goed zo,' zei hij, en keek toen achterom naar het huis. 'Wees niet verbaasd als ze je uitfoetert omdat je je tijd verspilt.'

'Ik vind het geen tijdverspilling. Ik zou graag alles willen leren over de wijnbouw.'

Hij schudde zijn hoofd. 'Dat is nóg iets wat ik hier niet vaak gehoord heb.'

'Helpt Echo je wel eens?'

'Nee, ik wil geen problemen scheppen, al zie ik haar vaak aan de kant zitten in de hoop dat ik het haar zal vragen. Ze weet wel een en ander van de wijnbouw. Je kunt moeilijk naast me leven zonder het te leren.' Hij knipoogde. 'Noteer,' zei hij, en ik lachte.

Mijn mand was al bijna halfvol met druiven toen ik de verandadeur open hoorde gaan. Mevrouw Westington riep me. 'Hou op met die onzin en kom hier om kennis te maken met Tyler Monahan,' schreeuwde ze en tikte met haar stok op de grond. 'Je hebt belangrijkere dingen te doen dan je tijd te verspillen met die man, kind.'

'Ga maar gauw,' zei Trevor. 'Voor ze me levend vilt.'

Ik haalde het koord van mijn hals en zette de mand voorzichtig neer.

'Die man,' zei mevrouw Westington met een kwade blik op Trevor toen ik naar de verandatrap liep, 'zou een bij kunnen overhalen zichzelf te steken. Ga naar binnen en maak kennis met Tyler Monahan,' beval ze en liep bij de deur vandaan.

Langzaam ging ik naar binnen, de gang door naar het voormalige kantoor van meneer Westington, maar tot mijn verbazing wachtte Tyler Monahan in de zitkamer.

'Ik ben hier,' hoorde ik.

Ik liep de kamer in. Echo was er niet. Tyler stond voor het raam, met zijn handen op zijn rug. Langzaam draaide hij zich om en keek me aan. Ik vond het niet moeilijk te begrijpen waarom Echo zo verliefd op hem was. Een meisje hoefde niet eenzaam of geïsoleerd te zijn om te zwijmelen voor zo'n knappe man. Hij had ogen als zwarte parels, een krachtige, mannelijke mond met volle lippen, en een gladde, soepele huid. Brenda zou hem geelbruin noemen, en hem, ook al had ze weinig belangstelling voor mannen, bewonderen voor het respect dat hij kennelijk had voor zijn eigen welzijn en fysieke fitheid. Zijn smalle taille deed zijn borst en schouders breder lijken dan ze waren. Ik betwijfelde of hij meer dan vijftig gram vet op zijn lichaam had. Hij maakte me nog intenser bewust van mijn eigen gewichtsprobleem. Ik sloeg mijn armen om me heen en wachtte tot hij iets zou zeggen. Hij nam me aandachtig op met zijn glinsterende zwarte ogen en maakte me nog verlegener dan ik al was.

'Wie ben jij?' vroeg hij. Het klonk meer als een bevel, vooral omdat hij sprak met een diepe bariton.

'Ik heet April Taylor.' Ik wist niet precies wat ik hem nog meer moest vertellen.

'Je beweert niet dat je een lang vergeten familielid bent?'

'Nee. Mevrouw Westington heeft me gevraagd een tijdje hier te blijven om haar te helpen met Echo.'

Waarom ondervroeg hij me zo?

'Je gaat niet naar school?'

'Op het ogenblik niet, nee.'

'Je wilt alleen je highschooldiploma halen?'

'Ja.'

Hij schudde zijn hoofd. 'Waarom?'

Ik wendde mijn blik af. Zijn manier van ondervragen, alsof hij een politieagent was, deed de tranen in mijn ogen springen. Ik deed mijn best om ze terug te dringen.

'Het is een lang en pijnlijk verhaal,' antwoordde ik, zonder hem aan te kijken. 'Als het een probleem is, laat dan maar.'

'Ik zei niet dat het een probleem is. Dat weten we nu nog niet. Het is alleen vreemd, meer niet.'

'Misschien wel, ja, maar het is nu eenmaal zo,' zei ik, hem kwaad aankijkend.

'Ik zal een paar proefexamens voor je moeten opstellen om te zien wat je wel en niet weet en wat je niveau is in de belangrijkste vakken. Dat is geen kwestie van een of twee weken. Hoe lang blijf je?'

'Dat weet ik nog niet.'

'Tja, als ik al die voorbereidingen tref en je bent plotseling vertrokken, dan is het een enorme tijdverspilling.'

'Ik zie mezelf niet als iemand die andermans tijd verspilt.'

Hij keek me onderzoekend aan. We hoorden mevrouw Westington weer binnenkomen.

'Een ogenblik,' zei hij en liep de kamer uit om met haar in de gang te praten. Hij fluisterde, maar luid genoeg dat ik het kon horen 'Ik begrijp dit niet, mevrouw Westington. Ze is geen familie, en te oordelen naar wat u me verteld hebt, lijkt het me dat u een volslagen vreemde in huis neemt, iemand die in een camper door het land trekt, een soort zigeunerkind?'

'Nee, nee. Zo is het helemaal niet. Ze woonde bij haar oom, zoals ik je heb verteld, en hij is onderweg gestorven. Ze kwam hier om hulp te vragen en ze heeft op het ogenblik niemand anders. Ze zal Echo goeddoen.'

'Hoe weet u dat? Misschien heeft ze wel een funeste invloed op haar. Echo is heel kwetsbaar. Ze heeft heel weinig contact gehad met de buitenwereld. Dit kind zou wel eens een heel slecht voorbeeld voor haar kunnen zijn. Ze heeft de school verlaten om te gaan rondtrekken met haar oom. Wie weet met wat voor uitschot ze is omgegaan en wat ze allemaal heeft uitgespookt? Ze ziet eruit als…'

'Maak je geen zorgen, Tyler. Als je zo oud bent als ik weet je wie een goed hart heeft en wie niet. Geloof me, je moet weten wie je kunt vertrouwen en wie niet. Die arme meid heeft afschuwelijke dingen meegemaakt. Ze heeft tederheid en liefde nodig. Zoals wij allemaal.'

'Ik kan geen succes garanderen. Ik heb geen idee van haar verstandelijke capaciteiten, wat voor opleiding ze tot dusver heeft gehad, hoe groot haar leesvaardigheid is en...'

'Doe gewoon je best, Tyler. Ik betaal je er natuurlijk voor.'

'Weet u zeker dat u dit wilt? Als ik mijn tijd aan haar besteed en ze gaat weg, dan hebt u uw geld verspild.'

'Ik weet het zeker.'

'Ik kan haar niet veel extra tijd geven. U weet dat mijn moeder me nodig heeft en toch al klaagt dat ik te vaak hier ben,' waarschuwde hij. 'En ik wil Echo niet te veel aandacht en tijd ontnemen.'

'Doe wat je kunt, Tyler,' zei mevrouw Westington vermoeid en gefrustreerd.

Verder hoorde ik niets, tot hij terugkwam in de zitkamer.

'Oké, ik zal morgen wat materiaal meenemen om je kennis te beoordelen,' zei hij. 'Daarna weet ik of ik je met enige hoop op succes onder handen kan nemen.'

'Dank je,' zei ik, al was 'onder handen nemen' niet bepaald de manier waarop ik het had willen uitdrukken.

'Wat voor werk deed je met je oom toen je met hem door het land trok?'

'Ik assisteerde hem bij de goocheltrucs en het buikspreken als hij optrad. Hij was heel bekend. Misschien heb je wel eens van hem gehoord, The Amazing Palaver?'

'Nee, ik heb nooit van hem gehoord. Ik ben niet op de hoogte van die rondtrekkende voorstellingen.' Zijn mond vertrok alsof ik hem had gevraagd naar een stripper of zo. 'Dus je liep gewoon weg om bij hem te gaan wonen en je stelde je opleiding uit?'

'Zoiets.'

'Je vertrok halverwege een semester?'

'Ja.'

Hij keek naar me en schudde zijn hoofd alsof ik onmogelijk te begrijpen was. Misschien was ik dat ook niet.

'Oké, ik moet naar Echo.' Hij liep naar de deur.

'Mag ik toekijken?'

'Kijken? Waarnaar?' Hij had een manier van grijnzen alsof er iets smerigs op zijn lippen zat.

'Hoe je haar lesgeeft. Ik wil graag zien wat je doet, zodat ik haar misschien wat kan helpen met haar huiswerk als jij er niet bent.'

Hij lachte spottend, vertrok zijn bijna al te perfecte mond.

'Ik weet niet of ik dat wel wil. Je zou haar in de war kunnen brengen als je het niet goed doet en dat zou een slechte invloed kunnen hebben op wat ik haar leer en dan zou ze achter kunnen raken.'

'Daarom wil ik graag toekijken, om te zien wat de juiste manier is om met haar te communiceren.'

'Weet je iets van gebarentaal, iets van communicatie met dove mensen?'

'Nee. Ik bedoel, een heel klein beetje. Maar ik kan het leren.'

Hij dacht even na. 'Goed. Je kunt meegaan, maar blijf op de achtergrond, alleen maar kijken en luisteren,' besloot hij met duidelijke tegenzin en liep de kamer uit. Ik volgde hem haastig.

Lag het aan mij? Was er iets aan me dat jongens tegenstond? Was ik zo weerzinwekkend? Te dik?

Echo zat geduldig voor haar bureau. Ze glimlachte naar me toen ik achter Tyler opdook. Hij draaide zijn stoel met opzet zo om, dat ze met haar rug naar me toe zat en begon toen snel te gebaren, zo snel dat ik er niets van begreep. Wat hij haar vertelde maakte dat ze zich omdraaide en me nieuwsgierig aankeek. Toen tikte hij op haar knie en ze keerde me haar rug toe.

'We doen vanmorgen eerst haar rekensommen,' kondigde hij aan. 'Ga daar op de bank zitten en doe niets dat haar kan afleiden.'

Ik ging zitten en hij opende een rekenboek, wees naar iets op de pagina en begon. Hij communiceerde met haar door middel van heel snelle gebaren die ik niet kon volgen, zodat ik me algauw buitengesloten voelde. Ten slotte begon Echo aan haar sommen en hij leunde achterover. Hij staarde me zo strak aan, dat ik het gevoel kreeg dat er een vlek op mijn gezicht zat.

'Wat is er?' vroeg ik.

'Ik zou niet graag horen dat je van deze mensen profiteert,' zei hij.

'Ik ben hier pas drie dagen.' Ik keek hem met dezelfde strakke blik aan als Brenda kon doen als iemand haar uitdaagde, 'maar ik zou ook niet graag horen dat iemand van hen profiteerde.'

Hij scheen mijn antwoord te waarderen en zijn blik verzachtte.

'En je ouders? Waarom lieten ze jou van school gaan en vonden ze het goed dat je in een camper door het land reisde?'

'Mijn ouders zijn allebei dood.'

'Je hebt niemand, geen rechtstreekse familie?'

'Ik heb een oudere zus, maar zij is een professionele basketbalspeelster en maakt een tournee door Europa. Na de dood van mijn oom zou ik bij een neef gaan wonen die ik nauwelijks ken, maar mevrouw Westington wilde er niets van horen.'

'Waar is je oom aan gestorven?'

'Hij was alcoholist,' bekende ik schoorvoetend.

'Dus je reisde rond met een dronken kerel?'

'Nee, zo zat het niet in elkaar. Hij dronk als hij alleen was. Alcoholisme is een ziekte, weet je.'

'Drink jij ook?'

'Nee!' Ik schreeuwde het bijna. Hij keek ongelovig. 'Ik drink niet, en na te hebben gezien wat het met je kan doen, denk ik niet dat ik ooit iets zal drinken, en voor je het vraagt, ik gebruik ook geen drugs.'

Hij keek sceptisch. 'Hoe kun je zomaar hier aan komen rijden en je intrek nemen bij mensen die je niet kent?'

Ik haalde diep adem. Waarom vond hij dat zo belangrijk?

'Mevrouw Westington was zo aardig zich mijn lot aan te trekken. Ik doe echt mijn best haar en Echo zoveel mogelijk te helpen.'

Hij staarde me onderzoekend aan, zijn knappe gezicht kil en uitdrukkingsloos.

'Hm, ik veronderstel dat als je hier een tijdje blijft, je gebarentaal zal moeten leren. Ik zal je daar ook bij helpen, wanneer ik kan,' zei hij minder streng. 'Je hebt het ASL-gebarentaalboek, hè?'

'Ja, ik ben begonnen het te bestuderen. Dank je dat je me wilt helpen.'

'Ik doe het voor haar,' zei hij snel, met een knikje naar Echo. 'Ze heeft echt geen behoefte aan nog meer problemen.'

Wat een vreemde jongen, dacht ik. Het ene moment klonk hij vriendelijk en het volgende nors en onvriendelijk.

'Ik ben niet van plan problemen voor haar te veroorzaken en ik zal haar leven niet moeilijker maken.'

'Goede voornemens zijn niet altijd voldoende.'

'Misschien niet, maar ze zijn een goed begin,' kaatste ik terug.

Hij knikte, liet eindelijk een heel vaag glimlachje zien. 'Oké. Misschien ben je een minder problematisch geval dan ik dacht. Wie weet? Misschien zal ik het zelfs wel leuk vinden je les te geven. Ik houd wel van een uitdaging.'

Zou ik het wagen ook naar hem te glimlachen? Was hij oprecht of sarcastisch toen hij me een uitdaging noemde? Wat was het moeilijk geworden om iemands glimlach te interpreteren en te vertrouwen, dacht ik. Soms was een glimlach niet meer dan een masker om de waarheid te verbergen.

Geen van beiden hadden we gemerkt dat Echo tijdens ons gesprek had zitten liplezen. Ze gebaarde snel en hij gebaarde terug. Toen keken ze allebei naar mij en lachten.

'Wat is er voor grappigs?' vroeg ik.

'Ze zei dat zij jou kon lesgeven door je te helpen gebarentaal te leren.'

'En wat zei jij om haar aan het lachen te maken?'

'Ik zei dat ik betwijfelde of jij net zo goed kon luisteren als zij.'

'O, ja, dat is erg grappig,' zei ik.

'Precies,' zei hij, en haalde zijn schouders op. 'Het ís erg grappig.'

Hij vertelde Echo wat we gezegd hadden en ze lachten allebei weer. Ik staarde hen even aan en lachte toen mee. Ik wilde hem niet laten denken dat hij me op de een of andere manier gekwetst had. Die voldoening gunde ik hem niet. Dat viel bij Echo in de smaak en Tyler glimlachte zelfs.

'Ik ben blij dat je tenminste gevoel voor humor hebt,' zei hij.

En ik dacht dat het misschien toch nog goed zou kunnen komen tussen ons.

Misschien.

2. Zwijgende conversatie

Ik bleef zo stil mogelijk zitten en lette erop hoe Tyler verschillende communicatiemethodes gebruikte om Echo zijn instructies en commentaren bij te brengen. Soms vertrouwde hij meer op liplezen dan op gebarentaal. Dan sprak hij langzaam en overdreef de bewegingen van zijn lippen. Alleen als allerlaatste redmiddel schreef hij iets op en liet het haar lezen.

Terwijl zij rustig aan haar opgaven werkte, schreef hij dingen op in zijn notitieboek of bladerde leerboeken door om aan te geven wat hij wilde dat ze zou lezen. Nu en dan keek hij naar mij maar zei niets. Misschien hoopte hij dat het me gauw zou gaan vervelen en ik weg zou gaan, maar zijn geduld met haar en haar verlangen het hem naar de zin te maken, intrigeerden me. Soms communiceerden ze alsof ze op een onzichtbare manier met elkaar verbonden waren. Het optrekken van een wenkbrauw, het trillen van een lip, of zelfs een kort knikje, werd snel vertaald en begrepen. Het deed me eraan denken hoe vaak we elkaar iets meedelen door houding en gebaar. Woorden waren bijna onnodig tussen hen, liplezen of niet.

Maar ten slotte bereikte hij het onderdeel van zijn lesrooster waarbij aandacht werd geschonken aan haar spraak.

Ik zag dat hij haar een lijst had gegeven van woorden die ze moest oefenen, en nu vroeg hij haar het schrift tevoorschijn te halen en te beginnen. Ze keek naar mij en hij gaf haar een tikje op haar arm om haar te laten weten dat ze alleen aandacht moest schenken aan hem. Hij tilde haar hand op en hield haar vingers tegen zijn hals. Toen knikte hij en ze begon. Als ze sprak, schudde hij zijn hoofd of knikte. Als hij zijn hoofd schudde, herhaalde hij het woord en liet haar dat steeds weer herhalen. Haar intense concentratie was indrukwekkend. Ze reageerde niet alleen op de trillingen in zijn keel, maar ook op de geringste beweging van zijn lippen.

•

Ten slotte verscheen mevrouw Westington in de deuropening om aan te kondigen dat de lunch was opgediend.

'Dank u,' zei Tyler, en vertelde het aan Echo. Hij gaf haar ook een complimentje voor haar werk. Ze glimlachte trots toen ze naar mij keek.

'Zijn dove mensen ontvankelijker voor gezichtsuitdrukkingen en de lichaamstaal van mensen?' vroeg ik hem toen hij opstond.

Hij keek me aan alsof ik een ontdekking had gedaan waar mensen normaal jaren over deden.

'Ja,' zei hij. 'Als je één zintuig kwijtraakt, compenseer je dat met je andere zintuigen. Blinde mensen zijn afhankelijker van het gehoor. Dove mensen van zien en voelen. Ik laat haar zelfs naar muziek luisteren.'

'Hoe?'

'Door haar hand op de speaker te leggen, zodat ze de beat, de bassen kan voelen. Je zult het zien. Ze kan zelfs een melodie herkennen.'

'Je bent een zegen voor haar,' zei ik toen we de kamer uitliepen. 'Ik begrijp nu hoe het komt dat ze zo goed leert.'

Alsof hij alle complimentjes wantrouwde, keek hij me onderzoekend aan voor hij antwoord gaf. 'Ze is heel intelligent, dat maakt het een stuk gemakkelijker, geloof me. En ze is vastbesloten de kloof tussen haar en andere mensen te overbruggen. Als ze behoorlijk onderwijs had gehad in haar prille jeugd, toen ze les had horen te hebben, zou ze nu een stuk verder zijn.'

Ik was niet doof, maar ik had zijn gebaren en houding heel goed door. Hij sprak op neerbuigende toon tegen me, alsof hij hoog op een troon van intelligentie en autoriteit zat, en ik een nederige ondergeschikte was die hem alle eer diende te bewijzen.

'Ze zou in een min of meer normale klas horen te zitten,' ging hij verder. 'Ik maak me zorgen over het feit dat ze niet met leeftijdgenootjes omgaat.'

'Ik denk dat mevrouw Westington zich daar ook bezorgd over maakt. Daarom wil ze dat ik hier ben.'

Hij keek niet overtuigd. Hij schudde zelfs meesmuilend zijn hoofd. 'Dat is nauwelijks een vervanging. Om te beginnen ben jij niet echt van haar leeftijd.'

'Ze is toch veertien? Ik ben pas zeventien.'

Hij bleef staan in de gang, hield zijn hoofd achterover en stak zijn kin in de lucht. 'Je wilt toch niet in alle ernst beweren dat een meisje van veertien veel gemeen heeft met een meisje van zeventien? Vooral niet met iemand als jij.'

'Wat bedoel je, iemand als ik?'

'Jij hebt op eigen benen gestaan. Wie weet wat je gezien en gedaan hebt tijdens je reizen door het land, en daarvóór? Jouw niveau van wereldwijsheid is generaties verwijderd van dat van haar. Kom nou, je bent toch nog niet zo lang van school dat je het verschil vergeten bent tussen groep negen en groep elf? Vooral waar het meisjes betreft. Meisjes,' preekte hij, 'beklimmen de sociale ladder veel sneller dan jongens.' Hij knikte naar Echo, die voor ons uit liep. 'Zij lijkt op een jongen, op zijn best een jongen van de basisschool. Je moet erg voorzichtig zijn met wat je tegen haar zegt, wat je haar laat zien,' voegde hij er op scherpe toon aan toe.

Ik knikte, maar de kille manier waarop hij tegen me sprak, gaf me steeds meer het gevoel dat ik een indringster was. Ik bleef achter toen we de eetkamer inliepen.

Mevrouw Westington had de tafel gedekt met koude vleeswaren, kaas, brood en een karaf zelfgemaakte limonade. Er waren ook eigengebakken koekjes. Ik keek naar Echo en Tyler die samen gebaarden, hun privégesprekjes hielden. Toen wees Tyler naar de dingen die op tafel stonden en liet ze haar hardop zeggen. Als ze het niet duidelijk zei, legde hij haar hand tegen zijn hals en liet het haar herhalen tot ze zich beter uitdrukte.

Mevrouw Westington stond naar hen te kijken en te luisteren met een glimlach om haar smalle lippen. Ik ging op een stoel zitten, bewust vermijdend iets te doen dat Echo kon afleiden van Tyler en zijn voortdurende lessen. Zijn methode was om alles wat ze samen deden, elke situatie en activiteit, tot onderdeel te maken van haar studie-ervaring. De wereld was haar klaslokaal. Er ging geen bel om het eind aan te kondigen van een les of een dag, maar Tyler had gelijk – ze had een onlesbare dorst naar kennis.

'Echo is zo vooruitgegaan sinds Tyler haar les komt geven,' zei mevrouw Westington.

Ik keek even naar hem, maar hij had het druk met het klaarmaken van een sandwich en het opscheppen van koolsla en aardappelsalade.

'Dat geloof ik graag.'

'Hij zal voor jou ook wonderen doen.'

Tyler keek scherp op. 'Laten we afwachten wat het resultaat van het proefexamen is, mevrouw Westington. Zoals ik al zei, ik heb geen idee of ze een goede of slechte leerling was toen ze nog naar school ging.'

'O, ze moet een goede leerling zijn geweest. Ze zal het er beslist goed afbrengen,' zei mevrouw Westington vol overtuiging.

Tyler negeerde haar, en mij ook. Hij en Echo zetten hun privé-conversatie voort. Ik voelde me als iemand die niet weet dat ze onzichtbaar is en zich afvraagt waarom niemand enige aandacht aan haar schenkt. Ik kon zien dat mevrouw Westington hun gebarentaal niet erg goed kon volgen. Ze bewogen hun handen en vingers bliksemsnel. Het wekte herinneringen op aan oom Palaver die op humoristische wijze een zuiderling imiteerde die een snelsprekende New Yorker probeerde te verstaan. Mevrouw Westington knikte naar mij en haalde haar schouders op om aan te geven dat ze hen niet verstond. Ze ging terug naar de keuken.

'Hoe lang duurt het om zo goed te communiceren met iemand die niet kan horen?' vroeg ik hem.

'Zo lang als nodig is,' antwoordde hij koel. 'Het hangt natuurlijk af van je eigen leervermogen en, zoals ik herhaaldelijk heb gezegd, ik heb geen idee waartoe je wel of niet in staat bent. Het kan weken duren, of je hebt het na maanden nog niet goed onder de knie, of je leert het nooit. School en leren waren kennelijk geen prioriteit in je leven. Waarom zou dat nu plotseling wél het geval zijn?'

Het bloed steeg naar mijn hals en wangen en ik kreeg het plotseling benauwd en warm. 'Je weet absoluut niet wat wel en niet een prioriteit was in mijn leven.'

Hij haalde zijn schouders op. 'Nee. Dat klopt.'

'Nou, misschien weet je het dan binnenkort,' antwoordde ik en nam een hap van mijn sandwich. Ik was van plan geweest het brood en de koekjes te laten staan, maar zijn arrogantie en hooghartigheid maakten me kwaad en uit frustratie at ik te veel. Hij zag hoe ik gretig naar het voedsel greep. Hij keek zo zelfvoldaan, zo overtuigd van zijn beoordeling en verwachting van mij. Hij denkt dat ik gewoon een dikke, luie meid ben die profiteert van deze mensen, was mijn conclusie. Ik wist niet waarom ik het plotseling zo belangrijk vond hoe hij over me dacht, maar al vond ik het vreselijk om het toe te geven, het wás zo.

Ik ging niet met hen terug naar het kantoor om het einde van Echo's les bij te wonen. Ik zocht het boek over gebarentaal op en ging naar mijn slaapkamer om het te lezen en voor de spiegel te oefenen, vastbesloten indruk op hem te maken als ik hem de volgende keer weer zag. Ik bleef zo lang boven en concentreerde me zo intens, dat ik me niet realiseerde hoeveel tijd er verstreken was en evenmin hoorde ik hem weggaan. Korte tijd daarna kwam Echo me zoeken. Ik had de deur van mijn slaapkamer opengelaten en besefte plotseling dat ze achter me stond en naar me keek terwijl ik bezig was voor de spiegel. Ik hoorde haar lachen.

'O,' zei ik, me omdraaiend. 'Ik hoorde je niet binnenkomen.'

Het klonk bizar. Ik hoorde haar niet? Gelukkig dat Tyler er niet bij was. Hij zou me ongetwijfeld voor een idioot hebben versleten.

Ze kwam naast me staan en hielp me met een paar gebaren, bewoog mijn vingers zodat de woorden en zinnen duidelijker tot uitdrukking kwamen. Ik werkte een tijdje met haar samen, keek naar ons in de spiegel terwijl we oefenden. Ze had zachte lippen en kleine sproetjes op haar jukbeenderen. Haar gezicht begon strakker te worden en vorm te krijgen. Ze zal verbluffend mooi worden met die hoge jukbeenderen, dacht ik, en keek even naar mijn eigen dikke wangen. Mijn gezicht hoorde thuis in de encyclopedie als illustratie bij *lomp*, dacht ik.

Echo nam aan dat het me verveelde. Ze begon weer oom Palavers magische trucs te bekijken, die ik had meegenomen uit de camper en opgestapeld lagen in een hoek bij de ramen. Ik liet haar de zelfknopende zakdoek zien, het doorgeknipte touw dat vanzelf weer heel werd, en de munt door een elleboog. Alles verrukte haar en ze vroeg me elke truc opnieuw te doen. Ten slotte wilde ik haar duidelijk maken dat zij ze zelf kon leren. Ik dacht dat ze het leuk zou vinden ze te demonstreren voor haar oma en vooral voor Tyler Monahan. Ze scheen het niet te begrijpen toen ik het uitlegde en de naam van meneer Monahan noemde in gebarentaal, zelfs niet toen ik die langzaam uitsprak zodat ze mijn lippen kon lezen.

Waarom kon ze zijn lippen zo gemakkelijk lezen en niet de mijne?

Ik bladerde het boek door en vond het teken voor *docent*: beide handen met de palmen naar elkaar toe tegen mijn slapen en dan een paar keer naar voren en naar achteren bewegen. Er stond dat ik het teken voor individu eraan toe moest voegen, dus dat ik mijn palmen moest openen en langs mijn lichaam tot aan mijn heupen omlaag laten glijden. Eindelijk begreep ze het en lachte. Toen gebaarde ze terug, maar dat begreep ík weer niet. Gefrustreerd schreef ze op de blocnote op mijn tafel: 'Ik noem hem Ty, niet meneer Monahan.'

O, nu snap ik het, dacht ik.

'Hij wil dat ik hem zo noem,' schreef ze met een trotse glimlach. Het feit van een persoonlijke relatie met hem scheen erg belangrijk voor haar te zijn.

Ik zag dat ze om zich heen keek in de kamer en eerbiedig dingen aanraakte die van haar moeder waren geweest. Zelfs iets gewoons en simpels als een haarborstel intrigeerde en fascineerde haar. Ze betastte een haar die in de borstel was achtergebleven en ik vroeg me af hoe ze de scheiding werkelijk had ondergaan, ook al was ze toen nog zo jong. Ze kon zich de stem van haar moeder niet herinneren, maar ik wist zeker dat ze zich wél de geur van haar haar, het beeld van haar gezicht en de warmte van haar aanraking kon herinneren. Per slot wist ik maar al te goed hoe het was om je moeder te verliezen en je vast te moeten klampen aan dergelijke herinneringen. Soms riep het geluid van een lach die op de hare leek, de vertrouwde geur van een parfum of zelfs een bekend gebaar, een hele reeks herinneringen bij me op.

Ik keek met Echo's ogen om me heen in de kamer en besefte plotseling dat er geen foto's waren van Rhona, niet van Rhona alleen, niet met mevrouw Westington, niet met vrienden of vriendinnen. Er moesten er toch wel een paar geweest zijn. Had mevrouw Westington ze in een aanval van woede weggehaald? Had Echo een foto van haar moeder in haar kamer? Ik zocht in het ASL-boek voor gebarentaal en vond het woord voor foto. Als ik het vermeed om dingen op te schrijven en me dwong gebarentaal te gebruiken, zou ik die veel sneller leren.

Om foto te zeggen moest de rechterhand voor het gezicht worden gehouden, met de zijkant van de duim bij het gezicht en de palm naar links wijzend. De hand moest met een ruk naar de open linkerhand worden gebracht en stevig tegen de linkerpalm worden geslagen, die naar voren wees met de vingers recht omhoog.

40

Ik wees naar de borstel en maakte toen weer het gebaar.

Ze begreep het onmiddellijk, pakte mijn hand en leidde me de slaapkamer uit, de gang door, naar haar kamer. Ik pakte het ASL-boek over gebarentaal en volgde haar. De kamer was kleiner dan die waarin ik sliep, maar er stond een identiek hemelbed met bijpassende ladekasten. Ik zag dat ze Mr. Panda op precies dezelfde manier op bed had gelegd als hij op mijn bed had gelegen, tussen de twee kussens. Ik glimlachte en knikte waarderend.

In de linkerhoek stond een schoollessenaar, waarop schriften lagen. Ik zag een paar poppen op planken en een paar souvenirs uit plaatsen die ze waarschijnlijk had bezocht met haar moeder of mevrouw Westington. Ik zag geen foto's van haar moeder op de planken, ladekasten of haar bureautje, maar ze maakte de onderste la van een van haar kasten open, schoof de sokjes opzij en haalde een foto van tien bij twintig tevoorschijn van een mooie, donkerharige vrouw in een verkort tweedelig badpak. Ze hield een strandbal vast op een of ander strand en poseerde als een model.

Echo gaf hem aan mij en zei duidelijk het woord 'moedah'.

'Moeder,' herhaalde ik. Zou ik het wagen haar hand te pakken en tegen mijn hals te leggen om het haar beter te laten uitspreken? Nog niet, dacht ik. Misschien zou ik iets verkeerd doen.

Ik staarde naar de foto. 'Ze is heel mooi,' zei ik, en besefte toen dat ik haar niet had aangekeken toen ik het zei. Onmiddellijk bladerde ik in mijn ASL-boek en vond het teken voor heel mooi. Ik legde de vingers van mijn rechterhand op mijn rechterduim, hield die vlak onder mijn mond en maakte toen een cirkel tegen de klok in, eindigend in dezelfde positie, en wees naar de foto.

Ze glimlachte. Ik bladerde opnieuw in het boek en legde mijn twee uitgestrekte wijsvingers tegen elkaar, wees naar haar en de foto, deed het nog een keer, en vertelde haar dat zij op haar moeder leek. Ik bedoelde dat ze net zo mooi was.

Ze schudde haar hoofd. Ik knikte nadrukkelijk, maar weer schudde ze haar hoofd, deze keer net zo nadrukkelijk als ik had geknikt, en toen riep ze: 'Nee!' en keek of ze op het punt stond in huilen uit te barsten.

Het was niet mijn bedoeling geweest om te zeggen dat ze net zo was als haar moeder, maar dat ze uiterlijk op haar leek. Had ze dat verkeerd begrepen?

'Je lijkt op haar,' herhaalde ik, en ze bleef haar hoofd schudden. Taal is gecompliceerd en gebarentaal zo onvolmaakt, dacht ik. Dit zou heel frustrerend kunnen zijn. Uit welke bron van tolerantie putte Tyler zijn geduld? Ik wist zeker dat wat hij deed een jarenlange opleiding vereiste. Misschien was ik hier niet tegen opgewassen en had hij gelijk. Ik zou er genoeg van krijgen en me ergeren en eerder weggaan dan ik van plan was geweest. Ik bleef erover nadenken, overwoog mijn opties. Hoe lang zou ik het daarbuiten uithouden als ik op mijzelf was aangewezen? Wat moest ik doen om geld te verdienen? Zou ik weer bij Brenda gaan wonen?

'Wat is hier aan de hand?' hoorde ik een stem. Ik draaide me om en zag mevrouw Westington in de deuropening staan. 'Ik riep dat je beneden moest komen.'

'O, het spijt me. Ik heb u niet gehoord.'

Echo pakte snel de foto uit mijn handen en stopte hem weer in de la. Aan de blik in haar ogen kon ik zien dat ze niet wilde dat haar oma wist dat ze die foto had.

'Wat doen jullie daar?'

'O, niks bijzonders,' zei ik, terwijl ik opstond. 'Ze liet me haar kamer zien en ik oefende gebarentaal met haar.' Ik hief het ASL-boek op.

Maar ze bleef achterdochtig kijken, waarschijnlijk omdat Echo zo angstig keek. Waarom vond mevrouw Westington het niet goed dat ze foto's had van haar eigen moeder? Dat was vreemd, dacht ik, maar besefte ook dat ik mijn mening vóór me moest houden als het om Rhona ging.

'Ja, nou ja, ze is de hele dag binnen geweest. Daarom riep ik je. Je moet zorgen dat ze naar buiten gaat en wat frisse lucht krijgt. Ik ben altijd bang dat het kind niet voldoende zon krijgt.'

'Oké. Wacht, ik zal het haar vertellen,' zei ik en bestudeerde het boek.

Ik pakte mijn naar beneden gekeerde open rechterhand vast, trok hem omhoog en toen uit de greep van mijn linkerhand. Terwijl ik dat deed bracht ik mijn rechtervingers bij elkaar en maakte toen het O-teken met mijn linkerhand tegenover de rechter.

Ze glimlachte en knikte.

'Heel goed,' zei mevrouw Westington.

Ik gaf Echo een hand en we liepen de kamer uit.

'Achter het huis is een klein meer,' riep mevrouw Westington me achterna. 'Ze vindt het leuk om naar de kikkers te kijken en zo. Er stroomt vers water uit een beek in het meer en soms zwemmen er forellen. Zelden, maar Trevor heeft er eens een paar gevangen en gebakken. Ze zal je het meer laten zien. Er ligt ook een roeiboot in het water, als je een eindje wilt roeien. Ze kan zwemmen, dus je hoeft niet bang te zijn. Trevor heeft het haar geleerd. Wilde haar niet meenemen in de boot voor ze het kon. Een ons preventie is een pond genezing waard. Noteer.'

Ik knikte en we liepen naar beneden en naar buiten. Echo had gepopeld van verlangen om weg te komen, maar nu we buiten waren, bedacht ik dat ze geen vogels kon horen. Ik dacht eraan omdat een grote kraai rechts van ons luid zat te krassen op de tak van een oude eik. Tot mijn verbazing trok Echo echter aan mijn arm en wees naar de kraai terwijl ze zijn gekras imiteerde. Ik moest lachen.

'Hoe ken je dat geluid?' vroeg ik. Ze keek me slechts glunderend aan. Ik begon in het boek te bladeren. Ik voelde me nu echt als iemand die een vreemd land bezoekt en haastig naar de juiste woorden zoekt. Ik combineerde *hoe* en *weten* en ze knikte begrijpend.

'Ty,' zei ze en legde haar rechterhand voorzichtig tegen haar keel en herhaalde het gekras van de kraai.

'Dus je hebt met Ty gewandeld en hij heeft je over de natuur geleerd, hè? Dat is mooi,' zei ik. Ze las mijn lippen niet en ik gebaarde niet. Ik sprak slechts hardop mijn gedachten uit. 'Hij leert je veel meer dan alleen wiskunde, natuurkunde, maatschappijleer en Engels. Geen wonder dat je verliefd op hem bent. Ik vraag me af of hij zich daarvan bewust is. Hij lijkt mij niet het type om zoiets tot zich te laten doordringen.'

In gezelschap van een doof meisje kon ik veilig mijn gedachten uiten. Ik kon hardop tegen mezelf praten, doorratelen, zonder bang te hoeven zijn dat ze hem zou vertellen wat ik gezegd had.

Maar ze hield zich niet stil. Onder het lopen greep ze voortdurend mijn hand vast en wees op dingen. Eén keer op de binnenkant van een holle boom waar bijen een korf hadden gemaakt. Ik zou die nooit hebben gezien als zij me er niet op gewezen had. Ze leek wel een reisleidster die niet wilde dat iets me zou ontgaan, of het nu vogels waren of eekhoorns, konijnen of het draagstel van een hangmat op de patio aan de achterkant. Alles in haar kleine wereld maakte haar enthousiast. Haar handen gingen alle kanten op, haar vingers bewogen onophoudelijk en snel.

Ik moet die gebarentaal grondig en snel leren, dacht ik. Hoe eerder ik die onder de knie had, hoe minder eenzaam ze zich zou voelen, en dat gold trouwens ook voor mij. En nog belangrijker misschien, Tyler Monahan zou niet zo'n controle over ons kunnen uitoefenen.

We bleven staan bij het meer, waar een kleine steiger was met een roeiboot eraan gemeerd. Ik begreep uit haar woorden en gebaren dat ze hier vaak geweest was toen ze nog klein was, soms met haar moeder, en vaak met Trevor Washington, die met haar ging vissen. Ze had geleerd zijn naam goed uit te spreken, met slechts een kleine overdrijving in de klinkers, zodat het eruitkwam als 'Tre...voooor.'

Toen voerde ze een kleine scène op met veel grimassen, om me duidelijk te maken dat ze er niet van hield om iets te vangen omdat ze medelijden had met de vissen zodra ze er een aan de haak had. Haar gebaren en gezichtsuitdrukkingen begrijpen was als het oplossen van het ene raadsel na het andere en gaf me steeds meer inzicht in haar bestaan zoals dat geweest was toen ze alleen haar oma en Trevor als gezelschap had.

Ze ging op de steiger zitten en liet haar voeten boven het water bungelen. Ik ging naast haar zitten en zwijgend keken we naar de insecten die wild boven het meer cirkelden. Een enkele keer zagen we een vis bovenkomen en naar iets happen. De oppervlakte van het water was hun eettafel, dacht ik.

De zon was net onder de rij boomtoppen gezakt, zodat de schaduwen langer werden en langzaam en traag over het meer gleden, dat in feite heel groot was. Links kabbelde het water rond een bocht met bomen. Ik vond dit het mooiste moment van de dag, als alles zich even stilhield om te genieten van het bestaan, van de belevenis van weer vierentwintig wonderbaarlijke uren. Zo voelde ik het tenminste.

Ik wees naar de roeiboot en ze knikte opgewonden. We stapten voorzichtig in en ik vroeg of zij wilde roeien. Dat wilde ze graag en ze deed het ook heel goed. Terwijl we over het water gleden, sloot ik mijn ogen en peinsde erover hoe vredig het hier was en hoe gemakkelijk je je hier gelukkig kon voelen, al was het maar even. Ik voelde me ontspannen. Ik geloof dat ik zelfs een paar minuten had geslapen, want toen ik mijn ogen opende, besefte ik dat we al voorbij de bocht waren. Ik was niet van plan geweest zo ver te gaan, dus ging ik snel overeind zitten en gebaarde dat ze om moest keren. Ze schudde haar hoofd en wees naar de verste oever. Ze wilde me kennelijk iets laten zien.

Ze roeide vastberaden door. Ik keek over haar schouder en zocht naar iets opvallends. Het enige wat ik zag was een enorme rots. Ze voer erheen en stak haar hand uit om ons er vlak langs te brengen. Toen glimlachte ze naar me en knikte naar de rots.

'Ty en ik,' zei ze. Ze sprak het bijna perfect uit en gaf een klopje op de rots.

'Ty en jij? Wat bedoel je?' Ik stond behoedzaam op en ging naast haar staan om naar de rots te kijken.

In het steen stond met een zakmes of zo een hart gekerfd, met daarin duidelijk 'Ty en Ik'. Ik staarde ernaar en keek toen naar haar.

'Wie heeft dat gedaan?' vroeg ik. Ik mimede het kerven in de rots. 'Wie?'

'Ty,' zei ze.

Misschien probeerde hij iets aan te tonen, dacht ik. Maar wat? Met het kerven van een hart? De emoties van een jong meisje zijn geen speelgoed. Hij was arrogant genoeg om iets als dit gedaan te hebben.

Ik voelde haar ogen op me gericht. Ze begon te gebaren en te gesticuleren. Eerst begreep ik niet wat ze wilde. Ze vroeg het steeds nadrukkelijker en ik besefte dat ze wilde weten of ik een vriendje had of ooit had gehad. Ik moest lachen om haar gebaren van handen vasthouden en zoenen. Toen legde ze haar handen tegen elkaar en hield haar hoofd schuin, terwijl ze met haar ogen knipperde.

'Ja, ja, ik begrijp het,' zei ik, keek even naar het in steen gekerfde hart en ging toen tegenover haar zitten. Een vriendje? Wat moest ik haar vertellen?

Ik dacht aan Peter Smoke, de indiaanse jongen, die ik op school in Memphis had leren kennen. Hij was mijn instructeur geweest op de schaakclub en had me veel geleerd over het indiaanse geloof, vooral het medicijnenrad. We hadden aan het begin van een romantische relatie gestaan, maar toen hij mijn bedoelingen verkeerd had begrepen, was het niet goed afgelopen. Waarschijnlijk is hij me nu al helemaal vergeten, dacht ik. Ik kon het geen echte relatie noemen.

Ik schudde mijn hoofd. 'Geen vriendje, vrees ik.'

Ze keek verbaasd maar ook wantrouwend. Vertelde ik de waarheid? Waarom niet? wilde ze weten, alsof elk meisje van mijn leeftijd een romance moest hebben of in ieder geval er een beleefd had. 'Omdat ik te dik ben,' zei ik. Ze schudde haar hoofd. Ze begreep het niet, dus blies ik mijn wangen op en hield mijn armen op een afstand van mijn heupen.

Ze keek peinzend en toen lachte ze en wees naar haarzelf. 'Ty,' zei ze.

Ik begon mijn hoofd te schudden en deed een onhandige poging haar uit te leggen dat hij te oud voor haar was. 'Hij kan je vriendje niet zijn,' hield ik vol en schudde mijn hoofd nog heftiger.

Ze lachte en wees weer naar de rots. 'Ty en ik,' zei ze.

Ik bleef mijn hoofd schudden.

Toen tuitte ze haar lippen en mimede een omhelzing, sloot haar ogen en deed het geluid van een zoen na.

'Heeft hij je gezoend?' vroeg ik, naar haar wijzend.

Ze knikte.

'Nee, dat heeft hij niet gedaan. Niet zo,' zei ik, maar ze knikte nog nadrukkelijker en mimede opnieuw een kus. Ik pakte het ASL-boek en zocht het woord *hier* op.

Je moest beide handen naar voren strekken, de palmen omhoog, en de rechterhand naar rechts en de linker heen en weer naar links bewegen.

Ze knikte. 'Ja, ja,' zei ze, en herhaalde de gebaren. Ze wees omlaag, maakte een roeiende beweging en mimede opnieuw een kus.

Het was duidelijk wat ze zei. 'Hij zoende me hier bij de rots nadat hij dat hart had getekend met onze namen erin.'

Was het allemaal gebeurd zoals zij het beschreef? Was dat mogelijk? Hij was degene die tegen mevrouw Westington had gezegd dat Echo te kwetsbaar was en ik een slechte invloed op haar kon hebben. Hij leek haar oprecht te willen beschermen, maar hoe kon hij rechtvaardigen dat hij het hart in die rots had gekerfd en haar had gezoend? Maakte hij misbruik van haar? Ik hield mijn hoofd schuin en keek sceptisch, maar ze bleef knikken. Toen sloeg ze haar armen om zich heen en wiegde heen en weer. Misschien had hij haar getroost, dacht ik, en had zij het verkeerd geïnterpreteerd. Misschien was ze erg bedroefd geweest en had hij geprobeerd haar te troosten.

46

'Ty?' vroeg ik, en imiteerde haar beweging. Ze knikte, stond op en liep dichter naar me toe, knielde neer in de boot. 'Wat doe je?' vroeg ik.

Ze pakte mijn rechterhand en legde die op haar buik. 'Wat wil je zeggen? Ik begrijp het niet.'

Glimlachend bewoog ze mijn hand over haar borsten. Haastig trok ik hem terug, haar harde tepels deden een schok door me heen gaan. Visioenen van de vriendin van mijn zus die me betastte, verlangde dat ik haar betastte, kwamen me voor ogen.

'NEE!' riep ik uit en schudde heftig mijn hoofd. 'Dat is verkeerd.'

Ze hield haar hoofd schuin en keek me aan. Toen haalde ze haar schouders op en ging weer op haar bankje zitten. Instinctief keek ik achterom in de richting van het huis om te zien of mevrouw Westington of misschien Trevor had gezien wat er net gebeurd was.

'Terug,' beduidde ik. 'Ga terug, Echo.' Mijn gebaren waren nerveus, bijna panisch.

Ze begon te roeien, maar trok een gezicht of ze elk moment in huilen kon uitbarsten.

'Je mag dat niet doen met een jongen,' probeerde ik uit te leggen. 'Dat leidt tot andere dingen.'

Wat klink ik stom, dacht ik, raad geven aan een doof jong meisje.

Ze staarde me vol verwarring aan. Ik raadpleegde weer mijn ASL-boek en stelde zo snel mogelijk een paar zinnetjes samen. Ze stopte even met roeien en sloeg me gade. Het woord voor lichaam was gemakkelijk. Ik legde mijn hand op mijn borst, haalde hem weer weg en plaatste hem wat lager. Ik wees naar haar. En toen vertelde ik haar dat haar lichaam heilig en kostbaar was en beschermd moest worden.

Met een verontrust gezicht keek ze toe terwijl ik woorden aan elkaar reeg om haar te vertellen dat ze nog te jong was voor dit soort dingen. Ik vertelde haar dat meisjes van haar leeftijd, van mijn leeftijd, baby's konden krijgen en wat moesten we dan doen?

Ik kon zien dat ik niet erg goed was in het uitleggen waarom ik me zo ongerust maakte over haar, dus beloofde ik dat ik later een betere verklaring op schrift zou stellen.

Toen ze de boot keerde, staarde ik achterom naar de rots en dacht aan wat ze me verteld had. Wat had dat allemaal te betekenen? Had Tyler Monahan dit echt gedaan, en zo ja, moest mevrouw Westington dat dan niet weten? Ze was zo trots op wat hij allemaal met Echo bereikt had. En ik was hier net drie dagen en zou haar wel even iets vertellen dat al haar illusies zou vernietigen.

Echo bleef me triest aanstaren terwijl ze roeide. Ze is zo onschuldig, dacht ik. Misschien kwam ik te fel over. Ik glimlachte naar haar om haar op haar gemak te stellen. Ik vertelde haar dat alles in orde zou komen en ik niet kwaad op haar was. Haar gezicht klaarde weer op. Zodra we bij de steiger waren en uit de boot stapten, gebaarde ik dat we onze wandeling over het landgoed moesten voortzetten, maar wat ze me had laten zien en in woord en gebaar had verteld, bleef aan me knagen. Zou ik het wagen Tyler Monahan ernaar te vragen?

Toen we bij de camper kwamen, die achter het huis geparkeerd stond, bleef ik staan en staarde naar de kleurige letters die op de zijkant geschilderd waren: The Amazing Palaver. Ik werd door droefheid overvallen. Ik wilde zelfs graag dat de camper zo gauw mogelijk werd weggehaald. We wachtten op de notaris om te horen hoe en wat we moesten doen met de camper en oom Palavers andere bezittingen. Al die wettelijke handelingen moesten gedaan worden via gecompliceerde justitiële wegen. Ik verbeeldde me dat ik verloren was geraakt in een archiefkast in het kantoor van een of andere rechter.

Echo was razend nieuwsgierig. Ze trok aan mijn arm. Haar handen bewogen in een razend tempo. Ik moest lachen om haar enthousiasme. Wat ze eigenlijk wilde was de camper vanbinnen te zien. Ze had gehoord dat ik er met oom Palaver had gewoond en met hem was rondgereisd om voorstellingen te geven. Ik wist zeker dat ze zich afvroeg hoe iemand daarin kon wonen. Ik aarzelde, maar ze smeekte me. Ik zag ertegenop om de camper te betreden en mijn eigen emoties en herinneringen wakker te roepen, maar ik had het hart niet het haar te weigeren, vooral niet na mijn reactie op wat ze me verteld had op het meer.

Ik maakte de deur van de camper open en we gingen naar binnen. Ze liep onmiddellijk naar het stuur om er wat mee te spelen. Ze leek op elke willekeurige tiener, dacht ik, geboeid door de illusie zelf een auto te besturen, vooral zo'n grote als deze. Ze draaide aan het stuur, fantaserend dat ze op de snelweg reed. Ten slotte stond ze op en ging naar de zitkamer.

Ik had niets aan de camper gedaan sinds ik hier was gekomen. Alleen al het zien van de dingen die oom Palaver had laten liggen voordat hij stierf, stemde me droevig. Nu ik met haar hier binnen was, schaamde ik me voor de rommel. Ik begon op te ruimen en na korte tijd begon ze te helpen. We wasten de glazen en borden en het bestek af en borgen alles in de kasten. Toen liet ik haar zien waar ik had geslapen en ze wilde omhoogklimmen en ging op het kampeerbed liggen. Ze vond het grappig en we moesten er allebei om lachen. Ze deed of ze sliep en zich heel behaaglijk voelde.

Zou het niet heerlijk zijn als we gewoon samen weg konden rijden over een magische weg die alleen maar naar gelukkige, vreugdevolle oorden leidde? dacht ik. Ik zou oom Palaver worden en zij zou de wereld zien. Hoe gemakkelijk was het om te dromen. Fantasie werkte aanstekelijk, vooral hier, waar ik zoveel van mijn eigen fantasieën had gekoesterd.

Ik bleef opruimen, raapte papieren op, bond vuilniszakken dicht. Even leek het of oom Palaver nog leefde en hij en ik weer onderweg waren, ergens geparkeerd stonden en ons voorbereidden op de show. Eigenlijk miste ik dat leven, al had het maar zo kort geduurd. Ik verviel in een dromerig gepeins, herinnerde me een paar plaatsen waar we geweest waren, dingen die we hadden meegemaakt, het publiek dat zo hard voor hem geapplaudisseerd had. Ik besefte niet dat ik huilde, tot de tranen van mijn kin drupten. Ik kwam met een schok terug in de werkelijkheid, maar toen ik om me heen keek, was Echo nergens te bekennen. Waar was ze?

Ik draaide me om en zag haar achter in de camper staan, met haar handen voor haar oren alsof iemand gilde. Het bracht me even in de war tot ik besefte dat ze in de deuropening van oom Palavers kamer stond en naar Destiny keek.

'Echo! Ga daar vandaan!' schreeuwde ik, maar natuurlijk kon ze me niet horen. Ik holde naar haar toe en trok aan haar arm.

Op haar gezicht stonden verwarring, angst en verbazing te lezen. De pop was zo levensecht, dat ik zeker wist dat ze althans een paar seconden dacht een levende, naakte vrouw te zien. Ze schudde haar hoofd. Waarom lag ze zo in bed? Waarom was ze niet toegedekt of aangekleed? Hoe moest ik het haar uitleggen?

Ze wachtte er niet op; ze draaide zich om en liep haastig de camper uit. Ik keek naar Destiny. Ik had deze deur op slot moeten houden of een deken over haar heen gooien, dacht ik. Hoe kon ik dat hebben vergeten? Haar glazen ogen leken me beschuldigend aan te staren. Ik had haar hier achtergelaten, in de steek gelaten.

Oom Palaver had haar gekoesterd en ik had haar verlaten.

Ik zuchtte en deed de deur dicht. Toen ik uit de camper stapte, zag ik Echo bij de hoek van het huis. Ze holde naar binnen, vluchtte voor wat een schokkende aanblik moest zijn geweest. Mevrouw Westington zal overstuur zijn, dacht ik. Ze wilde niet dat Echo de pop nu al zou zien. Ze zal natuurlijk willen dat ik wegga. Als Tyler Monahan het hoort, zal hij zeggen: 'Zie je wel, ik heb gewaarschuwd dat ze een slechte invloed zou hebben.' Mevrouw Westington zal geen andere keus hebben dan me te vragen om te vertrekken.

Berustend liep ik het huis in.

Maar Echo was blijkbaar niet blijven staan om haar oma te vertellen wat ze had gezien. In plaats daarvan was ze rechtstreeks naar haar kamer gegaan. Mevrouw Westington kwam uit de keuken toen ik binnenkwam.

'Hebben jullie prettig gewandeld en zijn jullie nog het meer opgegaan?'

'Ja, mevrouw.'

'Ik weet dat het slecht van me is dat ik er niet voor zorg dat ze wat vaker buiten komt. Maar misschien, nu jij hier bent, komt het er wat vaker van. Ik zal Trevor vragen dit weekend een eindje met ons te gaan rijden. We zullen naar een goed restaurant gaan om te lunchen en daarna wat winkelen. Ik heb zelf ook een paar dingen nodig. Er staat een kip in de oven. Ik hoop dat je honger hebt.'

'Dat is juist mijn probleem. Ik heb altijd honger.'

'Nou, wees maar blij. Een goede eetlust betekent een gezonde ziel. Waar is Echo?'

'Ze liep voor me uit naar binnen. Ik denk dat ze naar haar kamer is gegaan.'

'O? Misschien is ze moe. Tyler laat haar hard en lang werken. Hij is dol op dat kind. Hij is vastbesloten haar een goede opleiding te geven. En dat lukt hem zeker. En hij zal voor jou hetzelfde doen,' voegde ze eraan toe.

Misschien, dacht ik, en misschien niet, maar ik knikte glimlachend.

'Ik ga me even opfrissen en dan kom ik beneden om u te helpen,' zei ik.

'Haast je niet. Het gaat prima. Ik heb al heel lang mensen te eten gegeven zonder veel hulp.'

Ze staarde me aan. Het lag op het puntje van mijn tong om het haar te bekennen, haar te vertellen wat er was gebeurd, maar ik deed het niet.

'Je kijkt of de kat er met je tong vandoor is. Is er iets mis?' Dat was de kans om het op te biechten, maar toch deed ik het niet. Ik wilde niet het risico lopen haar en dit huis kwijt te raken. Ik schudde mijn hoofd en liep haastig de trap op.

Je bent een lafaard, April Taylor, hield ik me voor. Je loopt voor alles weg, ook voor jezelf.

Ik liep rechtstreeks naar Echo's kamer. De deur stond open. Toen ik naar binnen keek, zag ik haar gebogen zitten over de roman die Tyler haar te lezen had gegeven. Ik ging naast haar zitten en ze sloeg haar ogen naar me op. Ze zag nog wat bleek van de schrik en haar handen trilden. Ik nam ze in de mijne en kneep er zachtjes in om haar te troosten. Ik glimlachte naar haar en pakte pen en papier.

Daar gaan we dan, dacht ik, en ik begon te schrijven over mijn oom, zijn geliefde assistente Destiny, en de pop. Ik gaf haar het verhaal in kleine episodes, legde haar uit waarom mijn oom de pop had laten maken en wat de rol ervan was in de voorstelling.

Ze bleef sceptisch kijken en schreef: 'Maar is ze dan geen echte dame?'

Steeds weer vertelde ik haar dat het een pop was, maar ze bleef sceptisch kijken. Ik verontschuldigde me dat ik haar niet had gewaarschuwd voor Destiny. Ik legde uit dat ik niet meer in de camper was geweest sinds ik mijn spullen en een paar magische trucs eruit had gehaald en dat ik de pop in de slaapkamer had vergeten. Weer vertelde ik haar nadrukkelijk dat de pop deel uitmaakte van de voorstelling, hielp om trucs uit te voeren en gebruikt werd als de pop van een buikspreker. Omdat ze doof was, wist ze daar allemaal niets van, en ik vond het moeilijk het haar uit te leggen.

Niettemin beloofde ik haar dat ik haar op een dag zou laten zien hoe de pop werkte en dat leek haar te kalmeren, hoewel ze nog steeds heel verward keek.

Uitgeput ging ik naar mijn kamer om me op te frissen voor het eten. Zodra ik beneden kwam ving Trevor me op in de gang terwijl mevrouw Westington in de keuken was. Hij trok me opzij en fluisterde tegen me.

'Is er iets met Echo? Ik zag haar een tijdje geleden haar kamer binnenhollen.'

Ik vertelde hem wat er gebeurd was en voegde eraan toe dat ik niets tegen mevrouw Westington gezegd had.

'O, die pop,' zei hij. Ik herinnerde me hoe hij gereageerd had toen hij Destiny voor het eerst zag toen hij me die dag naar het huis had gereden.

'Ik denk niet dat mevrouw Westington het erg zal waarderen,' zei ik. 'Het was mijn schuld. Ik zal het haar moeten uitleggen.'

'Ik zou het voorlopig maar erbij laten,' adviseerde hij.

Mevrouw Westington zag ons staan fluisteren en keek ons achterdochtig aan, maar ze vroeg niets.

Aan tafel praatten Trevor en ik weer over de wijngaard, hoe succesvol die was geweest en waarom zijn druiven zo bijzonder waren. Hij hield een lange toespraak over de verbouw. Mevrouw Westington keek zuur en klaagde dat hij nu niet alleen zijn eigen tijd verspilde maar ook die van mij, maar ik kon zien dat ze zich verheugde over mijn enthousiasme. Echo deed haar best om aan het gesprek deel te nemen, maar noch ik noch Trevor dacht eraan haar gaandeweg alles uit te leggen. Natuurlijk was mijn kennis van gebarentaal maar beperkt. Nu en dan deed ik mijn best haar bij de discussie te betrekken, en plotseling kreeg ik een geweldig idee toen ik zag hoeveel moeite het haar kostte ons te volgen.

Ik vond het een voortreffelijk idee, maar Tyler Monahan vond het weer een bewijs dat mijn opvattingen te bizar waren en ik geen geschikt gezelschap was voor Echo.

Toen hij de volgende dag kwam, begroette ik hem met de opmerking: 'Ik wil leren als iemand die doof is.'

Hij bleef stokstijf staan in de gang en trok zijn mondhoeken omlaag. Toen hield hij zijn hoofd schuin en zei: 'Wát zeg je?'

'Ik dacht dat als ik doof was, ik gedwongen zou zijn te communiceren via gebarentaal. Het zou me onder dezelfde druk zetten als iemand die echt doof is, en misschien zou ik het dan vlugger leren.'

'O, dacht je dat? En hoe was je van plan om doof te worden, je trommelvliezen scheuren of zo?'

'Met was,' zei ik.

'Was?'

'Ja, ik wil mijn oren dichtstoppen met was. Mijn oom Palaver trad eens op in een circusact; hij moest de man assisteren die uit een kanon werd geschoten. Hij vertelde me dat hij zijn oren dichtstop-

52

te met gesmolten was, om te voorkomen dat hij doof zou worden, en dat hij dan niets hoorde en ze hem op zijn schouder moesten tikken om zijn aandacht te trekken.'

Tyler schudde zijn hoofd. 'Dus als ik het goed begrijp, wil je niet alleen dat ik je opleid voor je highschoolexamen, maar ook dat ik het doe met gebarentaal, liplezen en alle andere technieken die ik voor Echo gebruik?'

'Precies,' zei ik.

'Je bent nog gekker dan ik dacht,' antwoordde hij. Ik glimlachte.

'Zo werkt het niet,' hield hij vol.

'We zullen zien,' zei ik. Ik had de vorige avond urenlang het ASL-boek bestudeerd, zelfs nadat Echo en ik al uren hadden geoefend. Ik beheerste de taal nog niet, maar was al een aardig eind gevorderd, en ik was vastbesloten hem een betere indruk te laten krijgen van mij en mijn vaardigheden.

'Hoor eens, als je denkt dat ik mijn tijd ga verspillen om jou een beetje te amuseren, dan –'

'Ik kom zo terug,' viel ik hem in de rede, voordat hij me kon waarschuwen en met dreigementen kon komen. Ik ging naar boven en stopte mijn oren dicht met het kaarsvet dat ik al in een kom had gesmolten en dat gereed was voor gebruik. Ik stelde mezelf op de proef door met een borstel op de toilettafel te slaan en toen door een kraan open te zetten. Het was heel moeilijk om iets te horen. Met het ASL-boek onder mijn arm liep ik terug naar het kantoor, waar Tyler al bezig was Echo les te geven. Hij keek wantrouwend op en haalde toen een stapeltje tests tevoorschijn die hij me blijkbaar wilde laten maken.

'Dit zal me helpen te beoordelen hoe ver je kennis reikt.'

Ik wist dat hij het had gezegd, maar antwoordde in gebarentaal met: 'Ik kan je niet horen.'

Hij kneep zijn ogen halfdicht en ik draaide mijn hoofd om, zodat hij de was in mijn oren kon zien. Toen sloeg hij zijn ogen op naar het plafond met een haast demonische glinstering. Toen hij weer naar me keek, gebaarde hij: 'Laten we gaan ontbijten.'

Ik schudde mijn hoofd en gebaarde terug: 'We hebben al ontbeten.'

Hij sperde verbaasd zijn ogen open. Ik deed een stap naar voren en wees naar de tests. 'Voor mij?' gebaarde ik.

Hij knikte. Ik pakte ze op en ging zitten.

'Waar moet ik mee beginnen?'

'Wiskunde.'

'Ik heb een hekel aan wiskunde.'

'Dan moet je daarmee beginnen,' antwoordde hij. Hij gebaarde snel, bijna te snel. 'Wat is je lievelingsvak?' vroeg hij. Ik werd even van mijn stuk gebracht door het woord lievelingsvak, maar puzzelde het toen uit.

'Engels.'

Hij knikte weer, met een verbaasde en half bewonderende blik in zijn ogen omdat ik al zoveel had weten te bereiken.

Echo had ons voortdurend gadegeslagen. Ze begon te glimlachen, keek naar Tyler, die nu met meer respect naar mij staarde, en toen keek ze weer naar mij.

Langzaam verflauwde haar glimlach, tot hij verdwenen was. Ze keek van Tyler naar mij. Ik denk dat ze bang was dat mijn initialen in dat hart op de rots zouden verschijnen.

En misschien dacht ze dat dat de reden was dat ik haar gewaarschuwd had om niet te intiem te worden met hem of een andere jongen?

Natuurlijk was dat niet waar.

Ik keek naar Tyler Monahan, die in een boek zat te bladeren. Hij was een knappe jongeman, en heel zelfverzekerd.

Misschien had ik in Echo's ogen gezien, wat in feite in mijn eigen ogen te lezen was, dacht ik.

En als een jong, onschuldig meisje dat zo duidelijk kon zien, zou hij dat zeker kunnen.

3. Afleiding

De proefwerken die Tyler me had gegeven hielden me uren bezig, en al wilde ik het hem niet bekennen, de was in mijn oren veroorzaakte veel jeuk. Nu en dan betrapte ik hem erop dat hij me met enige achterdocht bekeek. Ik wist zeker dat hij dacht dat ik alleen maar een stunt wilde uithalen om nog meer bij mevrouw Westington in de gunst te komen. Toen ik mevrouw Westington in de deuropening zag staan om de lunch aan te kondigen, gebaarde ik dat ik de lunch zou overslaan om door te gaan met mijn tests. Ze keek verbaasd, en Tyler vertelde haar over de was in mijn oren. Ze kwam naar me toe om het met eigen ogen te zien.

'Ik wil op dezelfde manier leren als Echo,' legde ik uit toen ik zag dat haar mond openviel van verbazing. 'Op dezelfde middelen vertrouwen. Het zal me helpen om sneller en beter met haar te kunnen communiceren.'

Ze keek naar Tyler, die zijn schouders ophaalde, zijn armen in de lucht stak en zijn hoofd schudde met een blik die zei: 'Ik begrijp haar niet.' Ze gingen weg om te lunchen, maar mevrouw Westington wilde er niet van horen dat ik weigerde te eten. Ze bracht me een kalkoensandwich en een glas limonade. Ik bedankte haar. Ik zag dat ze zacht in zichzelf mompelend wegliep.

Ik was zo verdiept in mijn tests, dat het niet tot me doordrong hoeveel tijd er verstreken was zonder dat Tyler en Echo terugkwamen in het kantoor. Hetzij in de hoop me een voet dwars te kunnen zetten, hetzij in een poging het me vrijwillig te laten opgeven, had hij me heel veel werk opgegeven, waaronder wiskundesommen, vragen over natuurkunde en maatschappijleer en pagina's grammaticaexamens. Toen ik klaar was, was het bijna zijn tijd om weg te gaan. Ik sloeg het opgavenboekje dicht en keek verbaasd om me heen, maar voor ik kon opstaan om de kamer te verlaten, verscheen Tyler zonder Echo. Ik keek hem nieuwsgierig aan. Hij leek overstuur.

'Wat is er?' vroeg ik. 'Waar is Echo? Is er iets aan de hand met haar?'

'Haal die was maar meteen uit je oren,' schreef hij op een blocnote.

'Waarom?'

'Ik wil met je praten over wat je Echo verteld hebt,' voegde hij eraan toe. 'En over wat je haar hebt laten zien.' Natuurlijk wist ik dat hij Destiny bedoelde.

Ik vroeg hem waar Echo was en hij vertelde me dat ze boven in haar kamer werkte aan een paar opgaven die hij haar had gegeven.

'Ik wacht buiten op je,' zei hij. Hij probeerde zijn emoties te verbergen achter een strak gezicht, maar zijn woede was duidelijk te zien in zijn ogen.

Ik ging naar de badkamer en begon heel voorzichtig met heet water en een tandenstoker de was uit mijn oren te halen. Ik kreeg niet alles eruit, maar ik wist dat Tyler ongeduldig op me stond te wachten op de veranda aan de voorkant van het huis.

'Laten we een eindje gaan lopen,' zei hij kortaf zodra ik verscheen, en beende de trap af.

Trevor was nog steeds bezig met het plukken van zijn druiven en keek ons na toen we in de richting van het meer liepen. We hadden al een heel eind gelopen voor Tyler iets zei en er bijna schreeuwend uitflapte: 'Ik wist dat jij voor nog meer problemen zou zorgen, alsof ik het niet al moeilijk genoeg heb. Ik wíst het!'

'Wat bedoel je? Wat voor problemen?'

Hij liep door, bleef staan, veranderde van richting en gedroeg zich als iemand die in grote verwarring verkeert.

'Wil je alsjeblieft even blijven staan en me vertellen wat er precies aan de hand is? Wat voor problemen heb ik veroorzaakt?'

Ten slotte stond hij stil en draaide zich naar me om. 'Je wilde haar helpen met haar huiswerk,' zei hij. 'Je wilde snel leren met haar te communiceren. Je voerde die hele show op van het simuleren van de conditie van een dove, zodat je gedwongen zou zijn net zo te leren als zij. Je hebt een prachtige show opgevoerd voor mevrouw Westington, toen je haar je intens droeve verhaal vertelde. Arme April Taylor, een weeskind dat op haar stoep werd gedumpt,' zei hij, met een gezicht alsof hij innig medelijden met me had.

'Wat heb ik gedaan dat je zo van streek bent?' schreeuwde ik.

'Wat je hebt gedaan? Dat zal ik je vertellen. De eerste de beste keer dat je de kans krijgt, waarover praat je dan met Echo? Haar wiskundesommen? Nee. Haar Engelse huiswerk? Nee. Maatschappijleer? Nee. Waarover dan? Jongens, zoenen, vrijen, baby's! Haar hoofd is er zo vol van dat ze zich op niets wat ik doe kan concentreren. En ze stelt me vragen die een prostituee in verlegenheid zouden brengen!'

'Ik heb haar niets verteld wat een meisje van haar leeftijd niet hoort te weten, dingen die meisjes weten die jonger zijn dan zij.'

'Wie heeft je gezegd haar ook maar íéts te vertellen?'

'Waarom wil je haar zo onschuldig en onwetend houden?' vroeg ik beschuldigend. 'Waarom wil je dat?

In plaats van antwoord te geven, negeerde hij me en bleef agressief. 'En dan laat je haar die… die naakte pop zien, een levensgrote naakte pop met… met schaamhaar. Hoe kón je?' vroeg hij met een vertrokken gezicht. 'Beleef je er een soort ziekelijk genot aan om haar reactie te observeren?'

'Je begrijpt niet wat er precies gebeurd is.'

'Precies, ik begrijp het niet. In ieder geval ben je intelligent genoeg om dat te beseffen. Mijn advies is om je boeltje te pakken en te vertrekken. Stap in die camper, rij weg en ga bij een van je familieleden wonen; de eerste de beste die je maar in huis wil nemen.'

'O, wat ben je toch een brave ziel. Wat wil je die arme Echo graag beschermen en wat ben je bang dat ik haar van haar onschuld zal beroven, terwijl jij samen met haar jullie initialen in die rots kerft en haar in de waan brengt dat je haar vaste vriendje bent.'

'Rots?'

'En het is maar dat je het weet, ze heeft me ook laten zien hoe je haar betast hebt! Op plekken van haar lichaam waar je haar niet hoort aan te raken! Ik heb erover gedacht het mevrouw Westington te vertellen, maar ik wilde geen trammelant veroorzaken. Ik ben hier nog maar zo kort. Als iemand onnodige problemen heeft veroorzaakt, ben jij het en niet ik, Tyler Monahan!'

Het bloed steeg naar zijn wangen en hij werd vuurrood. 'Wat voor rots? Wat aanraken? Waar héb je het over?' Hij kwam naar me toe, met zijn borst vooruit en zijn handen op zijn heupen.

Ik knikte naar het meer. 'Die rots aan de overkant van het meer.

Ze heeft me ernaartoe geroeid en het me laten zien. En daarna heeft ze me laten zien hoe en waar je haar hebt betast.'

Hij staarde me aan, iets van zijn woede verdween uit zijn zwarte ogen. Hij keek naar het meer en toen weer naar mij. 'Je liegt.'

'O, ik lieg, ja. Wil je soms beweren dat ik het fantaseer? Misschien kunnen we mevrouw Westington niet erheen brengen, maar ik zou Trevor kunnen vragen om te gaan kijken als je het bevestigd wilt hebben.'

'Laat het me zien,' zei hij.

'Weet je dan niet waar het is?'

'Ter informatie, nee, ik weet het niet.'

Ik aarzelde. Vertelde hij de waarheid of wilde hij me alleen maar in die boot lokken? Ik begon me allerlei dingen in te beelden. Als ik met hem in die roeiboot stapte, zou hij misschien proberen me te verdrinken.

'Precies wat ik dacht,' zei hij, toen ik bleef aarzelen. Hij sloeg zijn armen over elkaar en deed vastberaden een stap naar achteren. 'Je verzint maar wat. Je bent ziek. Net zo ziek als die oom van je met die pop in zijn camper.'

'Nee, jij bent degene die ziek is,' zei ik. 'En ik zal het je bewijzen.' Ik liep in de richting van de steiger. Nu was hij degene die aarzelde. 'Nou, ga je mee om te zien wat ik weet of wil je gauw naar huis om mevrouw Westington een hoop leugens op haar mouw te spelden?'

Na een ogenblik haalde hij zijn armen van elkaar en liep naar de steiger. Ik stapte als eerste in de boot. Hij keek even achterom naar het huis en volgde toen mijn voorbeeld.

'Ik roei,' zei ik. 'Ik wil niet dat je je te veel inspant.'

Hij rimpelde zijn voorhoofd en kneep zijn ogen samen toen ik wegvoer, mijn ogen strak op hem gericht.

'Overigens wil ik je wel laten weten, al kan mij dat niet veel schelen, dat ik me niet realiseerde dat Echo de helft niet begreep van wat ik haar vertelde over jongens en baby's. Ik was van plan het vanavond in grote trekken voor haar op te schrijven. Ze is bijna vijftien en ze hoort heel wat meer te weten over haar eigen lichaam en seks en zo, alleen – wie moet het haar bijbrengen? Mevrouw Westington? Ik denk het niet. Jij? Ik heb geen enkel boek gezien over gezondheidsleer of seksuele voorlichting.'

'Daar ben ik niet voor.'

'Nee, natuurlijk niet,' zei ik spottend. 'Daar ben je niet voor.'

'Precies, en ik heb je al gezegd dat ze in een omgeving hoort te zijn waar ze met andere meisjes van haar leeftijd kan omgaan. Al zou jij haar natuurlijk aan de hand van je eigen ervaringen alles kunnen leren.'

'Wat ben je toch zelfingenomen. Je denkt dat je alles weet over iedereen.'

Hij reageerde niet. Hij draaide zich om en tuurde over het meer.

'Wat doe je, probeer je een of ander schrander Chinees spreekwoord te bedenken?'

Hij begon zich weer op te winden, maar schudde alleen zijn hoofd.

Ik roeide snel naar de zijkant van de rots. Toen stopte ik en keek hem aan. 'Daar is het. Alsof je dat niet wist.'

Hij stond op, wiebelde een beetje, en boog zich toen naar de plek die ik had aangewezen op de rots. Hij bestudeerde de initialen en verbaasde me toen door hard te lachen.

'Wat vind je zo grappig?' Hoe kon hij hierom lachen?

'Het is nogal gemakkelijk te zien dat ik dat niet heb gedaan.'

'O? En waarom dan wel, slimmerik?'

'Doodgemakkelijk, omdat er staat "Ty en Ik". Ik denk niet dat ik dat geschreven zou hebben, zelfs al geloof je dat ik zo met mezelf ben ingenomen. En kijk eens hoe primitief dat hart is getekend. Het is niet gekerfd, maar gekrast. Bovendien, waarom zou ik iets in die rots kerven dat iedereen kan zien als ik probeerde het geheim te houden?'

Ik fronste mijn wenkbrauwen en bestudeerde het hart op de rots. Natuurlijk had hij gelijk wat betrof dat 'Ty en Ik'. Waarom was dat niet tot me doorgedrongen?

Hij ging zitten en vouwde zijn handen op zijn schoot. Ik keerde terug naar mijn plaats en een secondelang zeiden we geen van beiden iets. De boot schommelde zachtjes in de bries en mijn bonzende hart begon tot bedaren te komen.

'Weet je,' zei hij toen veel kalmer, 'we hebben hier te maken met een puberachtige fantasie. Het is niet ongewoon of zelfs maar onverwacht, vooral niet van een meisje dat zo geïsoleerd leeft. Dacht je soms dat ik me daar niet van bewust ben? Ik doe wat ik kan. Daarom wil ik haar zo gauw mogelijk opleiden tot het niveau waarop ze naar een gestructureerde schoolomgeving kan en normalere ervaringen opdoet.'

'Dat is precies wat ik voor haar wil,' zei ik.

'Het is nauwelijks normaal te noemen dat je haar meeneemt naar die camper en een naakte sekspop laat zien.'

'Het is geen sekspop en ik heb haar die niet laten zien. Ze wilde de camper vanbinnen zien en ik vergat de pop van mijn oom.'

'Naakt op een bed? Dat is al net zo ziekelijk. Je oom was behalve dronken ook nog pervers.'

'Dat is niet waar! Je bent zo ingebeeld en arrogant. Je weet niet waar je over praat.'

'Misschien niet, maar ik vraag me af of jij het weet. Ik probeer me voor te stellen hoe het voor je moet zijn geweest om onder die omstandigheden te leven en met zo'n man rond te reizen.'

'Er is niets wanstaltigs gebeurd!' riep ik uit. Ik begon te huilen. 'Hij leerde me goocheltrucs en ik hielp hem met zijn voorstelling. Hij was mijn enige naaste familie. Hij hield van me en hij was ook alleen. Ik kon nergens anders heen!'

Al deed Tyler nog zo zijn best een ondoorgrondelijk gezicht te trekken, onwillekeurig verzachtten zijn trekken en toonde hij iets van medelijden.

'Hoor eens, ik geef toe dat ik niet het hele verhaal ken. Het enige dat ik weet is wat mevrouw Westington me heeft verteld en wat Echo me kortgeleden heeft beschreven. Het spijt me als ik te veel overhaaste conclusies trek, maar jij maakt je schuldig aan een zelfde voorbarig oordeel,' zei hij met een knikje naar de rots.

Ik veegde de tranen van mijn wangen en haalde diep adem. Wat een toestand! Ik was hier nog geen week en nu al stond de boel op stelten. Zou me dat overal blijven achtervolgen? Mijn leven lang?

'Nou, wat doen we nu?' vroeg ik hem.

'Wapenstilstand sluiten. Zal ik terugroeien?'

'Nee, dat kan ik zelf wel.' Ik greep de riemen voordat hij het kon doen. Hij haalde zijn schouders op en leunde achterover.

'Ik vind het niet erg om me te laten verwennen.'

'Leuk ben je.'

Hij keek me met iets meer vertrouwen in zijn ogen aan. 'Heb je die proefwerken af?'

'Ja.'

'Ik zal ze ophalen en vanavond nakijken. Ik neem het examen niet af, zie je. Daarvoor moet je een afspraak maken op de openbare highschool. Ik zal je helpen dat te regelen als ik denk dat je er klaar voor bent, als je dat ooit bent.'

'Ik zal er klaar voor zijn.'

'En, als je het niet erg vindt het me te vertellen, waarom ben je niet bij je zus blijven wonen? Zelfs al ging ze op tournee, dan had je toch bij haar kunnen blijven? Ik weet zeker dat ze als je wettelijke voogdes zou worden beschouwd, en je had tenminste naar school kunnen gaan en een min of meer normaal leven leiden.'

Ik bleef roeien.

'Waarom ben je weggelopen om bij je oom te gaan wonen?'

Ik aarzelde en roeide verder. Hij staarde me aan.

'Je hoeft me niet alles te vertellen,' voegde hij eraan toe op een toon die precies het tegenovergestelde bedoelde.

'Ik kon niet overweg met haar kamergenote!'

'O? Waarom niet?'

'Ze was te veeleisend.'

'Veeleisend? In welk opzicht?'

'In seksueel opzicht, als je het zo graag wilt weten. En mijn zus maakte zich als gevolg daarvan erg overstuur. Ik wist dat ík uiteindelijk de schuld zou krijgen.'

'Wat deed ze?' vroeg hij, nu een en al belangstelling en nieuwsgierigheid.

'Ik wil niet in details treden, Tyler. Ze wilde een seksuele relatie met me.'

'Je meent het. Vroeg ze het gewoon of zo?'

'Nee, ze deed meer dan alleen vragen. Ik zei je dat ik er liever niet over praat. Het was toen erg verontrustend en het is pijnlijk voor me om er nu aan terug te denken.'

Hij knikte peinzend. 'Waarom zou je zus kwaad zijn over zoiets? Je zou toch denken dat ze...'

Hij dacht weer na en knikte toen bijna onmerkbaar. 'O, je bedoelt dat je zus en die andere vrouw...'

'Ja.'

'Tjee, je hebt wél een verknipte familie. Een lesbische zus, een oom die verliefd is op een pop, en joost mag weten wat nog meer.'

'Mijn familie is niet verknipt! Niet iedereen marcheert op dezelfde muziek. Ik dacht jij dat wel zou begrijpen. Je bent toch zo intelligent?'

Hij haalde zijn schouders op. 'En jij? Ben jij lesbisch?' vroeg hij met dezelfde emotie als een dokter zou tonen die vroeg of ik pijn in mijn oor had. 'Is dat de reden waarom de geliefde van je zus jou probeerde te verleiden?'

'Ik geloof het niet,' zei ik. 'Omdat één mens in je familie homo is, wil dat nog niet zeggen dat jij dat ook bent.'

'Waarom zeg je dan dat je het niet gelooft? Weet je het niet zeker? Voel je je meer aangetrokken tot meisjes dan tot jongens?'

'Ik wil er liever niet over praten.'

'Hm, heb je vriendjes gehad?' ging hij verder.

'Het gaat je allemaal niets aan.'

Hij keek niet kwaad om mijn reactie, alleen maar peinzend, alweer als een dokter die symptomen onderzoekt. Ik roeide verder, beet op mijn lip en bedwong mijn tranen. Het praten erover maakte me weer scherp bewust van mijn scheiding van Brenda, de enige familie die ik nog had.

'Hoe zijn je ouders gestorven? Een ongeluk?'

'Nee, mijn vader had een inoperabele hersentumor en mijn moeder raakte in een diepe depressie en nam een overdosis slaappillen.'

'Wauw. Ik denk dat mevrouw Westington gelijk heeft. Je bent door een hel gegaan.'

'Ik vraag geen medelijden,' zei ik. Ik had eraan toe willen voegen: 'Zeker niet van jou', maar slikte dat in.

'Goed zo. Een oud Chinees spreekwoord luidt: "Wie medelijden heeft met zichzelf kan van niemand een verontschuldiging verwachten."'

'Wat betekent dat?'

'Ik weet het niet zeker. Ik las het in een gelukskoekje.' Hij bleef even serieus kijken en begon toen te lachen. Mijn verbaasde gezicht deed hem nog harder lachen.

Ten slotte begon ik zelf ook te lachen. Ik lachte door mijn tranen heen en het was als zonneschijn op een regenachtige dag.

'Doe me een plezier,' zei hij toen we de boot aanmeerden.

'Hoe?'

'Laat me die pop zien. Het heeft me nieuwsgierig gemaakt zoals Echo die beschreef.'

Ik keek hem achterdochtig aan.

'Ik wil alleen maar weten hoe een pop haar zo overstuur kon maken en hoe jij en je oom die gebruikten in de voorstelling. Als je het liever niet doet, dan begrijp ik dat.'

'Nee, het is goed. Ik had Destiny trouwens nooit zo mogen achterlaten.'

'Destiny? De pop heeft een naam?'

'Ja. Dat was haar echte naam.'

'Echte naam? Dat snap ik niet.'

'Ze heeft geleefd, ze was een echte vrouw. Ik zal je foto's van haar laten zien in de camper.'

'Dus er werd een evenbeeld gemaakt van een levend mens. Waarom?'

'Je zult het begrijpen als je haar ziet en alle andere dingen.'

'Alles in orde?' riep Trevor uit de wijngaard toen we naar de camper liepen. Ik wist dat hij feitelijk alleen naar mij riep.

'Ja, dank je, Trevor,' riep ik terug.

Tyler zwaaide naar hem maar zei niets, en Trevor zwaaide niet terug. Hij knikte nauwelijks.

'Zoals mevrouw Westington zou zeggen, de jury is nog niet terug met een oordeel over mij,' zei hij toen we doorliepen. 'Maar dat geeft niet. Het is goed dat hij hen wil beschermen.' Hij keek even naar mij. 'Het schijnt dat hij jou nu ook wil beschermen.'

'Geloof me, ik vind het niet erg,' zei ik. 'Het is heel, heel lang geleden dat iemand mij beschermde.'

'Ik geloof je,' zei hij. Hij zweeg toen we bij de camper waren. 'Er staat ook een auto.'

'Ja, dat is mijn auto. Oom Palaver haakte hem aan de camper toen ik bij hem kwam wonen.'

Hij staarde naar me terwijl ik naar de camper keek. 'Je vindt het zeker moeilijk om naar binnen te gaan, hè?'

'Ja.'

'Het hoeft niet. Zo belangrijk is het niet.'

'Nee. Ik moet toch iets doen met Destiny. Dat kan ik net zo goed nu doen. Kom,' zei ik en ging hem voor naar de deur. 'Ben je weleens in een camper geweest?'

'Nee.' Toen we de trap opliepen en ik de deur opende en we de camper inliepen, zei hij: 'Ziet er niet slecht uit.'

'Nee. Dit deel kan worden uitgeklapt als de camper geparkeerd staat.'

Ik ging hem voor naar oom Palavers slaapkamer. Hij staarde met open mond naar Destiny. Ik liep haastig naar de ladekast waarin haar kleren waren opgeborgen en begon de pop aan te kleden.

'Er is een foto van hen beiden, de echte Destiny en mijn oom,' zei ik, met een knikje naar de ingelijste foto aan de muur rechts van hem. Hij keek ernaar en toen weer naar de pop.

Ik vond het gênant haar slipje en beha aan te trekken terwijl hij toekeek, maar zo had oom Palaver haar aangekleed. Ik ging zo snel mogelijk te werk.

'Wat een levensechte pop. Mag ik hem aanraken?' vroeg hij. Ik knikte en zag hoe hij Destiny's arm voorzichtig beetpakte. 'Voelt aan als een echte huid. En die borsten en tepels. Wie heeft die pop gemaakt, een plastisch chirurg?'

'Dat weet ik niet.'

'Ze heeft zelfs vingernagels en haar. Geen wonder dat het kind zo in de war was. Waarom heeft je oom die laten maken?'

'Mijn oom hield erg veel van Destiny en hij was zo verdrietig toen ze overleed. Hij zocht iemand die alles tot in details kon namaken.'

'Zelfs schaamhaar. Zoveel details waren er toch niet nodig voor jullie optreden?'

'Nee, maar het kon geen kwaad dat ze er zo echt uitzag.' Ik draaide de pop om en maakte het kastje open waarin de batterijen lagen. 'Die moeten vervangen worden,' zei ik, terwijl ik de oude eruithaalde.

'Wat kun je haar laten doen?'

'Met behulp van de zender kunnen we, ik bedoel, kan ik haar armen en benen, handen en vingers bewegen. Haar hoofd en zelfs haar ogen kunnen ook bewegen. Maar het belangrijkste is haar mond. We, dat wil zeggen voornamelijk mijn oom, konden een spannende buiksprekersact opvoeren door haar mond te bewegen. Haar opmerkingen hielden verband met de trucs en hij deed vaak trucs waarbij de pop iets vasthield. Er waren ook andere dingen die hij in zijn act gebruikte.'

'Het moet heel kostbaar zijn geweest om die pop te laten maken.'

'Geen idee.' Ik was bijna klaar met het aankleden van Destiny; ik ritste de rok dicht en knoopte de blouse vast. 'Hij heeft me nooit verteld wat hij ervoor betaald heeft. Ik geloof niet dat het geld hem interesseerde.'

'In ieder geval is het me nu duidelijk waarom Echo nog steeds gelooft dat hier een echt mens ligt.'

'Toen ze dit zag, is ze weggevlucht. Ik volgde haar naar huis en bleef een tijdje bij haar en toen schreef ik zo goed mogelijk een verklaring.'

'Ze heeft het me net verteld van de pop en hoe ze die ontdekte. Haar beschrijving deed het allemaal erg bizar en buitenissig lijken.'

'Dat geloof ik graag.'

'We moeten haar die pop weer laten zien en het uitleggen.'

'Dat zal mevrouw Westington misschien niet op prijs stellen. Ze wilde niet dat ik Echo die pop liet zien. Ik weet zeker dat ze wilde dat ik dit alles achterwege zou laten.'

'Dus ze weet niet dat ze het heeft gezien?'

'Ik heb het haar niet verteld, al had ik dat wel moeten doen,' bekende ik.

'Hm, misschien is dat voorlopig het beste. Ik zal er later met haar over praten, als ik denk dat alles in orde is. Ik zal zorgen dat ze weet dat het niet je bedoeling was iets verkeerds te doen.'

'Dank je,' zei ik.

Hij knikte. Hij kon zijn ogen nog steeds niet van Destiny afhouden. Ten slotte werd hij zich daarvan bewust.

'Laten we je proefwerk gaan halen. Ik moet naar huis. Ik ben al ruim een halfuur te laat en mijn moeder raakt dan erg van streek.'

'Wat doe je voor haar?'

'Het is voor ons, ons bedrijf. Ik controleer de productie van onze chocoladewijnsaus en ben manager van de verkooppunten. Ik bedoel, we hebben hulp genoeg, maar we houden graag zelf de touwtjes in handen. Ik zal wat voor je meebrengen om te proeven,' bood hij aan.

'Graag.'

Toen ik Destiny had aangekleed, droeg ik haar de kamer uit en zette haar in oom Palavers stoel. Toen ging ik terug en deed de deur van de slaapkamer dicht.

'Wat ga je met dit alles doen?'

'Ik wacht op bericht van de notaris. Ik neem aan dat we de camper snel zullen verkopen. De auto niet natuurlijk. Die is van mij. Ik moet ook alles nog met mijn zus bespreken.'

'Waar is ze nu?'

'Ze is nog in Europa. Ze zal me binnenkort wel bellen.'

'Mooi.' Hij keek achterom naar Destiny en schudde zijn hoofd. 'Man, wat zie het er echt uit. Zelfs de tanden lijken echt.'

'Ja. Ik geef toe dat het lijkt of ze leeft.' Ik had nog steeds moeite Destiny met iets anders te betitelen dan 'ze' en 'haar'.

We verlieten de camper en liepen terug naar huis. Trevor was voor vandaag klaar met oogsten in de wijngaard en was nergens te bekennen.

'Voorlopig,' zei Tyler voordat we naar binnen gingen, 'kun je beter niets tegen Echo zeggen over wat je ontdekt hebt over de rots en de rest.'

'Dat zal ik niet doen. Ze zou zich te veel schamen. Maar wat wil je doen aan haar verliefdheid op jou?'

'Zoals ik al zei, hoop ik mevrouw Westington over te halen haar gauw naar school te sturen. Als ze eenmaal andere mensen, andere docenten, leert kennen, zal het prima in orde komen met haar. Ik kan haar toch niet veel langer lesgeven. Mijn moeder heeft me harder nodig in de fabriek en de winkel. Ze is niet zo gezond en ze wil graag dat ik hiermee stop.'

'O, wat jammer.'

'Zeg het nog niet tegen mevrouw Westington. Ik wil haar niet ongerust maken.'

'Oké.'

We gingen naar binnen en hij haalde mijn proefwerk op, wierp er een snelle blik in.

'Hm, niet zo slecht. We zullen zien. Ik kom morgen terug, zelfde tijd.'

'Dank je. Het spijt me van daarnet. Dat ik je van allerlei dingen beschuldigde.'

'Nee, het is niet jouw schuld. Het is niemands schuld, althans niet van een van ons. Als Echo een fatsoenlijke moeder had gehad, zou het allemaal misschien anders zijn afgelopen voor haar en voor mevrouw Westington.'

'Iemand heeft me eens verteld dat je moet spelen met de kaarten die je krijgt,' zei ik.

Hij glimlachte. 'Klinkt als een oud Chinees spreekwoord.'

Mijn lach volgde hem naar buiten. Even bleef ik in de hal staan.

Toen hoorde ik mevrouw Westington met haar stok tikken. Ik draaide me om en zag dat ze in de deuropening van de keuken naar me stond te kijken.

'Wel, wel, zo laat is die jongen nog nooit naar huis gegaan. Er zal hem thuis wat te wachten staan.' Ze glimlachte. 'Ik mag dus aannemen dat jullie goed met elkaar kunnen opschieten.'

'We zullen zien, mevrouw Westington. Ik heb mijn best gedaan op die tests.'

'Je kunt meer dan je best doen. Kom hier, dan zal ik je laten zien hoe je gehakt klaarmaakt. Een dezer dagen zul je de liefde van een man winnen via zijn maag,' voegde ze eraan toe en verdween in de keuken.

Zou ik dat? vroeg ik me af. Zou ik ooit een enigszins normaal leven leiden? Een echte relatie hebben?

Samen met mevrouw Westington in de keuken werken deed me denken aan de vele keren dat ik met mijn moeder in de keuken had gestaan. Net zoals mijn moeder me verteld had over haar jeugd, vertelde mevrouw Westington me over de tijd dat zij samen met haar moeder in de keuken had gewerkt. De genegenheid en liefde tussen haar en haar moeder waren net zo voelbaar als vroeger die tussen mij en mijn moeder. Ik luisterde graag naar haar verhalen, maar toen ze vertelde over gelukkiger tijden met haar familie, werd ik herinnerd aan die heerlijke tijd die ik vroeger zelf had beleefd, en sprongen de tranen in mijn ogen en voelde ik droefheid in mijn hart. Wanneer zouden mooie, gelukkige dingen voor mij op zichzelf staan en geen herinneringen wekken die alleen maar verdriet deden? Zou het eeuwig zo blijven?

Ik verborg mijn droefheid voor mevrouw Westington en samen maakten we het eten klaar. Ze liet me tafeldekken en daarna ging ik naar boven om me op te knappen.

Als Echo nog steeds van streek was door de confrontatie met de Destiny-pop, liet ze dat niet merken aan tafel, en evenmin had ze er iets over gezegd tegen mevrouw Westington. Trevor Washington daarentegen keek achterdochtig en bezorgd naar me. Toen hij me uitnodigde om te komen kijken naar de apparatuur voor de wijnproductie en -opslag, accepteerde ik zijn aanbod snel.

'Kun je geen betere manier bedenken om haar tijd te verspillen?' vroeg mevrouw Westington sarcastisch.

'Nee, mevrouw,' zei hij met een knipoog naar mij.

Echo wilde ook mee. Met een ondeugende glimlach vroeg Trevor aan mevrouw Westington of ze ons wilde vergezellen. 'Dat frist uw geheugen misschien wat op, mevrouw Westington,' voegde hij eraan toe.

'Als ik ooit wil dat mijn geheugen opgefrist wordt, steek ik mijn hand wel in een stopcontact,' zei ze. Hij lachte.

Hoewel ze erover klaagde, kon ik haar tevreden blik zien toen Echo en ik Trevor volgden naar de wijnmakerij.

'Zoals ik je vertelde, weet Echo heel wat meer over de wijnproductie dan mevrouw Westington denkt,' zei Trevor. 'Ze is te nieuwsgierig om haar te kunnen negeren.'

Het gebouw waarin de wijnmakerij was gehuisvest, was smetteloos schoon. Ik kon zien hoe trots Trevor erop was.

'Als we de druiven van de stelen hebben ontdaan,' begon hij, 'worden de schillen gebroken om het sap vrij te maken. Het mengsel van sap, schillen, zaden en pulp wordt most genoemd.'

We volgden hem terwijl hij uitleg gaf. Nu en dan keek ik naar Echo en zag dat ze iets vreemds deed. Ze gebaarde tegen zichzelf, hardop denkend. Ze herhaalde wat Trevor mij vertelde, maar deed het aan de hand van haar geheugen.

Tyler heeft gelijk, dacht ik. Ze is erg intelligent en ze krijgt de kans niet zich te ontwikkelen zoals ze zou moeten doen. Ze is als een vogel die in een te kleine kooi wordt gehouden, zodat ze haar vermogen om te vliegen niet kan oefenen. Zou ik het wagen om te proberen mevrouw Westington daarvan te overtuigen, haar over te halen Echo naar een echte school te sturen? Als ze daar eenmaal was, zou er voor mij geen reden zijn nog langer hier te blijven. Het was egoïstisch van me om zo te redeneren, maar ik kon er niets aan doen.

'En zoals je hier kunt zien,' ging Trevor verder, 'wordt suiker door gist veranderd in alcohol en koolzuur. Na het gisten wordt het heldere wit gescheiden van de verbruikte gistcellen en andere vaste stoffen. Witte wijn wordt gefermenteerd bij een lagere temperatuur dan rode, en witte wijn wordt gedronken als hij nog betrekkelijk jong is zodat hij zijn frisse en fruitige aroma en geur behoudt.'

Hij keek naar mij. Ik had naar Echo staan kijken. 'Ik zal hier later vragen over stellen,' zei hij.

'O, het spijt me, Trevor. Ik heb echt alles gehoord.'

'Goed. Hier,' zei hij, en liep naar een stapel dozen en haalde een fles uit de bovenste doos. 'Ik zal je een gereed product laten proeven.'

Hij ontkurkte de fles en schonk wat van de inhoud in een glas. Hij deed hetzelfde voor Echo. Ik keek verbaasd op.

'Het is oké. Mevrouw Westington vindt het goed dat ze nu en dan iets krijgt.'

We proefden allebei. Ik had niet veel wijn gedronken in mijn leven, maar ik vond dat het erg goed smaakte en vertelde hem dat.

'Ja, er is een tijd geweest dat de trots op dit alles over dit landgoed wapperde als een vlag,' zei hij triest. Hij keek even naar Echo en toen naar mij. 'Alles goed tussen jou en die leraar?'

'Ja.'

'Pas alleen op hoeveel je in hem investeert,' waarschuwde hij.

'Investeert? Wat bedoel je? Wát investeren?'

'Van jezelf. Een goede relatie, zoals deze wijn, heeft een gastvrije omgeving nodig en tijd om behoorlijk te rijpen.'

Ik glimlachte. 'Oké.'

'Ik heb het recht niet iemand te adviseren over relaties met andere mensen. Heb te veel jaren als een kluizenaar geleefd, maar soms is wat goed en juist is zo helder en duidelijk als vloeibaar goud.'

Ik was het met hem eens en bedankte hem voor zijn bezorgdheid. Daarna ging ik weer met Echo werken aan de gebarentaal. Ze had een eindeloze energie als het ging om haar behoefte en verlangen om te communiceren. Ik was blij dat ze afgeleid was en zo intens bij ons werk betrokken was dat ze niet nog meer vragen stelde over Destiny, vriendjes of seks. Ze scheen mijn belofte om alles op te schrijven vergeten te zijn en ik herinnerde haar er niet aan. Ik wilde niets meer horen over haar liefde voor Tyler of wat zij beschouwde als zijn liefde voor haar.

Mevrouw Westington zat in haar stoel te breien terwijl wij aan het werk waren. Ze leek erg blij dat Echo en ik zo goed met elkaar konden opschieten. Was dit een goed moment om over een school voor Echo te beginnen? Ik was bezig moed te verzamelen, toen de telefoon ging.

'O, ik hoop niet dat het weer een van die mensen is die proberen je iets te verkopen,' zei ze en ging naar de telefoon in de keuken. Ruim tien minuten later kwam ze weer binnen met een doodsbleek gezicht en met lippen die trilden van woede. Ik vroeg me af of het Tyler was geweest die zei dat zijn moeder wilde dat hij stopte met Echo's lessen. Ze keek naar Echo die bezig was de houding van mijn arm en vingers te verbeteren voor het woord *dag*.

'Is er iets, mevrouw Westington?' vroeg ik.

Ze haalde diep adem, deed haar ogen dicht en trok haar schouders naar achteren. 'Dat,' zei ze,' was mijn dochter. Na al die jaren, mijn dochter.'

'Rhona? Hoe gaat het met haar?' vroeg ik.

'Hoe het met haar gaat? Ik zal je vertellen hoe het met haar gaat. Ze zit in een Mexicaanse gevangenis omdat ze bij de grensovergang betrapt werd met drugs in haar auto, dus hebben ze de auto geconfisqueerd en zit ze nu in grote problemen. Mijn eerste reactie was geen cent te geven en haar in haar eigen sop gaar te laten koken.'

Ze ging met een verbijsterd gezicht in haar stoel zitten. 'Natuurlijk zou haar vader eerst razen en tieren, maar dan zorgen dat ze hulp kreeg, en als ik dat niet zou doen, zou hij waarschijnlijk uit zijn graf opstaan. Ze is zo geworden omdat hij haar verwende – de roede spaarde en het kind bedierf.

'Nou ja, ik kan haar moeilijk daar laten zitten. Ik weet hoe het er aan toe gaat in die instellingen en zelfs zij verdient dat niet. Misschien ook wel,' voegde ze er na een ogenblik aan toe, 'maar mijn hart is niet kil genoeg om dat toe te staan. Ik heb mijn advocaat gebeld en hem aan het werk gezet. Hij zal degene omkopen die omgekocht moet worden om haar uit de gevangenis te krijgen. Waar ze naartoe zal gaan en wat ze zal doen, mag joost weten, maar wees niet verbaasd als ze ten slotte hier voor de deur staat. De enige reden waarom zo iemand thuiskomt is dat niemand anders haar wil opnemen.'

'U hebt mij in huis genomen,' bracht ik haar in herinnering.

'Dat is iets anders. Jij bent een legitiem meisje in nood. Wat ik ook doe om haar te helpen, ze zal weer van kwaad tot erger vervallen. Ze is de rotte appel die de mand bederft, geloof me.

'Nou ja, misschien komt ze hier helemaal niet. Misschien zal ze wat ik haar geef gebruiken voor een nieuwe uitspatting. Het is of je de duivel omkoopt om hem van je deur te houden. Ik moet er niet aan denken wat er met dat kind had kunnen gebeuren als ze haar niet in de steek had gelaten,' ging ze verder en knikte naar Echo, die gelukkig geen enkele aandacht besteedde aan de discussie. 'Ze zou haar door een hel hebben gesleurd.'

'Het spijt me dat u zoveel problemen hebt, mevrouw Westington.'

'Hm, ja, grijns en verdraag het, zou mijn oma zeggen.' Ze zuchtte. 'Ik voel me plotseling erg moe.'

Ze wilde opstaan en ik kon zien dat ze een emotionele schok had gehad, die haar oude botten nog verder verzwakten. Ik stond snel op om haar te helpen.

'Dank je, kindlief. Gaan jullie maar naar bed. Ik wil nog even een beetje opruimen. Het is niet goed om je hoofd neer te leggen na zoveel opwinding. Dan draai je urenlang als een tol in het rond. Maar natuurlijk,' zei ze met een glimlach naar mij, 'weet je dat al.'

Ik keek haar na toen ze wegliep en draaide me toen om naar Echo, die me met een bezorgde blik aankeek. Snel gebaarde ze de vraag of haar oma ziek was.

'Alleen moe,' gebaarde ik terug. De woorden en gebaren kwamen bij me op als een tweede taal. Ik moest even glimlachen bij de gedachte hoe snel ik die kennis in de laatste paar dagen had opgedaan. Echo glimlachte terug. Ze kon zien hoe tevreden ik erover was.

Ik stak mijn hand naar haar uit. Ze pakte die en samen liepen we de trap op, zij waarschijnlijk om te gaan dromen over Tyler. En ik zou niet eens verbaasd zijn als hij ook in mijn dromen zou ronddolen, dacht ik.

Hij kwam de volgende dag precies op tijd. Ongerust over de resultaten van mijn proefwerk, hield ik mijn adem in toen ik hem aan zag komen. Samen met Trevor was ik bezig druiven te plukken. Tyler keek naar mij en wenkte me nadrukkelijk om bij hem te komen.

'Ga maar,' zei Trevor. 'Ik heb niks aan je als je staat te trappelen van ongeduld om weg te komen.'

Ik overhandigde hem mijn mand met druiven en liep haastig naar Tyler.

'Oké,' zei hij. 'Ik moet bekennen dat ik slechte resultaten van je verwacht had, maar je hebt me verbaasd. Je moet een behoorlijke leerlinge zijn geweest.'

'Behoorlijk maar niet opperbest.'

'Goed genoeg,' hield hij vol. 'Je haalt dat examen wel.' Hij wees op een tas met boeken. 'Die zijn voor jou. We zullen meteen beginnen. Er zit ook een fles chocoladewijnsaus in zodat je die kunt proeven.'

'Dank je,' zei ik en nam de tas van hem aan.

We hoorden Echo roepen en zagen dat ze op de veranda was verschenen.

'Hoe gaat het met haar?' vroeg hij. 'Nog gesproken over…?'

'Ze heeft er geen woord over gezegd, vooral niet over Destiny. Ik denk dat ze het nog steeds beangstigend vindt.'

'Maak je geen zorgen. Ik heb een paar ideeën hoe we dit kunnen aanpakken. Laten we het voorlopig maar laten rusten en aan het werk gaan.'

Een van de eerste dingen die hij deed toen hij binnenkwam was mevrouw Westington opzoeken om haar te vertellen hoe goed ik mijn tests had gemaakt.

'Dat hoef je mij niet te vertellen. Ik wist dat er niets aan haar verstand mankeerde.'

Ik was verbaasd over de hoeveelheid werk die Tyler had verzet met betrekking tot de voorbereidingen voor mijn tests. Hij had voor elk vak een serie lessen samengesteld.

'We zullen zoveel mogelijk de methodes en het rooster van de school volgen,' legde hij uit. 'Je leert de lessen en maakt de oefeningen, en dan nemen we ze samen door om te zien of je alles begrijpt.'

Echo sloeg ons gade, kennelijk geërgerd dat hij zoveel tijd aan mij besteedde. Ze viel ons voortdurend in de rede met vragen waarvan we allebei wisten dat ze die niet hoefde te stellen. We wisselden een begrijpende blik en hij concentreerde zich meer op haar.

'Ik ben blij dat je vandaag geen was in je oren hebt gestopt,' fluisterde hij, 'al moet ik toegeven dat het niet eens zo'n slecht idee was. Feitelijk,' bekende hij, 'deden we soortgelijke dingen tijdens onze opleiding om ons voor te bereiden op het onderwijs aan gehandicapten.'

Het deed me goed complimentjes van hem te krijgen. Mijn zelfrespect leek op een ingestort kaartenhuis. Er zou een hoop geduld en lijm voor nodig zijn om dat weer op te bouwen. Ik boog me over de opdrachten, meer dan ooit gemotiveerd om het goed te doen. De tijd vloog voorbij. Mevrouw Westington riep ons om te komen lunchen en aan tafel was Tyler spraakzamer dan ooit en richtte zich bijna even vaak tot mij als tot Echo. Hij stelde vragen over Memphis, over mijn vroegere leven en over de voorstellingen die oom Palaver en ik gaven. Hij was zo verstandig Echo overal bij te betrekken. Ik kon zien dat ze heen en weer geslingerd werd tussen haar wens om mijn vriendin te zijn en haar verlangen naar Tylers volledige aandacht.

We gingen weer aan het werk, maar halverwege de middag verraste Tyler me met een papieren zak.

'Wat is dat?' vroeg ik. Toen ik erin keek, zag ik dat het de batterijen waren die ik nodig zou hebben voor Destiny.

'Het leek me een goed idee om een bezoek te brengen aan de camper en Echo te laten zien hoe je de pop laat functioneren.'

'Meen je dat?'

'Ik meen het. Het is de snelste manier om het haar te laten begrijpen.'

'Moeten we het niet eerst aan mevrouw Westington vertellen?'

'Dat doen we daarna. Maak je niet ongerust. Voorlopig is het ons geheim. Ik ben zelf ook nieuwsgierig. Ik wil zien hoe goed je bent als artiest.'

'Ik was niet de artiest, dat was mijn oom.'

'Maar je zei dat je meedeed aan de show en een paar trucs kende. Dat zal helpen Echo op haar gemak te stellen.'

'Oké,' zei ik, al had ik één ding geleerd in mijn korte leven, en dat was dat het geheimhouden van dingen voor de mensen van wie je hield en die je respecteerde, vragen was om moeilijkheden.

'Goed. Dan gaan we.'

'Nu?' vroeg ik.

'Nu of wanneer dan ook. Iedereen heeft recht op afleiding na het werk, vooral als je rekent hoe intens we bezig zijn geweest,' zei hij.

Hij wendde zich tot Echo en gebaarde snel, om haar uit te leggen wat we wilden gaan doen. Ze keek verheugd.

'Wat heb je tegen haar gezegd?' vroeg ik.

'Alleen dat je een voorstelling voor ons ging geven in de camper en ons zou verrassen.

Het ging allemaal te snel in zijn werk en leek te mooi om waar te zijn. Dat wij drieën zo goed met elkaar overweg konden was een stille hoop en een droom. Nog niet over de schok heen van de ene teleurstelling na de andere, bleef ik zenuwachtig en sceptisch. Tylers houding ten opzichte van mij was zo radicaal veranderd.

'Weet je zeker dat we hier goed aan doen?' vroeg ik, wanhopig zoekend naar geruststelling.

'Maak je geen zorgen. Ze vertrouwt me.'

Ja, dacht ik, dat doet ze.

Maar moest ik dat ook doen?

4. De magische show

Mevrouw Westington zat te slapen in haar fauteuil toen we het huis verlieten om naar oom Palavers camper te gaan. Trevor Washington was bezig met een reparatie op het dak van de wijnmakerij. Ik dacht niet dat hij ons zag, want hij concentreerde zich op zijn werk. Echo keek zenuwachtig toen we bij de camper kwamen, maar Tyler stelde haar voortdurend gerust en vertelde haar dat we iets leuks gingen doen.

Toen we in de camper waren, hield Echo zich op een afstand en staarde naar Destiny, die nu in oom Palavers stoel zat tegenover de bank. Ik draaide de pop om, schoof de blouse aan de achterkant omhoog om haar het kastje met de batterijen te laten zien. Ze kwam behoedzaam dichterbij en keek toe terwijl ik de oude batterijen verving door nieuwe. Ze was nu nog nieuwsgieriger geworden, ging op de bank zitten, en wachtte tot ik klaar zou zijn met de installatie en de voorbereidingen.

Tyler ging naast haar zitten. 'We zijn klaar voor onze magische show,' zei hij.

Ik wist niet zeker waarmee ik moest beginnen. Zonder oom Palaver was het vreemd om iets te doen waar Destiny bij betrokken was. Het leek wel of ik bang was dat ze voor mij niet zou optreden zoals ze voor oom Palaver had gedaan, maar ik dacht aan de gemakkelijkste truc met haar die ik kende. Ik zette haar rechtop, tenminste, het leek alsof ik dat deed.

'Heb je een dollar bij je?' vroeg ik aan Tyler. Hij zocht in zijn zak en haalde er een tevoorschijn.

'Oké,' zei ik. 'Mijn oom vroeg of Destiny een dollar had en zij schudde haar hoofd, nee. Dan vroeg hij het aan iemand in de zaal en...'

'Niet vertellen. Gewoon doen zoals je oom het deed,' zei Tyler.

Echo sperde haar ogen open en keek van mij naar Destiny.

'Oké. Destiny, kan ik een dollar van je lenen?'

Tyler vertaalde in gebarentaal wat ik zei, zodat Echo het zou begrijpen. Met behulp van de zender in mijn zak bewoog ik haar hoofd en, ook al had ik het heel lang niet meer gedaan, ik liet het haar ook door middel van buikspreken zeggen.

Echo maakte een sprongetje toen Destiny haar mond opende. Tyler pakte haar hand en verzekerde haar dat het maar een truc was. Ze leunde achterover, maar ontspande zich niet. Haar ogen waren strak gericht op Destiny.

'Heel aardig,' zei Tyler. 'Je wist die stem zo goed te veranderen, dat zelfs ik even verbaasd opkeek.'

'Oom Palaver kon dat zo goed. Soms dronk hij zelfs een glas water terwijl hij de pop liet praten. Vraag me niet hoe.'

Ik pakte zijn dollar aan en legde die in de palm van mijn hand en liet hem aan Echo zien. Dit deel van de truc was gemakkelijk. Ik had het zo vaak gerepeteerd als oom Palaver en ik urenlang onderweg waren van de ene bestemming naar de andere. Ik zei tegen Echo dat ze haar hand moest uitsteken en openen. Daarna legde ik de dollar in haar handpalm en vouwde haar vingers eromheen.

'Maak je hand niet open,' zei ik. Ik gebaarde 'Niet openen' zodat ik zeker wist dat ze het had begrepen, want anders zou de truc mislukken.

Toen draaide ik me om naar Destiny. 'Weet je zeker dat je geen dollar voor me hebt?' vroeg ik haar, terwijl Tyler het gebaarde naar Echo. Destiny schudde weer haar hoofd en ik liet haar rechterarm langzaam omhoogkomen en opende toen haar hand. Echo klampte zich vast aan Tyler, maar hij was net zo gebiologeerd door Destiny's levensechte bewegingen als zij. Ze bogen zich allebei naar voren en zagen dat er een dollar in Destiny's hand lag. Het volgende was simpel. Ik opende Echo's hand – geen dollar.

'Wauw, hoe heb je dat gedaan?' vroeg Tyler, die onder de indruk was.

'Een echte goochelaar verklapt nooit zijn trucs,' zei ik.

Ik had, toen ik Destiny rechtop zette in de stoel, een dollar in haar hand gestopt en de hand gesloten. Toen ik de dollar van Tyler in Echo's hand legde had ik hem er weer uitgehaald toen ik haar vingers dichtvouwde. Ik had de dollar verborgen in mijn eigen hand.

'Oom Palaver zou nu een grappige dialoog met haar houden en haar ervan beschuldigen dat ze geld oppotte. Ze ontkende het en dan stak hij zijn hand onder haar kin en kijk,' zei ik, opende mijn hand en onthulde de andere dollar, 'hij vond er nog een.' Echo lachte en klapte verrukt in haar handen.

Tyler knikte geïmponeerd. 'Je bent snel,' zei hij. 'Ik doe geen kaartspelletjes met jou, dat staat vast.' Hij leek echt onder de indruk, wat me aanmoedigde om door te gaan.

'Dit is een magische dollar,' zei ik, en hield een van de dollars omhoog. Tyler vertelde het aan Echo.

Ik wilde de truc doen van de speld en de dollar. Ik had de speld al in mijn hand, verborgen tussen mijn wijs- en middelvinger. Ik liet hem zijn dollar weer zien, en hij draaide hem om en bestudeerde hem even voor hij hem teruggaf. 'Een doodgewone dollar?' vroeg ik. 'En?'

Ik legde de munt op de speld en streek met mijn andere hand zogenaamd over de munt, zette de munt toen recht overeind, tegelijk met de speld. De munt leek volkomen in evenwicht op zijn kant te staan. Ik steunde gewoon tegen de speld. Door druk te blijven uitoefenen op de speld bleef de munt in evenwicht, zodat het leek alsof hij midden in de lucht stond.

Echo klapte verrukt in haar handen. Ik zei dat ze haar hand boven de munt moest bewegen, net zoals ik had gedaan. Ze deed het aarzelend en toen ik de druk weghaalde van de speld, viel de munt langzaam terug op mijn vingers. Daarop gaf ik de munt terug aan Tyler.

'Bedankt voor uw magische munt, meneer Monahan,' zei Destiny met een hoofdknikje. Hij keek van mij naar haar en lachte.

'Je bent geweldig.'

'Het is allemaal heel elementair,' zei ik. 'Mijn oom was echt heel erg goed. De mensen zwoeren dat hij wonderen verrichtte. Hij is ook op de televisie geweest.'

'Ik geloof het graag.' Hij keek om zich heen in de camper en toen naar Destiny. Hij draaide zich om naar Echo en gebaarde: 'Zie je nou, ik zei je toch dat het leuk zou zijn. April is een heel goede goochelaar, vind je niet?'

Ze knikte glimlachend naar me.

'Ik denk dat we mevrouw Westington nu wel alles kunnen vertellen,' zei Tyler. 'Ze zal het begrijpen en zich niet ongerust maken, vooral niet als Echo haar vertelt over de pop en de magische show.'

'Ja, je hebt gelijk,' zei ik. Het was slim van hem om dit eerst te willen doen. Ik was kwaad op mezelf omdat ik hem verdacht had van andere motieven.

Hij keek naar Destiny. 'Ga je haar ook verkopen als de notaris zegt dat het kan?'

'O, nee, dat zou ik niet kunnen,' antwoordde ik snel.

'Het zal moeilijk zijn om een verklaring te geven voor die pop als je met haar rondrijdt in je auto,' zei hij. 'Vooral als ze zien hoe levensecht ze is.'

'Kan me niet schelen. Ik geef haar aan niemand weg en ik verkoop haar ook niet.' Ik was zelf verbaasd hoeveel paniek er in mijn stem klonk toen ik dat zei.

'Het is maar een pop, April.'

'Dat weet ik, maar het was het meest geliefde bezit van mijn oom. Die pop heeft een betekenis die niemand anders op haar waarde zal kunnen schatten.'

Hij dacht even na en knikte toen. 'Oké. Laten we zien of je haar van mevrouw Westington mag meebrengen in huis.'

'Zo belangrijk is dat nu nog niet. Als ik de camper moet verkopen, zal ik erover denken. Het klinkt jou misschien heel raar in de oren,' zei ik, met een blik op Destiny, 'maar dit is het enige thuis dat ze ooit heeft gekend.'

Hij keek me met een flauwe glimlach aan. Ik wist zeker dat mijn reactie hem amuseerde.

We liepen terug naar het huis om verder te gaan met onze lessen.

'Waar zijn jullie geweest?' vroeg mevrouw Westington. Ze was wakker geworden toen we binnenkwamen.

'Echo zal het u vertellen,' zei Tyler en gebaarde Echo dat ze het moest doen.

Ze begon enthousiast. Mevrouw Westington kon niet alles ervan volgen, maar ze begreep de essentie.

'Je hebt een voorstelling voor ze gegeven?' vroeg ze aan mij. 'Met die pop?'

'Zo goed en zo kwaad als het ging,' antwoordde ik.

'Toen ik Aprils verhaal hoorde, leek het me het beste om Echo uit te leggen hoe die pop werkte,' voegde Tyler eraan toe. 'We hebben hem in actie gezien en begrepen wat de functie ervan is.'

'Hmm,' zei mevrouw Westington. 'Nou ja, ik neem aan dat het de beste manier was. Je kunt hem meenemen naar het huis wanneer je maar wilt,' ging ze verder tegen mij.

Ik bedankte haar en we gingen allemaal weer aan het werk tot het Tylers tijd was om te vertrekken. Echo was altijd erg teleurgesteld als het zo laat was. Om haar over dat sombere moment heen te helpen, gaf hij haar nog één ding te doen en vroeg haar dat klaar te hebben als hij de volgende keer terugkwam; hij deed of het heel belangrijk voor hem was. Dat was voldoende om haar onmiddellijk aan het werk te zetten. Als hij haar vroeg de hele nacht een greppel te graven, zou ze het voor hem doen, dacht ik. Hij bleef tegen me praten over mijn eigen huiswerk en de voorbereidingen voor het examen, dus liep ik met hem mee naar buiten.

'Ik ben blij dat het resultaat beter is dan ik verwacht had,' zei hij. Hij had bijna niets anders kunnen zeggen wat me zo'n goed gevoel zou hebben gegeven. 'Ik hoop alleen dat ik lang genoeg hier kan blijven om je te helpen.'

Toen we buiten waren, liep ik met hem mee naar zijn auto. De late middagzon scheen door de toppen van de bomen die het meer omringden. Een heldere, gouden glans als het glazuur van een cake deed het water glinsteren.

'Het ziet eruit als een meer van chardonnay,' zei ik, wijzend naar het water.

Tyler lachte. 'Ik denk dat je onder de invloed raakt van Trevor Washington en zijn wijnmakerij.'

'Het is interessant. Ik denk dat dit vroeger een prachtige wijngaard was.'

'Waarschijnlijk wel, ja. Mijn moeder herinnert zich het landgoed nog in zijn glorietijd. Ik niet.' Hij stapte in zijn sportwagen en keek naar me op voor hij de auto startte. 'Verveel je je hier niet? Er is niet veel voor je te doen behalve je voorbereiden voor je examen en Trevor te helpen. Ze hebben zelfs geen kabeltelevisie, alleen een ouderwetse antenne.'

'Ik heb nog geen tijd gehad om daarover na te denken,' zei ik, 'met de dood van mijn oom en alles wat er daarna gebeurde.'

'Nee, natuurlijk niet.' Hij startte en voegde eraan toe: Misschien zal ik je op een avond de omgeving eens laten zien.'

'Echt waar?'

Hij haalde zijn schouders op. 'Tot kijk. Besteed wat meer tijd aan die algebrasommen.'

Ik keek hem na toen hij wegreed. Hij zwaaide vlak voordat hij de bocht nam aan het eind van de oprijlaan. Het geluid van de motor weerklonk door de straat en stierf toen weg als een afdrijvend onweer. Ik besefte dat mijn hart bonsde en nam me heilig voor op dieet te gaan en de oefeningen weer te hervatten die Brenda me geleerd had.

Het leek alsof het denken aan Brenda haar terugriep. Zodra ik binnenkwam zei mevrouw Westington dat Brenda aan de telefoon was, me belde vanuit Europa. Haastig nam ik de telefoon op.

'Waarom ben je daar nog?' vroeg ze zodra ik hallo had gezegd.

'Waarom ben je niet naar neef Pete gegaan? Ik heb hem gebeld en hij zei dat hij niet wist dat jij zou komen of dat oom Palaver gestorven was. Je hebt hem zelfs nooit gebeld. Ik voelde me zo stom.'

'Mevrouw Westington heeft me uitgenodigd hier te blijven en haar te helpen met haar kleindochter, die doof is en hier in haar eentje woont. Ze is bijna vijftien, maar nog erg onvolwassen voor haar leeftijd. Mevrouw Westington heeft de docent van haar kleindochter gevraagd om mij ook les te geven en op te leiden voor het highschoolexamen, en ik help in de kleine wijngaard en de wijnmakerij,' zei ik in één adem. Brenda was zo stil dat ik dacht dat de verbinding verbroken was. 'Heb je me verstaan?'

'Ja, maar als je naar neef Pete was gegaan, had je naar een normale school kunnen gaan, April. Ik begrijp niet dat je zomaar bij vreemde mensen bent ingetrokken.'

'Als je mevrouw Westington leert kennen, zul je het begrijpen. Dit is een heel groot huis. Het was vroeger een beroemd, welvarend wijnlandgoed...'

'Ik blijf nog een paar weken in Europa en dan kom ik terug en ga in Seattle wonen,' zei ze, mijn woorden negerend alsof ze niet belangrijk waren.

'Seattle?'

'Ja, ik belde je om te zeggen dat ze me een functie hebben aangeboden bij een professioneel basketbalteam in Seattle, en dat ik die heb geaccepteerd. Nu ik weet dat je nog hier bent, zal ik contact met je houden. Ik maak een tussenstop van een paar uur in San Francisco en ik geloof dat je daar niet ver vandaan woont, hè?'

'Nee.'

'Dan kunnen we elkaar ontmoeten en hierover praten, April. Ik zal je mijn programma laten weten. Daarna zal ik veel onderweg zijn met mijn team, maar je kunt bij mij komen wonen zodra ik gesetteld ben in Seattle.'

'Alleen jij?' vroeg ik.

'Voorlopig,' antwoordde ze eerlijk.

'We praten wel als je in San Francisco bent.'

'Gaat het echt goed met je?'

'Ja.'

'Oké, ik bel je,' beloofde ze. 'Pas goed op jezelf.'

'Jij ook.'

Onwillekeurig moest ik even zachtjes huilen. Alleen al het horen van haar stem bracht zoveel dingen bij me terug dat ik moeite had met ademhalen. Mevrouw Westington zag dat ik mijn tranen wegveegde.

'Ga naar boven en rust wat uit. Neem een warm bad en ontspan je. Ik weet dat die jongen je te hard laat werken.'

'O, nee, dat is niet waar,' zei ik.

Ze trok haar wenkbrauwen op over de haast waarmee ik Tyler verdedigde. Ik werd er zelf ook verlegen van.

'Ik bedoel, hij probeert alleen me al die verloren tijd te laten inhalen. Ik heb nooit wat aan mijn schoolwerk gedaan toen ik rondreisde met mijn oom.'

'Ja, ja,' zei ze. Ze probeerde een glimlach te onderdrukken en begon met de voorbereidingen van het avondeten. Ik ging haastig naar mijn kamer. Ik voelde me verward. Ja, ik zou graag weer bij Brenda zijn, dacht ik. Ze was de enige familie die ik had, maar het leven dat ze me voorstelde klonk onzeker en eenzaam, en niet veel anders dan het in Memphis geweest was. Het zou vast niet lang duren voor ze weer een nieuwe vriendin gevonden had, en dan zou ik weer op de achtergrond komen. Ik wilde haar niet als mijn wettelijke voogdes. Als iemand als Tyler Monahan me een huwelijksaanzoek deed, zou ik onmiddellijk ja zeggen.

Was dat zelfs maar een minieme mogelijkheid of was ik net zo naïef als Echo met mijn fantasieën?

Ik keek in de spiegel. Was ik werkelijk zo'n hopeloos geval? Kon ik niet afvallen, me aantrekkelijk maken, de serieuze aandacht trekken van een man? Zou hij niet verliefd op me kunnen worden? Was ik niet in staat van een man te houden? Feitelijk, als ik heel eerlijk was, moest ik toegeven dat ik in dit opzicht niet veel wereldwijzer was dan Echo. Als Tyler Monahan de waarheid kende over mijn ervaringen met jongens, dacht ik, zou hij verbaasd opkijken.

Ik liep terug naar de kast, waar Rhona's mooie, sexy kleren hingen als een tantaliserende belofte, me uitdagend die belofte waar te maken. Ik zwoer bij mezelf dat ik elke ochtend vroeg zou opstaan en gaan joggen, net als Brenda vroeger altijd deed. Ik moest een andere houding ontwikkelen, me een ander gedrag aanmeten. Ik moest het lichaam waarin ik huisde gaan haten en me plechtig voornemen het te verlaten. Brenda had eens tegen me gezegd dat ik een visioen moest creëren van mijzelf zoals ik zou willen zijn, en elke keer als ik in een spiegel keek ontevreden zou zijn tot ik dat visioen bewaarheid zag.

'Concentreer je,' drong ze aan. 'Word een monomaan. Houd alleen dát doel voor ogen en doe alles om dat te bereiken. Concentratie, concentratie, concentratie,' scandeerde ze.

Ik wist dat het haar ergerde en zelfs haar afschuw wekte dat het me nooit lukte. Ik probeerde het een tijdje en verviel dan weer in mijn zelfvernietigende levenswijze.

'Je bent een hopeloos geval,' zei ze. 'Vraag mij niet langer om hulp of advies. Ik wil mijn tijd en energie niet verspillen aan iemand die weigert zichzelf te helpen.'

Ik kon het geen hardheid uit liefde noemen, want haar gezicht drukte alleen maar minachting uit. De hardheid was er, maar de liefde niet en het was geen toneelspel voor mijn bestwil. Vaak dacht ik dat ze wenste dat ik geen familie van haar was, en op school zag ik hoe ze me negeerde, net deed of ik niet bestond. Als ze de hele dag niets van me zag of hoorde, kon dat haar niets schelen. Integendeel, ze gaf daar de voorkeur aan. Ze had een grapje bedacht dat ze vaak te berde bracht. 'We hadden een andere melkboer toen April werd geboren.'

Haar houding ten opzichte van mij maakte dat ik me vaak afvroeg of papa er net zo over dacht als hij naar me keek. Hoe depressiever ik werd ten aanzien van mijzelf, hoe meer ik de fout in ging en hoe meer ik van mezelf ging walgen.

Er moet een eind aan komen, dacht ik. Ik moet zelfdiscipline krijgen. Om mijn conclusies te onderstrepen, ging ik op de grond liggen en deed een serie oefeningen die Brenda ooit voor me bedacht had: benen heffen, sit-ups, draaien met de romp, zelfs op de plaats joggen tot mijn hart begon te bonzen en ik zo erg transpireerde dat mijn hele lichaam glibberig werd. Toen nam ik een douche in plaats van een bad, en ik boende zo hard op mijn vetrollen dat je haast zou denken dat ik probeerde ze af te schuren.

Moe, maar voldaan, kleedde ik me aan en ging naar beneden, vastbesloten het heerlijke, maar vetmakende eten dat mevrouw Westington had klaargemaakt, te laten staan. Ze zou van streek raken, maar ik zou voet bij stuk houden. Ze zou aan mijn gezicht zien dat ik vastberaden was en zich erbij neerleggen.

Maar in plaats van zich van streek te maken, keek mevrouw Westington geamuseerd toen ik mijn portie aardappelpuree beperkte tot een theelepel en ik geen brood en boter nam. Ik at alleen de kip en groenten en dronk een glas water. Nu en dan betrapte ik haar en Trevor erop dat ze een blik van verstandhouding wisselden. Ik weigerde een dessert, vooral haar zelfgemaakte bramentaart met een bolletje roomijs. Ik snakte ernaar, maar legde mijn gulzigheid resoluut het zwijgen op.

'Voel je je niet goed, lieverd?' vroeg mevrouw Westington. 'Je eet niet veel.'

'Ik voel me prima, maar ik moet afvallen. Mijn zus herinnerde me eraan toen ik haar aan de telefoon sprak,' voegde ik eraan toe, al was dat niet waar.

'O. Nou ja, je zus heeft ongetwijfeld het beste met je voor,' zei ze. Ik meende te zien dat ze Trevor een knipoog gaf.

Echo leek mijn manier van eten te volgen, en dat ergerde mevrouw Westington wél. Ik gebaarde Echo snel dat ík moest afvallen en zij niet. Ze herinnerde zich dat ik haar verteld had dat ik geen vriendje had omdat ik te dik was.

'Wil je een vriendje?' gebaarde ze.

'Nee,' antwoordde ik. 'Maar ik wil van mezelf kunnen houden.'

Ze keek sceptisch en at toen normaal.

Die avond na het eten, toen Echo haar huiswerk maakte, ging ik terug naar de camper. Ik ging stilletjes naar binnen, knipte het licht aan en deed de deur achter me dicht. Toen liep ik naar de zitruimte en ging op de bank tegenover Destiny zitten. Nu mevrouw Westington me toestemming had gegeven, besloot ik haar mee te nemen naar het huis en naar mijn kamer. Ik kon niet anders denken dan dat ze eenzaam was, maar misschien projecteerde ik alleen mijn eigen eenzaamheid op haar. Trouwens, de notaris kon nu elk moment bellen om te zeggen dat ik de camper gereed moest maken voor de veiling. Ik moest alles wat zich hier bevond inpakken, linnengoed, servieswerk, boeken en persoonlijke bezittingen van oom Palaver. Ik moest beslissen wat ik wilde houden en wat ik wilde weggeven of verkopen.

Het leek me dat Destiny erbij zat alsof ze verwachtte dat er iets heel dramatisch met haar zou gebeuren. Ik verbeeldde me dat de pop oom Palaver miste. Ik dacht als een klein meisje dat tegen haar pop praatte alsof de pop leefde. Als kind konden we net doen alsof en iedereen vond het leuk en aardig, maar op een bepaalde leeftijd moest er abrupt een eind komen aan dat gefantaseer, anders zouden ze ons abnormaal vinden. En toch praten we allemaal tegen onszelf alsof er nog een ander bij is, alsof we twee mensen zijn, onszelf berispen omdat we een stommiteit hebben uitgehaald, of onszelf op de schouders kloppen omdat we iets goed hebben gedaan. We moeten tegen onszelf praten, ja toch? dacht ik. En de pop maakte dat gemakkelijker.

'Tijd om te gaan,' zei ik tegen Destiny. 'Tijd om te vertrekken. Oom Palaver komt nooit meer terug. We zijn alleen op de wereld, jij en ik. We hebben nu alleen elkaar nog. Ik kan me niet voorstellen dat Brenda het prettig zou vinden als ik jou mee naar huis nam, maar ik beloof je dat ik nergens naartoe zal gaan zonder jou.'

Ik verzette me tegen de verleiding mijn buiksprekersstem op te zetten en Destiny te laten antwoorden zoals oom Palaver vaak deed. Als ik dat deed, zou ik bang worden voor mijzelf, dacht ik, en zuchtte diep. Ik keek om me heen. Ik zou echt moeten beginnen orde op zaken te stellen. Misschien zou ik Trevor morgen om een paar kartonnen dozen vragen en zou ik die etiketteren als ik ze had ingepakt.

Ik keek op mijn horloge. Het zou een opzienbarend gezicht zijn als ik Destiny naar huis bracht en de trap op droeg naar mijn slaapkamer. Ik wilde dat Echo dan zou slapen en mevrouw Westington in haar kamer was. Tot zolang zal ik wachten, dacht ik. Ik wilde net het kleine televisietoestel aanzetten en stond op om dat te doen toen ik op de deur van de camper hoorde kloppen.

Ik keek verbaasd op.

'Wie kan dat zijn?' vroeg ik aan Destiny.

Ik deed open. Tyler Monahan stond voor me.

'Hoi,' zei hij.

'Wat doe jij hier?' vroeg ik.

Hij liet me een videocassette zien. 'Ik dacht dat je dit misschien zou kunnen gebruiken. Dat zal je helpen gemakkelijker en sneller te leren.'

'O. Dank je.' Ik bewoog me niet en hij bewoog zich evenmin. 'Hoe wist je dat ik hier was?'

'Ik vroeg mevrouw Westington naar jou. Ze dacht dat je een eindje was gaan wandelen. Ik zag licht in de camper.'

'Kon je weg van je werk?'

'We hebben de inventaris afgesloten. Dat was ik vergeten,' zei hij. Hij trok een enigszins geërgerd gezicht bij mijn vragen en keek toen langs me heen. 'Wat doe je hier trouwens?'

'Ik moet beginnen met pakken. Er kan elke dag een telefoontje komen dat de camper naar de veiling kan en ik moet alle persoonlijke dingen eruit halen.'

Hij knikte en bleef staan. Ik besefte hoe mal het was om met elkaar te staan praten terwijl ik binnen en hij buiten stond.

'Kom binnen als je wilt,' zei ik. Ik deed een stap achteruit en hij liep de camper in, deed de deur achter zich dicht. Hij keek even naar Destiny.

'Ik kan er nog steeds niet over uit. Je doet wonderen met die pop.' Hij keek om zich heen. 'Ik had je willen vragen waar je sliep als je met je oom rondreisde. Op de bank?'

'Nee. Boven.' Ik wees naar het kampeerbed boven de plaats van de bestuurder.

'O, je kunt daar waarschijnlijk niet veel liggen draaien en woelen,' zei hij, omhoogkijkend.

'Ik ben geen lichte slaapster, maar ik ben er nog nooit uitgevallen. Wil je iets drinken? Er staan nog mineraalwater en frisdrank in de koelkast.' Ik liep erheen en maakte hem open. 'Coca cola en gemberbier.'

'Nee, dank je.' Hij legde de cassette op tafel en wees naar Destiny.

'Gek, maar het lijkt net of haar ogen je volgen als je rondloopt.'
'Ik weet het.'
'Ik heb nog nooit zoiets gezien. Die lippen lijken zo zacht.'
'Dat zijn ze ook. Ze is overal zacht waar ze dat hoort te zijn.'
Hij keek alsof hij het zelf wilde voelen, maar ik gaf hem geen toestemming haar aan te raken. Hij boog zich over haar heen, bekeek haar oren, haar vingers.
'Heeft ze ook gaatjes in haar oren?'
'Ja. Nu en dan deed oom Palaver haar oorbellen in, afhankelijk van haar outfit en de act. Je kunt haar pols voelen als je wilt.' Het had me altijd geïntrigeerd.
'Wat? Haar pols voelen? Dat meen je niet.'
Ik schudde mijn hoofd en hij legde langzaam zijn vingers om haar pols. Zijn ogen sperden zich open.
'Hoe…'
'Iets elektrisch dat wordt voortgebracht door de batterijen om een hartslag te simuleren. De toneelknechten vonden het prachtig, maar ze mochten haar nooit aanraken als oom Palaver in de buurt was.'
'Wat had dat voor zin?'
Ik gaf geen antwoord. Ik wist het maar al te goed. Hoe meer ze op de echte Destiny leek, hoe gelukkiger oom Palaver was. Ik dacht er niet over Tyler nog andere details te vertellen, bijvoorbeeld hoe hij haar een bad gaf of haar tanden poetste, dingen die ik hem had zien doen, maar waar ik nooit naar gevraagd had, omdat ik bang was hem in verlegenheid te brengen. In die tijd had ik maar één angst, en dat was hem overstuur te maken, zodat hij me terug zou sturen naar Brenda of me achter zou laten.

Tyler zat op de bank en keek hoofdschuddend naar Destiny. Toen keek hij naar mij alsof hij zich plotseling herinnerde dat ik er ook was.

'Waar woonde je voordat je bij je zus in Memphis ging wonen?'
'In een klein dorp, Hickory, ongeveer honderdvijfendertig kilometer van Memphis. Mijn vader was daar advocaat. Waar heb jij gestudeerd?'
'California State University, Northridge.'
'Heb je altijd dit soort werk willen doen?'
'Nee.'
'Waarom ben je het dan gaan doen?'

'Mijn moeder had een zus die een doofgeboren kind had. Mijn oom schaamde zich voor hem.'

'Waarom?'

'Hij zag hem als zijn persoonlijke tekortkoming als man. Hij had een onvolmaakt kind voortgebracht. Hij deed niets om de jongen te helpen, weigerde geld uit te geven aan speciale leraren of een speciale school. Het kind kreeg slechts de meest elementaire hulp. Mijn oom verbood mijn tante zelfs met hem in gebarentaal te spreken, vooral als er andere mensen bij waren. Ik herinner me dat ik het kind net een klein vogeltje vond met een gebroken vleugel, dat nooit zou kunnen vliegen. Hij groeide verwilderd op, een soort Helen Keller eigenlijk. Weet je wie ik bedoel?'

'Natuurlijk.'

'In ieder geval, min of meer als hobby, legde ik me toe op gebarentaal, en wanneer ik maar kon, als mijn oom niet in de buurt was, oefende ik met mijn neefje en begon hem langzamerhand dingen te leren. Mijn tante wist dat ik het deed, maar zei niets, in de hoop dat mijn oom er nooit achter zou komen. Mijn neefje hunkerde bijna net zo erg naar kennis als Echo en leerde snel. Zijn geestelijke ontwikkeling ging in een sneltreinvaart vooruit en langzaamaan kreeg hij ook sociale vaardigheden. Toen mijn oom ontdekte waar ik mee bezig was, stond zijn zoon inmiddels op de lijst van onderscheiden leerlingen. Het verraste hem allemaal en hij kon niet veel anders doen dan alle complimentjes accepteren. Toen wist ik dat ik hiervoor een speciale gave had en dat dit was wat ik met mijn leven wilde doen.'

'Wat een mooi verhaal. Je hebt geluk.'

'Ja.' Hij keek peinzend en toen een beetje bedroefd. Ik dacht dat het kwam omdat hij zijn werk miste.

'Had je moeder niet iemand anders kunnen vinden om haar te helpen, zodat jij les kon blijven geven op die school in Los Angeles?'

'Nee,' zei hij op scherpe toon. 'Het is een familiebedrijf. Ze heeft me nodig.'

'Het kan toch niet belangrijker zijn dan wat jij doet?'

Hij keek me aan. Zijn ogen zeiden dat hij het met me eens was, maar hij schudde zijn hoofd. 'Familie is belangrijker.'

'Het lijkt me nogal egoïstisch.' Ik weigerde mijn mond erover te houden.

Hij wendde zijn blik af. 'Ik heb je niet helemaal de waarheid verteld over Echo,' zei hij na even te hebben gezwegen, juist toen ik dacht dat hij van plan was om weg te gaan omdat ik zo halsstarrig was.

'Hoe bedoel je?'

'Ik bedoel, ik heb je de waarheid verteld over die rots, maar ze dringt zich op bepaalde manieren aan me op.'

'Dringt zich op?'

'Fysiek. Ze duwt met opzet haar borsten tegen me aan, dat soort dingen. Ik belet het haar natuurlijk, maar ze wordt steeds agressiever in dat opzicht. Ze begint een vrouw te worden. Het geeft me een onbehaaglijk gevoel.'

'Ze zal een heel mooie vrouw worden,' zei ik.

'Ja. Dat is de reden waarom ik moet stoppen met haar les te geven en waarom ik zo van mijn stuk werd gebracht toen mevrouw Westington jou in huis nam om haar gezelschap te houden.'

'Waarom? Wat heb ik daarmee te maken?'

'Ik dacht dat het een extra reden voor haar zou zijn om Echo nog niet naar school te sturen. Je bent aardig en je zou waarschijnlijk een goede vriendin voor haar zijn, maar het is niet wat ze nodig heeft.'

'O. Waarschijnlijk heb je gelijk.'

'Ik zal niet weggaan voordat ik jou geholpen heb,' beloofde hij. 'Je moet een highschooldiploma hebben. Je kunt niet veel bereiken in deze wereld zonder dat je tenminste dat diploma hebt, en misschien wil je ook een hogere opleiding volgen.'

'Ik weet niet wat ik wil. Ik weet alleen dat ik niet mezelf wil zijn.'

Hij trok zijn wenkbrauwen op. 'Waarom zeg je dat?'

'Waarom? Kijk eens naar me! Behalve wat er met mij en mijn familie is gebeurd, ben ik geen meisje om wie iemand ook maar iets zou kunnen geven. Ik ben gewoon een dikzak met ogen en een mond.'

'Dat is niet waar. Val gewoon wat af. Zo'n probleem is dat niet. Je hebt een heel lief en knap gezicht.'

'Dank je, maar ik zit niet naar een compliment te vissen.'

'Ik bijt niet in het aas,' antwoordde hij snel, en we moesten allebei lachen.

Hij keek weer om zich heen in de camper. 'Dit zou een geweldig clubhuis zijn, hè?'

'Misschien, ja.'

'Nou, tot hij weggehaald wordt, kunnen we er misschien gebruik van maken. Het zou nu en dan ons klaslokaal kunnen zijn.'

'Heus?'

'Waarom niet?'

'Oké. O, ik moet de generator opladen, de motor laten lopen.'

'Ik zal je helpen alles uit te zoeken en in te pakken, als je wilt.'

'Dank je, maar hoe moet het dan met je moeder? Je brengt al zoveel tijd hier door.'

'Maak je daar geen zorgen over.' Hij keek weer naar Destiny en toen naar mij. 'Trok je oom haar een kostuum aan voor de show?'

'O, ja.' Ik stond op en liep naar de kast. 'Hier zijn er twee,' zei ik en liet ze hem zien. 'Die waren van de echte Destiny.'

'Dus de pop heeft precies haar lengte, gewicht, maten, alles?'

'Voor zover ik weet wel, ja.'

Hij staarde naar de pop en knikte. Toen keek hij weer naar mij. 'Droeg jij een kostuum in de show?'

'Ja, maar mijn gewicht fluctueerde zo erg, dat ik het alleen droeg als ik slank was. Zoals je kunt zien, is al mijn gewicht nu weer terug.'

'Laat dat kostuum eens zien.'

Ik rimpelde mijn voorhoofd. 'Het stelt niks voor.'

'Toe dan,' drong hij aan. 'Doe niet zo verlegen.'

Ik liep terug naar de kast, hing Destiny's kostuums weer op en haalde dat van mij eruit. Hij stond op, pakte het uit mijn handen en hield het me voor.

'Het lijkt me dat je er best in past.'

'Nee. Dan zie je de vetribbel rond mijn middel te goed.'

Het was feitelijk niet veel meer dan een verkort eendelig badpak in felle kleuren. De rug was open tot bijna onder mijn taille. Het lijfje had cups die mijn borsten omhoogduwden en ze nog groter deden lijken en het decolleté was dieper uitgesneden. Het pak had geheime zakken waarin ik munten bewaarde en andere dingen die ik gebruikte voor een paar van oom Palavers trucs.

'Trek eens aan. Laat het eens zien.'

'Nee. Dan geneer ik me.'

'Destiny,' zei hij, zich tot de pop richtend, 'vind je dat ze het moet doen? Wat denk je? Kijk,' ging hij snel verder. 'Ze gaf een knikje.'

'Dat deed ze niet.'

'Ik heb het gezien. Toe dan. Trek het eens aan.'

Ik dacht er even over na en liep toen naar oom Palavers slaapkamer om het te passen. Het stond me niet geweldig, maar minder slecht dan ik gedacht had. Toen ik uit de kamer kwam, draaide Tyler zich om en sperde zijn ogen open.

'Je ziet er uitstekend uit,' zei hij. Ik hield mijn buik in. 'Draai je eens om.'

Ik deed het en hij floot zachtjes.

'Mijn benen zien eruit alsof ze van een kleine olifant zijn.'

'Zo erg is het niet. Je hoeft helemaal niet zoveel af te vallen, April, en dat zeg ik niet om je een plezier te doen. Je kent me lang genoeg om te weten dat ik onbarmhartig eerlijk kan zijn.'

Ik staarde hem aan, ik wist niet wat ik moest zeggen. Hij kwam naar me toe, keek me diep in de ogen en bracht zijn mond steeds dichter bij de mijne. Ik durfde me niet te bewegen, bang dat ik droomde en wakker zou worden. Zijn kus was zo zacht, dat ik niet zeker wist of het zelfs maar een kus was geweest. Hij legde zijn handen om mijn middel en trok me voorzichtig tegen zich aan voor hij me weer kuste. Hij hield zijn lippen op mijn mond terwijl zijn handen de schouderbandjes van mijn kostuum langzaam omlaagschoven over mijn armen.

Was dit werkelijkheid? vroeg ik me af. Moest ik dit laten gebeuren?

Hij zei niets. Hij ging een klein eindje achteruit en bleef mijn kostuum omlaagtrekken. Mijn borsten kwamen vrij. Hij staarde me even aan en betastte toen mijn tepels. Hij kuste me weer, maar deed verder niets. Het leek alsof hij niet zeker wist wat hierna kwam en of hij verder nog iets moest doen.

Ik keek verwachtingsvol naar hem op. Hij staarde me aan alsof hij net uit een coma was ontwaakt.

'Het spijt me,' zei hij met trillende lippen. 'Het spijt me, ik... ik moet naar huis.'

Hij draaide zich om en liep haastig de camper uit. Ik bleef stokstijf en verward staan, niet alleen door wat hij had gedaan, maar omdat mijn eigen hart was gaan bonzen en ik zo in opwinding was geraakt. Ik had gewild dat hij verder was gegaan. Waarom had hij het niet geprobeerd? Ik had het gevoel dat ik verdronk in een zee van teleurstelling.

Mijn blik viel op Destiny. Ik herinnerde me niet dat ik haar hoofd in die richting had gedraaid, maar het was zo. Hij moest het hebben gedaan terwijl ik me verkleedde, dacht ik.

Ik moest gaan zitten en tot bedaren komen voor ik weer mijn gewone kleren kon aantrekken. Ik besloot de videocassette in de camper te laten om hem daar te bekijken, en voorlopig, omdat ik nog steeds beefde en in de war was, Destiny te laten waar ze was.

In het donker liep ik terug naar het huis, nog duizelig van verwarring. Moest ik blij zijn om wat er gebeurd was? Had hij ten slotte toch weerzin gevoeld voor mijn lichaam? Waren mijn gevoelens anders dan toen Celia me had aangeraakt?

Hoe zou ik in vredesnaam vanavond in slaap kunnen komen? Ik bleef even staan en keek naar de achterkant van het huis, waar Trevor zijn privéverblijf had. Zijn televisietoestel wierp een gloed over de zijkant van het huis en op het kleine stuk gras. Wat een eenzaam leven, dacht ik. Hoe ging hij om met die eenzaamheid? Was zijn werk hem voldoende? Dat was het niet geweest voor oom Palaver. Trevor leek zo tevreden, zo berustend. Zou ik net zo eenzaam eindigen als ik oud was?

In plaats van me verrukt en opgewonden te voelen door wat er zich zojuist in de camper had afgespeeld tussen Tyler en mij, voelde ik me nu eerder bevreesd. Ik zal mijn leven lang worden afgewezen, dacht ik. Waarom was ik ooit geboren?

Mevrouw Westington was naar bed en ik nam aan dat Echo sliep. Ik liep langs haar kamer, keek even bij haar binnen en zag haar met gesloten ogen in bed liggen. Droomde ze van Tyler? Ik bedacht dat ze in de duisternis pas echt alleen was. Ze kon me niet horen en ze kon me niet zien. Ik kon bij haar bed staan en haar dingen vertellen die ze nooit zou weten. Al voelde ik me zelf nog zo rot, ik had meer medelijden met haar. Ik stond naast haar bed en keek op haar neer terwijl ze sliep.

'Je hebt nooit je eigen naam horen noemen, nooit je eigen stem gehoord,' zei ik tegen haar. 'Het is echt of je opgesloten zit in je eigen lichaam. Ik heb medelijden met je, Echo. Echt waar.'

Ze bleef slapen en regelmatig ademhalen.

'Wie is er slechter aan toe?' vroeg ik haar. 'Jij of ik?'

Ik ging naar mijn kamer en maakte me gereed om naar bed te gaan. Een tijdlang nadat ik in bed was gestapt bleef ik in de duisternis liggen staren en vroeg me af of mevrouw Westington gelijk had dat mijn ouders over me waakten vanuit het oneindige hiernamaals. Wat zagen ze, voelden ze? Wat konden ze doen om me te helpen, als ik blijkbaar zo weinig kon doen om me zelf te helpen? We zijn allemaal invalide in dit huis, dacht ik. Misschien voelde ik me daarom zo op mijn gemak hier, had ik daarom mevrouw Westingtons uitnodiging zo snel geaccepteerd. Ze was afgesneden van haar eigen kind en had problemen met haar kleindochter. Echo was zo afhankelijk van iedereen om haar heen, verkeerde in gevaar te worden losgesneden en doelloos rond te zweven. Trevor bewerkte een klein hoekje van een wijngaard om zich vast te klampen aan datgene wat zijn leven betekenis had gegeven. Zijn voortbestaan was verstrengeld met die druiven. Zonder die druiven zou hij sterven en de druiven zouden met hem sterven.

En dan ik, een zwak stemmetje, gevangen in een lichaam dat het verachtte. Ik sloot mijn ogen en droomde dat ik een slang was die ernaar verlangde zijn huid af te werpen.

Ik was moe toen ik wakker werd. Ik wist dat ik de hele nacht had liggen draaien en woelen, in de greep van de ene nachtmerrie na de andere. Ik had nauwelijks de energie om op te staan en me aan te kleden, laat staan te gaan joggen, zoals ik me had voorgenomen elke ochtend te doen. Als Brenda hier was, zou ze haar hoofd schudden en iets over mij mompelen. In ieder geval at ik weinig aan het ontbijt, wat mevrouw Westington niet beviel.

'Je drijft dat dieetgedoe te ver,' zei ze. 'Een lichaam heeft voedsel nodig.'

Ik at een klein beetje meer om haar tevreden te stellen. Ze tikte gefrustreerd met haar stok.

'We hebben geen vijanden nodig,' zei ze. 'We berokkenen onszelf ook zonder hen al schade genoeg. Noteer.'

Echo at langzaam, haar ogen gingen voortdurend heen en weer tussen haar oma en mij. Ze is doof, dacht ik, maar ze voelt de stemmingen en gevoelens van mensen, geloof ik, beter aan dan mensen die wél kunnen horen.

'Gaat het goed met je?' gebaarde ze.

Ik knikte en glimlachte zo opgewekt mogelijk, maar haar blik vertelde me dat ze me doorzag, misschien tot diep in mijn sombere, eenzame ziel.

92

Ik maakte me zenuwachtig over Tylers komst. Hij kwam terug voor zijn laatste lessen van de week. De weekends, had hij me verteld, waren extra druk en hij moest het grootste deel van de dag in de winkel zijn. Ze verkochten niet alleen de wijnsaus die ze zelf maakten, maar ook jams en honing en allerlei keuken- en serviesgoed dat verband hield met wijn, en souvenirs en boeken over het dal. Hij had onthuld dat Echo nog nooit in de winkel was geweest.

Toen hij kwam keek hij naar me zonder ook maar enigszins te laten blijken of hij een goed of een slecht gevoel had over hetgeen gisteren in de camper was voorgevallen. Hij gedroeg zich niet anders dan daarvóór. Het was werkelijk alsof er niets tussen ons gebeurd was en het allemaal verbeelding van me was geweest, of hij nooit in de camper geweest was. Ik was zelfs van plan om terug te gaan en te zien of de cassette er lag, zodat ik een bevestiging had dat het niet allemaal een wanhopig verzinsel van me was.

Hij begon meteen over het werk en het grootste deel van de dag werd alleen daarover gediscussieerd. Ik had moeite met een paar wiskundesommen en hij concentreerde zich daarop, tot hij zeker wist dat ik alles begreep. Tijdens de lunch begon hij een gesprek met mevrouw Westington over Echo's toekomst en hij gebruikte mij om zijn argumenten te ruggensteunen. Het was duidelijk dat het moment van zijn vertrek steeds dichterbij kwam.

'Ze doet het uitstekend, mevrouw Westington, maar ze krijgt niet zo'n afgeronde opleiding als in een klas met andere meisjes en jongens van haar leeftijd. April is het enige gezelschap van ongeveer haar eigen leeftijd dat ze ooit heeft gehad, maar April zal de eerste zijn om te zeggen dat ze meer met jonge mensen moet omgaan.'

Hij keek naar mij en ik knikte.

'Het is zo, mevrouw Westington. Ze moet haar zelfvertrouwen opbouwen voor het sociale verkeer in haar verdere leven.'

'Tegenwoordig heeft iedereen maar haast om op te groeien,' zei mevrouw Westington. 'Jullie jonge mensen beseffen niet wat een kostbaar iets het is om jong te zijn. Jullie verlangen er zo hevig naar om ouder te worden en al die verantwoordelijkheden op je te nemen. Daar heeft ze nog tijd genoeg voor.'

'Het is erger om iemand in de volwassen wereld te planten zonder enige voorbereiding,' hield Tyler vol. 'Ze zal niet weten hoe ze vreemden moet leren kennen en begroeten. Ze zal niet –'

'O, onzin,' zei mevrouw Westington. Ze begon zich erg onbehaaglijk te voelen.

Hij zag het en zweeg erover tot ze de kamer verlaten had. Toen richtte hij zich onmiddellijk tot mij. Eindelijk, dacht ik, zou hij iets zeggen over wat er tussen ons gebeurd is. Ik verwachtte een verontschuldiging of een verklaring voor het feit dat hij op die manier uit de camper was gehold. In plaats daarvan praatte hij verder over Echo.

'Mevrouw Westington is geen jonge vrouw. Als dit meisje alleen achterblijft in deze wereld is ze praktisch een maatschappelijke invalide. Je weet hoe haar moeder is. Zelfs al zouden ze haar vinden en haar vertellen wat er gebeurd is, zou ze Echo waarschijnlijk toch in een instituut laten opnemen. Blijf mevrouw Westington bewerken. Ze is erg op je gesteld en zal misschien beter naar jou luisteren.'

Ik beloofde dat ik het zou doen. Ik wachtte tot hij over ons zou beginnen, maar hij deed wat hij altijd deed aan het eind van de dag: hij gaf Echo iets te doen wat haar zou afleiden van zijn vertrek. Ik volgde hem naar buiten, met over elkaar geslagen armen en gebogen hoofd. Mijn hart bonsde zo hevig dat ik zeker wist dat hij het kon horen.

Hij liep de veranda af, keek achterom naar mij en liep toen verder in de richting van het meer. Ik volgde hem haastig. De lucht was bewolkt en het leek of er aan de buik van de donkerste wolken regendruppels hingen die elk moment konden vallen. De westenwind was opgestoken en de takken van de bomen bogen, de bladeren ritselden. Een rimpeling gleed over het oppervlak van het water.

Hij bleef staan en draaide zich naar me om. Eindelijk, eindelijk zouden we een intiem gesprek hebben.

'Ik wilde dit natuurlijk niet zeggen waar mevrouw Westington bij was, maar ik vind dat je haar moet laten weten dat je hier niet voor onbepaalde tijd blijft. Zoals ik gisteravond zei, zal ze jou gebruiken als reden om Echo niet te laten vertrekken, zoals ze mij ook gebruikt heeft, en zoals ik gisteravond duidelijk heb gezegd, mijn tijd hier is snel voorbij. Als je je examen hebt gehaald, zul jij er toch zeker ook over denken om verder te trekken, hè?'

'Ik denk het,' zei ik. De tranen sprongen in mijn ogen. Hoe kon hij gewoon negeren wat er gebeurd was? Net doen alsof het nooit gebeurd was? Ik was stom en lichtgelovig om méér te verwachten, te verwachten dat hij me zou vragen voor een afspraakje.

'Dat moet je wel doen. Je hebt hier niet veel toekomst, tenzij je met Trevor Washington in zijn miniwijngaard wilt blijven werken.'

Ik begon achterdochtig te worden. Waarom zou een jongen negeren wat er tussen ons was voorgevallen?

'Je hebt hier toch geen vriendin, hè?'

'Nee. Met mijn werk hier en alles wat ik moet doen in de zaak, heb ik sinds mijn terugkomst niet veel tijd gehad voor een sociaal leven.'

'Had je een vriendin in Los Angeles? Komt ze hiernaartoe?'

'Ik had geen vaste vriendin,' antwoordde hij snel. 'Maar we hebben het niet over mij,' voegde hij eraan toe, 'we hebben het over hen en over jou.' Zijn toon en bitse woorden waren als een klap in mijn gezicht.

'Je hebt gelijk,' zei ik. 'Misschien ga ik al heel gauw weg, gauwer dan iemand denkt.'

'O?'

'Mijn zus komt binnenkort terug naar de Verenigde Staten. Ze heeft een baan bij een professioneel basketbalteam in Seattle. Misschien ga ik weer bij haar wonen.'

'En haar geliefde?'

'Ze zijn niet meer bij elkaar.'

'O.' Hij dacht even na. Mijn reactie had hem de mond gesnoerd.

'Tja,' zei hij na een tijdje, 'misschien is dat wel het beste voor je.'

'Ik zie wel hoe het loopt. Ik spreek haar als ze een tussenlanding maakt in San Francisco.'

'Goed. Ik ben blij dat we even hebben kunnen praten. Werk aan je wiskunde. Dat is je zwakke punt.'

Hij draaide zich om en liep naar zijn auto. De eerste druppels begonnen te vallen.

'Ik zou maar gauw naar binnen gaan als ik jou was. Er komt een stortbui!' riep hij achterom. Hij begon te hollen en stapte in zijn auto.

Ik bleef staan en liet me natregenen. Hij toeterde en reed weg. Ik keek hem na en toen, waarschijnlijk meer om mijn teleurstelling te verdrijven dan om af te vallen, rende ik achter zijn auto aan. Ik negeerde de regen, wist trouwens toch het verschil niet tussen de regen en mijn eigen tranen.

Misschien, dacht ik, moet ik gewoon blijven doorhollen. Of misschien moet ik teruggaan, mijn spullen pakken en in mijn auto stappen en wegrijden. De advocaat kon voor de camper zorgen. Net als mevrouw Westingtons dochter, Rhona, zou ik verdwijnen als een rookspiraal. Dat was trouwens alles wat ik was, niet meer dan een rookspiraal. Ja, ik moet weg, dacht ik.

De enige echte metgezellin die ik had was een pop.

5. Voor en na

Toen ik terugkwam bij het huis en naar binnen ging, was ik doorweekt en uitgeput. In de hal bleef ik hijgend staan, met mijn handen tegen mijn zij geklemd. Soms, als ik Brenda zag trainen en oefeningen doen, dacht ik dat ze haar lichaam strafte omdat het haar in de laatste wedstrijd of krachtmeting had teleurgesteld. Ik kon me niet voorstellen dat ze het prettig zou vinden haar lichaam pijn en vermoeidheid op te leggen, maar nu gaf het me een goed gevoel om mezelf te straffen, misschien omdat ik zo naïef en hoopvol was geweest.

'Wat is er met jou aan de hand?' riep mevrouw Westington uit toen ze me in het oog kreeg. 'Hoe ben je zo nat geworden? Die regen is ijskoud, kindlief. Je moet meteen een warm bad nemen, voordat je longontsteking krijgt.'

Echo kwam naast me staan en staarde me verward aan. 'Wat is er gebeurd?' gebaarde ze.

Ik antwoordde dat ik was gaan hardlopen en was overvallen door de regen. Ik trok mijn sneakers en mijn kletsnatte sokken uit.

'Geef hier,' beval mevrouw Westington. Ik overhandigde haar de sokken. 'Ga naar boven en trek die natte kleren uit. En laat het bad vollopen. Hemel nog aan toe.'

Als een jong hondje volgde Echo me op de hielen toen ik naar boven liep. Ik mompelde tegen mezelf terwijl ze achter me liep.

'Je hoeft niet bang te zijn dat ik je vriendje zal inpikken, Echo. Het kan hem geen bal schelen of ik hier blijf of wegga. Hij schijnt zich alleen maar te bekommeren om zijn moeder en hun zaak.'

Zodra ik in mijn kamer was, begon ik me uit te kleden. Echo liep de badkamer in om de kraan voor me open te draaien. Ze gebaarde snel naar me dat ik moest opschieten zodat ik niet ziek zou worden.

'Ik word niet ziek,' zei ik. 'Ik ben niet van suiker en zelfs al zou ik ziek worden en doodgaan, dan zou het voor niemand wat uitmaken.'

Ze begreep niet alles wat ik zei, maar omdat ik zo ongelukkig keek, begreep ze voldoende om in de war te raken. 'Wat is er?' gebaarde ze.

'Wat er is? Wat er is? Kijk dan eens naar me!'

Ze hield haar hoofd schuin om me te beduiden dat ze mijn uitbarsting niet begreep.

'Waarom moet ik naar je kijken?' vroeg ze. 'Wat moet ik zien?' Ze hief haar handen op.

Natuurlijk, dacht ik, hoe zou ze ooit kunnen beseffen hoe gefrustreerd ik me voelde? Ze leefde als een meisje in een plastic bol. Haar enige echte ramen waardoor ze de wereld kon zien waren de boeken die ze las, het beetje televisie waarnaar ze keek zonder iets te horen, en wat mevrouw Westington, Trevor of Tyler haar vertelde. Geen van hen kon haar vertellen over de teleurstellingen van een jong meisje over haarzelf en de mensen die ze vertrouwde. Ze moest haar eigen teleurstellingen nog leren begrijpen, vooral de volle impact van wat haar eigen moeder haar had aangedaan.

Ze stond daar, zo wereldvreemd, zo onschuldig, zo onbewust van de realiteit, dacht ik. Ik zou haar op het leven moeten voorbereiden wanneer ik maar kon.

'Trek je kleren uit,' beval ik. 'Vooruit, doe het.'

Ze staarde me aan, keek naar het bad, haalde toen haar schouders op en begon zich uit te kleden. Toen ze alleen haar slipje nog aanhad, pakte ik haar hand vast en trok haar naast me. We bekeken onszelf in de lange spiegel op de achterkant van de badkamerdeur. Ik zag mezelf met benen als boomstronken, zonder taille, in scherp contrast met dit zich zo mooi ontwikkelende jonge meisje met de welvingen en de zachte huid waar ik van droomde. We konden modellen zijn in een voor-en-na-advertentie.

'Zie je?' gebaarde ik, greep de vetrol om mijn middel vast en klopte op mijn uitpuilende buik. 'Zie je?'

Ze keek nog steeds verward. Ik legde mijn hand op haar middel en op haar buik. Ik wees naar haar ontluikende, parmantige borsten. 'Jij bent nu al mooi,' vertelde ik haar. 'Dat zal ik nooit zijn.'

Ze protesteerde en hield vol dat ik dat wel zou zijn en ik zei dat ze zich geen zorgen moest maken over mij.

'Maak je alleen maar zorgen over jezelf. Ik ben niet de moeite waard om je bezorgd over te maken.' Ze keek alsof ze in huilen zou uitbarsten. 'Het is goed. Het is oké,' gebaarde ik. 'Het kan me niet meer schelen.'

Het kon me echt niet meer schelen. Ik trok mijn beha en slipje uit en stapte in het warme bad. Ze kwam naar me toe en strooide wat badzout in het water. Ik zakte weg in het water. Ik kwam in de verleiding me steeds dieper te laten zinken, tot ik met mijn hoofd onder water lag, en op die manier aan alles een eind te maken. Echo liep om het bad heen, pakte een washandje en begon de achterkant van mijn hals en rug te wassen. Ook al was ik geneigd me ellendig te voelen en te lijden, toch vond ik dat een heel prettig gevoel. Het warme bad, het zoete parfum van het badzout en haar zachte aanraking ontspanden me.

'Het spijt me dat ik zo somber ben,' mompelde ik met mijn rug naar haar toe, 'maar ik kan het niet helpen. Je grote liefde heeft me gisteravond gezoend. Hij deed nog een klein beetje meer, en ik dacht dat ik misschien een vriend zou hebben, maar hij deed zijn ogen open en ik denk dat wat hij zag hem zo'n afkeer inboezemde, dat hij wegrende of de duivel hem op de hielen zat. Waarschijnlijk heeft hij er nachtmerries over gehad en probeert hij te vergeten dat het ooit gebeurd is.'

Ze hoorde natuurlijk niets. Ze waste mijn schouders. Ik sloot mijn ogen en leunde naar voren. Ze masseerde mijn hals voortreffelijk en dat deed me goed. Ik bleef me ontspannen en liet mijn gedachten gaan. Ik herinnerde me dat ik, toen ik nog klein was, hetzelfde deed voor mijn moeder. Ze kreunde dan met overdreven genot. Ik was uitermate serieus, bang dat ik een miniem plekje op haar rug of haar hals zou overslaan. Waarom kan ik niet meer terug? Waarom kan ik niet eeuwig een kind blijven zonder me ooit zorgen te hoeven maken over schoonheid of mijn figuur of het zoeken naar liefde?

Bestond er maar een tijdmachine die je kon activeren als je heel zeker wist dat jij en je familie nooit gelukkiger konden worden. Je drukte op een knop en de tijd stond voor eeuwig stil. Niemand zou ouder worden en niets zou ooit veranderen.

Andere meisjes van mijn leeftijd fantaseerden waarschijnlijk over jongens of een carrière als beroemde filmster of zangeres, maar ik fantaseerde dat ik weer een klein meisje zou zijn. Er is iets heel erg mis met me, dacht ik. Ik ben een hopeloos geval en niet eens voor iemand anders, want er was niemand anders. Ik ben een hopeloos geval voor mijzelf.

Ik verborg mijn gezicht in mijn handen.

Echo boog zich voorover om het washandje in het water te dompelen, en toen ze dat deed, beroerden haar borsten mijn rug. Talloze seksuele beelden trokken aan mijn ogen voorbij – Celia die me liefkoosde en met haar lippen mijn hals streelde, Peter Smokes kus en aanraking, oom Palaver naakt naast zijn naakte Destiny. Tyler die mijn kostuum omlaag schoof en mijn tepels beroerde. Ik kreunde, verlangde naar de warmte van een liefdevolle omhelzing, een liefdevolle omhelzing van wie dan ook.

Ik reikte omhoog en hield even Echo's hand vast. Ze bleef over me heengebogen staan, in verwarring, daarvan was ik overtuigd. Ik wilde haar hand juist naar mijn lippen brengen, over mijn wang laten glijden.

'Wat voert dat kind in vredesnaam uit?' hoorde ik mevrouw Westington zeggen. Snel liet ik Echo's hand los. Ik zag mevrouw Westington in de deuropening staan met een kop dampende kruidenthee. Ze gebaarde naar Echo, vroeg haar waarom ze bijna naakt was.

'Ze wilde haar kleren niet natmaken,' zei ik snel.

'Kleed je aan!' beval ze Echo. Ze zette de kop thee neer en tikte met haar stok.

Echo schoot snel haar kleren aan. Mevrouw Westington bekeek haar hoofdschuddend.

'Het spijt me,' zei ik. 'Ik heb haar niet gevraagd mijn rug te wassen. Ze wilde het zelf.' Dat was geen leugen, dacht ik. Het was alleen niet de hele waarheid.

'Dat kind kent geen preutsheid. Heeft ze nooit gedaan. Toen ze vijf en zes was en zelfs zeven, holde ze in haar blootje rond. Ze trok haar kleren uit omdat ze jeukten of haar hinderden. Het was nog een geluk dat we hier buiten woonden met alleen een paar vogels en konijnen. De mensen zouden denken dat ik een wild dier grootbracht. Maar ik heb thee met honing voor je. Drink op voor het koud wordt.' Ze overhandigde me de kop.

'Dank u,' zei ik.

Echo stond er met een berouwvol gezicht bij.

'Vooruit,' zei mevrouw Westington tegen haar en wapperde met haar hand naar de deur. 'Laat April in haar bad, en zich aankleden en naar bed gaan, voordat ze ziek wordt.' Ze benadrukte haar woorden met een tik van haar stok.

Echo keek even naar mij en verliet met gebogen hoofd de kamer. Ik had medelijden met haar. Het was mijn schuld. Ik kon geen pas verzetten zonder iemand in moeilijkheden te brengen.

'Ik zweer je,' zei mevrouw Westington naar mij kijkend, 'hoe ouder ik word, hoe verbaasder ik ben over de dingen die mensen zichzelf aandoen. Jij bent nog niet eens verstandig genoeg om binnen te komen tijdens een ijskoude stortbui. Nou vraag ik je!'

Hoe moest ik het uitleggen? Ik dronk van mijn thee en sloeg mijn ogen neer, bang dat ze nu zou zeggen: 'Je veroorzaakt te veel moeilijkheden. Je kunt beter weggaan.'

Maar ze zei niets meer. Ze liet me achter in het bad met mijn thee. Na nog een paar minuten zette ik mijn kopje neer, stapte uit bad en droogde me snel af. Ik zou niet ziek worden, maar ik voelde me moe en emotioneel uitgeput. Ik had niet mogen doen wat ik met Echo deed, dacht ik. Er was geen enkele reden waarom zij zich ongelukkig zou moeten voelen door mijn problemen. Misschien zou ik niet zo goed voor haar zijn als mevrouw Westington gehoopt had. Tyler had gelijk. Ik ben geen goed gezelschap voor haar. Misschien moest ik hier werkelijk zo gauw mogelijk vandaan. Zelfs al zag ik ertegenop om weer bij Brenda te gaan wonen, ik had geen keus. Ik hoorde nergens thuis. Daarom voelde ik me zo op mijn gemak toen ik met oom Palaver door het land reisde van de ene plaats naar de andere. Thuis was waar we ons op dat moment bevonden. We waren twee verloren zielen, rondzwalkend, zodat we nooit lang genoeg op één plaats bleven om te zien wat andere mensen hadden en medelijden met onszelf te krijgen.

Ik kroop in bed, wensend dat ik in mijn eigen doodkist kon kruipen. Ik zou mijn hand opheffen en het deksel boven me dichttrekken. Toen ik eindelijk in slaap viel, was de duisternis in mijn hart even zwart als de duisternis buiten.

Uren later werd ik wakker omdat mijn matras bewoog en mijn deken werd opgetild. Even dacht ik dat ik nog droomde of dat een van de geliefde dode zielen, misschien mijn vader of moeder, was gekomen om me gerust te stellen, maar toen ik me omdraaide besefte ik dat Echo in mijn bed was gestapt om naast me te komen liggen. Ik ging snel rechtop zitten en knipte de lamp op het nachtkastje aan.

'Wat is er?' vroeg ik, toen ik haar vertrokken gezicht zag.

'Ik heb een nare droom gehad,' gebaarde ze. Toen legde ze haar handen naast elkaar, de vingers tegen elkaar aan, recht boven haar hart, en deed ze snel open en dicht. Samen met de uitdrukking op haar gezicht, betekende het dat ze bang was. Ze bleef het gebaar herhalen tot ik mijn hand uitstak om haar tegen te houden.

Ik keek naar de deur. Had mevrouw Westington gehoord dat ze mijn kamer binnenkwam? Kon ze elk moment ontdaan en in de war binnen komen stormen? Ik bedacht dat ik Echo snel duidelijk moest maken dat ze terug moest naar haar eigen bed voordat we in de problemen kwamen, maar één blik op haar zei me dat ik haar onmogelijk de deur kon wijzen. Ze keek doodsbang.

'Wat heb je gedroomd?' vroeg ik.

Ze schudde haar hoofd. Ze wilde er niet over praten, maar ik voelde haar nog beven. Ik vroeg me af of ze weleens bij mevrouw Westington in bed was gekropen als ze een nachtmerrie had gehad. Ik kon het me niet voorstellen. Mevrouw Westington was veel te bang om genegenheid te tonen. Ze vond het zelfs niet prettig als ik haar erop betrapte dat ze met een heimelijke glimlach naar Echo keek. Hoe eenzaam en bang moest Echo zich haar hele leven hebben gevoeld, zonder iemand om haar te troosten. Ik herinnerde me hoe vaak ik bij mijn moeder of tussen haar en mijn vader in bed was geklommen toen ik nog klein was. Dat was me tenminste altijd vergund geweest.

Wat moest ik nu tegen haar zeggen? Dat het niet juist was dat ze bij mij in bed lag? Hoe kon ze dat begrijpen, en waarom was het eigenlijk niet juist? Sliepen vriendinnen niet samen in het bed van een van beiden? Ik was nooit close genoeg geweest met een van mijn schoolvriendinnen om daarvoor te worden uitgenodigd, maar ik wist dat anderen het deden.

'Oké,' zei ik. 'Je kunt bij me blijven, maar zodra het licht wordt moet je terug naar je eigen kamer.'

Ze knikte en kroop dichter tegen me aan, sloeg haar arm om mijn middel en legde haar hoofd op mijn kussen. Ik bleef met mijn rug naar haar toe liggen. Ik had vaak 's ochtends bij Brenda en Celia binnengekeken en hen zo verstrengeld zien liggen, slapend, zich aan elkaar vastklemmend alsof hun nachten een vrije val in de duisternis waren. Soms raakten Celia's lippen nog Brenda's hals. Haar mond was enigszins geopend en haar lippen leken gevangen in een niet-eindigende kus. Ik was nooit zo intiem geweest met mijn zus en onwillekeurig was ik een beetje jaloers.

Ik kon Echo's lichaam voelen ontspannen nu ze troost vond in mijn nabijheid. Ik bleef met open ogen liggen, geïntrigeerd door de reactie van mijn eigen lichaam op het gevoel van haar borsten tegen mijn rug, van haar been tegen het mijne, haar adem in mijn hals. Ze kreunde op bijna hetzelfde moment dat ze in slaap viel en drukte zich nog dichter tegen me aan. Mijn lijf tintelde en een golf van een opgewonden, erotische hitte trok door mijn benen omhoog naar mijn geheime plekje. Het maakte me bang en tegelijk nieuwsgierig. Hoorde ik deze gevoelens te hebben? Ervaren alle meisjes die bij elkaar slapen dat? Heeft het iets te betekenen?

Ik probeerde bij haar vandaan te gaan liggen, maar ze hield me in haar slaap stevig vast. Op een langzame, stroperige manier gleden beelden voorbij onder mijn gesloten oogleden. Ik voelde Tylers vingers weer op mijn tepels. Ik stond naast Echo voor de spiegel, starend naar ons lichaam. Ik voelde een intense opwinding. Het was niet de eerste keer dat ik dit meemaakte, maar met Echo naast me, geneerde ik me voor mijn eigen opkomende seksuele crescendo. Ik probeerde mijn adem in te houden, mijn hart trager te laten kloppen, aan iets anders te denken, maar mijn hart bonkte nu onverbiddelijk als een dreunende drum die het marstempo aangeeft van een parade van seksuele beelden. Ze had zich nog dichter tegen me aangedrukt en toen ze zich bewoog, dacht ik plotseling dat zij misschien ook een erotische ervaring had.

Waarom niet? vroeg ik me af. Ze was er nu oud genoeg voor. Ze menstrueerde. Ze las over mensen die verliefd waren. Ze had beslist seksuele fantasieën over Tyler. Hoewel zij erover had willen praten, had ik het vermeden. Hoe zou ik haar trouwens, met mijn geringe ervaring, enig zinvol advies kunnen geven? Ik voelde me nog steeds onzeker over mijzelf.

Ik had vaak op het punt gestaan Brenda te vragen hoe zij voor het eerst had geweten dat ze lesbisch was. Toen ze zich aangetrokken voelde tot een andere vrouw, wist ze toen dat ze biseksueel was of zich gewoon aangetrokken voelde tot een goede vriendin? Wist ze al heel jong wat ze was? Ik wist dat ze er nooit over gesproken had met moeder en zeker niet met vader. Was er iemand met wie ze zo'n discussie zou hebben gevoerd? Ik kon me niemand herinneren met wie Brenda zo close was geweest. Zeker niet met een of ander lid van de familie. Misschien had ze met de schoolverpleegster gepraat.

Nadat ik had ontdekt wat ze was en van wie ze hield, las ik zoveel ik kon over lesbische liefde. Ik wist dat sommige vrouwen, net als sommige mannen, die dingen pas bij zichzelf ontdekten als ze in de veertig of de vijftig waren, en dat ze al die tijd een heteroseksueel leven hadden geleid. Sommigen waren zelfs getrouwd. Wat een schokkende ontdekking moest dat zijn geweest voor hun partner! Kon zoiets mij ook gebeuren? Zou ik een jongeman tegenkomen, denken dat ik verliefd was, met hem trouwen, en dan ontdekken dat ik net zo was als Brenda? En als ik kinderen zou krijgen? Wat zou er dan gebeuren? Zouden ze me haten, zich beschaamd voelen als ze me zagen of mijn naam zelfs maar genoemd werd? Wat voor lot zou dat zijn?

Op het ogenblik maakte ik me natuurlijk niet echt bezorgd over zoiets. Ik dacht niet dat ik ooit een partner zou hebben, man of vrouw. Ik zou de enige zijn die zich geschokt zou voelen over mijn ontdekkingen over mijzelf.

En al die gedachten en gevoelens vloeiden voort uit het simpele feit dat Echo naar mijn bed was gekomen om troost te zoeken. Ze was emotioneel vele jaren jonger dan haar chronologische leeftijd. Ze was als een achtjarig kind als het ging om iets als dit. Maar zelfs volwassenen krijgen afschuwelijke nachtmerries en reiken in de duisternis uit naar iemand die hen gerust kan stellen. Mama had me eens verteld dat zelfs papa soms nachtmerries had en troost zocht in haar armen.

'In ons hart zijn we op de een of andere manier allemaal kinderen,' legde ze uit toen ze me moest kalmeren na een vreselijke droom. 'Daar hoef je je niet voor te schamen.'

Schamen? Daarvoor was het veel te laat. Mijn nachten zullen gevuld zijn met eindeloze nachtmerries, dacht ik, en ik zou alleen in mijn eigen armen troost kunnen zoeken. Misschien was ik daarom ondanks alles blij dat Echo naar mij was toegekomen om te worden getroost, ondanks mijn reactie op haar lichaam dat zich tegen het mijne drukte. Het was allemaal zuiver, goed, en volkomen onschuldig, nietwaar?

Trek je terug en maak er een eind aan, waarschuwde een inwendige stem. Je bent niet in staat tot onschuld.

Ontspan je, zei een andere stem overredend. Laat het komen en laat het voorbijgaan. Ontzeg jezelf geen genot. Het lot ontzegt je ook geen pijn en verdriet.

Ik weet niet zeker of Echo zich ervan bewust was wat er vervolgens met me gebeurde, maar alweer, ik kon het niet beletten. Toen het voorbij was, hield ik mijn adem in en luisterde om te horen of ze wakker was geworden. Ze haalde nog steeds zacht en regelmatig adem. Ik rolde mijn lichaam dichter in elkaar en drukte het kussen zo stevig tegen mijn gezicht dat ik bijna stikte. Het enige wat ik wilde was slapen en vergeten, die verontrustende gedachten en vragen verjagen. Voor zovelen van ons is de slaap werkelijk een zegen en eindelijk werd die mij vergund.

Ik werd wakker toen ik een hand op mijn voorhoofd voelde. Mevrouw Westington stond naast mijn bed. Mijn eerste gedachte was dat ze Echo in mijn bed had gevonden en woedend was, maar toen ik me omdraaide, zag ik dat Echo verdwenen was. Ik staarde naar de lege plaats naast me. Was ze hier geweest of verbeeldde ik het me? Geen van beide zou me opmonteren.

'Hm, het lijkt me niet dat je koorts hebt,' zei mevrouw Westington. 'Hoe voel je je, kindlief? Ik heb me de hele nacht zorgen over je gemaakt.'

'Ik voel me goed,' antwoordde ik. 'Dank u.'

'Ik kan me gewoon niet voorstellen dat je in dat weer ging joggen, vooral niet in die kleren die je aanhad. Nou, je hebt geluk gehad. Geen zere keel?'

'Nee.'

'Goed zo. Wees voortaan wat voorzichtiger. Jonge mensen denken dat ze onsterfelijk zijn. Noteer. De Man met de Zeis verzamelt het liefst de zielen van kinderen. Maar geen somber gepraat meer,' ging ze snel verder. 'Omdat je je goed voelt, zullen we onze plannen om te gaan shoppen laten doorgaan. Na het ontbijt zal Trevor ons rijden in de oude stationcar. Hij is vanmorgen vroeg opgestaan om hem schoon te maken. De auto is vuil van die stomme wijngaard van hem. We zullen naar een van de winkelcentra gaan. Ik zou graag willen dat je me helpt met het uitzoeken van wat nieuwe kleren voor Echo. Bijna alles is haar te klein geworden en het wordt hoog tijd dat ze eens een beha gaat dragen. Dat is gisteravond tot me doorgedrongen. Ze heeft ook nieuwe schoenen nodig. Wil je dat?'

'Natuurlijk. Ik zal graag helpen. Al ben ik niet zo'n expert op het gebied van kleren.'

'Dat zijn jullie jonge mensen geen van allen. Wat kinderen tegenwoordig dragen zou Casanova doen blozen. Gescheurde jeans, blouses waar je doorheen kunt kijken, slipjes die niet groter zijn dan een elastieken band, ringen in navels en neuzen. Zo wil ik haar niet zien. We zullen naar goede winkels gaan.'

'Oké,' zei ik, maar ik wist niet wat ze bedoelde met 'goede' winkels. Ze had de laatste tijd waarschijnlijk niet vaak meer gewinkeld. Ze zal vast schrikken van wat tegenwoordig mode is, dacht ik.

Ze keek me aan. 'Weet je zeker dat je je goed voelt?'

'Ja, prima.' Ik vroeg me af hoe het met Echo zou zijn. Zou ze nog overstuur zijn, bang?

'Je kijkt zo somber vanmorgen. Je moet ook wat leuks voor jezelf kopen als we in het winkelcentrum zijn. Een nieuwe jurk of een rok en blouse misschien, en nieuwe schoenen.'

'Dat is niet nodig, mevrouw Westington. U hebt al genoeg voor me gedaan.'

'Wat ik niet nodig heb is dat iemand me vertelt wat ik wel en niet moet doen,' antwoordde ze, haar schouders ophalend. 'In het hele huis staan blikjes met geld. Als ik het niet uitgeef, vergeet ik waar het is.'

'O, nee, dat vergeet u niet,' zei ik lachend.

'Zo zie ik je liever. Een glimlach maakt je hele gezicht zonniger en vrolijker. Plak een glimlach op je gezicht en er straalt geluk van je uit.'

'Oké, mevrouw Westington.' Als iemand van haar leeftijd, na alles wat zij had doorgemaakt, nog steeds zo opgewekt kon zijn, had ik niet het recht in haar huis een somber gezicht te trekken.

'Goed dan, ga je aankleden. Reken maar dat Echo onze plannen niet vergeten is. Ze is al aangekleed en beneden.'

'Heus?'

'Ze helpt Trevor met het schoonmaken van de stationcar.'

Aangekleed en beneden? dacht ik. Wanneer is ze uit mijn kamer weggegaan? Had ik het me werkelijk allemaal verbeeld?

Ik stapte uit bed en maakte me zo snel mogelijk gereed. Toen ik in de eetkamer kwam, zaten Trevor en Echo al aan tafel te ontbijten. Echo keek op, glimlachte naar me en vertelde me over onze shoppingplannen en dat we gingen lunchen in een restaurant. Ik keek naar Trevor en mevrouw Westington. Ik wilde het met Echo hebben over haar nachtmerrie en haar komst naar mijn kamer, maar dat durfde ik niet waar de anderen bij waren. Als we alleen zijn, zal ik het haar vragen, dacht ik, en liet het daarbij.

Echo's enthousiasme wekte herinneringen aan mijn uitstapjes met mijn ouders en Brenda toen ik nog veel jonger was. Op mijn vijftiende hing ik natuurlijk al rond in winkelcentra en deed zelf inkopen, maar daarvóór was elk uitje met mijn ouders een avontuur, een vakantiedag, hoe kort die ook was.

Nadat Echo en ik de tafel hadden afgeruimd en afgewassen, stapten we in de stationcar. Haar opwinding werkte zo aanstekelijk dat ze me het gevoel gaf dat het ook voor mij de eerste keer was dat ik uit huis kwam. Omdat Echo's bewegingsvrijheid beperkt bleef tot de wijngaard, verwonderde ze zich over alles wat ze zag. Ik dacht aan Tylers wens haar naar school te sturen, waar ze met andere kinderen van haar leeftijd kon omgaan en de ervaringen opdoen die een meisje van haar leeftijd hoorde te hebben. Ze hunkerde naar kennis, naar informatie, en ging snel vooruit met haar schoolwerk, maar ze was, zoals Tyler zei, op sociaal gebied ver achter.

'Blijf dicht bij April,' waarschuwde mevrouw Westington haar toen we bij het winkelcentrum waren. 'Ga niet lopen dwalen. Dat is niet onmogelijk,' ging ze tegen mij verder. 'Als ze door iets gefascineerd raakt, vergeet ze waar ze is.'

'Ze moet vaker buiten komen, mevrouw Westington,' zei ik vriendelijk. 'Ze is te oud om aan de leiband te lopen.'

'Ja, nou ja, dat zullen we nu ook doen, nu jij er bent,' merkte ze op.

Maar ik zal er niet zo lang meer zijn, dacht ik bij mezelf. Ik wilde haar er niet aan herinneren, maar ik wist dat ik binnenkort zou moeten vertrekken. Brenda zou thuiskomen en plannen maken voor ons, voor mij. Ik moest verder met mijn leven, wat voor leven dat ook zou zijn.

In het winkelcentrum hielp ik nieuwe kleren uit te zoeken voor

Echo, kleren die trendy waren voor meisjes van haar leeftijd. Geheel volgens mijn verwachting, had mevrouw Westington op alles kritiek, maar gaf met tegenzin toe als ze zag hoe blij Echo ermee was. Ik kocht ook beha's en nieuwe slipjes, sokjes en nieuwe nachthemden voor haar. Terwijl wij rondliepen, ging Trevor een paar dingen kopen in de ijzerwinkel, die hij zei dat hij nodig had.

Omdat mevrouw Westington zo bleef aandringen, gaf ik eindelijk toe en kocht een nieuwe zwarte rok en een blouse. Ik vond het vreselijk om iets te moeten kopen in de maat die ik nu had, maar ik herinnerde me dat Brenda eens tegen me gezegd had dat ik zwart moest dragen omdat die kleur je gewicht het best camoufleert. Het was al heel lang geleden sinds ik iets voor mijzelf had gekocht. De laatste keer was vlak voor de dood van mijn moeder, en mijn moeder had mij of misschien ook zichzelf nooit willen toegeven dat ik een kleine tank was. Ze vond het afschuwelijk als ik iets zwarts kocht.

Echo's aandacht werd afgeleid van de kleren door de kinderen die in het winkelcentrum liepen. Ze was gefascineerd door zowel de jongens als de meisjes en stelde me onophoudelijk vragen. Hoe oud waren ze? Wat deden ze in het winkelcentrum? Kenden ze elkaar allemaal? We zagen ze in de muziekwinkels met koptelefoons op luisteren naar hun favoriete artiesten. Natuurlijk wilde Echo weten wat ze deden en ik legde uit dat ze op die manier waarschijnlijk wilden beslissen of ze een cd al dan niet zouden kopen.

'De meesten gaan er gewoon heen om er wat rond te hangen en te luisteren, zonder iets te kopen.'

Ze keek weer naar ze, zag hoe ze hun meningen over het gehoorde uitwisselden, en even trok ik de vergelijking met een arm, dakloos meisje dat voor het raam van een restaurant staat en naar mensen staart die genieten van een heerlijk diner. Het was een wereld die ze nooit zou kennen, maar een wereld waar ze jaloers op was. Ik had zo'n medelijden met haar en even stopte ik met mijn zelfmedelijden. Per slot kon ik mijn problemen zelf oplossen. Zij niet. Zij kon alleen maar leren ermee te leven.

Plotseling, tot ons beider verbazing, kwam Tyler Monahan achter een reclamebord vandaan. Echo begon te stralen. Mevrouw Westington zag hem niet, want ze had een andere oude dame ontmoet die ze kende, en ze schenen een hoop te moeten bijpraten.

Tyler draaide zijn hoofd in onze richting. De eerste vraag die bij me opkwam was wat hij hier deed. Ik dacht dat hij in het weekend zo hard nodig was in hun winkel. Ik wist zeker dat hij ons gezien had, maar hij zwaaide of lachte niet en kwam niet naar ons toe. In plaats daarvan draaide hij zich om en liep de zaak uit. Echo raakte in paniek toen ze besefte dat hij niet van plan was ons te begroeten. Zo luid en duidelijk ze het maar kon uitspreken, riep ze zijn naam.

Ik wist dat hij het had gehoord. Andere mensen in zijn buurt keken naar ons, maar hij bleef doorlopen. Echo keek me wanhopig aan.

'We komen zo terug, mevrouw Westington,' riep ik. Ze keek even naar ons, maar haar vriendin praatte verder.

'Verdwaal niet!' waarschuwde ze.

Ik pakte Echo's hand en we liepen Tyler achterna. Hij liep heel snel en keek niet achterom. Ik riep hem weer, maar op dat moment hield hij stil bij een schoenenwinkel, waaruit juist een Aziatische vrouw naar buiten kwam. Ik bleef staan. Hij zei iets tegen haar en ze draaide zich naar ons om.

Zijn moeder was bijna tien centimeter kleiner dan hij. Haar haar was modieus kort geknipt en ze droeg een elegant designpak. We stonden te ver weg om veel details te kunnen zien, maar ik zag dat ze licht haar hoofd schudde. Toen keerde ze zich abrupt in de tegenovergestelde richting. Tyler keek achterom naar ons. Ik dacht dat hij ons eindelijk zou komen begroeten, maar zijn moeder riep hem en hij draaide zich haastig om en liep naar haar toe.

'Ty!' riep Echo.

Ze liepen de hoek om en waren verdwenen.

Echo keek verward naar mij.

'Ik denk dat hij meteen terug moest naar de winkel,' gebaarde en sprak ik. Ik bracht het er niet zo heel goed af de juiste gebaren over te brengen, maar ze begreep voldoende.

Ze keek weer in de richting waarin hij was verdwenen. Het is gemeen van hem, dacht ik, hoe hij ook over mij dacht en wat zijn reden ook kon zijn. Hij moest hebben gezien hoe enthousiast Echo was toen ze hem had opgemerkt. Zelfs al moest hij werkelijk terug naar de winkel, dan had hij toch wel een paar minuten de tijd kunnen nemen om het haar uit te leggen? Had zijn moeder hem soms aan de ketting? Ik was woedend.

Dit gaat allemaal slecht aflopen, dacht ik. Ik moet een vertrouwelijk gesprek hebben met mevrouw Westington. Ik draaide Echo om, maar ze bleef hoopvol achteromkijken toen we terugkeerden naar de plaats waar haar oma had staan praten met een oude vriendin. Trevor Washington stond al bij haar.

'Waar waren jullie?' vroeg ze.

Ik keek even naar Trevor, in de hoop dat hij ons niet had gezien, en vertelde haar toen dat ik Echo mee had willen nemen naar de Natuurwinkel om haar die te laten zien.

'O, misschien kunnen we erheen en iets voor haar kopen,' opperde ze.

'Eigenlijk hebben we allebei honger,' beweerde ik.

'O?' Ze keek naar Echo. Ik wist dat ze haar verslagenheid kon zien. Ik was nog pas korte tijd bij haar en zelfs ik wist haar stemmingen en gevoelens al te interpreteren. Mevrouw Westington keek vervolgens naar mij. Ik was ook niet goed in het verheimelijken van dingen. Ze wist het, maar speelde het spelletje mee.

'Oké, laten we wat gaan eten,' zei ze.

We gingen naar een restaurant in het winkelcentrum. Ik bestelde een salade. Echo was nog steeds in de war over Tyler, maar de opwinding van het eten in een restaurant kreeg de overhand. Ze wilde een cheeseburger en een cola, iets wat ze thuis natuurlijk nooit kreeg. Daarna kochten we chocolade-ijs voor haar. Ik besefte dat ze erg verbaasd zou zijn als ik niet ook ijs nam, dus deed ik het, maar toen niemand keek, mikte ik het in een afvalbak. De aanschaf van nieuwe kleren versterkte mijn vaste voornemen om op dieet te gaan. Ik zal ponden afvallen, zwoer ik. En ik had geen Brenda nodig die achter me aan zat, en ook geen Tyler Monahan om me ertoe te dwingen.

Beladen met pakjes en tassen, keerden we terug naar de auto.

'Wil jij rijden?' vroeg Trevor aan mij. Het overrompelde me, maar ik zag dat Echo het leuk en opwindend vond. Ik keek naar mevrouw Westington.

'Die man wordt lui,' zei ze, met een blik op Trevor. 'Maar rij niet te hard,' waarschuwde ze.

De weg naar huis liep door Healdsburg en we passeerden – zoals Trevor me vertelde – Tyler Monahans winkel. Ik ging langzamer rijden en kwam in de verleiding te stoppen en met z'n allen naar binnen te gaan. Dan kon hij ons niet negeren, dacht ik.

'Misschien kunnen we even stoppen om hem goedendag te zeggen,' stelde ik voor. 'Ik wil hun winkel wel eens zien.'

'Niet de moeite waard,' zei mevrouw Westington snel. 'Gewoon een winkel met te hoge prijzen voor toeristen. Ik zou daar nooit iets kopen.'

Ik reed door en keek in de achteruitkijkspiegel even naar Echo, die strak voor zich uit staarde. Hoe verwarrend moest de wereld voor haar zijn, gevangen in stiltes die ze niet kon begrijpen. Wij, die goed konden horen, hadden al moeite met stiltes. Al kende ik de gebarentaal nog zo goed, al kon ze mijn lippen nog zo goed lezen, er gingen zoveel dingen tussen ons verloren. Tyler Monahans blikken en zwijgen voor haar interpreteren? Dat kon ik niet eens voor mijzelf.

Ik wist dat als we thuiskwamen, mevrouw Westington me zou ondervragen over Echo's gedeprimeerdheid, maar ze kreeg de kans niet. Er wachtte haar een andere verrassing, ons allemaal.

Toen we over de oprijlaan reden, zagen we een oud, beschilderd busje, een overblijfsel uit de jaren zestig, uit de hippietijd. Een van de achterlichten was gedeukt en gebroken. De bumper werd vastgehouden met ijzerdraad en de achterramen zaten zo onder het vuil, dat niemand er doorheen zou kunnen kijken.

'Van wie is dat?' vroeg mevrouw Westington, toen we naast het busje stopten.

Er stond niemand buiten en voor zover we konden zien zat er ook niemand in het busje.

'Ik hoop niet dat het iemand is die wijn komt proeven of een doos van je wil kopen,' zei ze tegen Trevor. 'Het nieuws doet de ronde dat hier een beperkte voorraad wijn te koop is, en iedereen begint er al naar te informeren. Niets verkoopt zo goed als moeilijk verkrijgbaar.'

'Ik heb niemand iets over onze wijn verteld. Ik heb mijn vaste klanten en er is niet voldoende wijn om de verkoop uit te breiden.'

'Niet ónze wijn. Jóúw wijn, meneer wijngaard,' zei ze.

Hij lachte.

Het zien van het vreemde busje bracht weer wat leven in Echo's gezicht. We waren allemaal erg nieuwsgierig. Toen we uit de stationcar stapten, keken we naar binnen in het busje en zagen achterin iets wat leek op geïmproviseerde bedden. De stoelen van de bestuurder en de passagier waren gescheurd, de binnenvering puilde eruit. Er lagen lege bierflesjes verspreid op de grond en verpakkingen van eten en wat kleren. Op het dashboard stond een papieren bord met de restanten van een pizza.

'Die mensen van dat busje moeten vieze varkens zijn,' zei mevrouw Westington. Ze keek om zich heen. 'Waar zijn die mensen? Wat doen ze op mijn grond? Misschien kunnen we beter de politie bellen,' zei ze tegen Trevor.

Hij knikte en liep naar het huis, maar bleef toen staan en hief zijn hand op.

'Wat is er?' vroeg mevrouw Westington.

Hij draaide zich langzaam naar ons om. 'De deur is opengemaakt. Hij was niet helemaal dicht.'

'Lieve help, er wordt ingebroken!' riep mevrouw Westington uit, en trok Echo dicht tegen zich aan. 'Ga achteruit, kind,' zei ze tegen mij, en ik ging een paar passen naar achteren.

Trevor liep naar de hoek van het huis en pakte een hark met een dikke steel.

'Voorzichtig,' zei mevrouw Westington. 'Laten we liever naar de dichtstbijzijnde telefooncel rijden.'

'Maakt u zich niet ongerust,' zei Trevor. 'Blijf waar u bent.'

Hij liep langzaam de trap op, opende voorzichtig de deur, keek naar binnen en luisterde. Toen hij zich weer naar ons omdraaide stond zijn gezicht verbaasd.

'Ze hebben de televisie aangezet,' zei hij luid fluisterend.

'Ze voelen zich blijkbaar thuis,' zei mevrouw Westington.

Trevor stak zijn arm uit om ons te beduiden dat we niet dichterbij moesten komen en ging toen naar binnen. We wachtten en luisterden, maar mijn hart bonsde zo luid, dat ik niet dacht dat ik iets zou kunnen horen. Het leken minuten, maar het waren niet meer dan seconden.

'Wie zijn jullie voor de donder?' hoorden we hem schreeuwen. Ik deed geschrokken een stap achteruit. Mevrouw Westington sloeg haar arm nog steviger om Echo heen. Ze was net zo ontsteld en bang als ik. We hoorden een mannenstem en toen riep Trevor: 'Wel heb ik van mijn leven!'

Een paar ogenblikken later verscheen hij in de deuropening. Voor ik iets kon zeggen, kwam een vrouw met een rood-wit-blauwe tulband achter hem staan. Op haar rechterwang was een blauwe dahlia getatoeëerd en om haar hals hing een ketting van kleine schelpen, die tussen haar omvangrijke borsten viel. Ze droeg een lang zwart, Arabisch gewaad. Ze was blootsvoets. Haar haar was lang en vlassig, de pieken hingen slap over haar oren in haar nek.

Voor ze haar mond open kon doen, wist ik wie ze was.

'Hoi, ma,' zei ze.

Het is een dag voor teleurstellingen en nachtmerries, dacht ik. Nu was mevrouw Westington aan de beurt.

6. Mama komt thuis

'Mooie boel!' zei mevrouw Westington. Ze keek even naar Echo en ontspande haar armen. 'Waarschijnlijk herinner je je niet meer wie dat is, Echo. Ik heb zelf bijna een wichelroede nodig om haar identiteit vast te stellen, maar dat is je moeder, of wat daar voor doorgaat.'

'Laten we nou niet verkeerd beginnen, ma,' zei Rhona.

'Het gaat al een tijd verkeerd, Rhona. Een beetje laat om dat te veranderen,' zei mevrouw Westington.

'Hoi, Echo,' zei Rhona. 'Ik zou je niet herkend hebben. Je bent zo gegroeid. Wil je me niet even een knuffel geven?' Ze strekte haar armen uit.

Echo staarde haar aan, zonder zich te bewegen. Haar hand omklemde die van mevrouw Westington. Vergat haar eigen moeder dat haar dochter doof was?

Een lange, magere man met een groezelige baard kwam achter Rhona staan. Hij droeg een wit button-down hemd dat eruitzag of het tien jaar geleden voor het laatst gewassen was, en een gescheurde, haveloze spijkerbroek en zwarte sandalen. Zijn tenen waren zo vuil dat het moeilijk te zien was waar de tenen ophielden en de bandjes van de sandalen begonnen. De pieken van zijn doffe bruine haar leken op gebroken veren die alle kanten op sprongen. Als hij glimlachte, verdwenen zijn smalle lippen en was alleen nog een gore streep te zien boven zijn enigszins vooruitstekende, van een spleetje voorziene kin. Zijn nek had een goede schrobpartij nodig.

'Dit is Skeeter,' zei Rhona, die haar armen liet zakken.

'Hoi, allemaal,' zei hij, met een snel saluut naar mevrouw Westington. Ik keek even naar haar. Ze trok een gezicht of ze een slok zure melk had ingeslikt. 'U hebt een heel mooi huis en een prachtig landgoed. Mooie ouwe deur. Eikenhout, hè?'

115

'Skeeter? Hebben je ouders je ook een echte naam gegeven?' vroeg ze.

Ik moest een lachje onderdrukken. Mevrouw Westington was er niet de vrouw naar om haar gedachten en kritiek onder stoelen of banken te steken, ook al stond ze tegenover een volslagen onbekende.

'Mijn echte naam is Sanford Bickers, maar ik heb mezelf nooit als een Sanford beschouwd.'

'Iedereen kent hem als Skeeter, ma, niet als Sanford.'

'Dan hebben jullie tweeën iets met elkaar gemeen,' zei mevrouw Westington. 'Jullie lopen allebei voor jezelf weg.'

'Ik heb nooit geweten dat je ongastvrij was, ma,' zei Rhona.

Mevrouw Westington bekeek haar achterdochtig.

'Jij bent tenminste blij me te zien, hè, Trevor?' vroeg Rhona hem met een mierzoet stemmetje.

Trevor keek snel naar mevrouw Westington en wendde toen zijn blik af.

'Goed, Rhona,' zei mevrouw Westington scherp, 'waaraan hebben we het genoegen van dit bezoek van jou en meneer Skeeter te danken?'

'Ik ben door een hel gegaan, ma. Skeeter heeft me uitstekend geholpen. Ik had gedacht dat je wat meer consideratie zou hebben als je wist wat ik heb doorgemaakt,' jammerde Rhona.

'Het spijt me dat ik het moet zeggen, Rhona, maar ik betwijfel of je door een hel bent gegaan,' zei mevrouw Westington. Ze richtte zich tot Echo en mij. 'Laten we alles naar binnen en naar jullie kamers brengen, kinderen,' zei ze tegen mij. Ik gebaarde snel naar Echo, die roerloos naar Rhona stond te staren.

'Wie is zij?' vroeg Rhona, met een knikje naar mij.

'Dat is April Taylor. Ze heeft me geholpen met Echo,' antwoordde mevrouw Westington.

'Heeft ze mijn kamer? Ik heb gezien dat die in gebruik is.'

'Jouw kamer? Die kamer en nog heel wat meer heb je jaren geleden opgegeven, Rhona.'

'Nou, waar moeten Skeeter en ik slapen?'

'Wie zegt dat jullie blijven?' vroeg mevrouw Westington, en drong er bij Echo en mij weer op aan onze spulletjes boven te brengen. Ik haalde snel alles uit de stationcar. Ik keek even naar Rhona, die nukkig haar armen over elkaar had geslagen en een stap opzij had gedaan, met een kwade blik op haar moeder. Skeeter bleef met een vaag glimlachje staan. Toen we naar binnen gingen, volgden ze ons.

'Luister nou eens, ma,' zei Rhona. 'Alsjeblieft.'

Mevrouw Westington negeerde haar en draaide zich om naar Trevor, wijzend naar de zitkamer. 'Wil je zo vriendelijk zijn die televisie uit te zetten, Trevor. We hebben nu geen behoefte aan dat lawaai. We hebben al genoeg stoorzenders.'

'Ja, mevrouw.' Hij keek even naar Rhona en verdween toen naar de zitkamer

'Ga naar boven, April. Help Echo met het opbergen van haar spulletjes, alsjeblieft.'

'Oké,' zei ik. Ik keek weer naar Rhona. Haar ogen glinsterden van verontwaardiging en wrok, en het leek allemaal op mij gericht, alsof ik de oorzaak was van haar levenslange problemen.

Trevor kwam terug in de gang. 'Er ligt werk op me te wachten in de wijngaard,' zei hij tegen mevrouw Westington. Hij knikte naar Rhona en liep haastig weg.

Ik gebaarde naar Echo dat we naar boven gingen.

'Wacht even,' zei Rhona, haar armen uitstrekkend naar Echo, die haar ogen niet van haar kon afwenden. 'Wil je je moeder niet gedag zeggen, Echo? Haar op een behoorlijke manier begroeten?'

'Ben je dat beetje gebarentaal dat je kende alweer vergeten?' vroeg mevrouw Westington haar.

'Ze weet wat ik zeg.'

'Dat waag ik te betwijfelen,' zei mevrouw Westington. 'Ik ben niet doof en ik weet ook niet wat je zegt.'

Rhona hield haar armen uitgestrekt, weer in de verwachting dat Echo haar zou komen omhelzen. Echo keek naar mevrouw Westington en draaide zich toen om en liep de trap op met haar dozen en tassen.

'Echo! Echo, luister naar me.'

'Mijn hemel. Ben je vergeten dat het kind doof is?' vroeg mevrouw Westington. 'Ze herkent je waarschijnlijk niet. Ze was nog maar net baby af toen je haar in de steek liet.'

'Hoor eens, ma. Ik ben hier gekomen omdat ik je hulp nodig heb, en omdat je me geholpen hebt mijn recente problemen op te lossen, dacht ik dat je een andere houding zou aannemen, vooral als je hoort en ziet dat ik alles goed wil maken en dat zal blijven doen.'

'De ruzie bijleggen?'

'Ja.'

'Je wilt met een schone lei beginnen, hè?'

'Ja, ma,' zei ze op vermoeide toon.

'Met Skeeter?'

'Kunnen we gaan zitten en als twee volwassen mensen met elkaar praten alsjeblieft?' pleitte Rhona.

'Twee? Wil je daarmee zeggen dat óf jij óf Skeeter niet volwassen is?'

'Ma?'

'Ik zal thee zetten,' liet mevrouw Westington zich vermurwen. 'Je kunt de logeerkamer boven aan het eind van de gang gebruiken. Hij is schoon. Mijn hulp maakt hem eens per week schoon, ongeacht of iemand hem gebruikt of niet, dus maak er geen rotzooi van zoals die zwijnenstal waar je in rondrijdt. Trekken jullie behoorlijke kleren aan en was je, zodat je in één kamer kunt zitten met fatsoenlijke mensen, en kom dan beneden naar de zitkamer, dan kunnen we spijkers met koppen slaan.'

'Spijkers met koppen? vroeg Skeeter met een brede lach, terwijl hij naar Rhona keek.

'Ma heeft een kleurrijke manier van spreken. We hebben onze spullen al naar die kamer gebracht, toen ik zag dat er rommel lag in die van mij.'

'Rommel? Hij is twee keer zo netjes als elke dag dat jij daar bivakkeerde.'

'Oké, ma. Kom mee,' zei ze tegen Skeeter en ging hem voor naar de trap.

Ik was langzaam naar boven gegaan, omdat ik hun gesprek wilde horen. Nu haastte ik me achter Echo aan en liep met haar naar haar kamer om haar te helpen met de aankopen op te ruimen. Ik kon zien dat ze volkomen van slag was door de onverwachte komst van haar moeder.

'Dat is mijn moeder,' gebaarde ze naar me zodra we in haar kamer waren en ze haar dozen en tassen op het bed had gezet.

'Ik weet het.'

'Ze ziet er anders uit.'

'Mensen veranderen. Je hebt haar heel lang niet gezien.'

Ik begon haar kleren op te hangen, terwijl zij dingen in haar laden borg. Ze zat natuurlijk vol vragen. Haar handen bewogen zo snel dat ik haar niet kon volgen, dus begon ze te schrijven.

'Blijft mijn moeder hier?'

'Dat weet ik niet.'

'Wie is die man? Is hij mijn vader?'

Weer schreef ik: 'Dat weet ik niet. Maar ik geloof niet dat hij je vader is. Ik denk dat ze hem pas lang na jouw geboorte heeft ontmoet, Echo.'

'Ik mag hem niet,' schreef ze, en ik lachte.

'Ik geloof dat oma ook niet erg dol op hem is.'

Ze dacht even na en schreef toen: 'Waarom zei Tyler ons geen gedag?'

'Hij had erg veel haast. Ik heb het je al uitgelegd, er moet iets gebeurd zijn in de winkel.' Ze dacht even na over mijn antwoord; voorlopig leek dat voldoende.

Ik had haar willen vragen over haar nachtmerrie vannacht en haar komst in mijn bed, maar bij nader inzien vond ik dat ze vandaag al genoeg had meegemaakt. Het kon wachten tot we samen een rustig moment hadden. Ik vertelde haar dat ik mijn nieuwe aankopen ging opbergen.

Toen ik in mijn kamer kwam, trof ik Rhona daar aan, die in de kast snuffelde en kleren op het bed gooide. Ze draaide zich om toen ze besefte dat ik achter haar stond.

'Dat zijn mijn kleren,' zei ze. 'Ik pak niets wat van jou is.'

'Ik weet het.'

Ze staarde me even aan en draaide zich toen naar me om, met haar handen op haar heupen. 'Wie ben je trouwens? Hoe komt het dat je hier woont?'

Ik begon het haar uit te leggen, beschreef haar hoe ik na oom Palavers dood in de wijngaard was beland. Ik vertelde haar wie hij was geweest en wat we samen hadden gedaan.

'Dus daarom staan er een camper en een auto in de achtertuin. Mijn moeder heeft je gewoon in huis genomen?'

'Ja.'

'En de rest van je eigen familie?'

Ik vertelde haar over Brenda, over mijn ouders.

'Dit is belachelijk. Ze maakt een weeshuis van dit landgoed,' zei ze. Ze kneep haar ogen weer achterdochtig samen. 'Heb je iets van mijn spullen aangeraakt, mijn kleren?'

'Je moeder wilde dat ik een van de nachthemden droeg, maar verder...'

'Ik snap niet dat ik het zelfs maar vraag. Je zou toch in niets van mij passen, maar ik verzeker je dat ik niet van plan ben mijn bezit zomaar door jou te laten inpikken,' waarschuwde ze. 'Ik adviseer je een andere oude dame te zoeken van wie je kunt profiteren.'

'Ik profiteer van niemand.'

'Ha. Ik heb zelf op de weg geleefd, weet je. Ik weet van de hoed en de rand. Het zal je vast niet moeilijk zijn gevallen een oude dame en een doof meisje zand in de ogen te strooien, en Trevor Washington is niet bepaald een zwaargewicht wat intelligentie betreft.'

Ze pakte een stapel kleren op en liep naar de deur. Daar bleef ze staan en draaide zich weer met een woedend gezicht naar me om. 'Nu ik terug ben, hoef je er niet op te rekenen dat jij hier nog langer blijft. Ik wil de voogdij over mijn dochter en krijgen waar ik recht op heb. Als je weet wat goed voor je is, verdwijn je hier voordat er nog meer onaangename dingen gebeuren.'

Ze liep de kamer uit. Mijn hart bonsde en er sprongen tranen in mijn ogen. Ik hing de kleren op die mevrouw Westington voor me had gekocht en ging bij het raam zitten. Ik staarde naar de camper en dacht na. Ik had nog wat geld van oom Palaver in de camper. Ik kon weg. Brenda had waarschijnlijk gelijk. Ik moest terug naar een normale highschool en examen doen. Dat vervangende examen zou toch niet lukken nu Tyler zich zo eigenaardig gedroeg. Mevrouw Westington zou het 'het teken aan de wand' noemen. Hij kon nu elk moment ontslag nemen en niet meer terugkomen. Ik zou gelijk met hem weg moeten gaan.

En toen bedacht ik hoe eenzaam en verlaten Echo en mevrouw Westington zich zouden voelen. Zouden Rhona en die man hier blijven? Ik had natuurlijk niet het recht me ermee te bemoeien, maar ik hoefde geen waarzegster te zijn om te zien hoe Echo's toekomst eruit zou zien als Rhona weer de voogdij zou krijgen en mevrouw Westington dat niet kon voorkomen. Wie weet waar Rhona Echo zou onderbrengen? Wat zou ze zich verlaten en ongelukkig voelen. Nee, dacht ik. Mevrouw Westington heeft nu meer dan ooit een bondgenoot nodig en Echo een vriendin. Trevor Washington, al was hij mevrouw Westington en Echo nog zo toegewijd, was niet voldoende. Ik moest blijven. Het zou verschrikkelijk ondankbaar van me zijn als ik mijn biezen pakte op het moment dat ze me het hardst nodig hadden.

Ik hoorde Rhona in de gang praten met Echo. Ze was waarschijnlijk op weg naar de slaapkamer om nog meer vàn haar spullen te halen en was bij Echo's kamer blijven staan.

'Ik kan er werkelijk niet over uit zoals je gegroeid bent,' hoorde ik haar zeggen. 'En gelukkig voor jou, lijk je meer op mij dan op je vader, wie hij ook geweest mag zijn.' Ze liet een ijl lachje horen.

Ik liep naar de deur en zag dat ze Echo's kamer inliep. De deur van de logeerkamer stond open en Skeeter kwam de badkamer uit met een handdoek om zijn middel gebonden. Ik zag dat hij een tatoeage op zijn borst had van een draak die zich rond een zeemeermin had gewikkeld. Hij bleef staan, keek om zich heen en betrapte me erop dat ik naar hem keek. Hij draaide zich om, wikkelde de handdoek los en liet zijn achterwerk zien. Hij leek op beide billen ook een tatoeage te hebben. Haastig liep ik mijn kamer in.

Rhona kwam achter me aan en liep rechtstreeks naar de kast. Ze haalde er nog een paar kleren uit, zocht in de dozen met schoenen en ging toen naar de ladekast. Ze keek geen moment naar mij.

'Ik kan overal nog in. Ik ben geen grammetje aangekomen sinds ik hier ben vertrokken,' mompelde ze. 'Ik snap niet hoe sommige vrouwen zo dik kunnen worden en alle aantrekkingskracht voor mannen verliezen. Dik worden maakt je aseksueel, weet je,' zei ze, zich eindelijk naar me omdraaiend. 'Skeeter schreef dat in een van zijn gedichten. "Je geslachtsdeel verzonk in je vet als een voet in drijfzand." Mannen houden niet van dikke vrouwen, en zelfs vrouwen die van vrouwen houden bekijken ze niet. Wat ben jij dus? Een vetzak. Hoe oud ben je eigenlijk? Ben je altijd zo dik geweest?'

'Ik geloof niet dat het nodig is dat je nog iets meer over mij weet.'

'Gelijk heb je, want jij vertrekt nu ik terug ben.'

'Ik ga weg als mevrouw Westington dat zegt.'

'Dat zal ze heus wel doen. Wees maar niet bang.' Ze zag mijn nieuwe zwarte rok en haalde hem van het hangertje. Toen hield ze hem voor haar eigen lijf. 'Ik denk dat ik wel samen met jou hierin kan.' Ze lachte en gooide de rok naar me toe. 'Ga pakken,' zei ze.

De tranen sprongen in mijn ogen, maar ik bedwong ze. Brenda

zou korte metten met haar maken, dacht ik, en ik deed een stap naar voren.

'Ik zei dat ik wegga als mevrouw Westington me dat vraagt.'

'Mijn moeder is een oude dame. Ze heeft te lang gewacht met mij te krijgen en nu is ze te oud voor dit alles.'

'Ze heeft niet lang genoeg gewacht,' kaatste ik terug. 'Ze had moeten wachten tot de menopauze.'

'O, nog praatjes ook.' Ze verzamelde wat ondergoed en glimlachte. 'Heb je gezien hoe Echo naar me keek? Het zal niet lang duren of ze wil bij mij zijn. Dat is niet meer dan natuurlijk. Skeeter kent toevallig ook de gebarentaal van dove mensen. Hij was een straatartiest, een mimespeler. Hij is erg ontwikkeld, al is hij niet naar college geweest. Hij is zelfs slimmer dan de meeste gestudeerde mensen. Straks eet moeder uit zijn hand. Je zult het zien. Hij is een charmeur.'

'Ja, dat had ik door zodra ik die vuile haren en kleren van hem zag. Ik viel meteen voor hem.' Brenda zou dat prachtig hebben gevonden.

'Skeeter is net een kameleon. Hij kan zich aan alles aanpassen wat nodig is om succes te hebben.'

'Ja, hij ziet er erg succesvol uit.'

'Toevallig is hij dat ook. Je kunt een boek niet beoordelen naar het omslag.'

'Wat voor omslag? Ik zou zeggen dat hij aan zijn laatste pagina's toe is, uitgekauwd en smerig.'

Ze keek me even kwaad aan en begon toen te lachen, schudde haar hoofd, pakte haar boeltje bijeen en verliet de slaapkamer. Ik bleef bevend achter, maar hield het trillen onder controle, zodat het niet zichtbaar was. Toen ging ik kijken hoe het met Echo was. Ze zat op haar bed en staarde naar de foto van haar moeder die ze mij had laten zien. Ze keek naar me op toen ik dichterbij kwam. Haar ogen glansden van de tranen. Maar ze glimlachte.

'Mijn moeder is thuisgekomen,' gebaarde ze.

Mijn hart zonk in mijn schoenen.

Rhona had gelijk om zoveel zelfvertrouwen te hebben. Ik was vergeten hoe wanhopig we onze moeder nodig hebben, al gedroeg ze zich nog zo afschuwelijk. Het was niet zo moeilijk je een jonge Echo voor te stellen die het hele huis afzocht naar haar moeder toen die vertrokken was, die in de hal wachtte op haar terugkeer, naar haar uitkeek zodra ze een auto hoorde, turend in de schemering. Haar oma noch ik kon zich ooit de dromen voorstellen die ze toen had, de stille gebeden vol hoop die ze in zichzelf had gepreveld, en dat misschien nog steeds deed.

En ik had geen idee wat voor beloftes Rhona haar zojuist had gedaan. Ik wist niet wat ik moest zeggen. Ik glimlachte zwakjes en ze pakte de foto op, maar deze keer verstopte ze hem niet onder haar kleren in een la. Ze zette hem boven op de ladekast naast en tegen een andere foto van haarzelf. Ze was blijkbaar niet bang meer dat haar oma erachter zou komen dat ze die foto had en kwaad zou worden.

Maar op het ogenblik wilde ze weer praten over Tyler, over het winkelcentrum en de kinderen die ze had gezien. Nu ze wist dat ik kon rijden, wilde ze weten of ik haar met de auto naar Tylers winkel wilde brengen. Hij had haar beloofd dat op een dag te doen, maar hij had zijn belofte niet gehouden. Ik had geen enkele moeite me in te denken waarom niet. Echo dacht dat het een leuke verrassing zou zijn als we plotseling in de winkel verschenen.

Ik kon niet zeggen dat ik dat niet wilde, maar ik aarzelde om iets te beloven. Te vaak in mijn leven had ik meegemaakt dat beloftes net zo ver weg leken als regenbogen, een ogenblik lang mooi en dan verdwenen. Ze werden misschien niet vergeten, maar ze waren weg.

'We zullen zien,' zei ik. Maar ze had nog voldoende vertrouwen om dat als een belofte op te vatten.

Ik keek op toen ik voetstappen hoorde in de gang. Rhona en Skeeter bleven bij Echo's open deur staan. Skeeter had zijn haar geborsteld en in een paardenstaart gebonden en was glad geschoren. Hij droeg een betrekkelijk schoon donkerblauw hemd en een lange broek die wel gekreukt was, maar er beter uitzag dan die smerige spijkerbroek. Hij droeg zwarte schoenen met geschaafde neuzen en zwarte sokken en een turkooiskleurige polsband.

Rhona had een van haar oude 'nieuwe' jurken aangetrokken, een lichtroze jurkje met een ceintuur in de taille. Ze had de tatoeage op haar wang eraf gewassen en had haar haar keurig naar achteren geborsteld en vastgespeld, waardoor een paar gouden parelvormige oorhangers te zien kwamen. Ik zag dat ze een van de paren nieuwere schoentjes met platte hak droeg, die pasten bij haar jurk.

'Wat doe jij in haar kamer?' vroeg Rhona op eisende toon.

'We oefenen communicatievaardigheden,' antwoordde ik.

'Is dat alles wat je oefent?' vroeg Skeeter.

'Hoe bedoel je?'

Hij lachte. 'Kom, Rhona. We hebben belangrijker dingen te doen.' Rhona wilde weggaan, maar bleef toen staan. 'Wacht even,' zei ze tegen hem en liep de kamer in, regelrecht naar de ladekast. Ze keek naar de foto van haarzelf, pakte hem op en glimlachte naar Echo, die haar aanstaarde als een zwijmelende rockfan naar haar favoriete artiest.

'Wat is dat?' vroeg Skeeter, die ook binnenkwam.

'Dat ben ik toen ik net achttien was.' Ze toonde hem de foto. 'Zoveel ben ik niet veranderd, hè?'

'Voor zover ik kan zien niet, nee,' zei hij, wat precies was wat ze wilde horen.

Ze knielde neer en keek naar Echo. 'O, ik ben blij dat je die bewaard hebt, liefje,' zei ze, en toen omhelsde ze haar en gaf haar een zoen op haar wang.

Langzaam bracht Echo haar hand naar haar wang alsof ze zeker wilde weten dat ze werkelijk zojuist een zoen van haar moeder had gekregen. Rhona lachte, zette de foto weer op de ladekast, draaide zich met een sluw, zelfverzekerd glimlachje naar mij om en liep toen met Skeeter de kamer uit.

Toen ik weer naar Echo keek, zag ik dat ze huilde, en besefte ik dat het mogelijk was het hart van een kind meerdere malen te breken. Ze had te veel hoop om cynisch en wantrouwend te zijn, of liever gezegd, ze had een te grote behoefte aan geloof en liefde.

Ik haalde haar over een eindje met me te gaan wandelen en we liepen de trap af. Op de onderste tree bleef ik staan omdat ik duidelijk het gesprek kon horen tussen Rhona, Skeeter en mevrouw Westington in de zitkamer. Ik gebaarde dat we stil moesten zijn en we bleven staan. Echo scheen te begrijpen dat ik een gesprek afluisterde. Ze ging langzaam op de onderste tree zitten en wachtte geduldig.

'We hebben deze kans echt nodig, ma,' hoorde ik Rhona zeggen. 'Het geld dat we nodig hebben betekent niet veel voor jou, maar voor ons zal het een volledig nieuwe start betekenen, en dat wil je toch graag voor me? Een nieuw begin?'

'Als het een echte start was die ook maar enige kans van slagen heeft, zou ik ervoor zijn, ja.'

'Dit is een echte start, mevrouw Westington,' zei Skeeter. 'Ik heb al zeker twintig jaar af en aan in de bouw gewerkt. Ik ken het vak.'

'Dat ken je vanuit het standpunt van een werknemer, niet vanuit dat van een ondernemer, en zoals mijn man zou zeggen, dat is een paard van een andere kleur.'

'Dat zou hij niet zeggen, ma,' zei Rhona. 'Hij zou bereid zijn ons te financieren.'

'Als projectontwikkelaar? Spaar me alsjeblieft,' zei mevrouw Westington.

'We bestuderen dit nu al een hele tijd. Je koopt een oud huis dat niemand wil hebben en dat je dus voor een grijpstuiver krijgt,' zei Skeeter. 'Soms heb je het geluk dat je tegen een gedwongen verkoop aanloopt. Dan ga je naar binnen en breekt de boel af en bouwt alles weer op met de beste materialen en moderne apparatuur en je kunt je investering verdubbelen of verdriedubbelen. Het mooie is dat u eraan verdient, niet erop verliest, mevrouw Westington. En tegelijkertijd helpt u Rhona aan een fundering waarop ze een nieuw leven kan opbouwen voor haar en haar dochter.'

'Haar dochter? Je laat dat kind hier bijna tien jaar lang achter met nauwelijks een telefoontje of een brief, en dan kom je terug met een of ander raar voorstel en verwacht dat alles is vergeven en vergeten?'

'Ik weet dat ik een slechte moeder ben geweest, maar –'

'Slechte moeder? Je moet beginnen met een soort moeder te zijn voor je kunt zeggen dat je goed of slecht was. Je hebt het schip verlaten en je hebt nooit de moeite genomen om te weten te komen of het was gezonken of niet.'

'Ik was te jong om een kind te krijgen,' jammerde Rhona. 'Ik was niet volwassen of verantwoordelijk genoeg, maar dat is nu allemaal anders, ma.'

'De enige verandering die ik zie is dat je bent aangekomen.'

'Dat is niet waar! Ik heb mezelf net vergeleken met de foto die Echo van me heeft en die genomen is toen ik achttien was, en zelfs Skeeter kan geen verschil zien.'

'Wat voor foto?'

'Die op haar ladekast staat. Ze is me niet vergeten. Ze houdt nog steeds van me en ze heeft me nodig.'

Mevrouw Westington deed er het zwijgen toe. Echo's geheim was een beetje een verraad in haar ogen, dat wist ik zeker, maar ze moest het begrijpen en het zich niet te veel aantrekken.

'Ik zal erover denken,' gaf ze ten slotte toe.

'Dank je, ma. Dat is alles wat we hoopten dat je zou doen.'

'Dat betwijfel ik. Als je hier een tijdje blijft, dien je je leugens achter te laten bij de voordeur.'

'Het spijt me, ma. Ik zal me netjes gedragen. Skeeter en ik zullen meteen op zoek gaan naar een potentieel geschikt huis, hè, Skeeter?'

'Morgenochtend vroeg,' zei hij.

'Ik zei dat ik erover zou denken. Niet dat ik het zal doen,' bracht mevrouw Westington hen in herinnering.

'Een deel van het geld dat je hebt is trouwens toch van mij, ma. Ik weet zeker dat papa me niet helemaal onterfd zal hebben.'

'O, dat weet je zeker? Nou, dan heb ik slecht nieuws voor je, Rhona. Je hebt nooit enige belangstelling getoond voor dit huis, de wijngaard en ons bedrijf, maar ik zal je de waarheid vertellen: ík was degene die de leiding had van alles. Je vader kon goed praten, vond het heerlijk om buiten in de wijngaard rond te lopen met Trevor, maar als het op geld aankwam, was hij lui en onverschillig. Hij kwam zelfs naar mij toe voor zijn dagelijkse zakgeld. Ik was degene die het testament heeft laten opstellen met de notaris en mijn accountant, en hij tekende alles wat ik zei dat hij moest tekenen. Vergeet dus maar dat je kunt dreigen met juridische stappen. Dan zul je hevig teleurgesteld worden.'

'Ik dreig niet, ma. Ik ben dankbaar voor wat je net voor ons, ik bedoel voor mij, hebt gedaan. Wat er met me gebeurd is heeft me wakker geschud. Daarom besloot ik dat het tijd was om mijn verantwoordelijkheden op me te nemen en daarom ben ik teruggekomen.'

'We zullen zien,' zei mevrouw Westington.

'Er schijnt hier nog steeds wat wijn te worden geproduceerd.'

'Dat doe ik niet, dat doet Trevor, en ik keur die tijdverspilling af. Het is meer een hobby van hem,' gaf ze toe. 'We verdienen er niet echt iets mee, dus hoop daar maar niet op.'

'O, we zijn niet van plan iets te doen met de wijngaard. Ik dacht alleen dat Skeeter het interessant zou vinden die te zien, niet, Skeeter?'

'Ik hou van goede wijn.'

'Ja, ik stel me voor dat je een echte sommelier bent,' zei mevrouw Westington.

126

'Hè?'

'Laat maar. Ik ben moe en heb rust nodig,' zei mevrouw Westington. 'We zijn vandaag met Echo naar het winkelcentrum geweest om wat kleren en andere dingen voor haar te kopen die ze nodig had, dingen waarvoor kinderen normaal hun moeder hebben.'

'Je hebt wonderen met haar verricht, ma. Denk niet dat ik dat niet waardeer.'

'Ik heb helemaal niets voor jou gedaan.'

'Ze is al zo groot,' ging Rhona verder, haar opmerking negerend. 'En ze wordt knap. Ze lijkt veel op jou toen je haar leeftijd had.'

'Je weet hoe ik denk over stroopsmeren, kind.'

'Ik meen het, ma. Ik zal je een paar foto's laten zien van mijn moeder toen ze nog jong was, dan mag jij beslissen, Skeeter. Liggen die albums nog in papa's oude kantoor?'

'Het verbaast me dat je nog weet waar iets zich bevindt in dit huis,' zei mevrouw Westington. Haar stem klonk moe, verslagen.

'Ik ben veranderd, ma. Je zult het zien.'

'Dat is zo. Ik zal het wel zien,' besloot mevrouw Westington.

Ik wachtte net een of twee ogenblikken te lang voor ik me omdraaide naar Echo om haar te gebaren dat we weggingen. Rhona kwam de kamer uit en zag mij in de gang staan. Ze glimlachte kil.

'Was je ons aan het bespieden?'

'Nee. We gaan wandelen,' zei ik snel.

'Natuurlijk. Ik ken je. Ik ken jouw soort, en wil je weten waarom ik je ken?' Ze deed een stap in mijn richting. 'Ik zal je vertellen waarom. Omdat ik vroeger net zo was als jij, een parasiet. Kom, Skeeter,' ging ze verder en draaide zich naar hem om voor ik iets kon zeggen of doen. 'We gaan de rest van onze spullen uit het busje halen. We blijven hier.'

Ze liep naar voren en zag toen Echo op de trap zitten. 'O, Echo, liefje,' riep ze uit. 'Skeeter, wil je haar vragen of ze ons wil helpen onze spullen binnen te brengen?'

'Ik weet niet zeker of ik me alles nog goed kan herinneren, Rhona. Even denken.' Hij begon in gebarentaal. Hij slaagde erin te zeggen: 'Wil je dragen…' Hij zocht naar de andere woorden, maar Echo was intelligent genoeg om te begrijpen wat hij bedoelde. Ze keek naar Rhona, die haar glimlachend aankeek en haar hand uitstak, en ze knikte snel.

'Prachtig,' zei Rhona en sloeg haar arm om Echo heen. 'Ga met ons mee. Je wilt je tijd toch niet verspillen aan een wandeling met haar?'

Rhona keek triomfantelijk achterom naar mij toen ze Echo mee naar buiten troonde, haar arm om haar schouders.

'Laat haar met rust,' zei Skeeter tegen mij terwijl hij hen volgde. 'Ze is een gifslang.'

Ik keek hen na toen ze wegliepen en ging vervolgens even bij mevrouw Westington naar binnen. Ze zat in haar fauteuil te slapen, haar hoofd achterover, met gesloten ogen. Ze leek jaren ouder. Het was allemaal onheilspellend, beangstigend. Haastig liep ik door de achterdeur naar buiten en toen om het huis heen naar de camper, die in meer dan één opzicht mijn toevlucht was geworden. Ik wist dat ik me daar bij Destiny op mijn gemak zou voelen.

Zodra ik binnenkwam, ging ik tegenover de pop zitten en net zoals oom Palaver zou doen, begon ik een gesprek.

'Je kunt je niet voorstellen wat voor afschuwelijks er is gebeurd, Destiny. Rhona is teruggekomen met haar zogenaamde vriendje en ze probeert Echo van mevrouw Westington af te troggelen door heel lief tegen haar te doen en dan mevrouw Westington te dwingen haar geld te geven, geld dat ze natuurlijk over de balk zal gooien. Ik weet niet wat ik eraan kan doen.'

'Je kunt om te beginnen ophouden met dat gejammer,' hoorde ik. Ik keek op. Had ík dat gedaan, had ík dat gedacht en toen Destiny met mijn stem laten spreken? Het was meer iets dat Brenda zou zeggen. Je laat je niet door iemand als Rhona ringeloren, zou ze ongetwijfeld tegen me zeggen. Ze is in haar hart een lafaard. Trotseer haar, en ze zal zich zo gauw terugtrekken dat ze bandensporen achterlaat.

'Ja,' zei ik tegen Destiny. 'Ik wed dat ze laf is. Van Skeeter weet ik het nog zo net niet. Hij is geen haar beter, maar ik denk dat hij een sluwe intrigant is. Waarschijnlijk jut hij haar op. Ik heb gezien hoe hij met grote ogen rondkeek toen hij het huis en het grondbezit zag. Ik moet met Trevor praten,' ging ik verder. 'Hij moet weten wat er zojuist gebeurd is.'

Het leek of Destiny glimlachte. Ze trok haar zachte lippen iets in. 'We zullen ze laten verdwijnen,' zei ze. 'Hoe dan ook.'

Ze zei het natuurlijk niet echt. Ik was het zelf weer die via haar sprak, maar het klonk vertroostend. Mijn gevoelens kwamen waarschijnlijk overeen met die van oom Palaver vroeger toen hij zijn gesprekken hield met de pop. Voorlopig was de illusie voldoende. Ik voelde me niet zo eenzaam meer. Maakte dat me vreemd, buitenissig, of was het normaal voor iemand die zo bang en eenzaam was als ik, als oom Palaver geweest was?

Ik tuurde naar het huis door het raam van de camper en zag dat er licht brandde in Trevors appartement aan de achterkant. Ik had tot op dit moment niet meer aan hem gedacht. Waarom wilde hij zo graag weg toen Rhona en Skeeter hun entree maakten? Ik dacht er even over na en stond toen op, keek naar Destiny, die, zoals Tyler had gezegd, al je bewegingen leek te volgen, en verliet toen de camper en liep naar de ingang van Trevors appartement. Ik klopte en een ogenblik later deed hij open. Hij leek me vermoeider en bezorgder dan ik hem ooit gezien had.

'Ik hoop dat je het niet erg vindt,' zei ik, 'maar ik wilde je vertellen wat Rhona tegen me heeft gezegd en wat ze dreigt te zullen doen.'

Hij sperde zijn ogen open. 'Wat ze tegen jou heeft gezegd?'

'Ja.'

'Kom binnen.' Hij deed een stap achteruit.

Je zou zijn appartement een studio kunnen noemen, een zitkamer met een slaapbank en een kleine keuken. Er stond een tafel die nauwelijks groot genoeg was voor twee. Had hij al die jaren in deze kleine ruimte gewoond zonder zich ongelukkig te voelen?

'Het stelt niet veel voor,' zei hij, toen hij zag dat ik aandachtig om me heen keek. 'Een plek om elke avond mijn vermoeide hoofd neer te leggen.' Hij zette zijn kleine tv-toestel uit. 'Wil je wat drinken? Ik heb mineraalwater, sap, wat je maar wilt.'

'Nee, niks, dank je.'

'Ga zitten.' Hij knikte naar de bank en nam zelf plaats in zijn versleten fauteuil.

Ik zag de foto van een knappe Afro-Amerikaanse vrouw op een ladekast staan.

'Was dat je vrouw?'

'Charlie Mae, ja. De engelen vonden dat ze meer was dan ik verdiende. Ze is weg, maar ik weet dat ze nog hier is.' Ik had geen uitleg nodig. 'Vertel eens over miss Rhona. Wat voor gif droop er van die tong?'

'Ze wil me weg hebben. Ze zegt dat ze de voogdij over Echo terug wil en ze pretendeert nu een liefhebbende moeder te zijn. Zij en die man Skeeter willen dat mevrouw Westington hun geld geeft om oude huizen voor hem te kopen die hij kan opknappen en verkopen.'

'O, op die manier. Ze kan het geld net zo goed in de wc gooien en doortrekken.'

'Ik geloof dat mevrouw Westington er ook zo over denkt, maar ik ben bang dat Rhona en Skeeter Echo zullen gebruiken om haar te chanteren.'

'Ongetwijfeld. Rhona weet maar al te goed hoe ze mensen moet chanteren.'

'O?'

'Ze zal het je gauw genoeg vertellen, dus kan ik dat maar beter zelf doen,' zei hij. 'Ze wilde geld om ervandoor te gaan en natuurlijk weigerde mevrouw Westington het haar te geven, dus kwam ze bij mij.'

'Waarom zou jij haar geld geven?'

'Dat zou ik ook niet gedaan hebben, maar ze zat op dezelfde plaats waar jij nu zit en begon haar blouse open te knopen. Ze droeg geen beha. Heel vaak droeg ze ook geen slipje. Ik weet niet hoeveel mannen ze hier mee naartoe nam, maar de lijst bevat waarschijnlijk de halve mannelijke bevolking hier.

'In ieder geval dreigde ze te zeggen dat ik geprobeerd had haar te verkrachten. Om haar woorden kracht bij te zetten perste ze haar eigen vingernagels in haar schouder en scheurde de huid tot aan haar borst open. Ze gaf geen krimp. Ze bleef glimlachend zitten terwijl ze haar huid en blouse kapotscheurde. Ze zei dat ze ook niet naar haar moeder zou lopen, maar in de auto zou stappen en naar de stad rijden om me bij de politie aan te geven. Ik twijfelde er niet aan dat ze het zou doen.

'In ieder geval gaf ik haar al het geld dat ik in huis had, wat een aanzienlijk bedrag was omdat ik niet veel uitgeef. Ze wist dat ik het had. Ik vermoed dat ze me door het raam bespioneerde en het me zag tellen of zo. Ze wist waar ik het verborg en zou het waarschijnlijk gestolen hebben als ze binnen had kunnen komen, maar ik vergat nooit de deur en de ramen af te sluiten.

'Ik bekeek het maar van de kant van "opgeruimd staat netjes". Ze was bezig mevrouw Westington dood te treiteren met haar capriolen. Ik dacht dat van alle investeringen die ik had kunnen doen, dit de beste was, omdat het ons bevrijdde van Rhona.

'Natuurlijk had ik medelijden met Echo. Ze was een lieverdje en wist niet hoe slecht Rhona was. Ik rechtvaardigde het voor mezelf door me voor te houden dat Echo beter af was zonder haar. Maar ik weet dat een kind nooit haar eigen moeder kan vergeten of verloochenen en daar vrede mee hebben. En dan was er nog het schuldbesef dat ik het Rhona mogelijk had gemaakt mevrouw Westington zo in de steek te laten. Op een dag keek ze me aan en met die felle blik in haar ogen, die ze soms kan hebben, vroeg ze me waar ik dacht dat Rhona het geld vandaan kon hebben gehaald om er zo plotsklaps vandoor te gaan. Ik zag geen kans er met een of andere leugen onderuit te komen, dus vertelde ik haar het hele verhaal. Natuurlijk schold ze me de huid vol, maar ze gaf ook toe dat ze begreep waarom ik bang was geweest. "Mijn dochter is een expert op het gebied van liegen en bedriegen," zei ze. "Ze zou van Johannes de Doper een serieverkrachter kunnen maken."

'Maar toch voelde ik me schuldig dat ik het al die tijd geheim had gehouden. Druiven zijn gemakkelijker te behapstukken dan kinderen.'

'Wat moet ik nu doen? Weggaan?'

'Dat moet je natuurlijk zelf weten, maar ik denk dat mevrouw Westington liever heeft dat je blijft. Ze is een stuk ouder dan toen Rhona wegliep, maar ze heeft nog een hoop pit. Ik zal ook doen wat ik kan.

'Ik zal er geen doekjes om winden,' ging hij verder. 'Rhona is erg vindingrijk. Ik weet niet waar je geweest bent en wat je hebt gedaan in je korte leven, April, maar je zult ondervinden hoe gemeen iemand kan zijn. Als dat kind begraven wordt, zal er zwart onkruid groeien rond haar graf en alle dieren zullen er met een boog omheen lopen. Er zullen zelfs geen vogels over haar grafsteen vliegen.'

Ik knikte. 'Ik zal niet weglopen. Dat heb ik al genoeg gedaan in mijn leven.'

'Misschien wel, ja. Echo heeft een heel goede vriendin in jou gevonden.'

'Dank je, Trevor.' Ik stond op.

'Er is niets om me voor te bedanken.'

'O, jawel. Bedankt dat je me de pijnlijke waarheid hebt toevertrouwd.'

Hij glimlachte.

Ik liep naar de deur. 'We laten ons niet langer ringeloren,' zei ik. 'Zoals u zegt, dame.' Ik liep naar buiten.

Waar haalde ik alle moed vandaan? vroeg ik me af. Ik keek naar de camper. Er brandde licht. Had ik het laten branden? Waarschijnlijk wel, dacht ik. Ik kon het maar beter uit gaan doen. De accu's waren al bijna leeg.

Haastig liep ik terug, deed de deur open en wilde het trapje oplopen, maar bleef als aan de grond genageld staan. Mijn mond viel open.

Op de plaats waar ik had gezeten, tegenover Destiny, zat Tyler Monahan.

7. De kus van een dwaas

'Wat doe jij hier?' vroeg ik.

'Toen ik aan kwam rijden, zag ik licht branden en dacht dat jij hier was,' zei hij. 'Ik stond op het punt weg te gaan om te zien of je in huis was. Ik hoopte je te zien zonder dat Echo wist dat ik hier was.'

'Waarom wil je me nu wél zien? Je had er vanmiddag weinig interesse voor,' zei ik, niet in staat mijn boosheid te verheimelijken.

'Ik weet het. Ik voelde me rot over wat er vanmiddag gebeurd is. Over alles eigenlijk.'

'Dat mag ook wel. Echo voelde zich ellendig. Ze kon maar niet begrijpen waarom je haar negeerde.' Ik had eraan toe willen voegen 'en ik ook', maar ik deed het niet.

'Daarom kwam ik hier. Ik wilde met je praten over... over alles.' Hij keek berouwvol.

Ik ging een eindje achteruit om de deur dicht te doen en liep toen de camper in. Ik ging rechts van Destiny zitten. Het viel me op dat we hem allebei recht aanstaarden. Aan de manier waarop hij van haar naar mij keek, kon ik zien dat hij hetzelfde dacht.

'Wat vind je zo grappig?'

'Jij en de pop hebben dezelfde uitdrukking op je gezicht.'

'Hoe bedoel je? Ik ben gewoon maar een pop in jouw ogen?'

'Nee, nee, zo bedoel ik het niet.' Hij leek zenuwachtig. 'Van wie is dat busje dat voor de deur staat?'

'Van mevrouw Westingtons dochter Rhona en haar vriend Skeeter.'

'Heus? Na al die jaren is Echo's moeder weer thuisgekomen bij haar familie?'

'Als je het zo wilt noemen. Ze is niet teruggekomen omdat ze haar dochter miste. Ze willen mevrouw Westingtons geld in handen krijgen.'

Hij knikte. 'Maar ze is toch thuisgekomen. Ik geloof dat het Robert Frost was die schreef: "Thuis is waar ze je moeten opnemen wanneer je erheen gaat."'

'Ik geloof niet dat mevrouw Westington dat zo graag wil.'

'Ja, maar ze zal het wél doen,' zei hij zelfverzekerd. 'Het is gemakkelijker voor een kind om weg te lopen dan voor een moeder om hem of haar de deur te wijzen.'

Waarschijnlijk had hij gelijk. Die onvermijdelijke conclusie deprimeerde me, maar ik besefte dat ik er niet veel aan kon doen.

'Waarom heb je eigenlijk niet even naar ons gezwaaid in het winkelcentrum?' vroeg ik, terugkomend op de aanleiding van zijn komst. 'En waag het niet te beweren dat je ons niet gezien hebt.'

'Ik heb jullie gezien.'

'En?'

'Ik heb je al verteld dat mijn moeder het heel erg vindt dat ik zoveel tijd hier doorbreng met Echo. Ze weet niets van jou en van het werk dat ik met je gedaan heb.'

'Nou en? Ik begrijp nog steeds niet waarom ze zich er zo druk over maakt dat je Echo lesgeeft. Je doet waarvoor je bent opgeleid. Is ze daar niet trots op?'

'Ze heeft liever dat ik haar nu in de zaak help. Ze vindt dat mevrouw Westington Echo naar een speciale school moet sturen en ik niet al die verantwoordelijkheid op me moet nemen. Ze vindt dat ik te veel betrokken ben bij hun familiezaken.'

'Mevrouw Westington zal haar uiteindelijk wel naar een school laten gaan.' Ik hief mijn handen op en grijnsde spottend. 'Dat is je excuus om ons niet gedag te zeggen, ons te negeren?'

'Ik wilde niet nog meer spanningen veroorzaken. Het was niet het juiste moment om jou en Echo aan haar voor te stellen. Ze denkt dat Echo met opzet is meegenomen naar het winkelcentrum om mij te kunnen ontmoeten. Ze denkt dat jullie me gevolgd zijn.'

'Wat? Dat is belachelijk. Hoe konden we weten dat jij daar zou zijn? Als ik me goed herinner, zei je dat je in het weekend in de winkel moest werken en geen tijd voor ons zou hebben.'

'Mijn moeder kan daar op het ogenblik niet nuchter over denken. Dat komt wel weer in orde als ik stop met mijn lessen, wat ik heel gauw zal moeten doen, eerder feitelijk dan ik van plan was.'

'Dan komt het weer in orde? Denk je dat? Ik ben blij voor je.'

'Ik bedoelde alleen –'

'Hoor eens, Tyler. Het klinkt allemaal nogal stom. Je bent geen kind meer. Doe gewoon wat je zelf wilt. Hou voet bij stuk.'

'Daar gaat het niet om. Het is een kwestie van respect.'

'Vast wel.' Ik keek naar de afstandsbediening voor Destiny en pakte die op. 'Wat vind jij, Destiny?' vroeg ik aan de pop en liet haar het antwoord geven door te buikspreken.

'Een moederskindje,' zei Destiny.

'Leuk hoor. Een gehoorzame zoon is geen moederskindje, April. Mijn moeder komt uit een andere wereld en ze heeft haar gevoel voor traditie niet verloren, haar gevoel voor wat goed en verkeerd is, zoals haar is geleerd. Zo ben ik opgevoed. Onze eerste plicht geldt onze ouders. We laten ze niet in de steek omdat ze oud of ziek zijn en we respecteren hun wijsheid.'

'Dat hoor je Echo te vertellen, niet mij. Waarom kom je trouwens bij mij met die verklaringen en excuses?'

Hij wendde zijn blik af en leunde toen met gebogen hoofd naar voren. 'Het is niet alleen wat er in het winkelcentrum is gebeurd. Ik schaam me voor de manier waarop ik me hier tegenover jou heb gedragen. Ik had dat niet mogen doen.'

'Ik vond het niet erg,' bekende ik met een achteloosheid die hem snel deed opkijken. 'Hoor eens, ik weet precies wat hier gebeurd is, Tyler. Je hoeft het niet uit te leggen of iets te verzinnen.'

'Meen je dat?'

'Je keek naar me en je voelde afkeer. Ik heb je gezegd dat ik dat kostuum niet aan wilde trekken. Ik wist hoe ik erin uit zou zien.'

'O, nee, het lag niet aan jou.'

'O?'

'Ik bedoel, het lag niet alleen aan jou, maar ook aan mij. Jij was eerlijk over jezelf en je vertelde me een paar intieme dingen. Dat waardeer ik, maar het maakt dat ik me oneerlijk voel.'

'Hoezo oneerlijk?'

'Ik heb je niet de waarheid verteld over mezelf, April. De waarheid is dat ik niet alleen geen vriendin heb, niet hier en niet in Los Angeles, maar dat ik nooit een vriendin heb gehad. Zelfs nooit een echt afspraakje.'

Ik kneep sceptisch mijn ogen samen. 'Je hebt nooit een afspraakje gehad? Wil je dat ik dat geloof?'

'Ik lieg niet. Jij hebt je persoonlijke en emotionele problemen en ik heb de mijne.'

Ik dacht even na en toen leek er plotseling een lampje te gaan branden in mijn hoofd. 'Je bedoelt toch niet... wil je soms zeggen dat je homo bent?'

Had hij daarom zoveel belangstelling getoond voor het feit dat ik Brenda in de steek had gelaten en naar oom Palaver was gevlucht, waarom hij me zo uitvroeg over Celia?

'Ik denk dat ik wil zeggen dat ik het niet weet. Ik weet niet zeker of ik homo ben of alleen maar bang, onzeker. Zo ben ik nu eenmaal, zo ben ik altijd geweest. Soms denk ik dat ik aseksueel ben, als een amoebe.'

'Goed, dan vraag ik jou wat je mij hebt gevraagd. Voel je je aangetrokken tot jongens of niet? Voel je je meer op je gemak met jongens?'

'Nee, maar ik weet dat ik niet zo agressief ben of geïnteresseerd in meisjes als ik hoor te zijn, zoals andere mannen van mijn leeftijd zijn, zoals mijn vrienden waren op highschool en de universiteit. Ze probeerden me bij alles te betrekken, party's, uitstapjes, maar ten slotte gaven ze het op, en de meeste meisjes ook.'

Ik nam hem aandachtig op. Wie zou ooit kunnen denken dat een man die zo knap en aantrekkelijk was als hij, problemen zou hebben met vrouwen? Aan de andere kant zag hij er anders uit en waarschijnlijk beschouwden sommige meisjes en vrouwen hem als Aziatisch en vonden ze hem daarom niet in aanmerking komen. Misschien had hij daarom een complex, voelde hij zich onzeker. Plotseling, in plaats van kwaad op hem te zijn, had ik medelijden met hem, en bedacht ik dat hij en ik meer op elkaar leken dan hij wellicht dacht.

'Je bent nooit intiem geweest met een meisje? Nooit?'

'Nee, niet echt. Ik bedoel, ik heb met ze gestudeerd, dat soort dingen, maar als het aankwam op sociaal verkeer, op afspraakjes, dan trok ik me terug. Er is een meisje geweest, van wie ik wist dat ze erg op me gesteld was. Ze probeerde het tot een romance tussen ons te laten komen, maar ik reageerde niet op de juiste manier, dat weet ik. In ieder geval besloot ik naar je toe te gaan om het je te vertellen, zodat je niet het gevoel zou hebben dat het jouw schuld was. Ik kwam om mijn excuses aan te bieden. Ik zal het ook in orde maken met Echo. Ik zal haar erop moeten voorbereiden dat er binnenkort een eind komt aan mijn lessen.'

'Ze zal het niet begrijpen. Wat je haar ook vertelt, ze zal denken dat het op de een of andere manier haar schuld is en ze zal met een gebroken hart achterblijven.'

'Ik hoop dat je me zult helpen dat te voorkomen. Ze beschouwt je nu als haar beste vriendin.'

Ik zuchtte diep en schudde mijn hoofd. 'Ik weet het, en daar heb ik nu spijt van.'

'Waarom?'

'Ik weet niet hoe lang ik hier nog zal blijven, Tyler. Rhona is vastbesloten me de deur uit te werken. Ze heeft me al gedreigd.'

'Wat zegt mevrouw Westington daarvan?'

'Ze weet niet hoe erg het kan worden en ik weet niet of ik hier veel langer kan blijven. Ik heb Trevor beloofd dat ik het zal proberen, maar het gaat me eigenlijk niets aan en ik heb het recht niet tussen een moeder en haar dochter te komen. Bovendien heb ik mijn eigen zorgen.'

'Het spijt me dat te horen,' zei hij.

'Is het echt belangrijk voor je dat ik blijf?'

'Ja, en vooral voor Echo. Doe je het?'

'We zullen zien. Zoals ik tegen Trevor zei, ik zal het proberen.'

'Ik zal je helpen als ik kan,' beloofde hij. 'Misschien raakt Rhona snel ontmoedigd als ze ziet hoe groot de verantwoordelijkheid is voor Echo, en neemt ze weer de benen.'

'Daar zou ik maar niet te veel op rekenen, Tyler. Zoals je zei, mevrouw Westington is niet de jongste meer. Ik denk dat Rhona thuis is gekomen omdat ze zich dat realiseert en zekerheid wil hebben dat ze alles onder controle heeft, het landgoed, het geld. Als mevrouw Westington alles aan Echo zou nalaten, zal Rhona het gezag van de moeder kunnen uitoefenen. Wat zou ik in vredesnaam kunnen doen om te helpen dat te voorkomen? Wat zou jij kunnen doen?'

'Neem in ieder geval geen overhaaste beslissing. Ik kom maandag terug. Alsjeblieft.'

Ik keek hem aan. Hij scheen werkelijk te willen dat ik bleef. Was het alleen om het voor hem gemakkelijker te maken of had het iets te maken met enige belangstelling voor mij, genoeg om te maken dat hij aan me bleef denken?

'Weet je,' zei ik. 'Ik beloof je dat ik zal blijven zolang jij blijft.'
Hij dacht even na en knikte toen. 'Oké.'

'Is dat een belofte?'

'Ja.'

'Destiny, geloof je hem?'

'Laat hem de test doen,' antwoordde ze via mij.

Tyler lachte. 'Wat voor test?'

'De test van de waarheid.' Ik stond op en liep naar de kast onder het televisietoestel om een spel kaarten te pakken. Ik overhandigde het hem. 'Pak een kaart en fluister in Destiny's oor wat je hebt gekozen.'

'Wát?'

'Doe het nou maar.'

Hij haalde een kaart uit het stapeltje.

'Nee. Het gaat om het erewoord. Kies gewoon een kaart, maar laat hem in het stapeltje zitten en vertel het haar.'

'Vertellen?'

'Precies. Fluister het in haar oor. Toe dan.'

Ik pakte het spel weer op en verdween naar de keuken. Hij lachte, stond op en fluisterde in Destiny's oor. Toen ik terugkwam, knielde ik op de grond en bracht mijn oor naar haar mond. Haar lippen bewogen en ik draaide me om en haalde een kaart uit het spel.

'Was deze het?'

Hij keek van de kaart naar Destiny naar mij. 'Hoe heb je dat gedaan?'

'Een goede goochelaar…'

'Verraadt nooit zijn geheimen. Maar je moet het me vertellen, anders word ik gek.'

'Het is beter dat je gelooft dat het pure magie was,' zei ik en wilde weglopen. Maar hij pakte mijn pols beet en trok me zo ruw naar achteren dat ik bijna boven op hem viel.

'Ik zal je zelf betoveren als je het niet vertelt.'

'Ik waarschuw je. Ik heb geleerd allerlei martelingen te verdragen om geheimen te bewaren,' zei ik.

Hij stond op. 'O, ja?' Hij glimlachte en begon me te kietelen en ik wrong me in allerlei bochten om los te komen. Hij bleef me vasthouden tot we allebei achterover op de bank vielen. Hij drukte me omlaag en blies in mijn oor. Ik gilde en hij stopte. 'Zul je het vertellen?'

Ik schudde mijn hoofd.

Toen duwde hij het puntje van zijn tong in mijn oor en ik krijste. Zijn gezicht was op centimeters afstand van het mijne. We zwegen allebei. Ik ben niet zoals Brenda. Dat ben ik niet, dacht ik. Ik wil dat hij me zoent. Ik wil het echt. Ik hief mijn lippen naar hem op. Hij bewoog zich niet en beroerde mijn mond met zijn lippen. 'Ik ben een stuntelende dwaas als het hierop aankomt,' zei hij. 'Ik ook,' fluisterde ik, en hij zoende me weer. Ik bewoog iets naar links om hem meer ruimte te geven op de bank. Toen hij naast me kwam liggen, bedacht ik dat we twee jonge tieners leken die voorzichtig een speurtocht ondernamen in de seksuele jungle. Een man van zijn leeftijd hoorde toch echt wat meer raffinement te hebben, dacht ik. Hij had niet tegen me gejokt over zijn gebrek aan ervaring en romantische avontuurtjes. Zou ik het eerste meisje zijn met wie hij zo ver was gegaan?

Hij frutselde onhandig met de knoopjes van mijn blouse. Moest ik hem helpen? Zou hij zich generen, zich beledigd voelen, en zich weer van me afkeren? Ik wachtte met gesloten ogen tot hij eindelijk alle knoopjes los had en liet me toen door hem optillen zodat hij mijn blouse uit kon trekken, waarna hij zijn best deed op de sluiting van mijn beha. Dat ging gemakkelijker, en in een paar seconden hield hij een van mijn borsten in zijn hand en drukte hij zijn lippen op mijn tepel. Ik kreunde en zakte onderuit op de bank. Hij maakte de knoop los van mijn spijkerbroek en trok die voorzichtig omlaag. Ik voelde zijn vingers bewegen onder het elastiek van mijn slipje. Hij schoof het langzaam omlaag.

'Ik mag je heel graag, April. O ja, o ja,' herhaalde hij steeds. Ik hoorde dat hij zijn broek uittrok. Ik doe dit, dacht ik, alleen om mezelf te bewijzen dat ik dit wil, en het hem te bewijzen, hem de kans te geven zichzelf te bewijzen.

En toen draaide ik me een beetje naar rechts en keek naar Destiny.

'Wacht,' zei ik, maar ik zei het via haar. 'Wacht.'

Tyler stopte met een verwarde glimlach. 'Wat is er?'

'Ben je voorbereid? Ben je hier klaar voor?'

Mijn lippen bewogen niet. Hij keerde zich om en keek naar Destiny en toen weer naar mij. 'Wat doe je?'

'Ze heeft gelijk,' zei ik. 'We moeten voorzichtig zijn. Ik wil niet zwanger worden. Dat zou vreselijk zijn op dit moment. Heb je een condoom?'

Hij dacht even na en schudde toen zijn hoofd.

'Laten we dan wachten tot je die wel hebt, Tyler. Alsjeblieft,' zei ik.

Hij knikte en ging toen met een verdwaasde blik rechtop zitten. Ik zag zijn wenkbrauwen op en neer gaan als met de eb en vloed van zijn gedachten terwijl hij naar Destiny staarde. De wazige blik verdween uit zijn ogen en maakte plaats voor een peinzende, meer intelligente uitdrukking. Hij draaide zich naar me om.

'Natuurlijk heb je gelijk, maar waarom liet je het door de pop zeggen?' Hij glimlachte naar me, maar het was een glimlach vol verwarring en zelfs een beetje ergernis.

'Ik weet het niet. Ik dacht... het leek me gewoon iets wat zij zou zeggen.'

'Zij? Zij? Het is een pop, April.'

'Ik bedoelde, wat ze zou zeggen als ze hier echt zat.'

'Denk je dat we dit zouden doen als er iemand bij was?'

'Je weet wat ik bedoel, Tyler.'

Hij dacht na en keek toen even naar Destiny en begon zijn broek vast te maken. Ik begon me ook aan te kleden.

'Vertel eens. Vond je het prettig met een man samen te zijn, met mij?'

'Natuurlijk. Anders zou ik nooit zo ver zijn gegaan, en je weet al dat ik die eerste keer van streek was en teleurgesteld omdat je wegliep.'

Dat leek hem tevreden te stellen. 'Ik ga maar naar huis,' zei hij, en stond op.

'Kun je morgen terugkomen?'

'Dat weet ik niet. Ik heb een paar dingen te doen in de fabriek.'

'Op zondag?'

'Wat ik moet doen kan ik beter doen als er verder niemand is. Ik zal het proberen. Ik bel je. We zouden elkaar hier weer kunnen ontmoeten, maar het zou beter zijn...'

'Als Echo er niets van weet,' vulde ik aan.

'Tot ik de kans heb het haar uit te leggen en me ervan te overtuigen dat alles in orde is.'

'Oké.'

Hij keek even naar Destiny en toen weer naar mij en glimlachte. 'Vertel me dan nu eens hoe je die kaarttruc deed. Ik zal het tegen niemand zeggen.'

'Waarom wil je de magie verstoren?'

'Ik vind mijn magie in de realiteit, niet in de illusie. Dat is gezonder.'

Hij heeft gelijk, dacht ik.

'Goed. Ik zal het je vertellen. Geef me die afstandsbediening eens,' zei ik, wijzend naar de stoel naast Destiny. Hij deed het. 'Er zit een bandrecorder in Destiny's hoofd. Ik hoef maar op de knop van de afstandsbediening te drukken,' zei ik en liet het hem zien. 'Destiny's oor is de microfoon. Toen je de kaart in haar oor fluisterde, werd dat opgenomen en ik speelde de opname af via haar mond door weer op de knop te drukken.'

'Wauw,' zei hij met een blik op Destiny. 'Wat kan die pop nog meer?'

'Dat is iets wat ik weet en jij moet ontdekken. Om te beginnen heeft ze ons zojuist belet om te ver te gaan zonder condoom.'

'Ja,' zei hij hoofdschuddend. 'Dat heeft ze verhinderd. Ik moet weg voordat ik straks ook nog via haar ga praten.' Hij deed een stap naar voren en kuste me snel op mijn mond. Ik keek hem na toen hij het trapje afliep en door de deur naar buiten ging.

Ik draaide me om naar Destiny. 'Moet ik nou blij zijn of bedroefd?' vroeg ik haar.

Ze zei niets, natuurlijk.

Het was te vroeg om het nu al te weten.

Deze keer deed ik het licht uit toen ik de camper verliet. Voor ik verderging, bleef ik even staan om naar mijn auto te kijken. Het was zo lang geleden sinds ik erin had gereden. Misschien ga ik morgen een eindje met Echo rijden, dacht ik. Misschien kunnen we een confrontatie aangaan met Tylers moeder, zodat ze ons bestaan of althans dat van Echo niet kan negeren. Tyler zal het natuurlijk niet leuk vinden, maar misschien zou zijn moeder zien hoe lief Echo is en zou ze er niet zo op tegen zijn dat Tyler haar helpt. Een enkele keer is het weleens goed om positief te denken en optimistisch te zijn, of het goed afloopt of niet.

Een enkele keer.

Toen ik aan de voorkant van het huis kwam, zag ik onmiddellijk dat het busje verdwenen was. Ik voelde me opgelucht. Ik was er niet bepaald op gebrand Rhona zo snel weer terug te zien. Het was heel stil in huis toen ik binnenkwam, maar toen hoorde ik het gerammel van een pan in de keuken en liep erheen.

Het was niet moeilijk te zien dat mevrouw Westington overstuur was.

'Waar is iedereen?' vroeg ik.

Ze stopte met werken, haalde diep adem en draaide zich naar me om. 'Mijn dochter heeft besloten met haar dochter vanavond in een restaurant te gaan eten. Ze zegt dat het tijd wordt dat ze elkaar leren kennen. Kun je je zoiets voorstellen? Het wordt tijd? Na tien jaar? Maar,' ging ze verder na weer een diepe zucht, 'ik neem aan dat een kind altijd het recht en de behoefte heeft haar moeder te kennen, zelfs al is die moeder zo onverantwoordelijk en egoïstisch als Rhona.'

Ze keek naar me alsof ze nu pas besefte dat ze niet hardop tegen zichzelf sprak.

'Ik heb een lekkere kipsalade gemaakt voor ons tweeën. Wil je ook een gepofte aardappel? Die is gauw genoeg klaar.'

'Nee, de salade is meer dan genoeg.'

'Vastbesloten om af te vallen, hè?'

'Ja,' zei ik. Ik vroeg me af of ik moest zeggen dat Rhona me hier weg wilde hebben. Ik besloot het voorlopig te negeren en te zien wat ik kon doen om Tyler te helpen met Echo. 'Ik zal de tafel dekken,' zei ik, maar ze antwoordde dat alles al gedaan was.

'Ik moest wat omhanden hebben om me niet zenuwachtig te maken over Echo die met Rhona op stap is in die smerige rammelkast.'

Ik hielp haar het eten naar de eetkamer te brengen, en we gingen samen aan tafel. Ik zag hoe ze met lange tanden zat te eten. Het optillen van haar vork leek haar grote inspanning te kosten.

Het leek me dat er iets vreemds gebeurd was sinds Rhona's terugkomst: in plaats van plezier en hoop te vinden in deze hereniging, was ze op slag verouderd. Rhona was als een donderwolk die mevrouw Westingtons artritis verergerde, tot diep in haar botten drong. Ze bewoog zich langzamer, zag er vermoeider uit en leek overmand door de gebeurtenissen.

Ik wist zeker dat de wereld er voor mevrouw Westington in het begin van haar huwelijk met meneer Westington blij en gelukkig had uitgezien. De wijngaard was welvarend. Er waren vrienden en party's. Hun huis en landgoed straalden succes uit. Haar schoonheid werd gestimuleerd door geluk en ze bloeide op. Voordat Rhona hun probleemkind werd, heersten er blijdschap en gelach in dit huis en deze familie. Buren en andere mensen die hen kenden of over hen gehoord hadden, waren afgunstig. Veel mensen vroegen zich af waarom sommige mensen zo succesvol en gelukkig waren. Waarom waren zij niet zo gezegend als de Westingtons? En toen versomberde het leven van mevrouw Westington. De dood van hun pasgeboren kind, de ruzie met haar zwager, de groeiende opvoedingsproblemen met een rebelse Rhona en ten slotte de dood van meneer Westington deden haar in een diep, schijnbaar eindeloos zwart gat vallen van verdriet en teleurstelling. De lasten werden zwaarder. Echo zou al een grote verantwoordelijkheid zijn voor jonge, gezonde ouders, laat staan voor een oudere vrouw, een weduwe die in de steek werd gelaten door haar dochter.

Maar ze had een te sterke geest en wilskracht om het op te geven. Ze roeide met de riemen die ze had en ging door, nam de rol van moeder weer op zich, maar veel beschermender dan ze geweest was met Rhona. In de ware zin des woords werd Echo gestraft voor de zonden van haar moeder, omdat ze verstikt werd in de cocon die haar oma liefdevol om haar heen had gesponnen. Mevrouw Westington zag hoop en belofte in Tyler Monahans succes met Echo, en het leek dat ik op mijn eigen bescheiden wijze een bijdrage zou leveren op een gebied dat nog lang niet voldoende onderzocht was. Ze geloofde oprecht dat ik niet voor mijzelf hierheen was gevoerd maar in het belang van haar kleindochter. Er gloorde nieuwe hoop.

En toen kwam Rhona terug en met haar de problemen die ze meebracht – niet alleen Skeeter, maar haar nieuwe vastberadenheid om in bezit te krijgen wat ze meende dat haar toekwam, inclusief de voogdij over Echo. Het was een nieuw gewicht op de frêle schouders van deze dappere, oude dame van wie ik al heel gauw was gaan houden.

Meer dan ooit was ik vastbesloten haar te helpen.

'Ik denk,' zei ze, 'dat ik hun gewoon het geld zal moeten geven.'

'Ze heeft volgens de wet geen enkel recht om eisen aan u te stellen,' merkte ik op.

'Ik heb geen vertrouwen in rechtbanken. Ik heb te veel onrecht gezien – getekend, verzegeld en afgegeven door inhalige advocaten. Als Rhona een van die legale criminelen in de arm neemt, boren ze ons de grond in. Een oude dame die al te lang haar afspraak met de Man met de Zeis heeft overleefd, en een oude zwarte man zullen niet in aanmerking komen als vervangend gezin.'

'Maar dat bént u!' hield ik vol. 'U bent meer geweest dan haar oma. U bent een echte moeder voor haar geweest en u hebt haar beschermd en voor haar gezorgd.'

'Ik kon niet anders. Niemand zou iets anders verwachten, maar het is niet voldoende. Nee, Ik vrees dat we uiteindelijk de gevolgen onder ogen zullen moeten zien. Het beste wat we kunnen hopen is het zo lang mogelijk uit te stellen. Misschien, heel misschien is zij ook een beetje volwassener geworden.'

Ik sloeg mijn ogen neer. Ik was blij dat ze mij erbij betrok door 'we' te zeggen, maar ik kon haar valse hoop niet delen dat Rhona in haar voordeel veranderd was. Het weinige dat ik van haar had gezien boezemde me al afkeer in. Maar ik had niet het hart haar tegen te spreken.

'Zorg jij er maar voor dat het goed gaat met Echo,' ging ze verder. 'Als je ziet dat er iets verkeerds gebeurt, kom dan meteen bij mij. Wees niet bang en aarzel niet. Ik ben dankbaarder dan ooit dat jij er bent om me te helpen.'

Ik knikte. De tranen prikten in mijn ogen.

'Je bent een lief kind,' zei ze. 'Je ouders boften dat ze jou hadden en ik weet zeker dat jij gelukkig was met hen. Maar je ziet hoe onrechtvaardig het allemaal is, want ze zijn veel te jong gestorven. We kunnen er niet op vertrouwen dat de juiste dingen altijd vanzelf gebeuren. Wij moeten ons best doen ervoor te zorgen dát ze gebeuren. Meer kunnen we niet doen. Maar ik denk dat je dat allemaal al weet.'

'Ja.'

'Eet. Je wilt natuurlijk niets van mijn eigengebakken appeltaart.'

'Een klein stukje misschien,' gaf ik toe.

'Er zit minder suiker in dan in de taarten die je in de winkel koopt.'

'Ik weet het. Dank u.'

Ze glimlachte en we aten zwijgend verder, beiden een tijdlang verdiept in de gedachten en dromen die ons de moed gaven om door te gaan.

Ik at met smaak een stuk taart, hielp opruimen, en ging toen naar mijn kamer. Toen de uren verstreken en ik Rhona, Skeeter en Echo niet hoorde terugkomen, wist ik dat mevrouw Westington zich hevig ongerust maakte. Ik had haar ook niet naar bed horen gaan, dus ging ik naar beneden, waar ik haar soezend aantrof in haar stoel in de zitkamer. De televisie stond aan, maar het geluid was zo zacht, dat het nauwelijks verstaanbaar was. Zodra ik binnenkwam, gingen haar ogen open.

'Zijn ze terug?'

'Nee, nog niet.' Ze keek op de klok. Het was bijna elf uur.

'Waar kunnen ze zo laat zijn met dat kind?'

Ik wist daar geen antwoord op, maar ik zag dat ze niet van plan was om op te staan en te gaan slapen, dus ging ik op de bank zitten.

'Je hoeft niet met me op te blijven, April.'

'Dat vind ik niet erg. Ik kan toch niet slapen als ik weet dat u zich hier ongerust zit te maken.'

'Als mijn dochter ook maar een greintje van jouw fatsoen had, zou ik niet ongerust zijn.'

Ik vroeg me af of ik haar moest vertellen wat Tyler tegen me gezegd had, dat hij heel binnenkort moest stoppen met zijn lessen aan Echo. Het leek een lawine van slecht nieuws. Misschien kon ik beter nog even wachten, dacht ik. Misschien zou hij zich nog bedenken.

Ik keek naar de televisie. 'Je kunt hem harder zetten of een ander kanaal opzoeken als je wilt. Meestal val ik in slaap tijdens het tv-kijken. Mijn ogen raken vermoeid en het meeste van wat ik zie vind ik toch maar dom en vervelend.'

Ik wilde juist de afstandsbediening pakken toen de koplampen van het busje een lichtstraal op de muren wierpen. We keken allebei uit het raam.

'Eindelijk,' zei ze en stond op.

We liepen naar de deur van de zitkamer. We hoorden Rhona's harde lach. Skeeter liet een vreemd geluid horen, iets dat op het getetter van een olifant leek. De deur ging open en ze kwamen binnen met Echo, die keek of ze had geslapen, waarschijnlijk in het busje. Haar ogen vielen bijna dicht en ze had nauwelijks de energie om te glimlachen toen ze ons zag.

'Waar zijn jullie met haar geweest?' vroeg mevrouw Westington onmiddellijk.

Ook al stonden ze meer dan anderhalve meter van ons af, toch kon ik de whisky ruiken. Skeeter zwaaide op zijn benen, en behield zijn stomme grijns. Rhona wankelde; haar handen lagen op Echo's schouders.

'Waarom maak je je zo druk, ma? We zijn naar een van mijn oude stamkroegen geweest en daar ontmoette ik een paar vrienden die ik in tien jaar niet gezien heb.'

'En wat deed Echo al die tijd dat jullie in een bar waren? Vertel me niet dat jullie haar mee naar binnen hebben genomen.'

'Nee. Ze is in het busje gebleven en heeft op ons bed liggen slapen.'

'Je laat dat meisje slapen op die smerige oude matras van jullie die vol luizen zit?'

'Overdrijf niet zo, ma. Hij ziet er alleen maar vuil uit, maar dat is hij niet. Alleen maar oud.'

'En vaak en goed gebruikt,' vulde Skeeter lachend aan.

'Ja, dat mag je wel zeggen,' viel Rhona hem bij.

'Kom hier.' Mevrouw Westington wenkte Echo. Ze liep snel naar haar toe en mevrouw Westington inspecteerde haar haar. 'Ze moet in bad en haar haar moet gewassen worden.'

'Dit is walgelijk, ma. We zijn geen smeerpijpen.'

'Tot iemand een betere uitdrukking vindt om jullie te beschrijven, zal ik het hierop houden. Dit is geen tijd om dat kind thuis te brengen. Ze heeft haar slaap nodig.'

'Jemig, het is zaterdagavond,' zei Rhona. 'Leef je soms nog in de middeleeuwen?'

'Ik ben nog steeds een verantwoordelijk mens, als je dat bedoelt, ja.'

'Ik wil dat kind niet frustreren zoals je mij hebt gefrustreerd, ma. Opgesloten in dit huis, terwijl mijn vrienden plezier maakten. Je moet de mensen vertrouwen van wie je houdt en niet verwachten dat ze voortdurend slechte dingen uithalen.'

'Wat dat betreft heb jij mijn verwachtingen overtroffen, Rhona,' zei mevrouw Westington en draaide Echo om naar de trap. Ze gebaarde haar dat ze haar zou helpen een bad te nemen en naar bed te gaan.

Rhona en Skeeter keken hen na terwijl ze de trap opliepen en toen draaide Rhona zich naar me om en staarde me woedend aan.

'Heb jij haar in die stemming gebracht?' vroeg Rhona.

'Ik kom zelf net beneden, verbaasd dat jullie nog niet terug waren.'

'O, dus je liet haar weten dat je verbaasd was. Handig, hoor. Ik waarschuw je, ik laat haar niet door jou tegen ons opzetten.' Rhona deed een stap naar me toe.

'Dat hoef ik niet te doen. Je doet het zelf maar al te goed,' antwoordde ik, ook al stond ik te beven op mijn benen. Ik keek haar kwaad aan en draaide me toen om en volgde mevrouw Westington en Echo de trap op.

'Kreng,' hoorde ik Rhona roepen.

'Kalm,' zei Skeeter tegen haar.

Ik keek achterom en zag dat hij in haar oor fluisterde. Ze knikte en lachte en toen draaiden ze zich om en liepen de zitkamer in. Ik keek even binnen bij mevrouw Westington en Echo, die al in bad zat, terwijl het water nog uit de kraan stroomde.

'Kom hier,' zei ze en wenkte dat ik naar het bad moest komen. 'Kijk eens.'

Ze maakte een scheiding in Echo's haar en ik kon de luizen zien.

'En dat wil met een schone lei beginnen en een moeder zijn. God, sta me bij.' Ze goot de shampoo in Echo's haar en begon te boenen.

'Dat kan ik wel doen, mevrouw Westington. Laat het mij doen, alstublieft.'

Ze dacht even na en deed toen een stap achteruit. Ik masseerde de shampoo in Echo's haar en spoelde het toen uit met de handdouche. Mevrouw Westington stond klaar met een handdoek en wikkelde haar erin zodra ze uit het bad stapte.

'We zullen het kind naar bed brengen,' zei ze. Ze vertelde me waar ik haar pyjama kon vinden. Echo trok hem aan en stapte in bed. Ze leek nog steeds versuft en in de war. Mevrouw Westington stopte haar in en gaf haar een zoen. 'Ik ga slapen,' zei ze tegen mij, en liep naar de deur.

'Gaat het goed?' vroeg ik aan Echo.

Ondanks haar vermoeidheid glimlachte ze en haalde toen haar handen onder de dekens vandaan om het me te vertellen.

'Ik heb gegeten met mijn moeder. En ze zei dat ze er spijt van had dat ze me in de steek had gelaten. Ze zei dat ze me nooit meer alleen zou laten. Nooit meer.'

Haar blijdschap stelde me niet alleen teleur, het joeg me angst aan. Ze zou een zware klap te verduren krijgen. Ik wist het zeker, maar ik durfde haar of Rhona niet rechtstreeks tegen te spreken.

'Mensen zeggen wel eens dingen die ze later vergeten,' zei ik.

'Nee.' Ze schudde heftig haar hoofd. 'Ze zal het niet vergeten. Ze heeft het beloofd.'

Ik kon alleen maar glimlachen en knikken. Ik gaf haar een zoen op haar voorhoofd en wenste haar welterusten. Ze lachte terug en knuffelde Mr. Panda.

Toen ik in de gang kwam, kon ik Rhona en Skeeter beneden horen lachen. Ze hadden muziek opgezet, zonder zich erom te bekommeren of het geluid te hard was en mevrouw Westington of mij zou storen. Ik meende ook te horen dat er iets omviel. Het gelach stopte en toen hoorde ik Rhona kreunen. Skeeter lachte en Rhona liet een hartstochtelijke kreet horen. Waarschijnlijk liggen ze op de grond van de zitkamer te vrijen, dacht ik. Even kwam ik in de verleiding om te gaan kijken, maar in plaats daarvan liep ik naar mijn kamer en deed de deur dicht.

Ik bleef bevend in het donker staan. Wat afschuwelijk was dit allemaal geworden. Ik had diep medelijden met mevrouw Westington. Ik wist zeker dat ze vannacht heel slecht zou slapen.

'Oom Palaver,' fluisterde ik, 'je hebt me geleerd hoe ik munten en kaarten kan laten verdwijnen. Je hebt zelfs laten zien hoe je mij kon laten verdwijnen als ik op het toneel in je magische kist kroop. Maar je hebt vergeten me te leren hoe ik een slecht mens kan laten verdwijnen.'

Dat is iets magisch dat ik zelf zal moeten leren, dacht ik, en ging naar bed, dromend dat ik op de een of andere manier, misschien via Destiny, een manier zou vinden.

8. Naakt betrapt

Rhona en Skeeter kwamen niet beneden voor het ontbijt. Met een hoop lawaai waren ze 's avonds heel laat de trap opgelopen, zonder ook maar enigszins rekening te houden met mevrouw Westington en mij, vooral met mij. Ik hoorde Skeeter zelfs grommen voor mijn deur, want hij maakte dat ik wakker werd, en toen hun luide lach. Als mevrouw Westington iets gehoord had, hield ze dat voor zich. De volgende ochtend bleef Echo naar de deur kijken, wachtend tot haar moeder beneden zou komen en ik vroeg me zelfs of ze naar boven zou gaan om te zien of ze wakker was.

'Ze zijn heel laat naar bed gegaan,' zei ik. 'Laat ze maar slapen.' Laat ze maar eeuwig slapen, dacht ik. Dat was misschien wel gemeen, maar ik kon er niets aan doen.

Juist toen ik ging zitten om te ontbijten met Echo en mevrouw Westington, ging de telefoon. Ze zei dat Tyler Monahan me wilde spreken. Echo wist niet dat het Tyler was en ik was niet van plan het haar te vertellen.

'Hoe gaat het vandaag?' vroeg Tyler. Ik vertelde hem wat er de vorige avond met Echo gebeurd was en hoe overstuur mevrouw Westington was geweest en nog steeds was.

'Waarschijnlijk geen goed moment om over mijn vertrek te beginnen,' zei hij.

'Nee, Tyler.'

'Kunnen we elkaar vanavond in je camper ontmoeten als Echo in bed ligt?' vroeg hij, zich houdend aan zijn belofte om terug te komen.

Er ging een golf van opwinding door me heen. Ik wist natuurlijk waarom hij me wilde zien, en dat was niet om mijn schoolkennis op te poetsen.

'Ik denk het wel,' zei ik.

'En kunnen we die pop omdraaien?'

Ik lachte. 'Jij bent degene die volhoudt dat het maar een pop is, Tyler.'

'Het is niet zomaar een pop.'

'Oké, ik zal haar naar de slaapkamer brengen.'

'Nee, misschien kun je haar beter buiten de slaapkamer houden. Dat is de enige plek waar ik haar niet wil hebben.' Ik voelde dat ik bloosde. 'Nog iets. Het lijkt me beter als ik op de weg parkeer en te voet naar de camper ga. Niemand anders hoeft te weten dat ik er ben.'

'Oké,' zei ik, al voelde ik me niet op mijn gemak bij de gedachte dat we buiten zouden rondsluipen. Probeerde hij dit alles geheim te houden voor de mensen hier of voor zijn moeder?

'Ik ben er om een uur of halftien. Ik zal op je wachten,' zei hij.

Mevrouw Westington keek nieuwsgierig na het telefoontje, maar ze vroeg niets toen ik had opgehangen, en ik deed er het zwijgen toe. Het is beter niets te zeggen dan te liegen, dacht ik, en liep terug om met Echo te gaan ontbijten. Trevor was de vorige avond niet komen eten en ook vanmorgen zat hij niet aan tafel. Ik veronderstelde dat hij Rhona liefst zo min mogelijk zag. Zoals zou blijken wilde hij haar zeker deze ochtend niet zien. Zij en Skeeter kwamen pas tegen twaalf uur beneden.

Toen ze eindelijk verschenen, waren ze allebei gekleed om uit te gaan. Rhona droeg een van haar oude jurken en een lichtblauw leren jasje waarvan ik had gewenst dat het mij zou passen, en Skeeter een betrekkelijk schone spijkerbroek, een blauw hemd en jeansjasje met allerlei emblemen waarop maffe dingen geschreven stonden, zoals *Down with Milk*. Mevrouw Westington stond in de keuken. Echo en ik zaten in de zitkamer te lezen en te werken aan een paar Engelse grammatica-opgaven, in voorbereiding op haar lessen de volgende dag.

'Doe geen moeite om ontbijt voor ons klaar te maken, ma,' riep Rhona in de gang naar mevrouw Westington. 'Skeeter en ik gaan eten in het Mars Hotel in Healdsburg en dan gaan we een paar huizen bezichtigen die we gisteravond ontdekt hebben. We spreken elkaar later. Misschien wil Echo mee,' voegde ze eraan toe.

'Ze moet haar huiswerk maken voor de lessen morgen,' antwoordde mevrouw Westington snel.

'O. Nou, dat willen we natuurlijk niet beletten, hè, Skeeter.'

'In geen geval. Misschien kunnen we vanavond met haar naar een film of zo.'

'Een film? Hoe leuk denk je dat ze dat zal vinden als ze geen woord kan horen?'

'Vroeger gingen de mensen naar een stomme film, ma,' zei Rhona. 'Jij waarschijnlijk ook,' ging ze lachend verder.

'Stomme films werden anders gemaakt,' merkte ik op bij de deur van de zitkamer. 'Met geschreven teksten, en er werd op een andere manier geacteerd.'

'Wie zei dat?' Rhona deed net of er iemand uit de lucht was komen vallen. Ze draaide zich om en keek me aan. 'O, ben je hier nog?' Ze keerde me de rug toe en liep naar de voordeur. 'Kom, Skeeter, we moeten aan het werk.'

Hij keek met een wellustige blik naar mij en likte met zijn tong langs zijn onderlip. Toen lachte hij en ging Rhona achterna. Ze lachten allebei toen hij iets in haar oor fluisterde en liepen toen naar buiten. Ik keek achterom naar Echo. Ze had niet gemerkt dat ze beneden waren gekomen en ik vertelde het haar niet.

Korte tijd nadat ze vertrokken waren, kwam Trevor binnen om te zien hoe het met ons ging, en mevrouw Westington vertelde hem uitvoerig over de vorige avond. Hij luisterde, schudde medelevend zijn hoofd en zei dat ze zich niet te veel overstuur moest maken. Ze vertelde hem alles over hun verzoek om geld en de reden daarvoor.

'Ik heb een heel slecht gevoel wat die twee betreft,' zei hij tegen mij, toen mevrouw Westington naar boven ging. 'Ik geloof niet dat ze hier zijn voor die huizentransacties, zoals ze beweren. Voor ze gisteren weggingen kwamen er twee mannen langs, die met Skeeter spraken, en ze zagen er allebei uit of ze zo uit de modder getrokken waren. Ik denk dat ze geld nodig hebben, maar niet om oude huizen te kopen en op te knappen. Ze hebben grote schulden bij de verkeerde mensen.'

'Wat moeten we doen?' vroeg ik.

'Voorlopig niets. Ik kan alleen maar op mijn gevoel afgaan, maar als je goed oplet en lang genoeg wacht, dan komt de rat vanzelf tevoorschijn.'

'Voor mij is hij er al,' zei ik.

Hij knikte en liep naar de wijngaard. Inmiddels ging Echo, die ongeduldig werd, kijken waar haar moeder bleef en ontdekte dat ze weg was. Een panische uitdrukking verscheen op haar gezicht toen ze besefte dat ze vertrokken waren. Haar handen vlogen heen en weer als kleine vogeltjes. 'Waar waren ze? Wanneer waren ze weggegaan? Wanneer kwamen ze terug?'

'Ze doen zaken hier en hadden een afspraak,' antwoordde ik. Misschien gaf ik een leugen door, zoals Trevor dacht, maar ik wilde niet dat Echo zich ongerust zou maken. Ik merkte dat ze zich niet kon concentreren op haar werk. Ze dacht voortdurend aan haar moeder en keek uit het raam of Rhona en Skeeter terugkwamen, dus vroeg ik mevrouw Westington of het goed was dat ik met Echo een eindje ging rijden. 'We gaan even naar het winkelcentrum,' zei ik. 'Ik heb nog een paar dingen nodig, en Echo vond het erg leuk daar.'

Ze dacht even na en knikte toen. 'Het is goed om haar af te leiden van je weet wel wie,' zei ze, mijn gedachten lezend. 'En ik weet dat je verantwoordelijk en betrouwbaar genoeg bent om voor haar te zorgen.'

Toen ik het Echo vertelde, werd ze weer vrolijk. Het was het eerste uitstapje ooit dat ze zonder haar oma en Trevor Washington zou maken. Ik haakte mijn auto los van oom Palavers camper en reed naar de voorkant van het huis.

'Waar ga je naartoe?' vroeg Trevor. Ik vertelde het hem en legde uit waarom.

'We kunnen het haar niet kwalijk nemen, denk ik. Als je iemand verliest van wie je houdt of die van jou houdt, vergeef je al hun zonden en tekortkomingen, als je diegene maar terug kunt krijgen. Je zou zelfs een pact sluiten met de duivel.'

'Met hem zou Echo eens moeten praten over haar moeder,' zei ik. Hij lachte.

'Veel plezier,' zei hij en ging verder met zijn favoriete werk. Ik besefte dat het dat werk was dat hem in hecht contact hield met de beste herinneringen uit zijn leven. Het was met recht liefdewerk, en ondanks alle klachten van mevrouw Westington erover, was ze blij voor hem, en misschien zelfs jaloers. Ik wilde ook dat ik een manier kon vinden om mijn goede herinneringen vast te houden zonder al die bagage van droefheid die ermee gepaard ging.

Ik toeterde en mevrouw Westington kwam met Echo naar buiten. Ze had haar geholpen een van haar nieuwe outfits te kiezen, en ze zag er heel lief uit in haar blouse en rok. Het was een deels zonnige dag met harde windvlagen, die de wolken door de blauwe lucht joegen, zodat ze zich dun verspreidden naar het zuidwesten als een gescheurde witte doek. De zon deed Echo's gezicht stralen als een bloem die zich opent.

Echo stapte in de auto. Ze was opgewonden, want het korte ritje was in haar ogen een echt avontuur omdat ze samen met mij was. Ze keek hoe ik reed en vertelde me toen dat Tyler had beloofd dat hij haar binnenkort zou leren rijden, zodat ze klaar zou zijn voor haar rijexamen wanneer ze oud genoeg was.

Ze liet enkele gebaren zien die betrekking hadden op autorijden, die hij haar al had geleerd, zoals links en rechts afslaan, de snelheid verhogen en verlagen. Was het niet verkeerd om zulke beloftes te doen in de wetenschap dat zijn vertrek veel vroeger zou komen dan ze zich nu kon voorstellen? Ik nam me voor hem er later naar te vragen.

Toen we in het winkelcentrum kwamen, ging net de school uit en veel leerlingen verzamelden zich al bij hun favoriete winkels, pizzatenten en de winkelgalerij. Ik ging rechtstreeks met Echo naar de schoenenwinkel om eerst nieuwe gymschoenen te kopen voor mijzelf. Ik herinnerde me nog alles wat Brenda me had verteld over goede hardloopschoenen en kocht een paar van het juiste model. Daarna bestelde ik voor Echo een pretzel en een frisdrank en voor mijzelf een flesje mineraalwater. Ze was nieuwsgierig naar de andere meisjes van haar leeftijd, die stonden te giechelen en met jongens te flirten. Ze kon haar ogen niet van hen afhouden. Het ergste muurbloempje stond niet zo buiten het tienerleven als die arme Echo, dacht ik. Ik kon het weten. Ik was er zelf een geweest.

Opnieuw raakte ze gefascineerd door de kinderen in de muziekwinkel, die luisterden naar muziek en in de bakken met cd's zochten. Tot mijn verbazing wilde ze naar binnen. Ik had geen idee wat we daar moesten doen, maar ik gaf toe. Ze liep naar de rekken, keek hoe de anderen het deden en begon ze te doorzoeken, haalde er een uit en las over de artiest of de band, alsof ze er werkelijk over dacht de cd te kopen. Ik stond er glimlachend bij, tot ze, in navolging van de anderen, er een in een cd-speler stopte en een koptelefoon opzette. Wat triest, dacht ik. Als mijn hart van glas was gemaakt, zou het vergruizen in mijn borst.

Toen ik probeerde haar te gebaren, draaide ze me snel de rug toe, zodat de anderen het niet konden zien en ontdekken dat ze doof was. Het lukte haar bijna, maar ze ving de blik op van een jongen die een jaar of zo ouder was dan zij en naar haar toe slenterde. Hij lachte naar haar en begon te praten over de muziek die ze speelde. Ik kon zien dat ze wanhopig probeerde te liplezen, maar haar angst om slecht te spreken en zijn enigszins afgewende hoofd maakten het haar onmogelijk haar fantasie vol te houden. Ik zag de verwarring op zijn gezicht en zij ook. Vertwijfeld draaide ze zich naar me om, maar ik had geen idee wat ik moest doen of zeggen.

Ik liep snel naar haar toe, nam de koptelefoon af en ging tussen haar en de jongen in staan.

'Waar luister je naar?' vroeg ik en zette de koptelefoon op. Ik vertrok mijn gezicht. 'Vind jij dit goed?' vroeg ik aan de jongen.

Geërgerd keek hij even naar Echo en toen naar mij.

'Ik had het niet tegen jou,' zei hij. 'Ik had het tegen haar.' Hij deed een stap opzij, negeerde me verder en vroeg Echo wie ze was en waar ze naar school ging. Hij wilde weten waarom hij haar nooit eerder had gezien. Was ze een nieuwe leerling?

Ik probeerde haar voor te zeggen, maar ze was te zenuwachtig om de gebaren te begrijpen, en hij merkte onmiddellijk dat ze naar mij keek in plaats van naar hem.

'Wat is er aan de hand?' vroeg hij achterdochtig.

'Niks. Hoepel op,' zei ik. Ik gebaarde naar Echo dat we snel weg moesten.

Hij zag mijn handbewegingen en sperde zijn ogen open.

'Wat doe je?' Hij keek naar haar en toen naar mij. 'Kan ze niet horen?'

'Nee, slimmerik.'

'Waarom was ze dan… zijn jullie soms allebei getikt?' Hij schudde zijn hoofd en liep weg alsof we hem konden besmetten met een of andere vreemde nieuwe ziekte.

Haastig borg ik de cd op en pakte Echo's arm om haar naar de deur te draaien. De jongen stond al over ons te vertellen aan zijn vrienden, die allemaal naar ons keken. Ik hoorde ze lachen. Echo keek achterom en zag hun spottende gezichten. Het was duidelijk te zien dat ze zich geneerde – alsof ze naakt betrapt was. Ik probeerde sneller over het smalle looppad vooruit te komen, maar het was te laat. Het kleine groepje tieners besloot zich die middag met ons te amuseren. We waren te ongewoon om te worden genegeerd, en een mooi alternatief voor hun gebruikelijke vermaak in het winkelcentrum. Ze renden de muziekwinkel uit achter ons aan, een klein groepje lachende en jouwende kinderen die de aandacht trokken van nog meer leeftijdgenoten.

Waar we ook naartoe gingen, ze kwamen achter ons aan, scherp oplettend of ze me zagen gebaren naar Echo, die inmiddels zo bang en in de war was, dat ze over haar hele lichaam beefde. Ik keek wanhopig om me heen naar de dichtstbijzijnde uitgang en trok haar mee in die richting, hopend dat als ze zagen dat we weggingen, het hun zou gaan vervelen en ze terug zouden keren naar hun eigen bezigheden. Maar waarschijnlijk hadden ze niets beters te doen, dacht ik, want ze lieten zich niet ontmoedigen. We werden nu door een stuk of twintig kinderen gevolgd en trokken ieders aandacht, van verkopers, volwassen klanten en veiligheidsmensen. Als spijkers naar een magneet werden andere tieners naar de ons achtervolgende meute getrokken.

Omdat we het winkelcentrum via een andere uitgang verlieten, wist ik even niet precies meer waar ik de auto had geparkeerd. Ik liep eerst in de ene richting, toen in een andere, terwijl Echo zich wanhopig aan mijn arm vastklemde. Een van de jongere, brutalere meiden haalde ons in en ging voor ons staan.

'Waarom luisterde ze naar muziek als ze doof is?' vroeg ze met een brede grijns. Ze schreeuwde de vraag zo luid dat de anderen het moesten horen. Ik probeerde haar te negeren, maar ze bleef naast ons lopen en herhaalde de vraag, onderbroken door een nog luider: 'Hè? Nou? Hè?'

Ten slotte bleef ik staan en draaide me naar haar om. De anderen kwamen dichterbij.

'Je bent heel gemeen, dat weet je zelf ook wel,' zei ik.

'Gemeen? Jij bent een engerd. Waarom nam je haar mee naar een muziekwinkel?'

'Omdat ze daar nog nooit geweest is!' gilde ik. Ze deed een stap achteruit. 'Ze is van jouw leeftijd en ze heeft nog nooit muziek gehoord. Tot voor kort heeft ze zelfs nooit een muziekwinkel gezien en ze wil niets liever dan net zo zijn als jij en de anderen,' zei ik, wijzend naar de groep achter ons. 'Ze deed alsof, oké? Ze deed alsof ze geen gebrek had.'

'Dat vind ik stom,' antwoordde het meisje, kwaad dat ik haar tot de terugtocht had gedwongen.

'Dat komt omdat jij zo stom bent. Het is een schoen die je maar al te goed past. En laat ons nu met rust. Ga terug naar jouw eigen doofheid.'

'Hè? Mijn eigen doofheid? Wat bedoel je?'

'Puzzel het maar uit.' Ik trok Echo mee.

'Je bent een engerd! Idioten! Griezels!' schreeuwde ze ons na. Een koor van 'Griezels!' volgde ons.

Voor het eerst was ik blij dat Echo het niet kon horen.

Ik wilde zo gauw mogelijk terug naar de auto en wegrijden. Ik was bang dat die kinderen ook in auto's zouden stappen en ons zouden blijven volgen, maar ik zag geen enkele wagen achter ons aankomen, dus eindelijk durfde ik me te ontspannen. Echo keek alsof ze zich had teruggetrokken in een eigen, duistere wereld. Ze zat ineengedoken op haar stoel, met gebogen hoofd. Ik had geen idee waar ik nu met haar naartoe moest. Ik bleef gewoon rijden tot we in Healdsburg waren. Ik reed het stadje in en toen ik een kunstmarkt zag, parkeerde ik en vroeg Echo of ze langs de stalletjes wilde wandelen om te zien wat die mensen verkochten. Ze keek verlegen en nog steeds bang, maar ik drong erop aan dat ze mee zou gaan, in de hoop haar wat mooie dingen te kunnen laten zien en haar de nare ervaring te doen vergeten. Aarzelend stapte ze samen met mij uit de auto en we slenterden over het plein, kijkend naar het aardewerk, de schilderijen en handgemaakte sieraden. Ik bleef staan bij een collectie dromenvangers.

Het wekte herinneringen op aan Peter Smoke, de indiaanse jongen die ik op school had leren kennen toen ik in Memphis bij Brenda woonde. Hij had me een dromenvanger gegeven, maar ik had hem achtergelaten toen ik uit Brenda's huis gevlucht was.

'Wat is dat?' wilde Echo weten.

Ik kon niet alle woorden bedenken die ik nodig had, dus leende ik pen en papier van de kunstenaar en schreef het op, precies zoals ik me herinnerde dat Peter Smoke het me had uitgelegd.

De indianen geloven dat de nachtlucht gevuld is met goede en slechte dromen. De dromenvanger, die vrij in de lucht is opgehangen boven of naast je bed, vangt de dromen als ze voorbij-

zweven. De goede dromen weten hoe ze door de dromenvanger heen kunnen, glippen aan de buitenkant langs de zachte veren omlaag, zo zachtjes dat de slaper vaak niet weet dat hij of zij droomt. De slechte dromen, die de weg niet kennen, raken verward in de dromenvanger en gaan ten onder bij het eerste licht van de nieuwe dag.

Ze las het briefje en glimlachte ongelovig.
'Echt waar? Kan dat?' wilde ze weten.
Ik knikte en kocht er een voor haar.
'We hangen hem boven je bed en dan krijg je geen nachtmerries meer,' beloofde ik.
Ze bloosde. Ik verbeeldde me dat ze dacht aan de nacht waarin ze bij mij in bed was gekropen. Ik dacht er ook aan. Was er enig verschil tussen de seksuele opwinding die ik toen had gevoeld en de opwinding die ik bij Tyler voelde? Er waren nog steeds vragen over mijzelf waarop ik wanhopig graag een antwoord wilde hebben, en ik wist dat ik die antwoorden niet zou vinden in boeken of tijdschriften of door te praten met meer ervaren vrouwen. Dit waren antwoorden die ik in mijzelf moest ontdekken.

We liepen verder over de kunstmarkt, bleven staan om te kijken naar een artiest die een sculptuur maakte van klei, naar een andere die iemands karikatuur tekende en weer een ander die de mooie dekens toonde die ze had geweven. Er was een kraam waar je je foto kon laten maken en afbeelden op een mok. Echo vond het geweldig, dus liet ik van ons allebei een foto maken en op twee mokken aanbrengen.

'We zullen er vanavond uit drinken,' beloofde ik.

Haar gezicht straalde weer, ze lachte en amuseerde zich. Goddank voor die markt, dacht ik, toen we aan de andere kant van het plein waren. Ik wilde juist omdraaien en teruglopen, toen ik Skeeter en Rhona in het vizier kreeg, die uit een kroeg kwamen op de hoek van een zijstraat. Bang dat Echo hen zou zien of zij ons, maakte ik een snelle beweging om hen aan het gezicht te onttrekken. Toen ik achteromkeek, zag ik dat twee donkerharige mannen, allebei sterke, zwaargebouwde, ruwe kerels, Rhona en Skeeter gevolgd waren en nu tegenover Skeeter stonden en met dreigende gebaren tegen hem praatten. Ze drongen hem achteruit. Een van hen prikte voortdurend met zijn vinger in Skeeters schouder. Haastig voerde ik Echo mee langs de kramen en zei dat we naar huis moesten voordat oma zich ongerust zou maken.

Zodra we thuis waren, vertelde Echo honderduit over de markt aan haar oma. Ze zei niets over het winkelcentrum, en ik evenmin. Ze kwam daarentegen met een uitvoerig verhaal over de dromen-vanger en de mokken. 'Wat aardig van je om dat allemaal voor haar te kopen,' zei mevrouw Westington. 'Ik zal het je terugbetalen.'

'Nee, alstublieft. Het zijn cadeautjes van mij.'

'Heel lief van je.'

Het rook verrukkelijk in huis naar alles wat ze had klaargemaakt terwijl wij weg waren.

'Het ruikt heerlijk,' zei ik.

'Ik besloot er een soort Thanksgiving van te maken,' zei ze. 'Misschien dat het, als ik mijn houding verander, beter zal gaan. Misschien, heel misschien, is Rhona voldoende bijgedraaid om zich te richten op een fatsoenlijk leven hier. Ik heb een kalkoen gebra-den, mijn speciale aardappelpuree met knoflook gemaakt, cranber-ries, en asperges, vroeger Rhona's lievelingsgroente. Ik heb ook een appeltaart, die ik had gebakken, uit de diepvries gehaald, en daar geven we een bolletje ijs bij. Rhona was daar altijd dol op.'

Ze vertelde het aan Echo en vroeg ons toen haar te helpen met ta-feldekken. Ik zag dat Trevor in ieder geval vanavond mee zou eten, waar ik blij om was. Echo vond het allemaal een groot feest, een be-vestiging dat haar moeder voorgoed terug was. Ik besloot niets te zeggen over wat ik in Healdsburg had gezien. Ik wist trouwens toch niet echt wat er aan de hand was, en voorlopig zag ik geen reden om niet mee te gaan in mevrouw Westingtons hoopvolle verwachtingen. Ik was veel te blij dat ze na alles wat er gebeurd was nog optimis-tisch kon zijn.

Maar tot mevrouw Westingtons teleurstelling kwamen Rhona en Skeeter niet terug en evenmin belden ze om te zeggen hoe laat ze zouden komen. Trevor, in wat ongetwijfeld zijn beste kleren waren, kwam rond etenstijd. Aan mijn gezicht zag hij dat alles niet naar wens was verlopen.

'Ga zitten, Trevor,' zei mevrouw Westington. 'We wachten niet met eten op mensen die niet het fatsoen hebben om te bellen.'

Maar ik zag dat ze talmde en probeerde het begin van de maaltijd uit te stellen. Ten slotte, toen het bijna halfacht was en Rhona nog niets van zich had laten horen, besloot ze te beginnen, en Echo en ik hielpen haar alles binnen te brengen. Rhona en Skeeters lege plaatsen waren moeilijk te negeren. In de hoop een betere stemming te creëren, hield Trevor een uitgebreide lofzang op het eten, en ik volgde zijn voorbeeld.

'Ik ben de leeftijd te boven waarop ik complimentjes nodig had,' zei mevrouw Westington.

'Je hebt complimentjes nodig tot aan de dag waarop je doodgaat,' antwoordde Trevor. 'Iedereen heeft behoefte aan een schouderklopje nu en dan.'

'Nou, ik wil ze niet horen,' zei ze. 'En ik hoef niet te worden behandeld als een teleurgesteld kind. Het was stom van me om verwachtingen te koesteren en mijn energie te verspillen.'

'Bedoelt u dat u niet gekookt hebt voor mij, April en Echo?' plaagde Trevor.

Ze keek naar hem met een blik die een slagschip had kunnen doen zinken en hij bulderde van het lachen.

'Ik heb een gek op mijn landgoed,' zei ze tegen mij.

Eigenlijk dacht ik dat mevrouw Westington zich Echo's teleurstelling meer aantrok dan die van haarzelf. Een uitgebreid en vrolijk familiediner als Echo voor ogen had gestaan, in aanwezigheid van haar moeder, was waarschijnlijk een droom. Ze at met lange tanden en moest voortdurend worden aangespoord om meer te eten.

'Ik wou dat ze niet teruggekomen was,' mompelde mevrouw Westington ten slotte. 'Ze heeft alles alleen maar erger gemaakt door dat kind hoop te geven.'

Na het eten stond mevrouw Westington Echo toe meer op te ruimen dan gewoonlijk. Trevor wachtte in de zitkamer om Echo uit te nodigen voor een spelletje dammen, wat ze 's avonds vaak samen deden. Ze speelde, maar bleef haar ogen gericht houden op de ramen, in de hoop de koplampen te zien die de komst van haar moeder aankondigden. Het gebeurde niet en ten slotte was ze moe genoeg om naar boven en naar bed te gaan. Droefheid werkt ook vermoeiend. Trevor en ik keken elkaar aan. Nu ik de kans had, vertelde ik hem wat ik in Healdsburg had gezien.

'Het is mogelijk dat ze weg zijn,' fluisterde hij. 'Gevlucht.'

'Ik hoop het,' zei ik. Toen ik naar Echo's gezicht keek, vond ik het wreed van mezelf om dat te zeggen, maar mijn instinct zei me dat het niet verkeerd was om die hoop te koesteren.

Ik volgde Echo naar boven omdat ik aan mevrouw Westingtons gezicht zag dat ze graag wilde dat ik dat deed, om er zeker van te zijn dat Echo niet in tranen zou uitbarsten en zich in slaap zou huilen. Een van de ontroerendste dingen die ik zag en waarschijnlijk ooit zou zien was toen ik, me op de achtergrond houdend, zag hoe Echo haar avondgebed gebaarde. Ze deed het langzaam genoeg om me te doen begrijpen dat ze meer voor haar moeder bad dan voor zichzelf.

Toen ze in bed lag, hing ik haar dromenvanger op, en ze glimlachte. Maar natuurlijk wilde ze weten waarom haar moeder niet was thuisgekomen.

Ik legde haar uit dat ze, om eerlijk te zijn, niet wist dat Echo's oma zo'n fantastisch diner had klaargemaakt.

'Als ze had gebeld, zou ze het hebben geweten,' bracht ze me terecht in herinnering.

Ik knikte en, zoekend naar een excuus, zei ik dat ze waarschijnlijk veel oude vrienden was tegengekomen en de vriendschap weer wilde aanknopen en met hen bijpraten. Voorlopig accepteerde Echo dat. Ze staarde omhoog naar de dromenvanger en sloot rustig en vol vertrouwen haar ogen. Ze knuffelde Mr. Panda ook. Ik bleef een tijdje naar haar staan kijken en ging toen naar beneden. Trevor was vertrokken naar zijn eigen verblijf. Mevrouw Westington was alleen. Ze zat te breien en naar muziek te luisteren.

'Dat doe ik om de artritis tegen te houden,' zei ze. Ik had nog een halfuur voor ik Tyler in de camper zou ontmoeten, dus ging ik naast haar zitten. Ze was zwijgzaam, maar plotseling legde ze haar breiwerk neer en draaide zich naar me om. 'Ik weet dat ik niet lang meer op deze aarde zal blijven, April. De onverwachte thuiskomst van mijn dochter heeft me duidelijk gemaakt wat dat betekent.'

'Mevrouw Westington...'

'Nee, geen valse hoop, geen beloftes, niet langer de kop in het zand steken. Ik kan Echo niet in de steek laten en ik kan haar zeker niet aan de genade overleveren van haar egoïstische moeder. Ik wil met Tyler bespreken dat ze zo snel mogelijk op een van die scholen geplaatst wordt en dan wil ik mijn advocaat raadplegen over de toekomstige voogdij, de trust die ik heb gesticht, over alles. Ik zou graag willen dat jij me daarbij helpt.'

'Natuurlijk doe ik dat,' zei ik.

'Dank je.' Ze pakte het breiwerk weer op en richtte haar blik op mij. 'Denk dus maar niet aan weggaan,' voegde ze eraan toe.

Ik lachte – óf mijn hart was van glas en mijn gedachten stonden aan de binnenkant ervan geschreven, óf ze was een goede gedachtelezer.

'Zoals ik je al eerder gezegd heb,' zei ze, 'je komst hier was voorbestemd.'

'Misschien,' zei ik, denkend aan alles, vooral aan Tyler die zijn auto in de schaduw op de weg parkeerde en zijn weg zocht door de duisternis om mij in de camper te ontmoeten.

'Zet de televisie maar aan als je wilt.'

'Nee. Het is goed zo. Ik ga nog even naar de camper. Ik moet nog een paar dingen inpakken. Hij kan nu elke dag verkocht worden.'

Dat was geen leugen.

Ze knikte en hield op met breien. 'Je hebt die pop nooit mee naar binnen genomen.'

'Nee, maar ik denk dat ik het zal doen, als u het nog steeds goedvindt.'

'Als ik eraan denk wat hier allemaal binnen is gebracht,' zei ze meesmuilend, 'is er geen enkele reden om het niet te doen. Ik heb die pop heel wat liever hier dan die Skeeter.'

'Ja,' zei ik glimlachend. 'Ik ook.' Ik liet haar breiend achter, maar steeds dieper wegzinkend in haar eigen gedachten en zorgen. Ze stonden geschreven in de sombere lijnen van haar gezicht en ik maakte me werkelijk ernstig ongerust over haar.

Toen ik buiten kwam, zag ik dat een zwaarbewolkte lucht de duisternis nog had doen toenemen. Het licht uit het huis verspreidde een gloed die net voldoende was om de weg naar de camper te vinden. Tyler had een goede avond uitgekozen om niet gezien te worden, dacht ik. Ik zag dat hij ook geen licht had aangedaan in de camper, maar toen ik dichterbij kwam, kon ik zien dat hij een van de kaarsen had aangestoken die in de keuken stonden. Het licht flakkerde achter de ramen. Hij was wel heel erg voorzichtig. Een sluier van heimelijkheid lag over de camper en over ons beiden. Het maakte dat wat we op het punt stonden te gaan doen strikt verboden leek.

Ik deed de deur langzaam open en liep naar binnen, en deed hem toen zachtjes weer achter me dicht. Ik besefte dat hij ook op zijn tenen liep. Toen ik in de zitkamer keek, zag ik het silhouet van Destiny in de schaduw, maar ik zag Tyler niet. Heel even kreeg ik het griezelige idee dat Destiny de kaars had aangestoken.

'Tyler?'

'Hier,' hoorde ik. Hij was in oom Palavers slaapkamer.

'Je had beter het licht aan kunnen doen,' zei ik.

'Ik dacht dat je zuinig moest zijn op de accu's.'

'Ja, misschien wel.'

Ik pakte de kaars op en liep naar de slaapkamer, waar ik hem liggend op bed vond, met zijn handen onder zijn hoofd.

'Hoi,' zei hij.

'Hoi.'

'Ik zag dat Rhona's busje er niet meer staat. Zijn ze voorgoed vertrokken?'

'Dat weten we niet. Ze hebben niet gebeld en zijn niet thuisgekomen om te eten. Ik ben met Echo een ritje gaan maken, eerst naar het winkelcentrum en toen naar de kunstmarkt in Healdsburg.'

'Was je daar vandaag? In een van de kramen werden een paar van onze producten verkocht.'

'Ja, en terwijl ik daar was, zag ik Rhona en Skeeter uit een kroeg komen. Het leek of ze bedreigd werden door twee mannen. Misschien zijn ze er daarom vandoor gegaan. Toen ik hier terugkwam, zag ik dat mevrouw Westington een feestmaal had aangericht, om iets te vieren.'

'Om wat te vieren?'

'Ik denk dat ze hoopte dat Rhona misschien zou veranderen als ze zich wat meer thuis zou voelen. Ze is nu erg depressief. Ze wil met je praten over Echo's school en dan wil ze dingen regelen met haar advocaat, trusts en zo. Ze denkt dat de Man met de Zeis door haar raam naar binnen heeft gekeken.'

'Nou, ik hoop het niet, maar het is verstandig van haar om alles goed te regelen. Ik zal haar helpen met de school.'

'Dat zal ik ook.'

Hij ging rechtop zitten. 'Wat wil dat zeggen? Dat je weggaat?'

'Niet voordat alles goed geregeld is. Dat heb ik beloofd.'

'Goed. Het is ironisch, maar eigenlijk heeft Rhona ons allemaal een dienst bewezen. Ze heeft mevrouw Westington ervan overtuigd dat ze voor Echo moet doen wat juist is en ik hoef mijn lessen niet op te geven om haar daartoe te dwingen. Daar zal mijn moeder ook blij om zijn.'

'Dat is prettig,' zei ik cynisch. Ik begreep nog steeds niet waarom zijn moeder er zo op tegen was dat hij een doof kind lesgaf, want dat was zijn vak.

'Gaat het goed met je? Wil je dat ik het licht aandoe?'

'Nee, het is goed zo.' Feitelijk voelde ik me meer op mijn gemak in het donker dan in het licht als ik op deze manier met hem samen was.

'Destiny keek naar me toen ik binnenkwam.' Ik kon zijn glimlach zien. 'Maar ik vertelde haar dat ik toestemming had van jou en toen ontspande ze zich.'

'Mooi,' zei ik lachend.

Hij klopte op het bed. 'Is het oké? Hier in deze ruimte?'

'Ja, het is oké,' zei ik en ging zitten.

'Ik heb veel aan je gedacht vandaag,' zei hij.

'Echt waar?'

'Ja. Eerlijk gezegd kon ik je niet uit mijn hoofd zetten en ik popelde van ongeduld om hiernaartoe te gaan.'

'Wat heb je tegen je moeder gezegd? Waar je naartoe wilde?'

'Dat ik uitging. Maak je daar niet bezorgd over,' zei hij op scherpe toon.

Ik wilde hem vragen of hij niet vond dat hij een beetje te oud was om stiekem dingen achter de rug van zijn moeder te doen, maar ik wilde dit moment niet bederven of hem kwaad maken.

'Echo is zo overstuur vanwege haar moeder,' zei ik. 'Het is hartverscheurend om het te zien.'

'We zullen haar later helpen,' zei hij. 'Laten we daar nu niet aan denken.' Hij pakte mijn hand en trok me dichter naar zich toe. 'Nu denken we alleen hieraan.' Hij drukte zijn lippen op de mijne en we zoenden elkaar. Het was een lange zoen, bijna te lang; ik moest heel diep ademhalen.

'Sorry,' zei hij. 'Ik ben een beetje te gespannen.'

'Het is oké.'

Hij zoende me weer, zachter, en hield me toen even vast, terwijl hij zijn lippen over mijn wang liet glijden, omlaag naar mijn hals. Ik kreunde zachtjes en ging achterover liggen. Ik liet me door hem uitkleden. Hij was deze keer minder onhandig en pauzeerde nu en dan even om me weer te zoenen, mijn mond, mijn hals en toen mijn naakte borsten.

'Eén seconde,' zei hij, stond op en liep naar de deur van de slaapkamer. 'Ik wil geen risico lopen met die pop.' Hij deed de deur dicht. Ik lachte. In de schaduw trok hij zijn kleren uit, trof zijn voorbereidingen en kwam bij me terug. Ik ga vrijen, dacht ik. Ik ga vrijwillig met een man vrijen. Het was mal, maar voor we begonnen vroeg ik me onwillekeurig af of Brenda het ooit geprobeerd had met een man en of ze er daarom zo van overtuigd was dat ze liever met een vrouw samen was.

Ik twijfelde er niet aan of dit was ook voor Tyler de eerste keer. Weer was hij wat verlegen en onhandig, onzeker of hij me pijn deed of niet. Hij raakte snel opgewonden en het leek al voorbij voordat het goed en wel begonnen was. Ik voelde me hevig teleurgesteld. Hij besefte het en bleef zich verontschuldigen.

'Wacht even,' zei hij. 'Geef me een paar minuten, dan doe ik het beter. Dan wordt het echt beter.'

Ik wist niet wat ik moest zeggen. Ik wist trouwens niet goed hoe het eigenlijk hoorde te zijn. Hij lag naast me te praten, vertelde me hoe erg hij zich had verheugd op vanavond, ernaar verlangd had bij me te zijn, maar ik had onwillekeurig het gevoel dat hij vertwijfeld probeerde mijn belangstelling voor hem en voor ons gaande te houden.

'Je moet me wel een idioot vinden,' zei hij. Hij klonk nu heel kwaad en ik wist niet zeker of al die kwaadheid wel tegen hemzelf gericht was.

'Nee, het is goed.'

'O, ja.'

'Echt waar. Ik voel me prima.'

'Misschien moeten we de pop hier halen,' stelde hij plotseling voor.

'Wát?'

'Ik weet het niet. Misschien voegt het er iets aan toe.'

'Dat is een belachelijk idee, Tyler. Hoe verzin je het.'

'Ik kom zo terug,' zei hij en stond op. Hij ging naar de badkamer en kwam een paar minuten later terug. 'Laten we het deze keer volgens het boekje doen.'

Had hij er echt op gestudeerd, een boek gelezen over het bedrijven van de liefde, met aanwijzingen en diagrammen?

Hij ging boven op me liggen, maar nam deze keer niet de moeite me zoveel te zoenen. In plaats daarvan tilde hij mijn benen op en nestelde zich er behaaglijk tussen.

'Ik zal het beter doen,' zei hij. 'Ik beloof het je.'

Hij kwam langzamer bij me binnen en toen begonnen we op een heel andere manier te vrijen, minder fanatiek. Ik deed mijn ogen dicht en hij bukte zich om me te zoenen.

'Ja,' zei hij. 'Ja, zo is het beter. Zeg het. Vertel het me,' drong hij aan, alsof hij gerustgesteld moest worden.

'Het is beter,' zei ik snel.

En dat was het ook.

Ik was niet zozeer bang dat ik net zo was als Brenda, als wel dat ik niet wist óf ik dat wel of niet was. Mijn angst was dat ik me in een soort seksuele gevangenis bevond, me nooit aangetrokken voelde tot iemand, nooit aantrekkelijk werd gevonden door iemand.

Celia had me in een vertrouwelijk moment eens verteld dat ze het vroeger met mannen had gedaan. 'Ik was alleen nooit in staat tot een romantische relatie met een man en zag ze na een tijdje als menselijke dildo's.' Het was in het begin van mijn tijd met haar en Brenda, en ik voelde me verlegen als ze dat soort dingen zei. Ik wist absoluut niet wat ik moest zeggen. Ze liet het volgen door haar korte, maar melodieuze lachje en zei er nooit meer iets over. Ik vertelde het niet aan Brenda.

Maar nu dacht ik eraan en vroeg me af of wat er tussen Tyler en mij was voorgevallen, betekende dat we nu een romantische relatie hadden. Ook al was het de tweede keer beter geweest, toch leek zoveel van wat er gebeurd was min of meer automatisch. Hij zat op het bed, nog steeds naakt, en zei niets. In het flakkerende licht van de kaars leek het me dat hij er heel zelfvoldaan uitzag. Bijna wellustig en zich verkneukelend.

'We zullen dit de rest van ons leven geen van beiden ooit vergeten,' zei hij. 'Ik heb ergens gelezen dat seksuele ervaringen de meest permanent en diep ingebedde herinneringen zijn die iemand kan hebben. Ik kan me niet voorstellen dat iemand zich niet kan herinneren dat – en wanneer – hij met een bepaalde vrouw seks heeft gehad. Jij?'

'Ik denk het niet.'

'In ieder geval ben ik blij dat ik vanavond gekomen ben.'

Dat was zijn meest romantische opmerking, al was hij misschien van plan geweest meer te zeggen, want een ogenblik later werd er op het raam getikt. Ik draaide me om en zag de lachende gezichten van Rhona en Skeeter. Mijn hart bonkte alsof het elk moment uit elkaar kon springen.

'Jezus!' riep Tyler uit. Haastig bedekte hij zichzelf, maar een ogenblik later waren de lachende gezichten verdwenen.

'Wie waren dat verdomme? Was dat Rhona met haar vriend?'

'Ja,' zei ik en begon me snel aan te kleden. 'Ze moeten de kaars voor het raam hebben gezien.'

'Verdomme,' mompelde hij en haastte zich ook om zijn kleren aan te trekken. 'Wie weet hoeveel ze gezien hebben? Wie weet hoe lang ze daar al gestaan hebben?'

'Wat maakt het uit wat ze wel en niet gezien hebben? Ze interesseren me niet,' zei ik.

'Ja, maar ze kunnen over ons roddelen,' zei hij. 'Verdomme,' vloekte hij weer.

Maakte hij zich bezorgd over mij, over ons, of dat zijn moeder er misschien achter zou komen dat hij stiekem naar mij toe was gegaan? Ik vroeg het me af.

'Rustig maar,' zei ik.

Hij trok zijn schoenen aan en ritste zijn broek dicht. 'Ik moet ervandoor,' zei hij gehaast. 'Ik zie je morgenochtend.'

Hij opende de deur van de slaapkamer en liep naar de voorkant, holde bijna de camper uit.

'Tyler!' riep ik hem achterna.

Hij bleef staan in het donker. 'Ja?'

'Je zou tenminste gedag kunnen zeggen voor je wegrent.'

'O. Ja. Sorry. Tot ziens.' Hij keek even naar Destiny en verdween toen.

Ik blies de kaars uit.

Ik voelde me plotseling meer op mijn gemak in volslagen duisternis.

9. Dromenvanger

Ik stelde het uit om terug te keren naar huis. Ook al had ik tegen Tyler gezegd dat het me niet kon schelen wat Rhona en Skeeter dachten, toch wilde ik hen en hun smadelijke lachjes zo lang mogelijk vermijden. Maar wat ik niet had voorzien, was de gretigheid waarmee ze mevrouw Washington het hele verhaal zouden vertellen. Ze was nog niet naar bed en zat in de zitkamer op ze te wachten, vermoedde ik, om ze de mantel uit te vegen omdat ze niet hadden gebeld of haar hadden laten weten wat ze deden. Maar mocht dat zo zijn, dan kreeg ze de kans niet een woord te zeggen. Zodra ze erover begon, viel Rhona haar in de rede en gebruikte mij om van onderwerp te veranderen.

Toen ik eindelijk binnenkwam, zat mevrouw Westington nog steeds in haar stoel. Zij waren naar boven en naar bed. Ze sloeg haar ogen op en draaide zich naar me om. Eén blik op haar gezicht was voldoende om te beseffen wat ze hadden gedaan.

'Heeft Rhona me zojuist de waarheid verteld? Was je vanavond samen met Tyler Monahan in de camper van je oom?'

'Ja,' zei ik met neergeslagen ogen.

'Was het toeval of hadden jullie afgesproken elkaar daar te ontmoeten?'

'We hadden het afgesproken.'

'Ik begrijp het. Tja, jullie hebben het recht te doen wat je wilt. Voor zover ik wist, ging je erheen om je spullen op te ruimen. Ik wist niet dat Tyler er ook zou zijn, en Rhona was maar al te blij toen ze mijn verbazing zag. Ik hou nu eenmaal niet van achterbaksheid.'

Ik vond het vreselijk dat ik haar nog meer problemen en zorgen veroorzaakte.

'Het spijt me. Dat was echt niet mijn bedoeling. Tyler maakte zich bezorgder dat iemand het te weten zou komen dan ik,' ging ik ver-

167

der en voelde me onmiddellijk een klikspaan die probeert zichzelf vrij te pleiten door de schuld op een ander te schuiven.

'Ja, ja. Ik ken zijn moeder, dus dat verbaast me niets,' zei ze. Ze zuchtte diep en stond op. 'Ik had gehoopt dat er vertrouwen zou zijn tussen ons.'

'Dat ís er ook. Het spijt me zo.' Ik barstte bijna in tranen uit.

'Rhona vindt het natuurlijk prachtig, al heeft ze beslist niet het recht ooit een vinger naar een ander uit te steken. Je mag haar gewoon die kans niet geven. Zo is ze altijd geweest, maar al te graag wijzend op de zwakheid of problemen van een ander om op die manier zichzelf zoveel mogelijk vrij te pleiten. Het is een erfenis van een of andere voorouder die waarschijnlijk als heks is verbrand in Salem of nog waarschijnlijker een van degenen die de arme vrouwen verbrandden die van hekserij beschuldigd werden. Ik ben nooit zo geweest als andere moeders die tegen zichzelf liegen over hun eigen kind. Vertrouw haar nooit, wat ze je ook vertelt, April.'

'Ik weet het.'

'Goed, laten we maar gaan slapen. In tegenstelling tot wat ik gehoopt had, ziet het ernaar uit dat we de komende dagen al onze kracht nodig zullen hebben. Slaap lekker.'

'Welterusten, en het spijt me echt heel erg dat dit gebeurd is.'

Ze hief haar hand op maar liep door. Ik keek haar na toen ze de gang inliep. Ze beklom de trap alsof ze de Mount Everest besteeg. Zonder haar echt goed te kennen, haatte ik Rhona meer dan ik ooit iemand gehaat had om wat ze had gedaan, maar ik haatte mijzelf vanavond nog meer omdat ik haar de gelegenheid had gegeven mevrouw Westingtons verdriet en zorgen nog te vergroten.

Ik deed bijna geen oog dicht, piekerend over de volgende ochtend en wat Rhona en Skeeter zouden doen. Mijn geweten plaagde me omdat ik na alles wat mevrouw Westington voor me had gedaan en wilde doen, haar en Echo's leven alleen maar moeilijker had gemaakt. Een paar keer gedurende de nacht dacht ik er echt over om op te staan, me aan te kleden, mijn spullen te pakken en stilletjes weg te gaan voordat het ochtend werd. Ik had het gevoel dat ik nergens thuishoorde. Ten slotte, misschien niet langer dan een uur of zo voordat de zon de duisternis verdreef, viel ik uitgeput in slaap.

Echo maakte me wakker om me te vertellen dat haar moeder thuis was gekomen. Ze had door de op een kier staande deur van hun slaapkamer gekeken en haar in bed zien liggen.

'En de dromenvanger heeft geholpen!' gebaarde ze opgewonden.

'Ik heb geen nachtmerries gehad.'

Ik had er ook een voor mezelf moeten kopen, dacht ik, maar vertelde haar slechts hoe blij ik voor haar was. Vol nieuwe energie en hoop drong ze erop aan dat ik me zou haasten terwijl zij naar beneden ging om haar oma te helpen met het ontbijt. Ik bewoog me als een zombie, maar waste me, kleedde me aan en ging toen naar beneden. Mevrouw Westington zag er nog steeds moe en bezorgd uit, vond ik, maar we zeiden geen van beiden iets over de gebeurtenissen van de vorige avond. Wat een heerlijke, gedenkwaardige belevenis had moeten zijn was zorgelijk en gênant geworden. Zou ik ooit een bevredigende romantische ervaring hebben?

Na het ontbijt ging ik naar buiten om Tyler te begroeten voordat hij binnenkwam, zodat ik hem kon waarschuwen en vertellen wat er gebeurd was. Met al haar werk voor haar uitgespreid op haar bureau zat Echo ongeduldig in het kantoor op hem te wachten. Trevor was naar de houthandel om een paar dingen te kopen die hij nodig had, en Rhona en Skeeter stonden zoals gewoonlijk laat op. Zodra ik Tylers sportwagen op de oprit zag, holde ik hem tegemoet.

'Wat is er?' vroeg hij toen hij mijn gezicht zag. Ik vertelde hem wat Rhona had gedaan en hoe teleurgesteld mevrouw Westington was dat we elkaar stiekem in de camper hadden ontmoet.

'Ik weet zeker dat ze me op weerzinwekkende wijze zal hebben afgeschilderd,' zei hij, alsof hij de enige geweest was in de camper. 'Ik was bang dat dit zou gebeuren,' voegde hij eraan toe, terwijl hij naar het huis liep. 'Ik was bijna niet gekomen om les te geven.'

'Niet gekomen om les te geven? Waarom niet? Echo heeft niets te maken met wat jij en ik gisteravond hebben gedaan en wat er als gevolg daarvan gebeurd is.'

Bij de treden naar de deur bleef hij staan en draaide zich naar me om. 'Laten we doen alsof het niet gebeurd is,' zei hij.

'Wát zeg je?'

'Dat is beter.' Hij liep naar de voordeur. 'Het is beter als we het uit onze gedachten zetten.'

'Maar… je zei dat we dit nooit zouden vergeten.'

Hij draaide zich naar me om. 'Dat doen we ook niet, maar we

hoeven het niet te laten merken als er iemand anders bij is. Dan is het alleen Rhona's woord tegen dat van ons.'

'Maar ik heb mevrouw Westington al de waarheid verteld.'

'Alles?' vroeg hij verschrikt.

'Geen details, maar ik heb niet gezegd dat het niet waar was dat jij en ik in de camper hadden afgesproken. Hoe zou ik dat hebben gekund?'

Hij dacht even na. 'Niet over praten. Wat er ook gebeurt.'

'Er niet over praten? Je bedoelt met jou ook niet?'

'Precies. Zoals je ook niet zou praten over iets anders dat nooit gebeurd is.'

Hij liep naar binnen en liet me verkild en verdoofd staan. Zoals je ook niet zou praten over iets anders dat nooit gebeurd is? Wat wilde dat zeggen? Dat wat er tussen ons gebeurd was nu al voorbij was? Schaamde hij zich ervoor? En alles wat hij me verteld had? Dat hij de hele dag aan me had moeten denken en me niet uit zijn hoofd had kunnen zetten? Hij had gezegd dat hij er zo naar verlangd had om bij me te zijn. Het had me zo'n goed gevoel gegeven. Hoe kon ik nu net doen of er niets gebeurd was? Hoe kon híj dat? Als we nu naar elkaar keken, zou dat dan net zo zijn als vóór de afgelopen avond? Was er niets tussen ons veranderd, zelfs niet na de meest intieme daad?

Ik haastte me achter hem aan naar binnen. Ik wist dat mevrouw Westington er niet met hem over zou beginnen. Daarvoor was ze veel te veel een dame. Ze begroette hem op dezelfde manier als ze altijd deed als hij kwam en hij gedroeg zich op dezelfde manier. Hij ging regelrecht naar het kantoor om met Echo te gaan werken. Mevrouw Westington wisselde een snelle blik met mij, die min of meer zei: 'Maak geen slapende honden wakker', en ging toen terug naar de keuken om een salade te maken voor de lunch. Ze was bezig een kip te braden.

Maar de rust die we in huis hoopten te bewaren werd verbroken op vrijwel hetzelfde moment dat Rhona en Skeeter beneden kwamen. Ik hoorde Rhona roepen: 'Waar is het liefdespaar vanmorgen?' Ze lachte. 'Nog in de camper? Hij stond zo hevig te schommelen, dat Skeeter en ik dachten dat er een aardbeving was. Hè, Skeeter?'

'Ik ging meteen een boom omhelzen,' zei hij, en ze lieten allebei een luide, spottende lach horen.

Mevrouw Westington zei niets. Ze bood hun een ontbijt aan, maar het enige dat ze wilden, eisten feitelijk, was een zakelijke bespreking met haar, zoals ze het uitdrukten.

'We kunnen het kantoor niet gebruiken omdat het verliefde stelletje daar is, dus laten we maar naar de zitkamer gaan, ma,' zei Rhona. Ik zat inmiddels ook in het kantoor. In een poging te voorkomen dat ik te veel zou gaan piekeren, bestudeerde ik weer het materiaal dat Tyler me gegeven had voor mijn examen. Hij keek op van zijn werk met Echo toen we Rhona's vernederende opmerkingen hoorden.

'Ik wist dat het nu veel moeilijker zou gaan worden,' zei hij. De uitdrukking op zijn gezicht overtuigde me ervan dat hij op de een of andere manier mij de schuld gaf.

'Misschien kunnen wij daar ook beter naartoe gaan,' opperde ik.

'We mogen ons niet door haar laten gebruiken om mevrouw Westington onder druk te zetten.'

'Het zijn onze zaken niet,' antwoordde hij. 'Jij bent hier slechts een gast en ik ben de leraar. Als jij en ik daar naar binnen gaan, maken we het alleen maar erger.'

'Maar gisteravond zei je dat we haar zouden helpen en...'

'Ik heb je gezegd dat je gisteravond moest vergeten.' Hij ging weer verder werken met Echo, die niet wist dat er iets onaangenaams gebeurde.

Ik klapte mijn boek dicht en stond op. 'Ben je zo bang dat je moeder erachter zal komen, dat je niets meer wilt doen wat goed en juist is?'

'Hou op, April,' zei hij zonder zijn ogen op te slaan.

'Misschien zal ik gisteravond vergeten,' zei ik, 'maar niet om de reden die jij hebt.'

Ik draaide me met een ruk om en verliet het kantoor. Ik liep door de gang in de richting van de zitkamer, maar bleef toen staan. Had Tyler gelijk? Zou ik het erger maken voor mevrouw Westington als ik naar binnen ging? Besluiteloos bleef ik in de gang staan luisteren.

'We hebben het perfecte huis gevonden voor ons doel, ma, en we hebben onmiddellijk honderdduizend dollar nodig.'

'Honderdduizend dollar? Ben je helemaal gek geworden?'

'Nee. We kunnen er in zes maanden vierhonderdduizend van maken, hè, Skeeter?'

'Geen probleem,' zei hij.

'Voordat ik zoveel geld investeer in iets dergelijks, wil ik het grondig laten inspecteren door mijn zakelijk adviseur. Wat voor papieren hebben jullie?'

'Jouw adviseur heeft geen verstand hiervan,' zei Rhona.

'O? En jullie wel? Rhona, alsjeblieft, gedraag je niet als een klein kind. Volwassenen nemen niet zulke impulsieve domme beslissingen.'

'Ik ben een kind? Ik neem impulsieve domme beslissingen? Kijk eens naar jezelf. Jij neemt weglopers in huis en voorziet ze van leraars, kleren en god weet wat nog meer. Je hebt een klaploopster in huis, een weeskind, en háár kun je wel geld geven en mij niet? Je eigen vlees en bloed? We hebben dat geld nodig, ma, en we hebben het nú nodig.'

'Ik heb je gezegd dat als je iets hebt om mijn adviseur voor te leggen, kom er dan mee voor de dag en dan zullen we zien wat hij ervan zegt.'

'Dat is belachelijk. Ik wil al dat gedoe niet. Bovendien heb ik recht op dat geld. Ik ga vandaag naar een advocaat, en dan komen er rechtbanken en rechters aan te pas en staat ons een hele hoop narigheid te wachten. Je kunt iedereen die ellende besparen als je gewoon een cheque uitschrijft.'

'Ik denk er niet over. En ik laat me niet door mijn dochter chanteren,' zei mevrouw Westington. Ik kon de schrille klank in haar stem horen en ook haar vermoeidheid. Ze heeft hulp nodig. Ze overleeft het niet als ze zo onder druk staat, dacht ik. Waar was Trevor? Hoe kon ik rustig hier blijven staan en daarnaar luisteren?

Ik sprong naar voren en liep de zitkamer in. Rhona en Skeeter keken op toen ik binnenkwam.

'Wilt u dat ik u help met de lunch, mevrouw Westington?'

'Wilt u dat ik u help met de lunch, mevrouw Westington?' aapte Rhona me na. Toen richtte ze haar wijsvinger op me als de loop van een pistool. 'Ik zal je aangeven bij de politie. Je bent waarschijnlijk weggelopen uit een of ander instituut of zo en je richt een bordeel op in een camper op ons landgoed.'

'Rhona!' riep mevrouw Westington uit.

'Nou, dat is precies wat ze doet. Vraag het haar maar en laat die Chinese knul hier komen. Laat hem maar eens ontkennen dat hij heeft liggen neuken in die camper. Toe dan!'

'Zo is het genoeg,' zei mevrouw Westington. Ze stond met een ruk op en met meer kracht en energie dan ik had kunnen vermoeden. 'Ik duld dergelijke walgelijke taal niet in mijn huis en zeker niet in mijn bijzijn. Als je je niet kunt gedragen als een fatsoenlijke volwassen vrouw, als een dame, dan kun je vertrekken.'

Rhona keek woedend naar mij en toen naar haar moeder. 'We gaan weg, ma. We gaan naar een advocaat. Ik geloof niet dat je nog bij je volle verstand bent, als je zo'n zwerfster in huis neemt en mijn dochter blootstelt aan zo'n slechte invloed.'

'Wat? Jouw dochter aan iets blootstellen? Je beschuldigt mij, terwijl jij ervandoor gaat en haar hier achterlaat zonder zelfs maar een telefoontje in tien jaar!'

'Dat heeft niets te maken met wat er hier nu gebeurt. Je zult het zien. Als we terugkomen wordt alles anders en dan kan die zwerfster maar beter vertrokken zijn.' Ze stond op. 'Kom, Skeeter.'

'Wacht even. Het hoeft niet allemaal zo onplezierig te gaan,' zei Skeeter kalm. 'Ik weet zeker dat je moeder zich zal bedenken als ze meer hoort over mijn project. Het wordt tegenwoordig in het hele land gedaan, mevrouw Westington. De waarde van de huizen en de grond vliegt omhoog. Het is geen dom plan.'

'Als je er zoveel vertrouwen in hebt, zou je er niets op tegen moeten hebben me de nodige papieren te geven die ik mijn adviseur kan voorleggen,' antwoordde mevrouw Westington. Haar smalle lippen zagen bleek en beefden.

'Dat zullen we ook doen. Niemand hoeft zich overstuur te maken,' zei Skeeter. 'Ontspan je, Rhona. Laten we het stap voor stap doen.'

Ze keek hem aan of hij volslagen gek was geworden en haalde haar schouders op toen hij zijn ogen samenkneep. 'Het kan wel even wachten, denk ik.'

'Natuurlijk kan dat. We hebben alleen een kleine aanbetaling nodig, zodat we de zaak aan kunnen houden. Als het niet lukt, betalen we die terug, oké?'

Rhona keek hem snel aan en glimlachte. 'Ja,' zei ze, 'dat zullen we doen.'

'Wat voor aanbetaling?' vroeg mevrouw Westington.

'Ik denk dat we het kunnen redden met vijfduizend dollar. Als Rhona het u zou vragen om haar te helpen, zou u dat waarschijnlijk doen, nietwaar, mevrouw Westington?'

'En dat zou waarschijnlijk net zo'n slechte investering zijn,' antwoordde ze.

Skeeter lachte. 'Je moeder is inderdaad een harde noot om te kraken. Ze zei dat u een harde tante was, van de oude school, en altijd onrechtvaardig tegenover haar, mevrouw Westington.'

'Rhona vond het al onrechtvaardig als ik haar vroeg elke avond haar tanden te poetsen,' zei mevrouw Westington sarcastisch.

Skeeter lachte weer. 'Goed, we gaan vandaag naar een advocaat in verband met dit project. Zoals Rhona zegt, geef haar het geld voor de aanbetaling, zodat we alle onaangenaamheden kunnen vermijden. Die wil niemand, maar als er geen andere keus is, geen alternatief.'

Dit keer klonk hij dreigend.

'Ik heb keuzes. Vertel me niet dat ik geen keuzes heb.'

'Oké, oké, maar hoor eens, mevrouw Westington, u hebt al genoeg problemen hier en niemand wil daar nog meer aan toevoegen. We proberen alleen maar iets te doen dat de moeite waard is. Dat zult u toch zeker niet willen beletten? Dat zou niet erg prettig zijn, helemaal niet prettig voor u, niet voor Echo, en niet voor ons.'

Rhona keek naar hem alsof hij briljant was, haar grote held. Hoe kon ze het goedvinden dat haar eigen moeder op zo'n manier behandeld werd? Haar eigen dochter?'

'Ik zal jullie vijfduizend dollar geven,' gaf mevrouw Westington toe, 'maar ik waarschuw je die niet over de balk te gooien, Rhona. Als je iets nodig hebt, zul je het met dat geld moeten betalen. Ik geef je verder niets meer voor ik een bewijs in handen heb, een duidelijk bewijs, dat je met een schone lei een nieuw begin wilt maken.'

Rhona stond op het punt te protesteren, maar Skeeter gaf haar een teken dat ze zich in moest houden.

'Dat is heel vriendelijk en verstandig van u, mevrouw Westington. Dank u,' zei hij.

Rhona was razend, maar draaide zich om. 'Ik wacht buiten,' zei ze tegen Skeeter. 'Pak jij die cheque maar aan.' Ze keek me dreigend aan toen ze langs me liep op weg naar de deur en fluisterde: 'Je dagen hier zijn geteld, liefje. Vertrek met je vriendje, want anders…!'

Mevrouw Westington ging naar het kantoor om de cheque uit te schrijven. Skeeter volgde haar en toen reden hij en Rhona lachend weg in hun busje. Ik keek hen achter het raam woedend na. Ik had mevrouw Westington in die moeilijke positie gebracht, dacht ik. Het was mijn schuld.

'Het enige wat ik ermee opgeschoten ben is dat ik wat tijd gekocht heb,' mompelde mevrouw Westington toen ze terugkwam in de zitkamer. 'Het verbaast me alleen dat ze niet al jaren geleden met een of andere klaploper bij me op de stoep heeft gestaan om me het leven zuur te maken.'

'Het spijt me vreselijk, mevrouw Westington.'

'Je hoeft jezelf niet de schuld te geven, April. Of je hier bent of niet, ze zou precies hetzelfde doen. Daar twijfel ik niet aan.'

Na alles gehoord te hebben wat er zich afspeelde, besloot Tyler eindelijk zich bij ons te voegen. 'April vertelde me over uw plannen voor Echo, mevrouw Westington,' zei hij. 'Nu ik gezien heb wat hier gebeurt, vind ik dat u er heel verstandig aan zou doen uw plan zo spoedig mogelijk uit te voeren. Ik heb de naam van de administrateur van de school die u kunt bellen. Ik heb hem al verteld over Echo, dus hij is op de hoogte als u telefoneert.'

Hij overhandigde haar een stuk papier met de naam en het nummer. Echo was Tyler gevolgd en stond in de deuropening naar ons te kijken. Ze scheen te begrijpen dat we het over haar hadden. Het moest een traumatische ervaring voor haar zijn om het enige huis dat ze ooit gekend had – en Tyler Monahan – te verlaten.

'Ik zou hier toch niet veel langer kunnen komen,' ging Tyler verder, mijn blik vermijdend.

Mevrouw Westington knikte. 'Ik heb een hoop te doen. Dank je. De lunch is over een paar minuten klaar.'

'Ik zal u helpen,' zei ik snel. Ik wilde weg van Tyler. Ik was zo in hem teleurgesteld. Hij ging zonder commentaar met Echo terug naar het kantoor.

Ik volgde mevrouw Westington naar de keuken en begon placemats, bestek en borden klaar te zetten voor de lunch. Ik zag hoe ze uit het raam naar de wijngaard bleef kijken. Ik wist dat ze naar Trevors aanwezigheid verlangde. Ze zou hem in geuren en kleuren vertellen wat er gebeurd was. Per slot was hij haar meest vertrouwde metgezel. Ik vroeg me af waarom ze geen goede band had met een van haar familieleden, maar ja, dat had ik ook niet met mijn eigen familie. Ik had al gehoord waarom ze geen goed contact had met haar zwager, Arliss.

'Ik vond het vreselijk om ze geld te geven,' mompelde ze terwijl ze bezig was met de salade. Ze stond te draaien en te knikken en te wriemelen, argumenterend met zichzelf. 'Je kunt net zo goed het raam openzetten en het naar buiten gooien en in de wind laten wegwaaien, maar als het stortregent, moet je soms iets doen om buiten de nattigheid te blijven. Het is niets voor mij om dat te doen, handelen uit wanhoop, maar die man bevalt me niet en het bevalt me ook niet wat er van Rhona terecht moet komen nu ze samen met hem is, al had ik niet verwacht dat ze hier met vleugels aan haar lijf zou opdagen.

'Ik had het niet moeten doen,' besloot ze plotseling en gaf een harde klap op het aanrecht. 'Wat mankeert me, dat ik door de knieën ga? Ik had ze eruit moeten gooien. Advocaten maken me niet bang. Die heb ik ook, en waar willen ze trouwens het geld voor een advocaat vandaan halen? Advocaten zijn duur.'

'Maakt u zich niet zo overstuur, mevrouw Westington,' zei ik. 'Dan wordt u nog ziek.'

'Ja, nou ja, ik bén er ook ziek van. Je weet hoe het gaat met dat soort. Je geeft ze een vinger en ze nemen je hele hand. Zodra we klaar zijn met de lunch, wil ik dat jij of Tyler me naar mijn advocaat rijdt, Randolph Wright. Hij heeft altijd gelijk. Dat is hem geraden ook, daar heb ik hem voor. Waar zit die Trevor toch?' vroeg ze, terwijl ze weer uit het raam keek. 'Die man blijft altijd hangen in die grote houthandels of ijzerwinkels. Ik heb nooit kunnen begrijpen waarom hij zo gek is op schroeven en bouten, hamers en boren, je kunt hem geen mooier verjaarscadeau geven dan een nieuwe elektrische boor of hamer. Mannen worden nooit volwassen. Ze krijgen alleen groter speelgoed. Snap niet waarom ik zo op hem vertrouw.

'O, kijk nou eens. Ik heb nog helemaal niets gedaan. Wil jij die tomaten voor me snijden, April?'

Ze zuchtte en schudde haar hoofd; ze haalde steeds dieper adem.

'Heb je gehoord hoe ze me bedreigden? Plotseling is ze ook nog bang voor een slechte invloed op Echo. Was ze hier toen het kind mazelen kreeg of om haar te verplegen als ze verkouden was of griep had of uitslag? O, nee, niets daarvan. Nooit.

'En nu komt ze binnengedanst, zwaaiend met de vlag van het moederschap, alsof ze de eerste is die ontdekt heeft wat dat betekent. Ze heeft die Skeeter nota bene verteld dat ik onrechtvaardig was toen ze opgroeide. Eerlijk gezegd zou ik strenger voor haar zijn geweest als mijn man niet altijd zo slap tegen haar was opgetreden. Hij schoof alle onaangename problemen en moeilijke ouderlijke beslissingen op mij af. Ik was altijd degene die onaardig en gemeen was. Heb je die uitdrukking weleens gehoord: "Laat George dat maar doen"? Nou, dat was het motto van mijn man voor de opvoeding van Rhona. Ze wist hoe ze een wit voetje bij hem moest halen. Mannen zijn dwazen. Je zult het zien,' zei ze, wapperend met haar handen.

Ze besefte het zelf niet, maar ze sprak ook gedeeltelijk in gebarentaal tegen me terwijl ze stond te praten. Ik had haar nog nooit zo kwaad en over haar toeren gezien. Plotseling zweeg ze en keek naar het eten. 'Waar was ik?'

Ze draaide zich met een ruk om en liep naar de ijskast voor de sla, selderie en olijven. Ik sneed de tomaten en zei niets. Ik had te veel medelijden met haar en was bang dat ze het aan mijn stem zou horen en zich nog beroerder zou voelen. Ze nam de kip uit de oven en draaide zich toen om en liep naar de bijkeuken.

'Er moeten hier nog wat erwten staan. Echo is dol op erwten. Waar zijn die verdomde erwten?' hoorde ik haar zeggen. 'Ik weet dat ze er zijn. Ik weet het. O,' hoorde ik een paar ogenblikken later.

Er rammelde een plank en er vielen een paar blikken.

'Mevrouw Westington? Is alles in orde met u? Wat is er gebeurd?' Ik liep haastig naar de bijkeuken.

Ze lag languit op de grond, haar lichaam zo vreemd gedraaid en haar rechtervoet zo vreemd gebogen dat ik vreesde dat haar enkel gebroken was.

'Mevrouw Westington!' gilde ik. 'TYLER! KOM GAUW!'

Ik knielde naast haar neer en schudde haar aan haar schouder.

Tyler kwam de keuken binnengehold. 'Wat is er gebeurd?'

'Mevrouw Westington is flauwgevallen,' riep ik. Hij liep door naar de bijkeuken.

'Het… gaat… weer,' zei ze en deed haar best om recht te gaan liggen.

Ik legde mijn hand onder haar linkerarm en Tyler zijn hand onder haar rechterarm. We begonnen haar omhoog te trekken. Ze liet geen enkel gewicht op haar benen rusten. Ze bungelden.

'Ik moet gewoon even zitten,' zei ze.

Met ons tweeën droegen we haar letterlijk naar de stoel in de keuken. Haastig haalde ik een glas koud water voor haar. Echo stond in de deuropening en keek naar binnen. Haar gezicht was vertrokken van angst.

Het gezicht van mevrouw Westington was zo wit als een doek. Haar lippen hadden geen kleur en haar ogen stonden glazig. Ze leunde achterover en nam het water van me aan, dronk langzaam en met heel kleine slokjes. Eindelijk verscheen er weer wat kleur op haar wangen.

'Het is niets. Een kleine aanval van duizeligheid. Het is hier ook zo verrekte warm. Doe een raam open,' beval ze.

'Ze zijn open,' antwoordde ik.

Ze keek ernaar en schudde haar hoofd. 'Geen zuchtje wind vandaag. Een van die dagen die mijn man "stille-luchtdagen" noemt. Noemde, bedoel ik,' verbeterde ze snel. 'Wil jij de kip voor ons aansnijden, April?'

Echo gebaarde naar haar terwijl de tranen over haar wangen stroomden.

'Alles is in orde, kind. Niets aan de hand. Maak je niet overstuur,' gebaarde ze terug. 'Ga weer aan je werk. Vooruit. April en ik maken de lunch verder klaar. Dank je, Tyler. Ik voel me nu weer goed.'

Hij keek me even bezorgd aan, knikte en verliet de keuken. Echo bleef nog even staan, tot mevrouw Westington naar haar zwaaide.

'Schiet op. Anders voel ik me een idioot. Je zou denken dat niemand ooit last heeft gehad van duizeligheid,' mompelde ze.

'Weet u zeker dat het goed gaat, mevrouw Westington?' vroeg ik.

'Kon niet beter. Nog een ogenblik en dan vergeten we het verder. Toe dan, maak die salade nou maar klaar. O, ik heb het blikje doperwten gevonden. Ze staan op de grond in de bijkeuken. Maak ze warm, wil je? Ze heeft ze het liefst warm.'

Ik knikte en deed wat ze vroeg, hield mijn ogen constant op haar gericht. Als ze dacht dat ik niet keek, haalde ze diep adem en wreef over haar slapen. Ik moet het Tyler vertellen, dacht ik. Ze moet meteen naar een dokter. Ze zal zich ertegen verzetten, maar met zijn hulp kunnen we haar ertoe dwingen.

Ik ging naar het kantoor, bleef in de deuropening staan en wenkte hem. Hij keek geërgerd, stond op en liep naar me toe.

'Wat is er nu weer?'

'We moeten haar naar een dokter brengen. Wat denk je dat er met haar gebeurd is?'

Hij dacht even na. 'Waarschijnlijk een klein herseninfarct. Mijn vader begon die te krijgen voor hij zijn hartaanval kreeg.'

'Een herseninfarct? O, nee, Tyler.'

'Hoor eens, ik heb hier niets mee te maken. Ik heb je verteld dat mijn moeder vindt dat ik toch al te veel betrokken ben bij deze familie. Ik kan mevrouw Westington niet vertellen wat ze wel en niet moet doen voor haar eigen gezondheid. Ze is oud genoeg om te weten wat ze moet doen.'

'Dat is gemeen, Tyler. Ik kan gewoon niet geloven dat je zoiets zegt. Zo praatte je gisteravond niet. Wat is er met je gebeurd?'

'Ik heb geen tijd voor dit soort hysterie, April. Ik moet mijn lessen met Echo afmaken. Ze moet nog een paar dingen leren voor ze naar school gaat, zodat ze in de juiste klas komt.'

'Dit soort hysterie? Waar heb je het over? Mevrouw Westington kan doodgaan!'

'Natuurlijk gaat ze dood. We gaan allemaal dood.' Hij liep terug naar het bureau. Echo zat gebogen over haar werk en zag ons niet praten. Ik keek hem even woedend aan, maar hij keek niet op. Ik ging terug naar de keuken. Ik heb zijn hulp niet nodig, dacht ik. Ik weet wat ik moet doen.

Mevrouw Westington zat achterovergeleund met gesloten ogen in haar stoel.

'U moet meteen naar de dokter,' zei ik vastberaden.

Ze deed haar ogen op en wilde protesteren.

'Niet tegenspreken, mevrouw Westington. Als u niet goed voor uzelf zorgt, is Echo aan Rhona's genade overgeleverd. Dat hebt u zelf gezegd. En u hebt me vaak genoeg op het hart gedrukt dat je nooit je kop in het zand moet steken. En dat is precies wat u nu doet. Nou?'

'Je hebt natuurlijk gelijk. We zullen eerst even voor hun lunch zorgen en dan bel ik mijn dokter.'

'Laten we het nu meteen doen,' drong ik aan. 'Ze kunnen nog wel een paar minuten wachten op hun lunch.'

Ze glimlachte naar me. 'Je doet het beter dan een geweten. Goed dan. Zijn naam en telefoonnummer staan in het boekje naast de telefoon onder de *B* voor Battie.'

Ik zocht het op en belde voordat ze weer een andere reden kon bedenken om het uit te stellen. Toen de receptioniste opnam, vertelde ik haar dat ik belde voor mevrouw Westington, die zojuist een ernstige aanval van duizeligheid had gehad en was flauwgevallen. Ook al zou mevrouw Westington het ontkennen, toch voegde ik eraan toe dat ze ook pijn had. Ze wilde dat ik haar naar de spoedeisende hulp van het ziekenhuis bracht. Toen ik dat herhaalde, schudde mevrouw Westington zo krachtig haar hoofd, dat ik dacht dat ze opnieuw bewusteloos zou raken.

'Nee, alstublieft,' smeekte ik. 'Op het ogenblik gaat het iets beter, maar we willen graag dat ze even onderzocht wordt, en ze voelt zich meer op haar gemak met dokter Battie.'

De receptioniste vond een plekje voor ons tussen halfdrie en drie uur 's middags. We moesten het Echo natuurlijk vertellen, maar om haar gerust te stellen, deed mevrouw Westington tijdens de lunch meer dan ze hoorde te doen. Gedurende al die tijd gedroeg Tyler zich precies zoals hij had gedaan toen ik hem voor het eerst ontmoette. Hij was afstandelijk, ongeïnteresseerd en alleen maar bezig met Echo en haar lessen. Als je hem zag, zou je denken dat er nooit iets tussen ons gebeurd was sinds die eerste dag waarop we elkaar ontmoet hadden en dat er evenmin vlak voor zijn ogen iets gebeurd was met mevrouw Westington.

'Omdat u naar de dokter gaat en waarschijnlijk niet terug bent vóór de tijd waarop de les normaal is afgelopen, zal ik eerder stoppen. U zult Echo wel mee willen nemen en haar niet hier achterlaten.'

'Ja,' zei mevrouw Westington. 'Dat is zo, al zal Trevor dan inmiddels wel terug zijn.' Ze dacht even na. 'Ik denk dat we haar maar mee moeten nemen.'

Toen ik had geholpen met afruimen, en borden en bestek had afgespoeld om in de afwasmachine te zetten, borg ik de restjes op en ging naar buiten naar de wijngaard, omdat ik had gezien dat de truck aan de voorkant geparkeerd stond en Trevor dus eindelijk terug was. Hij was druk bezig een kleine elektrische pomp te vervangen in een van de machines.

'Mevrouw Westington is flauwgevallen,' flapte ik eruit. 'Het gaat nu weer beter, maar ik ga over een uur naar de dokter. Ze is nog duizelig en ik weet dat ze pijn heeft.'

Hij legde zijn gereedschap neer en stond op. 'Is er iets gebeurd met Rhona?'

'Ze wilde geld hebben. Ze hadden ruzie. Mevrouw Westington heeft hun vijfduizend dollar gegeven en ze zijn vertrokken, maar ze komen terug.'

'Ik wist het. Er is vanmorgen een vogel naar binnen gevlogen. Geen goed teken, niet goed.'

'Tyler denkt dat ze misschien een lichte beroerte heeft gehad.'

'Heel waarschijnlijk, heel waarschijnlijk. Ze moet minder doen, ook minder zorgen hebben.'

'Ze heeft erin toegestemd Echo op de speciale school te plaatsen. Ik zal haar daarbij helpen en ook met de dingen die ze met haar advocaat wil regelen.'

'Mooi. Ik denk dat het een gelukkig toeval was dat jij hier kwam.'

'Dat weet ik nog zo net niet, Trevor. De jury is op dat punt nog niet tot een beslissing gekomen.'

Hij glimlachte. 'Ik ruim op en dan kom ik.'

'Dan wordt ze vast kwaad en zegt misschien dat we er te veel drukte over maken en weigert naar de dokter te gaan.'

'Ja, dat zou echt iets voor haar zijn. Je hebt het gauw door. Oké, als ze wil dat ik meega, dan kom ik. Laat het me weten.'

'Ik beloof het.'

Hij knikte en ging verder met zijn pomp.

Toen ik vertelde dat Trevor terug was en voorstelde dat hij met ons mee zou gaan, reageerde mevrouw Westington zoals ik verwacht had.

'Maak er iets belangrijks van en het wordt belangrijk,' zei ze. 'Het kind is al bang genoeg. We gaan alleen even met de auto naar de dokter.'

'Oké,' gaf ik snel toe.

Tyler stak zijn hoofd om de deur van de zitkamer en wenste haar het beste.

'Ik bel later wel over morgen,' voegde hij eraan toe, wat me onheilspellend in de oren klonk.

Mevrouw Westington bedankte hem. Hij vermeed mijn blik en ging weg zonder mij gedag te zeggen. Mevrouw Westington merkte het, maar zei niets. Korte tijd later stapten we gedrieën in haar stationcar. Ik reed naar Healdsburg, waar de dokter zijn praktijk had.

Hoe we ook ons best deden Echo gerust te stellen, ze bleef verstard in de auto zitten. Haar ogen verrieden haar paniek. Mevrouw

Westington was altijd een bron van kracht geweest voor haar familie, onafhankelijk en betrouwbaar. Zo lang en zo intiem met haar samen wonen, zo afhankelijk van haar, had een hechte band gesmeed tussen Echo en haar oma. Ik was hier gekomen vol medelijden met mijzelf en had na korte tijd meer medelijden met hen. Niet dat de ontdekking dat een ander er slechter aan toe is dan jij je een beter gevoel geeft, maar het voorkomt dat je te veel jammert over je eigen lot en je eigen problemen.

We boften dat we niet lang hoefden te wachten bij de dokter, ondanks zijn overvolle agenda. Mevrouw Westington stelde me voor als haar logee. Hij was ook Echo's dokter en ik kon zien dat ze hem erg aardig vond. Hij kon goed met zijn patiënten omgaan. Mevrouw Westington wilde niet dat ik meeging naar de spreekkamer, maar het lukte me de dokter te vertellen dat ze duizelig was geworden en doodsbleek had gezien. Ik wist zeker dat hij haar zou vragen of ze kortgeleden door iets van streek was geraakt, maar ik wist ook zeker dat ze hem niets zou vertellen. Ze was veel te trots om iemand, zelfs haar eigen dokter, deelgenoot te maken van haar moeilijkheden.

Ik keek verbaasd op toen hij de zuster een tijdje later vroeg mij in de onderzoekkamer te laten komen. Ik zei tegen Echo dat ze in de wachtkamer moest blijven zitten en haar tijdschriften lezen.

'Mevrouw Westington geeft hoog over je op,' begon dokter Battie. 'Ze zegt dat je een heel volwassen en verantwoordelijke jongedame bent.'

Ik keek haar verrast aan. Ik had gedacht dat haar opinie over mij wel minder gunstig zou zijn na mijn heimelijke rendez-vous met Tyler in de camper.

'Laat maar,' zei ze.

'Ik heb je binnengeroepen om me te helpen haar ervan te overtuigen dat ze mijn instructies moet opvolgen.'

'Wat zijn die instructies?' vroeg ik.

'Ze moet naar het ziekenhuis. Ik maak me zorgen over haar bloeddruk en ik wil nog een paar onderzoeken laten doen. Ik zou iets over het hoofd kunnen zien als je dat niet doet, Loretta,' zei hij.

'Dat kan ik niet,' zei ze.

'Als je het niet doet, zou je kleindochter wel eens haar oma kunnen verliezen. Hoe zou je dat vinden?'

'Je bent een paniekzaaier en een afperser, dokter Battie.'

Hij lachte. 'Hoor eens, ik kan je niet de juiste medicijnen of medische hulpmiddelen voorschrijven als ik niet precies weet wat er aan de hand is. Je bent niet eerlijk, Loretta. Je laat me mijn werk niet naar behoren doen en dus sla ik een slecht figuur. Wil je mijn reputatie, mijn levensonderhoud, mijn familie schade berokkenen?'

'O, hou toch op,' zei ze. Ze wendde haar blik af en draaide zich toen naar me om. Ze was kennelijk verrast door haar fysieke zwakte en ook geschrokken. 'Ik zal gaan als je belooft en zweert dat je het huis niet zult verlaten tot ik terug ben. Je zult je door niets en niemand laten wegjagen en je zorgt voor Echo.'

'Ik beloof het,' zei ik snel.

'Natuurlijk zal het kind doodsbang zijn. Er is geen dag in haar leven geweest dat ik er niet voor haar was.'

'We zullen zorgen dat ze het begrijpt,' zei dokter Battie.

Het bleek dat hij ook een expert was in gebarentaal. Hij liet Echo binnenkomen en legde het haar zorgvuldig uit, om haar gerust te stellen. Toen hij haar vroeg of ze het ermee eens was dat haar oma naar het ziekenhuis ging, knikte ze enthousiast.

'Goed. Ik zie dat ik in de minderheid ben,' zei mevrouw Westington. 'Ik ga morgen.'

'Nee, je gaat nu meteen,' zei dokter Battie. 'Alles wat je uit huis nodig mocht hebben, kan later worden gebracht. Hoe eerder je gaat, hoe eerder je het achter de rug hebt, Loretta.'

'Heb je ooit zo'n man meegemaakt? vroeg ze aan mij. 'Vind je het goed?'

'Ja, natuurlijk. En Trevor kan ook helpen.'

'Als hij niet met zijn neus in een tros druiven zit.'

'Produceer je nog steeds die chardonnay?' vroeg dokter Battie.

'Ik niet. Die dwaze man die voor me werkt gaat er hardnekkig mee door.'

Dokter Battie lachte, trok me de onderzoekkamer uit en maakte me duidelijk waar ik mevrouw Westington heen moest brengen. Hij zei dat hij de nodige telefoontjes zou plegen om alles voor te bereiden.

'Laat je niet op het laatste moment overhalen het niet te doen,' waarschuwde hij. 'Ik vrees dat ze grote kans loopt een ernstige beroerte te krijgen.'

183

De tranen sprongen in mijn ogen. 'Ik beloof het.'

Tijdens de hele rit naar het ziekenhuis trok ze de wijsheid van haar beslissing in twijfel. 'Jou daar alleen achterlaten. Ik weet het niet. Ik weet zeker dat het verkeerd is.'

'Het zal heus goed gaan. Ik zal me door niemand laten wegjagen. Ik beloof het u.'

'Bel me als er ook maar de geringste moeilijkheden zijn met die twee. Ik ga er niet heen als je dat niet belooft.'

'Ik beloof het.'

'Ik merk het als iemand tegen me liegt. Ik kan het ruiken.'

'Ik zal het heus doen,' hield ik vol, al zou ik het alleen doen als laatste redmiddel.

Ze keek me van terzijde aan en glimlachte bij zichzelf. Toen we bij het ziekenhuis kwamen stonden er ziekenbroeders en een verpleegster op ons te wachten, zoals de dokter had gezegd. Natuurlijk vond ze dat ze de dingen nog erger maakten, een grotere opschudding veroorzaakten dan nodig was.

Ze verdween snel achter een gordijn, kreeg een ziekenhuishemd aan en werd gekoppeld aan een machine die haar dokter de gewenste informatie moest geven. Ik vond het vreselijk haar in een ziekenhuisbed te zien liggen en voor Echo was het een schokkende ervaring. Ze leek kleiner in dat witte hemd en met al die medische apparaten. Ze zag er veel zwakker en nietiger uit buiten haar eigen huis, waar ze heerste als een vorstin.

'Kom hier,' zei ze en trok me dichter naar zich toe. 'Als je thuiskomt, wil ik dat je meteen naar mijn slaapkamer gaat. Op de bodem van mijn klerenkast staat een bruin houten kistje. Het heeft een klein slot, dat lang niet sterk genoeg is om Rhona of die Skeeter te beletten het open te maken, en daarin liggen een paar kostbare juwelen en wat geld. Een hoop geld feitelijk. Haal alles eruit en vraag Trevor het ergens voor me te verstoppen. Zorg dat Rhona het niet ziet.'

'Ik zal het doen.'

'Vergeet het niet.'

De verpleegsters kwamen om ons heen staan, dus zei ik tegen Echo dat ze afscheid moest nemen en haar oma een zoen moest geven. Ik beloofde na het eten met haar terug te komen.

'Wacht,' zei mevrouw Westington. 'Er staat een stoofpot in de vriezer. Die hoef je alleen maar te ontdooien. Echo houdt van maïs erbij en er is nog appeltaart en er ligt vers brood in de bijkeuken. Als je de stoofpot opwarmt, draai het vuur dan niet te hoog, want –'

'Het komt allemaal in orde, mevrouw Westington. Maakt u zich maar geen zorgen. Ik heb lange tijd voor mijn oom gekookt en ik heb mijn moeder ook jarenlang geholpen.'

'Goed, goed,' zei ze. 'Verdraaid, ik haat het om oud te worden!' riep ze tegen de verpleegsters, alsof het hun schuld was.

Ik glimlachte naar ze. Ze zouden nog wat met haar te stellen krijgen, dacht ik, en liep met Echo de kamer uit naar de lift en naar buiten. Ik was bang dat Rhona en Skeeter eerder thuis zouden zijn dan wij, maar dat waren ze gelukkig niet. Trevor kwam haastig uit de wijngaard aangelopen om ons te begroeten en zag dat mevrouw Westington ontbrak.

'Ze ligt in het ziekenhuis,' vertelde ik hem snel en legde alles uit.

'Dat is maar het beste. Goed van je om ervoor te zorgen dat ze de juiste beslissing heeft genomen. Ze is de laatste aan wie ze denkt tegenwoordig.'

Ik vertelde hem over het houten kistje en ging gauw naar binnen om het te halen en aan hem te geven.

Het was geen seconde te vroeg. Vlak nadat ik het hem gegeven had, verscheen het busje van Rhona en Skeeter op de oprijlaan. Ik ging weer naar binnen en zei tegen Echo dat ze me kon helpen met de voorbereidingen voor het eten. Dat zou haar tenminste wat afleiding geven, hoopte ik.

Skeeter en Rhona kwamen met veel lawaai het huis binnen, lachend als gewoonlijk. Ze leken een beetje high. Ze gingen eerst naar de zitkamer om mevrouw Westington te zoeken en verschenen toen in de deuropening van de keuken.

'Wel, wel, onze kleine keukenprinses aan het werk. Waar is mijn moeder?' vroeg Rhona.

Ik zweeg even en draaide me toen langzaam om. 'Je moeder heeft een aanval van duizeligheid gehad en is flauwgevallen. Ik ben met haar naar de dokter geweest en hij wilde dat ze naar het ziekenhuis ging voor onderzoek. Daar is ze nu.'

'Mijn moeder ligt in het ziekenhuis?'

'Na het eten ga ik haar een paar van haar spulletjes brengen,' voegde ik eraan toe en ging toen verder met het eten.

Echo gebaarde naar haar, maar Rhona negeerde haar volkomen.

'Wat is er precies gebeurd?' vroeg ze en liep de keuken in.

'Dat heb ik je verteld. Een duizeling.'

Ze keek even naar Skeeter, die zijn wenkbrauwen optrok. Het nieuws scheen hen snel te ontnuchteren.

'Zo, het schijnt dat hier een en ander gaat veranderen,' zei Rhona. Ze keek naar Echo, die nog steeds uiting gaf aan haar bezorgdheid over haar oma. 'Hou op, jij. Je bent vervelend,' viel Rhona uit.

'Hoe kun je zo tegen haar schreeuwen? Ze maakt zich ongerust over haar oma. Ze wil dat je haar troost, dat je –'

'Vertel mij niet hoe ik moet praten tegen mijn eigen dochter. Hoe haal je het in je hoofd! Ik wil dat je morgen uit huis verdwenen bent. Morgen, begrepen? Heb je me gehoord?'

'Niemand gaat ergens naartoe tenzij mevrouw Westington het zegt,' hoorde ik.

Rhona en Skeeter hoorden het ook. Ze draaiden zich om naar Trevor, die net was binnengekomen.

'We willen toch niets doen wat haar nog meer overstuur maakt dan ze nu al is, wel?' ging hij verder, en liep op Rhona en Skeeter af.

Rhona staarde hem aan en glimlachte toen koeltjes. 'Natuurlijk niet,' zei ze. Ze keerde mij de rug toe. 'Zodra ze ziet dat ze niets meer los kan peuteren van mijn moeder, zal ze zelf wel de benen nemen.' Ze kwam wat dichterbij en keek naar het eten. 'Ik neem aan dat mijn moeder dat heeft klaargemaakt voor ze ziek werd.'

'Ja,' zei ik.

'Goed. Roep ons als het eten klaar is. We hebben allebei een razende honger, hè, Skeeter?'

'Uitgehongerd,' zei hij, en ze lachten weer.

Ze keek nog een paar keer naar mij en toen, glimlachend als een kat die zijn prooi in de val heeft gedreven, richtte ze haar blik op Skeeter. Hij knikte en ze liepen de keuken uit. Hun luide lach bleef hangen in de gang.

Het kon haar niets schelen dat Echo huilde.

10. Moeders hulpje

'Maak je niet ongerust,' zei Trevor toen ze weg waren. 'Ik laat haar hier niet de baas spelen. De dingen zijn veranderd sinds een paar jaar geleden. Ze heeft geen vader meer die haar partij kiest. Laat je niet door haar bang maken of ontmoedigen.'

'Ik zal het niet doen. Ik heb mevrouw Westington beloofd dat ik niet zou weggaan voordat ze terug is en ik zal mijn belofte houden.'

'Goed. Het ruikt lekker in de keuken. Die vrouw kan goed koken,' zei hij, over mijn schouder turend.

'Geef me nog een kwartiertje en dan is het klaar, Trevor.'

'Ik kom zo terug,' zei hij glimlachend. Toen keek hij naar de deur en zei: 'Waarschuw me als ze moeilijkheden maakt.'

'Dat zal ik zeker doen.'

Ik richtte mijn aandacht op Echo. Ze was als een blaadje dat gevangen is in de wind, verward dwarrelend en draaiend. Ik liet haar tafeldekken. Ik zag ertegenop met Rhona en Skeeter te moeten eten, maar wist niet hoe ik dat kon vermijden, en voorlopig was het beter conflicten zoveel mogelijk uit de weg te gaan.

'Waar blijft het eten?' riep Rhona boven aan de trap. 'Ik heb je gezegd dat we honger hebben. Wat voer je daar beneden uit?'

Ik begon de schalen naar de eetkamer te brengen. 'Alles is klaar. Je kunt aan tafel komen,' antwoordde ik.

'Zo hoor ik het liever,' zei ze. 'Als je moeders hulpje bent, dan ben je dat ook van mij zolang je hier klaploopt. Kom, Skeeter,' riep ze. Beiden kwamen ze de trap af en liepen naar de eetkamer.

Trevor kwam onmiddellijk na hen, na een schoon hemd te hebben aangetrokken en zijn haar te hebben geborsteld.

'Kijk toch eens hoe netjes die hulpjes eruitzien, Skeeter,' zei Rhona. 'We horen ons te schamen.'

'Absoluut,' zei Skeeter.

Ze stortten zich meteen op het eten.

'Echo bidt altijd voor het eten,' zei ik.

'Hoe kan ze dat?' vroeg Rhona.

'Kijk maar, dan zul je het zien,' zei Trevor en knikte naar Echo. Ze pauzeerden even en keken naar Echo. Ik knikte ook naar haar, en ze begon te gebaren, dankte God voor Zijn zegeningen.

'Wat zegt ze in vredesnaam? Ze kan wel zeggen dat ze een nieuwe jurk wil of zo, weet ik veel.'

'Ik dacht dat Skeeter gebarentaal kende?'

'Een beetje,' antwoordde hij. 'Maar mijn kennis is een beetje verwaterd.'

'Heb jij het nooit geleerd?' vroeg ik aan Rhona.

'Nee. Daar had ik geen tijd voor. Mijn moeder wist er trouwens genoeg van voor ons allebei.'

'Misschien zou je het dan nu moeten leren als je van plan bent hier te blijven,' zei ik tegen Rhona. 'Ik heb een boek voor je en –'

'O, wat ben jij plotseling een brave meid,' antwoordde ze met vertrokken lippen. 'Je hebt een boek voor me.' Haar gezicht verhardde. 'Probeer je een wit voetje bij me te halen? In de hoop dat ik je niet de deur uit zal zetten? Vergeet het maar. Dat kind hoort op een speciale school of zo, hè, Skeeter?'

'Precies. Ze zal veel beter geholpen kunnen worden door mensen die het voor hun beroep doen.'

'Je moeder is daar al mee bezig en ze heeft informatie en –'

'Werkelijk? Komt dat even goed uit.' Ze dacht na. 'Hoe duur is die school?'

'Dat weet ik niet.'

'Nou ja, het doet er niet toe wat je wel en niet weet. Straks neem ik toch alle beslissingen hier. Het teken aan de wand, zoals mijn moeder zou zeggen. Dat geldt voor jou ook, Trevor. Ik weet niet waarom je hier nog gebleven bent toen de wijngaard ter ziele was. Al die klaplopers,' ging ze verder tegen Skeeter, en viel op het eten aan alsof ze een week lang niets te eten had gehad. Hij knikte.

'Er bestaat geen grotere klaploper dan een ondankbare, onverantwoordelijke dochter die langskomt voor geld,' antwoordde Trevor.

'Ik zou maar op mijn woorden letten als ik jou was, man,' zei Skeeter.

'O ja?' antwoordde Trevor, die met een harde, koude blik naar

Skeeter keek. 'Goed gezegd, alleen ben jij mij niet, man.'

'Precies,' zei Skeeter, glimlachend en met een blik op Echo. 'Voeg dat maar toe aan je bedankjes aan God, Echo,' zei hij tegen haar. Natuurlijk begreep ze het niet. Hij en Rhona lachten hard.

Ik zag dat de spieren in Trevors nek zich spanden. Hij leek op het punt Skeeter over de tafel heen aan te vallen. Slechts Echo's angstige ogen weerhielden hem ervan iets meer te doen dan woedend terugkijken en gaan eten. Hun belangstelling voor ons verdween trouwens en ze begonnen een eigen gesprek over sommige vrienden van hen en hun eigen plannen.

Rhona praatte alsof mevrouw Westington al dood en begraven was en zij alles geërfd had.

'Het lijkt me nogal zinloos dit landgoed aan te houden. Het wordt niet gebruikt zoals het hoort. Waarschijnlijk is er wel een wijnproducent in de buurt die het graag zal willen hebben en er veel voor wil betalen om te kunnen uitbreiden.'

'Vast en zeker,' zei Skeeter, alsof hij een vastgoedexpert was.

'Ik zou maar eens gaan nadenken over een bejaardentehuis,' zei Rhona tegen Trevor.

Hij negeerde haar, kauwde op zijn eten en keek voor zich uit alsof ze niet bestonden.

'En wat doe jij hier eigenlijk?' vroeg ze aan mij. 'En wat heb je mijn moeder al allemaal afhandig gemaakt? Ik zou het maar opbiechten als ik jou was, anders laat ik je later arresteren wegens diefstal.'

'Het enige dat ik ooit van je moeder heb gekregen is de liefde die jij nooit hebt willen aannemen.'

Trevor glimlachte.

Haar glimlach verdween. 'Wat wilde ze hebben in het ziekenhuis? Ík zal het haar brengen, niet jij.'

'Ze heeft mij gevraagd het te doen en dus doe ik het,' antwoordde ik vastberaden.

Echo zat naar me te gebaren om te vragen waarom haar moeder zo boos keek.

'God, houdt ze daar ooit wel eens mee op?' vroeg Rhona, naar haar kijkend. 'Mijn moeder schijnt haar geen tafelmanieren te hebben bijgebracht. Ik hoorde vroeger altijd van haar dat kinderen aan tafel gezien moesten worden maar niet gehoord.'

'Misschien bedoelde ze alleen jou en niet alle kinderen,' zei ik. Weer glimlachte Trevor. Zelfs Skeeter glimlachte.

'O, wat ben je slim.' Ze boog zich naar me toe. 'Het kan me niet schelen wat mijn moeder je verteld heeft. Dit is niet jouw familie en niet jouw huis en ik heb de wet aan mijn kant. Je zult het zien.' Ze schoof haar bord weg en stond op. 'Jullie zullen het allebei ondervinden,' ging ze verder. 'Kom, Skeeter, ik wil naar het ziekenhuis om te zien wat er precies aan de hand is met mijn moeder.' Ze legde de nadruk op 'mijn'.

'Maar de appeltaart? Die ziet goed uit,' zei Skeeter.

'Neem dan een stuk mee, verdomme,' zei ze.

Hij haalde zijn schouders op, sneed een stuk af en stond op met de punt appeltaart in zijn hand.

'Hé,' zei hij lachend tegen mij, 'als jij zo kan koken, mag je blijven.'

Ze keek hem woedend aan en ze liepen de eetkamer uit. Ik zag hoe verloren en buitengesloten Echo zich voelde. Ik glimlachte naar haar en zei dat we, als we hadden afgeruimd, naar haar oma zouden gaan.

Trevor leunde met een bezorgd gezicht achterover. 'Ik heb het je gezegd,' zei hij. 'Ik wist dat het niet goed zou gaan toen ik die vogel naar binnen zag vliegen. Maar maak je geen zorgen,' ging hij snel verder, 'ik los het wel op.'

Hij zou ook met ons meegaan naar het ziekenhuis, waar we niet veel later zouden aankomen dan Rhona en Skeeter. Ik ging naar boven om iets leukers aan te trekken en mijn haar te borstelen. Daarna ging ik naar de kamer van mevrouw Westington om haar privéspulletjes te pakken. Bij de open deur bleef ik verbijsterd staan.

Rhona en Skeeter hadden de kamer volkomen overhoopgehaald in hun speurtocht naar geld en kostbaarheden. De laden van de kast stonden nog open, de inhoud lag op de grond verspreid. Ook de klerenkast stond open en alle kleren lagen op de grond. Elke doos, elk kastje was leeggehaald. Ze hadden zelfs haar badkamer en haar linnenkast doorzocht, zonder de moeite te nemen de handdoeken en lakens terug te leggen op de planken. Echo kwam achter me aan en trok aan mijn arm om te vragen wat er gebeurd was.

Ik schudde slechts mijn hoofd en begon alles op te bergen. Ze kwam meteen helpen, en na een tijdje zag de kamer er weer netjes uit.

Mevrouw Westington had de spijker op zijn kop geslagen met haar voorspelling wat haar dochter zou doen, dacht ik. Ze had er verstandig aan gedaan me het kistje met geld en kostbaarheden te laten verstoppen. Ik verzamelde de spulletjes die ze in het ziekenhuis wilde hebben en stopte ze in een wollen tas, die ze blijkbaar zelf gemaakt had.

'We gaan, Echo,' beduidde ik haar. Toen we buiten kwamen, zat Trevor te wachten in de stationcar. Zodra ik was ingestapt, vertelde ik wat ik gezien had in mevrouw Westingtons kamer.

'Ze zullen het hele huis afstropen tijdens haar afwezigheid. Het zou me zelfs niks verbazen als Rhona probeerde wat van de meubels te verkopen. Ik wou dat ik alles achter slot en grendel kon bergen. Die Rhona... wat een kind om te hebben grootgebracht. Ik geloof niet dat ze haar moeder ooit één seconde van geluk heeft gegeven. Maar maak je geen zorgen over de verdere rotzooi die ze kan maken. Morgen komt Lourdes.'

Toen we in het ziekenhuis kwamen, hoorde ik tot mijn opluchting dat Rhona en Skeeter nog niet bij haar moeder waren binnengelaten. De verpleegster had gezegd dat ze sliep en ze haar niet mochten storen. Rhona keek geërgerd en dreigde niet veel langer te willen wachten tot haar moeder wakker zou worden.

'Ik kan zelfs geen verstandige informatie over haar loskrijgen. De dokter is er niet en de verpleegsters weten niks of willen niks zeggen. "Rust" is hun vaste, stomme reactie op alles,' zei Rhona.

Trevor en ik zwegen. We zaten in de kleine wachtkamer van mevrouw Westingtons verdieping; Echo begon in de tijdschriften te bladeren. Ik kon zien dat Rhona ongeduldig was. Ze liep te ijsberen. Skeeter zat met gesloten ogen en zag eruit of hij elk moment in slaap kon vallen. Ten slotte gaf Rhona hem een por en zei dat ze weg wilde.

'We komen morgen terug. Dit is tijdverspilling. Als je nog hier bent als ze wakker wordt, zeg dan dat we langs zijn gekomen,' zei ze tegen mij.

'Oké,' zei ik. 'We zullen je laten weten hoe het met haar gaat.'

'O, dank je, dank je wel, hoor,' zei ze met sarcastische overdrijving. 'Kom mee, Skeeter.'

Hij haalde zijn schouders op en volgde haar naar buiten.

'Weet je wat ik denk?' zei Trevor. 'Ik denk dat mevrouw Westington, toen ze hoorde dat Rhona haar wilde bezoeken, tegen de zusters heeft gezegd dat ze haar moesten vertellen dat ze sliep.'

Ik lachte.

Maar het bleek dat hij gelijk had. Kort nadat de zuster had gewaarschuwd dat wij er waren, mochten we naar binnen.

'Zijn zij en die clown verdwenen?' vroeg ze.

'Ja,' zei Trevor. 'Hoe voelt u zich nu?'

'Hoe denk je dat ik me voel, hier opgesloten?' snauwde ze terug.

'U bent niet opgesloten, mevrouw Westington,' zei ik. Ik gaf haar de wollen tas.

Ze bromde wat en keek naar Echo. Ze communiceerden in gebarentaal en toen richtte mevrouw Westington zich tot mij.

'Je hebt goed voor het eten gezorgd, maar ze zegt dat Rhona een verwoesting heeft aangericht in mijn kamer. Is dat zo?'

Ik keek naar Trevor.

'Wacht niet op zijn toestemming om me de waarheid te vertellen. Ik ben nog niet uitgeschakeld. Wat heeft ze gedaan?'

'Ze komt gewoon met allerlei wilde verhalen en dreigementen.'

'Zij en die man hebben geprobeerd mijn geld en juwelen te vinden, hè?'

'Ja, maar we hadden alles al verstopt voordat ze thuiskwamen.'

Ze knikte zelfvoldaan. 'Ze zeggen dat als je op een augurk trapt, je nooit weet welke kant hij opspat. Zij is de enige augurk die gemakkelijk voorspelbaar is. Altijd al, en weet je waarom? Omdat ze maar één streven, één doel heeft in haar leven: zichzelf ten koste van alles te bevoordelen. Herinner je je nog die keer toen je haar in de garage met die jongen op de achterbank van de auto aantrof, Trevor? Later probeerde ze Trevor de schuld te geven. Niet te zeggen hoe laag ze zal zinken. Ik was een idioot om te denken dat ze ook maar enigszins veranderd kon zijn. Je zou denken dat een meisje dat geleefd heeft zoals zij toch wel iets geleerd zou hebben.'

'Is de dokter al geweest?' vroeg ik.

Ze meesmuilde. 'Ja. Hij beweert dat hij me hier moet houden om een paar medicaties op me uit te proberen. Hij wil weten welke succes hebben en welke niet.'

'Klinkt redelijk,' zei Trevor.

'O, ja? Hoe zou jij het vinden om als proefkonijn te worden behandeld?'

'O, maar zo gaat dat niet,' zei Trevor glimlachend. 'Het zou weinig zin hebben u iets voor te schrijven dat niet werkt.'

'Staat dan helemaal niemand meer aan mijn kant?' jammerde ze en gebaarde naar Echo.

Echo liep naar haar toe en omhelsde haar.

Mevrouw Westington keek naar mij. 'Vertel dit alles maar aan Tyler. Ik denk dat het nu belangrijker is dan ooit dat ze zo gauw mogelijk naar die school gaat. Ik heb haar lang onder mijn vleugels kunnen houden, maar de veren worden te dun.'

'Begint u weer met die hel en verdoemenis?' vroeg Trevor.

Ze kneep haar ogen samen toen ze naar hem keek. 'Wil je soms beweren dat je helemaal niets is opgevallen dat je ongerust maakt, Trevor Washington?'

Hij keek even naar mij en ze ving zijn blik op. Ze was nog even bijdehand als altijd, dacht ik opgelucht.

'Toe dan, vertel eens wat je gedaan hebt. Kaarsen gebrand, zout gestrooid? Wat doe je om verbetering te brengen in deze toestand?'

'Gaat u niks aan,' zei hij, en ze moest lachen.

De verpleegster kwam binnen. 'De dokter wil dat we haar bezoekuren in de eerste paar dagen beperken,' zei ze.

'Dagen?' riep mevrouw Westington uit. 'Ik blijf hier geen dagen.'

'We moeten toch weg,' zei ik. 'We hebben veel te doen.'

'Maakt u zich nou maar geen zorgen,' zei Trevor.

'O, nee. Ik blijf hier gewoon op mijn dooie gemak liggen. De kok stopt stijfsel in de aardappelpuree en ik denk dat ze met het vlees dat ze je voorzetten urenlang op een steen hebben gemept.'

'Ik neem wel iets voor u mee,' zei ik.

'Ze moet oppassen met zout,' zei de verpleegster. 'Dat is op het ogenblik heel belangrijk.'

'Smokkel het naar binnen,' zei mevrouw Westington luid genoeg dat de zuster het kon horen. Ze keek naar Echo en zei dat ze heel lief moest zijn zolang zij er niet was, en Trevor en mij moest gehoorzamen. Ze gaven elkaar een nachtzoen. Ik sloeg mijn arm om Echo heen en we verlieten de kamer. Trevors gezicht maakte me zenuwachtig. Hij keek zo bezorgd.

'Ze wordt echt weer beter,' zei ik in een poging zowel mijzelf als hem gerust te stellen.

'Voorlopig, ja,' zei hij. 'Maar er komt een moment dat de tijd niet langer onze vriend is. Je gaat klokken en kalenders haten en de enige verjaardagen die je leuk vindt zijn de verjaardagen van anderen.

Mijn mamma zei altijd dat je water kon indammen, de wind kon buitensluiten en voor de regen kon schuilen, maar dat je de wijzers van de klok niet kon tegenhouden. O, nee. Probeer het maar niet. Het enige wat je kunt doen is volhouden en er het beste van hopen.

'Nou krijg je mij ook zover,' zei hij lachend. 'Je brengt mij ook aan het praten over hel en verdoemenis.'

Hij maakte er een grapje over, maar ik begon te geloven dat het zo ongeveer het enige was waartoe ik nog in staat was.

'Laten we Echo op een ijsje trakteren,' stelde hij voor. 'Dat leidt haar een beetje af van al die sombere taal.'

'Oké, maar ik doe niet mee,' zei ik vastberaden.

Later, toen we op de oprijlaan kwamen, zagen we tot onze verbazing twee andere auto's voor het huis naast het afgrijselijke busje staan.

'Wat krijgen we nou?' vroeg Trevor verbaasd.

Toen we stopten en uitstapten, konden we luide muziek horen in huis.

'Dat bevalt me niks,' zei Trevor. 'Ik ga met jullie mee naar binnen.'

Toen we binnenkwamen, beseften we dat al het lawaai uit de zitkamer kwam. Er waren nog vijf andere mensen, behalve Rhona en Skeeter, die allemaal dronken en rookten. Ik zag cocaïne op de koffietafel. Een kleine, donkerharige vrouw wilde die juist opsnuiven toen wij in de deuropening verschenen. Rhona lag languit op de bank, met haar hoofd tegen Skeeter, die een fles whisky in de hand hield. Aan de andere kant naast hem zat een jonge vrouw in een blouse die openstond tot haar navel en wier borsten duidelijk te zien waren. Ze zat een joint te roken. Twee mannen, van wie één net zulk lang haar had als Skeeter, lagen languit op de vloer. Een kalende man zat in mevrouw Westingtons stoel, zijn blote voeten op de koffietafel. Er stonden open bierflesjes, glazen, pizzadozen met nog overgebleven punten erin, en een bak smeltend consumptie-ijs dat op de tafel en op de grond lekte. Niemand scheen het te merken of het zich aan te trekken.

'Hé, kijk eens wie we daar hebben, de Lonely Ranger en haar vertrouwde metgezel, Trevor. Trevor is al hier sinds de eerste druif werd ontdekt,' zei Rhona. De dikke kalende man lachte, maar de anderen hielden het bij een glimlach.

Skeeter hield zijn blik strak gericht op Trevor, alsof hij erachter wilde komen wat hij van plan was te gaan doen.

'Dit zijn een paar van mijn oude vrienden,' ging Rhona verder. 'Misschien herinner je je Billy Roche en Gretta Lockheart nog, Trevor. Ze zijn hier vroeger vaak geweest.'

'Dat herinner ik me,' zei hij knikkend. 'Jullie maken een enorme troep voor mevrouw Westington.'

'O, dat zal haar weinig kunnen schelen en bovendien komt ze morgen nog niet thuis, nee toch? We hebben een extra hulp in de huishouding. Mensen, dat kind daar dat naar me staat te staren, is mijn dochter, Echo. Echo is doof, dus lach alleen maar naar haar.

'Bovendien, Trevor,' ging ze verder, 'zal Stomme April voor ons opruimen, hè, Stomme April? Zo verdient ze haar kost en inwoning, door schoon te maken. O,' zei ze met een knikje naar iets aan de andere kant van de koffietafel, 'het spijt me, maar die mok met jouw gezicht erop is kapotgevallen. Pas op als je de scherven opraapt. Ik wil niet dat je je in je vingers snijdt.'

Ze lachte, maar de anderen keken slechts naar ons, wachtten op onze reactie. Skeeter nam nog een slok whisky.

'Mevrouw Westington heeft me gevraagd voor alles hier te zorgen zolang zij weg is,' zei Trevor langzaam. Hij deed een stap naar voren. 'Ze houdt er niet van als er vreemden in haar huis zijn als zij er niet is, en ze wil ook geen party's en rotzooi. Zeg tegen die mensen dat ze weggaan en hun drugs en troep meenemen.'

Rhona wilde rechtop gaan zitten, maar het lukte haar niet. Skeeter lachte en gaf haar een duw.

'Vertel me niet wat ik moet doen in mijn eigen huis,' zei ze.

'Dit is jouw huis niet. Het is het huis van mevrouw Westington. En nu smeren jullie hem, anders bel ik de politie, en ik zie geen reden om te verzwijgen wat daar op tafel ligt,' zei Trevor, met een knikje naar de cocaïne.

'Shit, Rhona,' zei Billy Roche, die snel overeind kwam, 'je zei dat we geen moeilijkheden zouden krijgen als we vanavond hier zouden binnenvallen.'

'Luister niet naar hem,' zei Rhona.

'Nee, straks kan ik het gaan uitleggen aan de Highway Patrol.' Roche stond op.

De vrouw aan de tafel begon de cocaïne op een vel papier te schuiven.

'Wat doe je? Laat je niet bang maken door hem!' riep Rhona.

Trevor liep naar de dikke man in de stoel van mevrouw Westington en keek woedend op hem neer. 'Dat is de stoel van mevrouw Westington, knul, en ze vindt het niet leuk als er iemand anders in zit, laat staan dat hij zijn smerige voeten op haar tafel legt.'

De man ging snel rechtop zitten. 'Ik ben hier als de bliksem verdwenen. Verdomme! Ik heb voorwaardelijk,' zei hij, en trok snel zijn schoenen aan.

'Tommy!' schreeuwde Rhona. 'Laat je niet door hem vertellen wat je moet doen. Hij is maar een bediende.'

'Ga je mee, Martha?' zei hij tegen de vrouw aan de tafel in plaats van Rhona te antwoorden. De vrouw stond snel op, vouwde het papier met de cocaïne zorgvuldig dicht en stopte het in haar tas.

De anderen bewogen zich in de richting van de deur. Een van de mannen wankelde een beetje, maar zette de ene voet voor de andere.

'Jullie zijn een stel lafbekken!' schreeuwde Rhona hen achterna.

Ik bleef op de achtergrond en hield Echo's hand vast. Rhona keek naar Trevor, kreunde toen en viel tegen Skeeter aan. Hij nam nog een slok uit de fles.

We hoorden iedereen weggaan.

'Daar zul je spijt van krijgen,' dreigde Rhona. 'Ik heb al met mijn advocaat gesproken. Alles gaat hier heel binnenkort veranderen. Begin maar vast eens na te denken over je vertrek.'

'Laat ik niet horen dat je vanavond nog meer moeilijkheden veroorzaakt,' antwoordde Trevor.

Skeeter keek hem strak aan, maar kon Trevors blik niet weerstaan en wendde snel zijn ogen af.

Ik gebaarde Echo dat we naar bed moesten. Ze knikte, keek naar de rotzooi en naar haar moeder en liep toen snel naar de trap. Ik wist dat ze erg bang was en besloot haar te vragen bij mij te komen slapen.

'Ik vind het een nare gedachte jullie bij die twee achter te laten,' zei Trevor.

'Het zal heus wel gaan, Trevor.'

'Kom me halen als er wat is.' Hij keek woedend naar Rhona en Skeeter en ging toen weg.

'Opgeruimd staat netjes!' gilde Rhona hem achterna.

Terwijl we de trap opliepen, hoorde ik haar mompelen en gillen tegen Skeeter.

196

'Rustig maar,' zei hij luid genoeg dat wij het konden horen. 'We hebben de tijd aan onze kant.'

Toen we boven aan de trap stonden hoorde ik de telefoon en liep haastig naar de kamer van mevrouw Westington om op te nemen. Echo volgde me. Het was Tyler.

'Ik bel alleen even om te horen wat er met haar gebeurd is,' zei hij.

Ik vertelde hem over mevrouw Westington en toen over Rhona en de rotzooi die ze hadden gemaakt met hun vrienden.

'Dat klinkt niet best,' zei hij. 'Ik raad je aan om weg te gaan.'

'Weggaan? Hoe zou ik dat kunnen? Ik kan ze hier niet zomaar achterlaten terwijl mevrouw Westington in het ziekenhuis ligt. We zullen het er morgen over hebben, oké?'

'Ik kom morgen niet en de dag daarna evenmin en daarna ook niet. Ik heb het mijn moeder beloofd. Ik heb het daar wel gehad, April.'

'Maar ik dacht dat je tenminste zou wachten tot Echo naar school gaat. Ik dacht –'

'Rhona was vandaag in de winkel.'

'*Wat?*'

'Rhona was vandaag bij ons in de winkel. Ze heeft mijn moeder verteld wat ze jou en mij heeft zien doen. Mijn moeder denkt dat het de enige reden was waarom ik daarnaartoe wilde.'

'O, mijn god, wat een kreng is die Rhona.'

'Ja, nou ja, ze heeft het gedaan. Ze wil alleen maar moeilijkheden veroorzaken en jou weg hebben. Mijn moeder is erg overstuur, dus heb ik haar verteld dat het niet waar is.'

'Ja. Ik weet het. Zet het uit je hoofd. Doe of het nooit gebeurd is.'

'Sorry, maar ze was te veel van streek. Ik heb haar verteld dat Rhona loog. Ik heb haar kunnen overtuigen toen ik haar vertelde dat jij…'

'Dat ik wat?' vroeg ik toen hij aarzelde.

'Niet van jongens houdt. Ik kon niet anders,' ging hij snel verder. 'Ik heb haar verteld wat er gebeurd is met de vriendin van je zus en dat je dat prettig vond.'

'*Wat* heb je gezegd?'

'Ik kon niet anders,' herhaalde hij.

Hij kon niet anders? Ik kon geen woord uitbrengen.

'Jij hebt me trouwens toch niet meer nodig om je te helpen. Neem gewoon contact op met een school over het highschoolexamen en laat je ervoor inschrijven, als je wilt. Je zou moeten kunnen slagen.'

'Hoe heb je dat kunnen doen, haar dat te zeggen? Wat ik je toevertrouwd heb over Celia heb ik nooit iemand anders verteld. Zelfs mevrouw Westington niet.'

'Sorry. Het was de enige manier om ervoor te zorgen dat mijn moeder me geloofde. Het doet er trouwens toch niet toe hoe ze over je denkt.'

'Maar hoe kun je gewoon een eind maken aan je lessen hier?'

'Sorry,' zei hij weer. Ik begon dat woord te haten.

'Maar wat moet ik tegen Echo zeggen?'

'Zeg maar dat ik mijn moeder moet helpen.'

'Waarom kun jij haar dat niet vertellen?'

'Dat kan ik niet!' riep hij uit. 'Doe het nou maar!' Hij hing op.

Ik bleef met de telefoon tegen mijn oor zitten, alsof zijn woorden nog weerklonken in mijn hoofd. Ik wist dat Echo vlak achter me stond en ik wilde niet dat ze zag dat de tranen over mijn wangen stroomden. Ik hield mijn adem in en met mijn rug naar haar toe, veegde ik mijn tranen weg. Toen legde ik de telefoon neer en draaide me langzaam naar haar om en glimlachte.

Ze was bang dat ik met het ziekenhuis had gesproken en iets over haar oma had gehoord.

'Nee, nee,' stelde ik haar gerust. 'Het was... Tyler.'

'Ty? Wat wilde hij?'

Ik dacht even na, bleef glimlachen en vertelde haar toen dat hij belde om te horen hoe het met haar oma ging, maar ook om te zeggen dat er problemen waren bij hen in de zaak en hij voorlopig niet zou komen.

'Wanneer komt hij dan weer?' vroeg ze.

'Binnenkort. Tot hij er is zal ik met je werken.'

Ze staarde me aan. 'Je jokt,' gebaarde ze. 'Je liegt!'

Ze draaide zich om en holde weg.

'Echo!' riep ik.

Ik hoorde Rhona's lach op de trap.

'Stomme April, weet je niet dat ze doof is?' gilde ze en lachte nog harder.

Ik volgde Echo naar haar kamer om haar gerust te stellen. Ze zat op haar bed, staarde naar de grond en weigerde te kijken naar mijn handen of mijn lippen. Haar hele wereld leek in te storten, op zijn kop te staan: mevrouw Westington die in het ziekenhuis lag, haar moeder die zich zo bizar en slecht gedroeg, en nu Tyler, die weigerde terug te komen. Ik was de enige die ze nog had, en ik stelde niet veel voor.

Rhona bleef even in de deuropening staan toen zij en Skeeter op weg waren naar de logeerkamer.

'Moet je die twee zien. Zielig, hoor. Ik wil dat je morgen uit mijn kamer verdwenen bent, Stomme April. Je slaapt in de logeerkamer tot je weggaat, wat niet lang meer zal duren. Begrepen? Ik snap niet waarom ik ooit heb goedgevonden dat je hier sliep.'

Ik gaf geen antwoord. Ik bleef stil zitten, wachtend tot ze door zou lopen.

'Kom,' zei Skeeter. 'Ik heb genoeg van al dat gelul. We hebben een hoop te doen morgen.'

'Ja, we hebben een hoop te doen en des te eerder sta jij op straat,' zei ze tegen me. Ze bleef staan. Echo keek haar onderzoekend aan.

'En denk maar niet dat je haar tegen me op kunt zetten. Ze is mijn dochter, wat er ook gebeurt.'

'Rhona!' riep Skeeter.

'Oké, verdomme, bedaar.' Ze draaide zich weer naar me om. 'Je zult er spijt van krijgen. Jullie zullen er allemaal spijt van krijgen,' zei ze en liep door.

Echo keek naar mij, vragend om uitleg.

Hoe zeg je in gebarentaal *ze is dronken*? vroeg ik me af. Ik improviseerde met gebaren van drinken en wankelen en draaide met mijn ogen. Ze moest lachen.

'Kom,' zei ik. 'Je kunt vannacht bij mij slapen. Neem Mr. Panda mee.'

Ze vond het een leuk idee en volgde me naar buiten. We maakten ons allebei gereed om naar bed te gaan. Ik deed de deur van mijn kamer dicht, maar er zat geen slot op. Even overwoog ik de stoel van de toilettafel tegen de deurknop te plaatsen, maar dat leek me een beetje overdreven; ik wilde Echo niet onnodig bang maken.

Voordat ze met mij in bed stapte, holde ze terug naar haar kamer. Ik dacht dat ze haar pyjama ging halen, maar in plaats daarvan kwam ze terug met de dromenvanger.

'Goed idee,' zei ik. Als we die ooit een nacht nodig hadden, dan was het deze nacht wel, dacht ik.

Ze kleedde zich uit, stapte in bed en ik deed hetzelfde. Ik zag dat ze haar avondgebed zei, waarin ze ook haar oma noemde en iets zei over haar moeder. Toen draaide ze zich om en ging slapen. Ik bleef liggen staren in het donker dat enigszins verhelderd werd door het licht dat door de ramen naar binnen viel. Ik hoorde Rhona lachen en toen vloeken en ten slotte een geluid dat leek op snikken.

Skeeter heeft het minder goed met haar getroffen dan hij denkt, peinsde ik. Ze zal hem steeds grotere problemen bezorgen. De vraag was hoe groot de problemen zouden zijn die ze *ons* zou bezorgen.

Een paar uur later kreeg ik de eerste aanwijzing toen ik besefte dat de deur van de kamer open was en Rhona aan het voeteneind van mijn bed stond. Ze was naakt en had een glas water in haar hand. Haar verwarde haar viel wild rond haar gezicht dat gecamoufleerd werd door de duisternis. Slechts een flikkering van licht was te zien in haar ogen. Ze zag er demonisch, spookachtig uit, de schaduw van de Dood zelf in een vrouwelijke gedaante.

'Wat is hier verdomme aan de hand?' vroeg ze. Echo zag haar niet, ze lag in een diepe slaap.

'Wat wil je?'

'Waarom ligt ze niet in haar eigen bed?'

'Ze is bang nu haar oma in het ziekenhuis ligt en jij dronken bent, en dronken, drugsverslaafde vrienden rotzooi laat maken in een huis dat ze alleen maar netjes en schoon en gerespecteerd heeft gezien.'

'Is dat zo?'

'Kijk in de spiegel,' antwoordde ik. Ik was ook bang, misschien wel net zo bang als Echo, maar Brenda had me geleerd om nooit angst te tonen. Angst vertraagt je reactie, verzwakt je, zei ze altijd. De tegenstander wordt sterker. Slik je angst in, verberg die, haat die.

'Zorg dat je morgen deze kamer uit bent, want anders…' dreigde ze. 'En ga niet naar mijn moeder om haar om hulp te vragen. Je maakt haar zieker met je leugens en verhalen, en ik zal je laten arresteren. Dan zou ze echt een beroerte krijgen. En daar ben jij dan voor verantwoordelijk.'

Ze kwam dichterbij, meer in het licht. Ik kon haar kille, berekenende lach zien, haar tanden als een mond van ijs. Ze had natuurlijk gelijk. Ik zou mevrouw Westington niets hierover vertellen, anders zou ze onmiddellijk thuis willen komen. Voorlopig zat ik in de val. Wíj zaten in de val. Ik zei niets. Ze nam een slok water, draaide zich om en liep naar buiten, en liet de deur achter zich open.

Ik wachtte tot ik haar de logeerkamer binnen hoorde gaan en stond toen op om de deur dicht te doen. Ik voelde me niet veilig als hij openstond, maar ik wist dat hij ook als hij gesloten was, niet veel veiligheid bood. Rhona kon terugkomen. Ze zou Skeeter mee kunnen brengen. Het zou een heel nare toestand kunnen worden, en Echo zou het niet begrijpen. Hadden we haar maar op een school ingeschreven vóór Rhona's terugkeer, dacht ik. Dan zou ik inmiddels ook weg zijn en was al deze ellende niet nodig geweest. Ik zou ook mijn teleurstelling over Tyler ontvlucht zijn, die hebben achtergelaten als een rotte vrucht, gewoon weer een ervaring om te vergeten. Ik had er al een ellenlange lijst van. Wat maakte één meer of minder voor verschil?

Je denkt weer als een wegloopster, hè, April? Als een lafaard. Wanneer zul je eens standhouden en tegen de demonen vechten, de uitdagingen onder ogen zien? Of zul je eeuwig blijven vluchten, je in de schaduw verbergen, in een donkere hoek blijven staan, bevend als een angstig konijn, zodra er zich een conflict of een teleurstelling in je leven voordoet?

Ik had er geen antwoord op.

Ik deed ook geen oog meer dicht voordat het ochtend werd. Ik luisterde en staarde naar de deur, vechtend tegen de drang om op te staan en weg te rennen, de trap af en naar buiten zodra ik Skeeter of Rhona in de gang hoorde.

Echo kreunde in haar slaap, maar het was geen angstig gekreun, meer als dat van een baby. Ze hield Mr. Panda in haar armen geklemd en zag er jaren jonger uit dan ze was. Ik raakte mijn teddybeer aan, het cadeau van mijn vader, dat ons nu allebei troostte. Het beven stopte. Mijn hart ging rustiger kloppen en mijn lichaam raakte ontspannen zoals dat van haar. We waren als twee kinderen die zich gewikkeld hadden in de belofte van bescherming en zich veilig genoeg voelden om zich in slaap te wiegen.

Trevor kwam 's morgens heel vroeg om te zien of het goed met ons ging. Echo had moeite om wakker te worden. Ik stond op, kleedde me aan en ging naar beneden om een ontbijt voor ons klaar te maken voordat ze haar ogen zelfs maar geopend had. Er kwam geen geluid uit de logeerkamer. Ik wist zeker dat Rhona en Skeeter zoals gewoonlijk in een ochtendcoma lagen en daar was ik blij om. Trevor wierp één blik op Echo's slaperige gezicht toen ze beneden kwam en informeerde naar de avond.

'Ze was gewoon overweldigd door alles,' zei ik. 'Er is verder niets gebeurd. Ik heb haar bij mij laten slapen.'

Op dat moment arriveerde mevrouw Westingtons hulp, Lourdes. Ze kwam binnen zoals gewoonlijk, maar bleef stokstijf staan toen ze de troep in de zitkamer zag.

'Laat mij maar met haar praten,' zei Trevor en liep naar haar toe. Hij sprak een beetje Spaans en vertelde haar dat mevrouw Westington in het ziekenhuis lag, dat haar dochter hier was met haar vriend en dat ze de vorige avond een paar vrienden hadden uitgenodigd en een enorme rotzooi hadden gemaakt. Ze ging meteen aan het werk en hij kwam terug om met ons te praten.

'Ik denk dat het beter is als we mevrouw Westington voorlopig maar niets hierover vertellen,' zei Trevor. 'We komen er wel uit.'

'Ik ga meteen na het ontbijt met Echo naar het ziekenhuis. We blijven er zo lang mogelijk, om er te zijn als Rhona komt opdagen.' Ik had daarover nagedacht. 'Op die manier kan ik er misschien voor zorgen dat ze haar niet al te veel ergert.'

'Weinig kans,' zei Trevor. 'Ze hoeft haar gezicht maar te laten zien en het geeft al ellende, maar het is een goed idee. Ik heb hier een paar dingen te doen en dan kom ik ook.'

Ik voelde me optimistischer omdat we nu een strategie hadden, en wist Echo ook wat op te monteren. Trevor keerde terug naar zijn wijngaard en Echo en ik gingen ontbijten. Maar ik keek verbaasd op toen Skeeter verscheen zonder Rhona. Hij had alleen een spijkerbroek aan, geen schoenen en geen hemd.

'Rook de koffie,' zei hij en schonk een kop voor zichzelf in. Hij ging aan tafel zitten en glimlachte naar Echo. Je kon duidelijk zien dat ze bang was om te enthousiast terug te lachen, maar ze was lief en onschuldig en had wanhopig behoefte aan liefde en genegenheid, als een puppy die is weggehaald bij zijn moeder en de andere puppy's, en naar een vreemd nieuw huis is gebracht. 'Leuk kind,' zei Skeeter. 'Jammer van dat gehoor. Heeft Rhona nooit verteld. Ze zei alleen dat ze een kind hier had, dus keek ik verbaasd op.'

'Wat voor vrouw zou vergeten te vertellen dat haar dochter doof is?' vroeg ik.

Skeeter haalde met een flauwe glimlach zijn schouders op. Mannen als hij waren erg moeilijk in te schatten. Ik had niet zoveel ervaring met mannen – of met vrouwen – maar toen ik rondreisde met oom Palaver had ik mannen ontmoet die me aan Skeeter deden denken, mannen die klusjes opknapten in de theaters en op andere plaatsen, die zich vastklampten aan die geringe inkomsten om te overleven, maar misschien nog meer om te rechtvaardigen dat ze niets behoorlijks deden met hun leven. Waarom zouden ze zich daar zorgen over maken? Ze konden hun huur betalen, eten en drinken, en zich wat amusement verschaffen. Ze leidden een marginaal bestaan, alsof ze echt geloofden dat ze eeuwig zouden leven en ergens in de toekomst iets belangrijks zouden doen. Jaren konden voorbijgaan en ze konden de ene kans na de andere missen, maar ze bleven er zorgeloos en nonchalant onder. Soms vroeg ik me af of zij niet gelijk hadden en de rest van ons, gespannen, vastberaden, geconcentreerd, op de een of andere manier iets belangrijks misten.

'Rhona heeft heel wat meer meegemaakt dan je je kunt voorstellen,' zei Skeeter. 'Toen ik haar leerde kennen, stond ze op het punt in te storten. Ze was verraden, misbruikt en verwaarloosd door bijna iedereen die ze had vertrouwd. Ze wilde hier niet terugkomen, weet je. Ze vertelde me over haar moeder, dit huis, en ik haalde haar over. Maak het haar niet moeilijk, niet nog moeilijker dan het al is.

'Bovendien,' ging hij verder, terwijl hij zich vooroverboog, een stuk brood afbrak en dat over de boter smeerde alsof hij het in de jus doopte, 'moet jij echt verdergaan met je eigen leven. Je kunt niet zomaar ergens halt houden en deel gaan uitmaken van andermans fantasie.'

'Dat is wat jij doet,' antwoordde ik snel.

'Ik ben samen met Rhona. We gaan waarschijnlijk trouwen, krijgen misschien nog een tweede kind. De oude dame zal het niet zo lang meer maken. Weet je,' ging hij verder, na het brood te hebben gekauwd en doorgeslikt, 'huizen, boerderijen, land, winkels, wat dan ook, verschillen niet veel van plaatsen in een bioscoop. Je blijft daar een tijdje zitten, dan sta je op, gaat weg en iemand anders neemt je plaats in.'

'Dat is niet waar. Families geven hun huizen en bezittingen door.'

Hij haalde weer zijn schouders op. 'Dat is precies wat ik wil zeggen. Rhona's tijd hiervoor is gekomen. Wat ze ermee doet, is haar beslissing. En daar heb jij niks mee te maken. Ga naar een van je familieleden, leer een vent kennen en zorg voor je eigen plezier.'

'Ik laat mensen niet in de steek.'

'O, ja, dat doe je wél.' Hij dronk de rest van zijn koffie op en schonk zijn kop weer vol. 'Dat doen we allemaal. Ik zal dit naar Rhona brengen en kijken of ik haar motor op gang kan brengen.' Hij grinnikte naar Echo en liet ons alleen.

In de stilte die hij achterliet, bedacht ik dat Trevor gelijk had. Het was een heel slecht teken, die vogel die naar binnen gevlogen was.

11. Leugens om bestwil

Dokter Battie was bij mevrouw Westington toen Echo en ik in het ziekenhuis kwamen. We moesten in de hal wachten, maar zodra hij uit haar kamer kwam, sprong ik op om in de gang met hem te praten. Hij schreef een paar instructies voor mevrouw Westington op en gaf die aan een van de verpleegsters, en keerde zich toen om naar mij. De uitdrukking op zijn gezicht beviel me niet.

'Ik heb die bloeddruk nog niet omlaag kunnen krijgen,' zei hij. 'Ik weet dat er veel spanningen zijn, dat ze veel aan haar hoofd heeft, maar we moeten zorgen dat ze rustig wordt en relaxed, en ik moet de juiste medicatie zien te vinden. Zeg of doe niets waarover ze zich kan opwinden, oké?'

'Ik zal het niet doen, maar heeft ze u verteld dat haar dochter terug is en wat er gebeurt?'

'Min of meer. Ik weet dat het haar overstuur maakt. Kun je vragen of... hoe heet ze ook weer, Rhona?'

'Rhona, ja.'

'Rhona me belt? Ze zullen me oppiepen als ze belt terwijl ik mijn ronde doe in het ziekenhuis en dan zal ik met haar praten.'

'Goed,' zei ik, al was ik niet erg optimistisch gestemd; ik dacht niet dat het enig goed zou doen. Ik denk dat hij het aan mijn gezicht zag.

'Laten we gewoon maar ons best doen om het haar zo comfortabel mogelijk te maken en haar rustig te houden. Ik heb nog een paar dagen nodig.'

'Oké,' zei ik.

Hij keek naar Echo. 'Hoe verwerkt zij dit alles?'

'Niet al te best,' zei ik eerlijk.

'Tja, het is een traumatische tijd en waarschijnlijk niet het meest geschikte moment om haar op die school in te schrijven, maar het zal toch gauw moeten gebeuren,' zei hij.

De manier waarop hij de nadruk legde op het woord gauw deed me verkillen. 'Ja, dank u,' zei ik. Hij gaf me een klopje op mijn arm en liep naar de volgende patiënt.

Echo keek me aan om te vragen wat hij had gezegd. Ik gebaarde dat de dokter had gezegd dat het goed ging met haar oma, maar dat hij nog wat tijd nodig had om de juiste medicatie te vinden. Ze knikte opgelucht. Wat liegen we toch veel tegen elkaar, dacht ik. Heel vaak vertellen we elkaar halve waarheden om de ander te beschermen en van zorgen te vrijwaren, of vertellen regelrechte leugens om onvermijdelijke conflicten uit de weg te gaan, waaronder iedereen zou lijden. We liegen ook onszelf voor.

Ik nam haar mee naar de kamer van haar oma. Mevrouw Westington zat rechtop en lepelde wat soep in haar mond. Snel legde ze de lepel neer.

'Heb je wat te eten meegebracht?'

'Nee,' zei ik lachend, blij dat ze trek had. 'De dokter zou woedend zijn en hij stond net in de gang toen we kwamen.'

'Onzin. Dit eten maakt me zieker dan alles wat je van huis had kunnen meenemen. Proef die soep eens. Ik zweer je dat ze die als afwaswater gebruiken.'

'Er zit waarschijnlijk geen korreltje zout in,' zei ik.

'Ik heb me nooit bekommerd om wat ik at en ik heb het tot dusver in goede gezondheid overleefd.' Ze mokte even en keek toen glimlachend naar Echo. 'En hoe gaat het met mijn kleine meid?'

Echo holde naar haar toe om geknuffeld te worden. Ze klampte zich net iets te lang aan haar vast.

Mevrouw Westington keek me scherp aan. 'Wat is er gisteravond in mijn huis gebeurd?'

Ik schudde mijn hoofd.

'Wil je dat ik het kind dwing het me te vertellen? Dat kan ik, hoor,' dreigde ze.

'Mevrouw Westington, wilt u werkelijk alles doen wat in uw vermogen ligt om in het ziekenhuis te blijven? Wat ik nodig heb, is dat u beter wordt en thuiskomt. Echo heeft u nodig. Zelfs Trevor heeft u nodig. Waarom kunt u niet voor korte tijd meewerken en een geduldige patiënte zijn tot de dokter alles onder controle heeft en u naar huis laat gaan? Mooi voorbeeld geeft u Echo. U maakt het ons alleen maar moeilijker.'

Ik hield mijn adem in. Zou ze tegen me uitvaren, zeggen dat ik me met mijn eigen zaken moest bemoeien, uit haar huis moest verdwijnen? Ze knikte langzaam en leunde achterover.

'Hm, ik zie dat je niet langer dat kleine meisje vol zelfmedelijden bent dat bij mij voor de deur stond. Waar heb je al die lef vandaan?'

'Die heb ik van u. Dus zorg dat het cadeau niet weggegooid wordt.'

Ze lachte. 'Dus je wilt me vertellen dat jij en Trevor alles onder controle hebben?'

'Ja,' zei ik vastberaden. 'En Echo maakt het ook goed.'

'Ik begrijp het. Waar blijft die dochter van me? Toen ik vanmorgen mijn ogen opendeed, verwachtte ik half en half dat ze met pen en papier naast mijn bed zou staan om me mijn testament te laten opschrijven.'

'Gun haar even de tijd,' zei ik, en ze moest weer lachen.

'Ik ben bang dat ze een lelijke schok zal krijgen. Ik heb gisteren mijn advocaat, Randy Wright, gebeld om mijn dossier bij te werken. Bijna alles wat ik heb staat op naam van Echo en er is een trust gesticht met een gevolmachtigde. Er is natuurlijk ook iets voor Trevor en een kleinigheid voor jou.'

'Voor mij?'

'Misschien heb je het nog eens nodig. Iedereen kan wel eens een steuntje in de rug gebruiken.'

'En Rhona?'

'Rhona? Je hebt gehoord hoe zij en die Skeeter me dreigden met advocaten en processen en wat dies meer zij. Het leek me beter om zo gauw mogelijk een defensieve actie te ondernemen en ik was niet van plan dat te laten beletten door een kleinigheid als dit ziekenhuisverblijf.'

'Dokter Battie zal zich van streek maken als hij hoort dat u zich met dit alles bezighoudt.'

'O, het is niks. Een advocaat doet al het werk. Ik lees en teken het. Maar voorlopig lijkt het me beter dit voor ons te houden.'

We hoorden kloppen en toen ik me omdraaide zag ik Trevor in de deuropening staan.

'Hoe gaat het vandaag?' vroeg hij.

'Hoe denk je dat het met me gaat? Ik ben nog steeds aan dit bed gekluisterd, niet? Ik ben nog steeds hier. Waar ben je geweest? Alsof ik dat nog moet vragen,' ging ze verder. 'Kisten wijn rondgebracht, denk ik.'

'Correct gedacht,' zei hij. 'En uw druiven zijn nog steeds favoriet in het dal.'

'Het zijn mijn druiven niet. Mijn druiven zijn jaren geleden aan de wijnrank verdord, samen met een hoop andere dingen. Hoe gaat het met mijn huis?'

Hij keek even naar mij.

'Wacht niet om te zien wat zij me wel en niet verteld heeft! Is het nog heel?'

'Alles is piekfijn in orde, mevrouw Westington,' zei Trevor.

Ze keek van hem naar mij en toen weer naar hem.

'Moet je jullie eens zien, allebei met een gezicht dat als reclame kan dienen voor een slechte leugenaar.'

Trevor lachte, en Echo, ook al kon ze het meeste wat er gezegd werd niet volgen, lachte mee. Voor we er verder over konden praten, werd er weer op mevrouw Westingtons deur geklopt en mijn mond viel open toen ik Tyler Monahan zag met een bos rode rozen in zijn hand. Het gezicht van Echo begon te stralen als een neonreclame. Zelfs Trevor, van wie ik wist dat hij hem van begin af aan gewantrouwd had, glimlachte.

'Ik hoop dat ik niet stoor,' zei Tyler. 'Ik wilde alleen even langskomen om te zien hoe het met u gaat, mevrouw Westington.'

'Storen? Hoe zou je kunnen storen? Er gebeurt hier helemaal niets. Ik ben praktisch veroordeeld tot eenzame opsluiting. Alles is in de soep gelopen, zoals ze zeggen. Of eigenlijk hoor ik te zeggen in het slootwater.'

'Deze zijn voor u,' zei hij, dichterbij komend. 'Om de kamer wat op te vrolijken.'

'Dank je, Tyler. God weet dat deze kamer een heleboel rozen kan gebruiken om hem op te vrolijken. Trevor, haal alsjeblieft dat dode onkruid uit de vaas op de vensterbank en zet die rozen erin, wil je?'

'Natuurlijk,' zei Trevor en ging onmiddellijk aan het werk.

Tyler keek even naar mij en toen weer naar mevrouw Westington. 'En hoe gaat het met u? Hoe lang moet u hier nog blijven?'

'Tot de kalveren op het ijs dansen, denk ik. Mijn dokter experimenteert met verschillende medicaties om te zien of er een is die werkt. Als ik het overleef, mag ik naar huis.'

'Dat is niet waar, mevrouw Westington. Dat weet u best,' zei ik.

Echo gebaarde naar Tyler, probeerde zijn aandacht te trekken en vroeg hem wanneer hij terugkwam. 'Wat moest ze doen met het huiswerk dat hij haar had opgegeven? Hoe moest ze weten wat ze daarna moest leren?'

Hij antwoordde snel: 'Daar hebben we het later nog over, als je oma beter is,' en haar armen vielen omlaag als twee kleine vliegers die geen wind meer opvingen.

'Waarvoor ik eigenlijk kom, mevrouw Westington, is om u te zeggen dat ik tijdens uw verblijf hier graag zal helpen alles te regelen voor Echo. Ik heb erover nagedacht en ik besef dat ik u daarmee van dienst kan zijn.'

'O, dat is erg aardig van je, Tyler, maar ik denk dat ik toch maar wacht tot ik weer thuis ben. Het zal moeilijk voor haar zijn en daarom wil ik dan graag bij haar zijn.'

Hij knikte. 'Ik begrijp het. Ik wilde u alleen laten weten dat ik graag bereid ben u met andere dingen te helpen. Ik neem aan dat u gehoord hebt dat ik mijn lessen moet beëindigen,' zei hij, met een blik op mij.

'Nee. Niemand heeft de moeite genomen het me te vertellen, maar ik verbaas me niet over al die geheimzinnigdoenerij.'

'Mijn moeder heeft het moeilijk in de winkel en de fabriek. Ik moet er meer tijd aan besteden.'

'Ik begrijp het. Goed, dan zal Echo's school prioriteit krijgen zodra ik weer thuis ben.'

'Uitstekend. Ik kan helaas niet lang blijven. Ik was op weg om een paar boodschappen te doen voor mijn moeder en heb een omweg gemaakt om bij u langs te gaan.'

'Bedankt voor je komst en voor de bloemen, Tyler.'

'Graag gedaan. Ik heb het altijd erg prettig gevonden voor u te werken en bij u thuis te zijn.'

'En je kunt terugkomen wanneer je maar wilt,' zei ze.

Hij keek weer naar mij, maar ik keek kwaad terug. Het kon me niet schelen als hij zich daardoor niet op zijn gemak voelde. Hij knikte, nam afscheid van Echo en zei dat ze een lieve meid moest zijn, en liep toen haastig de kamer uit.

'Zo,' zei mevrouw Westington toen hij weg was. 'Wat voor slecht nieuws heb je nog meer voor me achtergehouden?'

'Niets,' antwoordde ik snel. 'Ik dacht niet dat het zo belangrijk was dat ik u dat meteen moest vertellen.'

'In ieder geval heeft die jongen een geweten.'

'Daarover is de jury het nog niet eens,' mompelde ik, en ze keek me onderzoekend aan.

Trevor begon te lachen en ze lachte met hem mee.

Tot mijn verbazing liet Rhona zich de hele dag niet zien. Trevor ging weg om verder te gaan met zijn wijnleveranties. Echo viel een paar keer van verveling in slaap, net als mevrouw Westington. Het duurde even voor ik over Tylers onverwachte komst heen was, maar eindelijk kalmeerde ik en ging ik naar beneden naar de winkel in het ziekenhuis om een paar tijdschriften te kopen voor Echo en mijzelf. We lunchten met mevrouw Westington en toen stond ze erop dat we naar huis gingen.

'Dit is geen plek voor haar,' zei ze tegen me. 'Ga naar huis en houd haar bezig en zoveel mogelijk uit de buurt van haar moeder.'

'Ik zal het proberen,' beloofde ik. Ik gebaarde Echo dat we de volgende ochtend terug zouden komen en dat ze nu gedag moest zeggen. Ze deed het en we gingen weg.

Ik wist waar de school was waar Echo naartoe zou gaan. Ik dacht dat het misschien goed zou zijn haar die te laten zien. Ze had er trouwens niets op tegen een eindje met me rond te rijden. Ik wist dat ze niet graag terugging naar huis. Het gedrag van haar moeder de vorige avond had haar verontrust en bang gemaakt. Samen met mij op stap gaan maakte dat ze zich ouder, volwassener voelde. Ik vertelde haar niet dat we naar de school gingen of zei er iets over voor we er dichtbij waren.

Vanbuiten zag de school er net zo uit als mijn vroegere openbare highschool. Het was een lang gebouw van roestbruine baksteen, met een groot grasveld ervoor en een parkeerterrein aan de rechterkant. Eerst vond Echo het maar niets. Toen zagen we allebei een jonge vrouw die in gebarentaal sprak tegen een jong meisje van ongeveer Echo's leeftijd. Het andere meisje gebaarde terug en ze liepen verder rond de noordkant van het gebouw.

Echo draaide zich naar me om en informeerde ernaar. Ik legde uit dat het een speciale school was voor kinderen van haar leeftijd die niet goed konden horen of zien. Achter de school zelf was een slaaphuis voor de leerlingen.

'Bedoel je dat je hier ook 's nachts blijft?' vroeg ze.

Ik knikte en ze keek weer onderzoekend naar het schoolgebouw. Het leek me geen kwaad te kunnen als we het terrein opreden en eens rondkeken, maar toen ik dat deed vroeg ze onmiddellijk waarom.

'Zou je het niet leuk vinden hier naar school te gaan?' vroeg ik. 'Je zou samen met andere kinderen van jouw leeftijd zijn.'

Ze staarde even voor zich uit. Aan de manier waarop ze haar ogen samenkneep en weer opensperde, kon ik zien dat ze er diep over nadacht. Plotseling draaide ze zich naar me om en staarde me alleen maar aan.

'Wat is er?' vroeg ik glimlachend.

'Komt oma niet meer thuis?'

'Natuurlijk komt ze weer thuis.'

Ik zag dat ze me niet geloofde. Ik had niet verwacht dat ik haar, door haar hier mee naartoe te nemen, op dergelijke gedachten zou brengen. Ik had moeten wachten voor ik dit deed. Ik had moeten wachten tot mevrouw Westington het haar had uitgelegd.

'Je bent dan alleen wat... ouder.' Ik gebaarde 'groter' en ze keek meesmuilend naar het gebouw. Een diepe droefheid stond op haar gezicht te lezen.

Ik kan ook nooit iets goed doen, dacht ik. Waarom deed ik niet gewoon wat Tyler zei en vertrok?

Een zijdeur ging open en twee jongens kwamen naar buiten, beiden naar elkaar gebarend. Een van de jongens, die misschien een jaar of zestien was, had onberispelijk geknipt gitzwart haar. Hij had het lenige lichaam van een zwemmer en zelfs gezien vanaf de andere kant van het parkeerterrein leek hij een knappe jongen. Hij wilde juist met zijn vriend naar de achterkant van het gebouw lopen toen hij ons zag en bleef staan. Echo staarde naar hem en hij besefte het. Ik zag hem glimlachen en in gebarentaal hallo zeggen. Ze slikte even en leunde achterover als iemand die betrapt wordt op gluren. Hij lachte en liep naar zijn vriend.

'Wie was dat?' wilde ze weten.

Ik haalde mijn schouders op. 'Een jongen die hier op school gaat.'

Ze rekte zich uit in een poging om de hoek van het gebouw heen te kijken, maar ze waren al verdwenen.

'Laten we naar huis gaan,' zei ik. 'Ik moet het eten klaarmaken.'

Ze knikte, maar verdraaide haar nek om achterom te kijken toen we over de oprijlaan reden en rechts afsloegen naar huis. Misschien was het toch niet zo verkeerd geweest, dacht ik, of liever gezegd, hoopte ik.

Het smerige oude busje stond geparkeerd voor het huis, dus ik wist dat Skeeter en Rhona er waren. Ik vroeg me af waarom ze niet naar het ziekenhuis was gegaan om tenminste de schijn op te houden dat ze iets om de gezondheid van haar moeder gaf. Ze zaten beiden in de zitkamer televisie te kijken. Skeeter had een blikje bier in de hand. Rhona rookte een sigaret. Ze keken op toen we binnenkwamen.

'De dokter wil graag dat je hem belt,' zei ik onmiddellijk. 'Hij heet dokter Battie en het nummer staat op een briefje aan de muur naast de telefoon.'

'Hoe gaat het met haar?' vroeg Skeeter.

'Bel de dokter maar,' zei ik.

Rhona keek naar ons alsof ze zich afvroeg op welke manier ze de moord zou plegen. Echo begon te gebaren, maar Rhona negeerde haar en draaide zich onverschillig van haar af.

'Je slaapt niet meer in mijn kamer. Wat er van jou in stond is verhuisd naar de logeerkamer,' zei Rhona. En toen, even nonchalant als ze dat had gezegd, voegde ze eraan toe: 'Ik heb besloten dat je nog een tijdje hier kunt blijven. Ik zal uiteindelijk toch je hulp nodig hebben met mijn moeder.'

'Hoe bedoel je?' vroeg ik.

Skeeter glimlachte naar haar en richtte zijn aandacht toen weer op de televisie.

'We kregen een telefoontje terwijl jij in het ziekenhuis was,' zei ze. De voldane en zelfverzekerde manier waarop ze naar me keek stuitte me tegen de borst. Echo probeerde niet langer een reactie van haar moeder te krijgen en keek verward omdat ze genegeerd werd.

'Kijk toch eens, Skeeter.' Ze gaf hem een por en hij draaide zich naar ons om. 'Ze kan haar handen niet van haar afhouden.'

'Wat bedoel je?' vroeg ik, maar haalde in een bliksemsnelle reactie mijn arm van Echo's schouders.

'Dat telefoontje? Dat was mevrouw Monahan, die haar zoon zocht. Ze was bang dat hij hier was teruggekomen. Hij had haar beloofd dat hij zou stoppen met zijn lessen aan Echo en niets meer te maken zou hebben met de situatie hier in huis. Natuurlijk vertelde ik haar dat hij niet hier was en toen, zoals de meeste moeders, ging ze fanatiek in de verdediging om haar zoon vrij te pleiten. Ze noemde me een leugenaarster omdat ik haar het verhaal over jullie tweeën had verteld.

'Ik kon haar mij niet ongestraft een leugenaarster laten noemen, vooral niet na wat we met eigen ogen gezien hebben, hè, Skeeter?'

'Precies,' zei hij, meer geïnteresseerd in het tv-programma.

'Ik ging tegen haar tekeer en weet je wat ze me toen vertelde? Ik denk dat je het wel weet,' zei ze voordat ik kon antwoorden. Ze lachte. 'Je bent een echt sletje, hè. Maar het schijnt in de familie te zitten. Een homoseksuele zus? En jij lesbische seks met haar minnares? Je bent een wandelend roddelblad. Ik denk niet dat mijn moeder de pikante details kent, hè? Ik kan me niet voorstellen dat ze je hier in dat geval zou dulden, vooral niet met Echo. Ze zou zoiets zeggen als: wie met pek omgaat, wordt ermee besmet.'

De tranen sprongen in mijn ogen. Ik kneep mijn lippen op elkaar en bedwong het gesnik dat in me opkwam. Ik wist niet wat ik moest zeggen, hoe ik moest reageren. Tylers verraad van mijn intieme geheim om de bezorgdheid van zijn moeder weg te nemen, liet me weinig opties om me te verdedigen.

'Natuurlijk was ik erg verbaasd. Dat waren we allebei, hè, Skeeter?'

'Geschokt.' Hij knikte, maar bleef naar de televisie kijken.

'En toen dacht ik: dus daarom is ze altijd in Echo's kamer en daarom liet ze Echo in haar bed slapen!'

'Dat is niet waar!' riep ik uit.

Ze haalde haar schouders op. 'Hé, ik kraak iemands seksuele voorkeur niet af. Dan zou ik moeten bekennen dat ik bij gelegenheid heb geëxperimenteerd met gelijke-partnerseks of heb deelgenomen aan een... hoe noemen ze dat, Skeeter?'

'Wat? O, een ménage à trois.'

'Precies, ménage à tralala of wat dan ook. Maar,' ging ze verder, en haar voldane grijns verdween, 'als het erom gaat dat een of andere sloerie hier komt en mijn onschuldige, dove dochter verleidt —'

'Dat is allemaal gelogen!' schreeuwde ik.

'Misschien. Maar ik weet zeker dat ik die Tyler zover kan krijgen dat hij getuigt dat je hem die dingen hebt verteld en als Skeeter en

213

ik dan vertellen wat we hier hebben gezien, denk ik dat de politie of wie dan ook ons zal geloven of het in ieder geval interessant genoeg zal vinden om een onderzoek in te stellen, denk je ook niet? Zou Echo ontkennen dat ze bij je in bed heeft gelegen?'

Even had ik het gevoel of alle lucht uit mijn longen werd gezogen en ik geen nieuwe lucht kon inademen. Mijn gezicht zag vuurrood van het bloed dat omhoog was gestegen. Ik keek naar Echo wier ogen vol verwarring en vragen waren.

'Maak je niet ongerust,' zei Rhona. 'Ik zal het niet doen tenzij ik ertoe gedwongen word. Die arme Echo zou zich geen raad weten als ze naar een politiebureau gesleept werd en daar ondervraagd werd over haar lichaam, jouw lichaam, dat soort dingen.'

'Je bent walgelijk.'

'Ik? Ik vertel jongens die ik net ontmoet heb niet hoe ik met de vriendin van mijn zus heb geslapen.'

'Dat heb ik niet gezegd!'

'Je hebt genoeg gezegd. Ik betwijfel of Tyler dat allemaal uit zijn duim heeft gezogen, hè, Skeeter?'

'Nee,' zei hij, maar half luisterend. 'Ik bedoel ja,' voegde hij eraan toe, niet zeker wetend wat ze precies wilde. Ze keek hem kwaad aan en richtte zich toen weer tot mij.

'Wil je soms ontkennen dat je een lesbische zus hebt? Zal zij dat ontkennen als ze door de politie ondervraagd wordt?'

De woorden bleven steken in mijn keel als auto's op een snelweg die tegen elkaar opbotsen.

'Je snapt het. Ik geloof dat we elkaar iets beter leren begrijpen. Maar om terug te komen op wat ik in het begin heb gezegd: je mag nog een tijdje hier blijven, maar je zult me moeten helpen met mijn moeder. Ik wil dat je haar overhaalt het geld op mijn naam over te schrijven; het komt me trouwens toe. We hebben de papieren laten opmaken en ze hoeft alleen maar een volmacht te tekenen. Je kunt haar verzekeren dat als ze dat heeft gedaan, ze van ons af is. Ja toch, Skeeter?'

'Zeker weten.'

'Zeg intussen tegen die schoonmaakster dat ze naar huis kan gaan. Ze ergert me. Het bevalt me niet zoals ze naar me kijkt, en ik zie haar te vaak om me heen. Ze gedraagt zich alsof het huis van haar is en heeft het lef zich te beklagen over de rommel die ze hier moet opruimen. Vertel haar dat mijn moeder heeft gezegd dat je haar naar huis moet sturen. *Doe het!*' gilde ze. Onwillekeurig kromp ik ineen en deinsde achteruit. 'En ga dan het eten klaarmaken. Ik heb steaks gezien in de vriezer. Medium voor ons allebei. Zorg dat ze niet te gaar worden. En Trevor is niet uitgenodigd. Zeg dat hij hier niet komt eten. Vooruit. Doe wat ik zeg,' beval ze.

'Mevrouw Westington zal je niet geloven,' zei ik, eindelijk trachtend me te verdedigen.

'O, nee? Wil je echt dat ik naar het ziekenhuis ga en daar een scène maak, van de daken schreeuw dat mijn dochter seksueel wordt misbruikt door een of andere zwerfster die stom genoeg door mijn moeder in huis is genomen? Want ik zal het doen, en dat weet je.' Haar ogen waren strak op me gericht, met zoveel haat en boosaardigheid, dat ik er geen seconde aan twijfelde. 'Hoe zal de dokter dat vinden? Wie denk je verdomme dat de mensen zullen beschuldigen van de slechte gezondheid en misschien zelfs de dood van mijn moeder? Mij? Haar dochter die slechts haar eigen arme, dove kind wil beschermen? Of jou, een weglopster zonder huis, zonder schoolopleiding, met niets dan een walgelijk verleden?'

Verslagen voelde ik mijn hele lichaam verzwakken.

'Ze zal niet naar me luisteren. Je verspilt je tijd door mij aan haar te laten vragen die volmacht te tekenen.' Na wat mevrouw Westington me had verteld over wat ze al met haar advocaat had geregeld, had het geen enkele zin om naar haar toe te gaan en te proberen haar van wat dan ook te overtuigen, dacht ik, maar dat kon ik Rhona niet vertellen.

'Misschien. Misschien ook niet. Ze schijnt op jou gesteld te zijn en in de conditie waarin ze nu verkeert, heb je grote kans dat ze naar je zal luisteren. Hoor eens,' haar stem klonk iets zachter, 'je zult een hoop narigheid voorkomen als je haar zover kunt krijgen. Bekijk het maar op die manier. En bedenk dat je iedereen zult beschermen. Je zult een echte heldin zijn, hè, Skeeter?'

Hij keek me glimlachend aan. 'Weet je, meiden als jij die meer van meisjes dan van jongens houden, hebben me altijd geïntrigeerd. Komt het omdat je bang bent voor mannen of is de seks beter?'

Rhona lachte.

Echo was bezig te gebaren, vroeg me waarom we daar bleven staan en wat al die woorden betekenden, waarvan ze sommige had begrepen door onze lippen te lezen. Waarom argumenteerden haar moeder en ik zo lang? Ik moest haar hier weghalen, om haar te beschermen, om ironisch genoeg te doen wat Rhona zei, om voor haar te zorgen.

'Een redelijke vraag, April,' zei Rhona. 'Je hebt nu met allebei wat gehad. Wie of wat heb je liever?'

'Jullie zijn walgelijke mensen,' zei ik.

Ze lachten en hun gelach bracht Echo nog meer in de war.

'Schiet op,' zei Rhona. 'Je hebt een hoop te doen.'

Ik liep met Echo naar de trap. Ze zat vol vragen, maar ik zei dat ze naar boven moest om zich te verkleden en me moest komen helpen met het eten, en dat ik haar later meer zou vertellen. Ze deed het, maar ze vond het niet prettig. Intussen ging ik naar Lourdes, die in de keuken aan het werk was, en vertelde haar dat ik net bij mevrouw Westington op bezoek was geweest in het ziekenhuis en dat ze wilde dat ik haar zou opdragen om naar huis te gaan. Ze geloofde me niet en ging verder met haar werk in de keuken. Ik legde haar uit dat mevrouw Westingtons dochter nu de baas was in huis en dat ze wilde dat ik schoonmaakte. Ik zag dat Lourdes zich gekwetst voelde, maar ze gehoorzaamde met tegenzin en vertrok, mompelend in het Spaans.

Ik haalde de steaks uit de vriezer en aardappelen en blikjes groenten uit de bijkeuken, en begon toen een salade te maken met wat er nog in de koelkast stond. Ik bleef door het raam kijken naar Trevors wijngaard, in afwachting van zijn komst. Hoe moest ik hem vertellen wat er aan de hand was? Als ik het niet goed vertelde, zou hij woest worden en op hoge poten naar Rhona en Skeeter gaan. Dan zou ze doen waarmee ze gedreigd had en zou ik alles nog tien keer erger maken.

Alles wat ik heb gedaan, heeft deze familie moeilijkheden en verdriet bezorgd, dacht ik. Misschien waren het toch niet mijn liefdevolle dode zielen die me hierheen hadden gebracht. Misschien was het iets veel duisterders, iets slechts en boosaardigs. Mijn woede jegens Tyler was groter dan ooit. Het kwam door wat hij aan zijn moeder had verteld, dat ik me nu in deze benarde toestand bevond. We zaten allemaal in de val: Echo, Trevor, mevrouw Westington en ik. Vertrouw in de toekomst niemand anders dan jezelf, dacht ik. Alsof er een toekomst was... Op het ogenblik hing er een ramp boven dit huis als een gigantische wolk die dreigde een keiharde, ijskoude regen los te laten.

Echo kwam beneden en ik zette haar onmiddellijk aan het werk met aardappels schillen en tafeldekken. Ik zei dat ze maar vier borden neer moest zetten. Ze wilde natuurlijk weten waarom niet vijf, maar in plaats van antwoord te geven zei ik: 'Doe het nou maar.' Ik vond het afschuwelijk om zo hard te zijn, maar ik had geen verklaring voor haar en ik was moe van het zoeken naar acceptabele leugens. Zwijgen, dacht ik, was uiteindelijk de beste keus ten opzichte van haar.

Even later hoorde ik Trevors truck, die hij parkeerde bij de wijngaard. Hij stapte uit en droeg een paar dozen naar het gebouw. Ik repeteerde mijn verhaal en hoopte dat ik overtuigend genoeg zou zijn om hem te beletten zich al te erg op te winden en moeilijkheden te veroorzaken. Ik haalde diep adem, zei tegen Echo dat ik direct terugkwam en liep naar de voordeur. Bij de zitkamer bleef ik even staan.

'Hoe staat het met het eten?' vroeg Rhona.

'Het komt eraan.'

'Mooi. Na het eten kun je weer naar het ziekenhuis om mijn moeder te bezoeken. Ik zal je de papieren meegeven die ze moet tekenen. Laat Echo hier. Ik vind het niet goed voor haar dat ze voortdurend op en neer gaat naar het ziekenhuis. Kinderen kunnen daar iets oplopen, niet, Skeeter?'

'Ja. Een seksueel overdraagbare ziekte bijvoorbeeld.'

Ze lachten. Ik beet hard op mijn lip en liep de deur uit om met Trevor te gaan praten.

'Maken ze het je moeilijk?' vroeg hij zodra ik in de deuropening van de wijnmakerij verscheen.

'Nee, maar ik geloof dat ze zich hier behoorlijk gaan vervelen.'

'Waarschijnlijk wel, ja.'

'Het lijkt me beter op het ogenblik alle confrontaties te vermijden. Ik denk niet dat ze hier nog lang zullen blijven.'

Hij knikte.

'Ik bedoel, als ze nog meer moeilijkheden gaan maken of als we ruzie krijgen met ze, zal mevrouw Westington erg overstuur raken en dat zal haar niet helpen om beter te worden.'

'Tja.' Hij nam me op met ogen die als een stofkam over mijn gezicht gingen. 'Ze willen dat je me vertelt om weg te blijven?'

Ik keek hem aan.

'Het is goed. Ik weet dat ze jou en Echo het leven zuur maken. Ik blijf uit hun buurt tot ze weggaan of jij me nodig hebt. Je hoeft me maar te roepen, oké?'

'Ja.'

'Zij is een bloedverwant en ik niet, en de wet en de rechtbank zullen haar gelijk geven en niet jou en mij. We moeten op het ogenblik alleen maar doen wat het beste is voor Echo en mevrouw Westington. Soms is het beter om een brand heen te lopen dan er recht op af te gaan. Het vuur dooft vanzelf en die twee zullen uiteindelijk opgebrand zijn.'

'Je hebt gelijk, Trevor.'

'Ik ben hier als je me nodig hebt,' herhaalde hij nadrukkelijk.

'Oké. Dank je.' Ik liep terug naar huis, dankbaar voor Trevors begrip.

Skeeter en Rhona waren naar boven gegaan. Ik keek even binnen bij Echo, die het schort van haar oma had aangetrokken en bezig was de salade te maken. Waarschijnlijk voelde ze zich op die manier dichter bij haar oma. Ik gaf haar een complimentje voor haar werk en zei dat ik naar boven ging om me op te knappen en me te verkleden voor het eten. Bovengekomen ging ik naar wat mijn kamer was geweest, zonder erbij na te denken of me te herinneren wat Rhona had gedaan.

Ik deed de deur open en zag ze allebei naakt op bed liggen vrijen, Rhona's benen rond Skeeters middel. Het bed schudde en schokte door zijn harde stoten. Het was zo onverwacht en schokkend, dat ik me niet verroerde of iets zei. Rhona keek om Skeeters arm heen en lachte naar me. Hij zag dat ze naar mij keek en draaide zijn hoofd om.

'Zo doen normale mensen het,' zei ze.

'Kom kijken als je wilt,' zei Skeeter, zonder ook maar even te stoppen.

Ik hapte naar lucht, liep achteruit en deed de deur dicht. Mijn hart bonsde. Ze lachten luid. Ik draaide me om en holde naar de logeerkamer waar mijn spullen op het bed en op de grond lagen. Snel deed ik de deur achter me dicht en haalde diep adem. Het zijn net twee dieren, dacht ik, en toch kon ik niet ontkennen dat ik geïntrigeerd

218

en gefascineerd was door wat ik had gezien. Maakte dat me net zo slecht als zij? Ik schudde me als een hond die het water van zich afschudt, in een poging mijn gemengde gevoelens en mijn walging van me af te zetten. Toen begon ik op te ruimen, hing mijn kleren in de kast en borg de andere dingen in laden. Ik verzamelde alle trucs en posters die ze in het rond hadden gesmeten en legde ze in een hoek. Daarna ging ik naar de badkamer in de gang, deed de deur achter me op slot en nam een douche.

Echo zat aan de keukentafel toen ik naar beneden ging, nog duizelig en uit mijn evenwicht gebracht door wat ik had gezien. Ik deed mijn best mijn nervositeit te verbergen en zette de steaks op. Ik bakte een paar uien en champignons voor bij het vlees. De geur trok door het huis naar boven. Even later hoorde ik hun stemmen en gelach toen ze de trap afkwamen.

'Seks stimuleert de eetlust,' zei Skeeter, die zijn hoofd om de keukendeur stak. 'Ik hoop dat je genoeg gemaakt hebt.'

'Als ze dat niet heeft gedaan, eten we haar portie op,' zei Rhona. In de eetkamer gingen ze aan tafel zitten als twee mensen die geloofden dat alle anderen bestonden om hen te bedienen en te eren. Ik liet Echo water, brood en boter binnenbrengen, en de salade. Omdat ze niet besefte wat er om haar heen gebeurde, wilde ze alleen maar indruk maken op haar moeder met haar werk en keek naar haar, verlangend naar een complimentje. Dat dus niet kwam. Net als eerder gedroegen Rhona en Skeeter zich alsof ze de enigen aan tafel waren of dat wij onzichtbaar waren. Echo's gebaren werden niet opgemerkt behalve door mij.

'Zou je haar niet tenminste kunnen vertellen dat ze zo'n lekkere salade heeft gemaakt?' vroeg ik.

'Zeker,' antwoordde Skeeter. Hij draaide zich om naar Echo, wees naar de salade, glimlachte en trok een cirkel rond zijn mond.

Ze keek vragend naar mij en ik gebaarde wat hij bedoelde. Ze wachtte eigenlijk op Rhona's reactie, maar Rhona zat met gebogen hoofd te eten. Hoe kon iemand een kind in haar lichaam laten groeien en haar bestaan dan zo negeren?

'Maak die steaks niet te gaar,' waarschuwde ze toen ze zag dat ik haar aanstaarde.

Haastig liep ik terug naar de keuken. Ik was ze vergeten en ze waren niet langer medium. Ik legde ze toch op een schotel en bracht ze naar de eetkamer. Zodra ik de schotel op tafel had gezet, prikte Skeeter een steak op met zijn vork en legde hem op zijn bord. Rhona bediende zich langzaam. Hij sneed een stukje van zijn steak af en glimlachte.

'Heel smakelijk,' zei hij.

Rhona sneed er ook een stuk af en trok een vies gezicht. 'Te gaar!' riep ze uit en smeet het vlees naar mijn hoofd. Ik boog opzij om het te ontwijken en het schoot over de grond. 'Bak er nog een en blijf er deze keer bij staan,' beval ze.

'Hé, die zou ik wel hebben opgegeten,' riep Skeeter uit.

'Neem die van haar als je nog honger hebt. Ze heeft geen tijd om te eten en ze heeft niks nodig. Ze kan weken op haar vet teren.'

Ik keek naar Echo. Haar mond stond open en ze keek geschokt en angstig en ze beefde over haar hele lichaam.

'Kijk nou eens wat je met haar doet,' zei ik.

'Ik niet, liefje, jij. Als je die steak behoorlijk had gebraden, zou dit niet gebeurd zijn, dus je moet mij niet de schuld geven, maar jezelf. Schiet een beetje op. Ik wacht niet eeuwig.'

Echo kon daarna niet meer eten. Ik zag dat ze moeite had met slikken.

'Je zou kunnen wachten tot mijn steak klaar is, Skeeter,' viel Rhona tegen hem uit.

Hij wachtte even en keek naar mij. Ik liep haastig terug naar de keuken en pakte een andere steak. Als je ze rechtstreeks uit de vriezer bakte, waren ze meestal taaier. Maar ik had geen keus. Ik kon hem niet marineren zoals mijn moeder me had geleerd. Ik wachtte en controleerde het vlees voortdurend.

'Waarom doe je er zo lang over?' krijste Rhona. 'Je maakt hem toch niet weer te gaar, hè?'

'Nee, ik controleer het.' Echo zat roerloos aan tafel en staarde naar haar bord.

'Wat mankeert haar? Waarom eet ze niet?'

'Je hebt haar bang gemaakt,' zei ik.

'Ach, wat een gevoelig kind toch. Als dat haar al angst aanjaagt, kan ze maar beter geen voet buitenshuis zetten. Daarbuiten gebeuren heel wat ergere dingen.'

Ik wilde zeggen dat ik daarbuiten was geweest en dat ik nooit iets angstigers had meegemaakt dan zij, maar ik beet op mijn lip en draaide me weer om naar het fornuis. Toen ik dacht dat het vlees medium was, bracht ik het naar binnen en bleef staan terwijl ze het sneed en aandachtig proefde.

'Dat lijkt er meer op.'

Ik merkte dat Skeeter mijn steak had gepakt. Het kon me niet schelen. Net als Echo had ik geen eetlust meer. Zie je, zelfs dit heeft nog zijn goede kant, dacht ik. Hoe langer je bij Rhona bent, hoe meer gewicht je kwijt zult raken. Ik gebaarde Echo dat ze weg kon als ze wilde. Ze knikte en wilde opstaan.

'Waar wil zij naartoe? Ik ben nog niet klaar met eten. Dat is onbeleefd. Zeg haar dat ze moet blijven tot iedereen klaar is.'

Ik deed het en Echo zakte weer onderuit op haar stoel, keek slechts even naar haar moeder. Skeeter zat te eten of het werkelijk zijn laatste maaltijd op aarde was.

'Wat ben je toch een vieze vreetzak,' zei Rhona tegen hem. Hij grijnsde van oor tot oor, zijn lippen vettig en een stukje vlees op zijn kin. 'Ik heb geen trek meer,' zei Rhona en schoof het bord van zich af. Hij keek naar haar vlees. 'Je gaat dat toch niet ook nog opeten, hè?'

Hij haalde zijn schouders op.

'Zie je nou met wat voor zwijn ik moet leven?' ging ze verder tegen mij. 'Ruim op. Ik wil dat je over twintig minuten naar het ziekenhuis gaat met de papieren. Zeg tegen dat kind dat ze ook van tafel kan opstaan. Ze maakt me nerveus zoals ze daar zit.'

Ik begon te gebaren, maar Echo had Rhona's lippen gelezen en sprong al overeind nog voordat ik klaar was. Ze holde naar boven naar haar kamer.

'Mijn moeder heeft er een potje van gemaakt met haar,' merkte Rhona hatelijk op. 'Ze hoort hier niet, maar ik zie niet in waarom ze naar een van die peperdure scholen zou moeten. Andere scholen kunnen net zoveel voor haar doen en na een tijdje doet het er niet toe waar ze is.'

'Hoe weet je dat?' vroeg ik.

Ze draaide zich met een ruk naar me om. 'Waag het niet om onbeschoft tegen me te zijn, anders zal ik je niet eens de kans geven hier op fatsoenlijke wijze te vertrekken. Wees me maar dankbaar en doe wat ik zeg.'

Skeeter boerde en ging weer zitten.

'Ben je eindelijk klaar?' vroeg ze hem.

'Voorlopig.' Hij keek naar mij. 'Wat is er voor dessert?'

'Er is nog een stuk appeltaart over.'

'Breng het vlak voordat je weggaat. Ik zit nu een beetje vol.'

'Wat ben je toch een vieze vreetzak,' zei ze weer, en hij lachte.

'Laat je daardoor niet voor de gek houden,' zei hij tegen mij. 'Je hebt gezien hoeveel ze van me houdt. Ik heb de krabben op mijn kont om het te bewijzen.' Ik voelde de hitte naar mijn wangen stijgen, pakte de borden van tafel en liep haastig terug naar de keuken, achtervolgd door zijn lach. Seks was een wapen geworden dat ze naar believen tegen me konden gebruiken.

Voor ik naar het ziekenhuis vertrok, ging ik naar Echo toe om te zien hoe het met haar ging. Ze lag op bed met Mr. Panda in haar armen. Natuurlijk wilde ze weten waarom haar moeder zo onaardig was en waarom ze haar steak naar me toe had gegooid.

Ik vertelde haar dat Rhona te veel whisky had gedronken en dronken was en dat ze zich geen zorgen moest maken.

'Blijf vanavond maar uit haar buurt. Morgen gaat het weer beter.'

'Nee, dat gaat het niet. Het zal nooit beter gaan.'

Ik kon haar geen ongelijk geven. Ik hoorde Rhona beneden tegen me schreeuwen.

'Ik kom zo terug,' beloofde ik. 'Ik moet een paar boodschappen doen. Maak jij je huiswerk maar, dan zal ik het nakijken en je helpen met de dingen die je fout hebt.'

'Waarom? Komt Ty niet terug?'

'Hij komt heus weer terug.' Maar ze wuifde mijn gebaren weg alsof het lastige vliegen waren en draaide zich toen om naar de muur.

Inwendig huilde ik, maar ik kon niet langer blijven om haar wat op te monteren. Haar wereld was in een chaos veranderd en ik wist zeker dat ze zich voelde als een tol die ronddraait in de ruimte. Er was niets om hem te doen stoppen.

Ik draaide me om en liep naar de deur. Vlak voordat ik wegging zag ik dat er iets veranderd was. Wat was het? vroeg ik me af, en toen viel mijn oog op de snippers van een foto.

Ze had de oude foto van Rhona verscheurd, de moeder die ze eens had gekend en nu voorgoed kwijt was.

12. Een tik van de molen

Ik nam de papieren van Rhona aan.

'Ze luistert toch niet naar me. Ik ben maar een gast hier. Ik heb het recht niet haar te vertellen wat ze met haar geld moet doen.'

'Ze zal wél naar je luisteren als je haar vertelt dat we beloven te zullen opkrassen. Ik heb gezien hoe ze naar je kijkt. Je bent meer dan een gewone gast. Je bent haar dochter geworden. Je hebt mij vervangen. Ik ben niet jaloers en ik maak me er niet druk om. Beter dat jij hier opgesloten zit dan ik. Doe het nou maar, en doe het goed, schatje, want je weet wat voor nieuwsbulletins er anders bekend gemaakt worden.'

Ik ging naar buiten naar mijn auto. Trevor moest de voordeur in het oog hebben gehouden, want zodra ik verscheen kwam hij naar me toe.

'Hoe is het? Is alles in orde? Waar ga je naartoe? Waar is Echo?' Hij vuurde de vragen in één adem op me af.

'Ik ga naar mevrouw Westington. Echo is in haar kamer.'

'En?' Hij keek naar de papieren in mijn hand. 'Wat is dat allemaal?'

'Rhona gelooft dat mevrouw Westington naar mij zal luisteren en deze volmacht zal tekenen die Rhona recht geeft op het geld.'

'Waarom gaat ze niet zelf naar haar moeder om het te vragen?'

'Mevrouw Westington heeft al nee gezegd tegen haar. Ze heeft haar advocaat zelfs al gebeld om Rhona de voet dwars te zetten, maar dat weet Rhona nog niet.'

'Je had niet moeten zeggen dat je haar die papieren zou laten zien.'

'Ik was toch van plan naar haar toe te gaan. Dit is alleen om Rhona te sussen. Zoals je zei, soms kun je beter om de brand heen lopen en het vuur vanzelf uit laten gaan.'

'Ja, maar het bevalt me niks.' Hij keek in de richting van het huis. 'Ze is anders, gemener, slinkser. Ik moet er niet aan denken waar ze overal geweest kan zijn en wat ze allemaal gedaan heeft. Dat ze jou naar haar toe stuurt maakt me wantrouwig.'

'Wees maar niet bang, Trevor. Als ze zich eindelijk realiseren dat ze niets krijgen, gaan ze wel weg.'

Hij keek naar me, dacht even na en schudde toen zijn hoofd. 'Het bevalt me niks,' zei hij en liep toen terug naar de wijnmakerij.

Ik wilde dat ik hem de ware reden kon vertellen waarom ik dit deed, hoe Rhona me chanteerde en Tyler het haar mogelijk had gemaakt, maar ik was bang dat ik de situatie dan nog zou verergeren en we allemaal het slachtoffer zouden worden, vooral Echo. Ik slikte de waarheid in, stapte in mijn auto en reed naar het ziekenhuis.

Toen ik aankwam was mevrouw Westington bezig ruzie te maken met de verpleegster, klaagde over het eten en eiste dat de kok bij haar zou komen zodat ze hem of haar kon leren hoe kip klaargemaakt moest worden en ze geen karton meer hoefde te eten.

'Hou alstublieft op,' zei ik. 'Onmiddellijk.'

Mevrouw Westington sperde haar ogen open, sputterde wat en liet zich toen met over elkaar geslagen armen achterovervallen, pruilend als een kind. Oom Palaver had me verteld dat als mensen ouder worden, ze zich steeds meer als een kind gaan gedragen. Hij noemde het de tweede kindertijd. En dat was wat ik meende op dit moment mee te maken.

De zuster bedankte me en ging weg.

'Je weet toch dat ze je zieker maken in een ziekenhuis, hè?' begon mevrouw Westington zich te verdedigen voordat ik nog een woord kon zeggen. 'Ze voeren je spoelwater. Ze maken je 's nachts op alle mogelijke tijden wakker om te zien of je nog leeft of om je een pil te geven. Ik mag niet eens lopen. Ze hebben een invalide van me gemaakt!'

'U hebt beloofd dat u zich goed zou gedragen. Het enige wat u nu doet is de zaak rekken.'

Ik schudde mijn hoofd en ze wendde even haar ogen af.

'Waar is Echo?'

'Ze was moe en u hebt gelijk dat dit geen goede omgeving voor haar is. Ze is in haar kamer en maakt haar huiswerk.'

Ze keek me van terzijde aan. Haar ogen waren twee spleetjes van wantrouwen. 'Wat heb je in je hand?'

'Uw dochter heeft me gevraagd dit aan u te geven om in overweging te nemen. Zij en Skeeter beloven dat ze onmiddellijk weg zullen gaan als u dit doet. Ik heb ze niets verteld over uw afspraak met uw advocaat.'

'Wat is het precies?'

'Een volmacht, zodat ze het geld kunnen krijgen.'

'Je weet wat je hiermee kunt doen.' Ze staarde me even aan en ging toen verder. 'Hoe hebben ze je zover gekregen dat je me dit geeft? Hebben ze je bedreigd?'

'Nee, ze hebben me alleen gevraagd hun woordvoerder te zijn,' loog ik.

'Woordvoerder? Dat kind heeft een tik van de molen gehad. Ik zal me nooit bedenken al stuurt ze de gouverneur zelf op me af. Waarom denkt ze dat jij het voor haar zou kunnen? Waarom komt ze niet zelf?'

Ik dacht dat ik voor mevrouw Westington dezelfde logica kon gebruiken als voor Trevor.

'Ik denk dat ze zich vervelen en weg willen. Het enige wat Skeeter doet is eten en drinken en televisiekijken. Rhona krijgt er schoon genoeg van.'

'Dat lijkt me logisch. Ze had het concentratievermogen van een vierjarig kind toen ze wegging. Ik kan me niet voorstellen dat dat verbeterd is.'

Ze boog zich naar haar nachtkastje, trok een la open en haalde er een pen uit. 'Geef me die papieren.'

Zou zij ze tekenen? Ik gaf ze haar en ze schreef een gigantisch NEE op elk blad.

'Daar. Zelfs Rhona zal dat antwoord kunnen begrijpen. Laat me onmiddellijk weten als ze voor moeilijkheden zorgt, April. Ik vertrouw op je.' Het maakte dat ik me nog schuldiger voelde. 'Hoe ging het tijdens het eten?'

Ik ging zitten en beschreef haar wat ik had gemaakt en hoe Skeeter op het eten was aangevallen. Dat amuseerde haar tenminste. Natuurlijk liet ik achterwege dat Rhona met de steak had gegooid, luidkeels had zitten klagen en Echo schrik had aangejaagd.

'Ik vind het ontzettend jammer dat Tyler Monahan ons in de steek laat, nog voordat jij je examen hebt gedaan,' zei ze toen ik haar de avond had beschreven.

'Ik denk dat ik dat examen wel haal.'

Ze knikte en glimlachte. 'Dat zie en hoor ik graag – dat je optimisme uitstraalt. Ik ben wel oud, maar niet dom. Ik weet dat als we Echo eenmaal goed en wel hebben ondergebracht, jij je eigen weg zal moet gaan, misschien weer terug naar je zus. Wat dan ook. Je moet je leven in eigen hand nemen, April, de juiste weg kiezen. Je hoort niet in een oud huis met alleen een oude dame en een oude man die vergeefs probeert een dode droom nieuw leven in te blazen. Je verdient het om je eigen dromen waar te maken en niet met ons in de modder te blijven steken. Beloof me dat je dat zult doen, April. Ik zeg niet dat je geen contact moet houden, maar beloof het me.'

'Ik beloof het, mevrouw Westington.'

'Goed.' Ze sloot haar ogen. 'Ze geven me iets waar ik moe van word. Ik zal die dokter eens goed onderhanden nemen als hij morgenochtend komt.'

'Ze proberen alleen u te laten rusten en uw bloeddruk te verlagen.'

'Ja, nou ja, je zou denken dat een vrouw van mijn leeftijd niet zoveel bloeddruk meer in zich zou hebben.' Ze glimlachte. 'Zorg goed voor de kleine tot ik hier uitbreek.'

'Ik zal het doen.'

Ze ging liggen. Ze deed haar best om wakker te blijven, maar na een paar ogenblikken viel ze in slaap. Ik stond langzaam en stilletjes op, trok haar deken recht, pakte toen de papieren op en ging weg. Het liefst zou ik gewoon zijn blijven doorrijden. Angst voor Rhona, vooral als ze zag wat haar moeder met de papieren had gedaan, deed me huiveren. Natuurlijk was mijn grootste angst hoe ze Echo zou behandelen en hoe bang Echo zou zijn als ik niet terugkwam.

Rhona en Skeeter zaten beiden in de zitkamer op me te wachten.

'Kom als de bliksem hier!' riep Rhona zodra ik de voordeur opendeed.

Ik haalde diep adem en ging naar binnen.

'Zet dat af, Skeeter,' beval ze, en hij zette de tv uit. 'Nou? Hoe is het gegaan? Heeft ze getekend? Heb je haar weten te overtuigen?'

Ik schudde mijn hoofd. 'Ze zei dat ze alles heeft gegeven wat ze van plan was je te geven. Ik kon haar niet op andere gedachten brengen. Ik heb het geprobeerd. Ik heb gezegd dat jullie van plan waren om weg te gaan, maar ze was onvermurwbaar.'

'Onvermurwbaar? Moet je haar horen. Onvermurwbaar. Wat heb je gedaan, een woordenboek gekocht voor je terugkwam?' Ze keek naar de papieren die ik nog vasthield. 'Wat heeft ze daarmee gedaan?'

Ze sprong overeind en rukte ze uit mijn hand. Haar gezicht was vertrokken van woede. 'Moet je dat eens zien, Skeeter!' zei ze furieus en gooide de papieren naar hem toe. Hij raapte er een op, keek ernaar en begon te lachen.

'Ik kan het niet grappig vinden, Skeeter.'

Hij schudde zijn hoofd. 'Ze is je moeder.'

'Bedankt dat je me eraan herinnert.' Ze draaide zich weer naar mij om. 'Je hebt niet erg je best gedaan om haar te overtuigen als ze het lef had zoiets te doen.'

'Ik heb het geprobeerd. Geloof me, ik wil niets liever dan dat je je geld krijgt en weggaat.'

'O, ja? Waarom? Denk je dat jij de rest zal erven als ik er niet meer ben?'

'Nee. Ik blijf hier niet eeuwig.'

'O, nee, daarin heb je zonder meer gelijk. En nu je gefaald hebt in je missie en ik je niet meer nodig heb, kun je morgen je boeltje pakken.'

'Ik ga weg als mevrouw Westington thuiskomt. En probeer niet me te dreigen met al die roddels die je van plan bent over me rond te strooien. Ik heb het haar beloofd, en ik ben van plan die belofte na te komen, hoe dan ook.'

'O, wat aardig van je. Hoor je dat, Skeeter? Ze heeft mijn moeder beloofd dat ze zal blijven.'

'Dat is lief. Vertel eens, April, over lief gesproken, je hebt nooit mijn vraag beantwoord. Waarom hou je meer van meisjes dan van jongens?' Hij stond op van de bank. 'Misschien kan ik je helpen dat te veranderen.' Hij deed een stap naar me toe. 'Als je me de kans geeft, zal ik –'

'Blijf van me af!' gilde ik en holde de kamer uit naar de voordeur. Ik schoot als een pijl uit de boog naar buiten, achtervolgd door zijn wellustige lach.

Trevor stond op de oprijlaan naast zijn truck. Ik bleef staan en beheerste me. Als hij erachter kwam wat er gebeurd was, zou hij naar binnen stormen en met Skeeter op de vuist gaan, vreesde ik.

'Wat is er gebeurd?' vroeg hij.

'Niks. Natuurlijk wilde mevrouw Westington die volmacht niet tekenen en dat heb ik ze verteld. Ze maken zich erg van streek, maar dat doet er niet toe. Ze zullen wel gauw weggaan.'

'Hoe gaat het met haar?'

'Ze klaagt steen en been, zoals gewoonlijk.' Ik vertelde hem niet hoe moe ze eruitzag en was.

'Mooi. En Echo?'

'Goed. Ze slaapt. En wie weet? Nu ze beseffen dat ze bij mevrouw Westington niets kunnen bereiken, gaan ze misschien morgen al weg.'

'Ik hoop het. Oké. Je weet waar ik ben als je me nodig hebt.'

'Dank je, Trevor.'

Hij ging op weg naar zijn appartement. Ik liep naar de camper en overlegde bij mezelf of ik niet beter daar met Echo mijn intrek kon nemen tot mevrouw Westington terugkwam. Ik kwam in de verleiding er die nacht te blijven slapen. Op het ogenblik leek me dat een stuk comfortabeler en veiliger.

Ik ging naar binnen en nam plaats tegenover Destiny.

'We gaan hier gauw weg,' vertelde ik haar. Toen ik om me heen keek in de camper, leek die plotseling erg somber en deprimerend, niet alleen omdat oom Palaver er niet meer was, maar door alles wat er gebeurd was tussen Tyler en mij. Plaatsen kunnen je net zo van streek brengen als mensen, herinneringen blijven eraan kleven als vliegen op vliegenpapier.

Ik keek verrast op toen er op de deur van de camper geklopt werd.

'Wie is daar?' vroeg ik.

'Ik ben het,' zei Trevor.

Ik deed gauw de deur open. Ik zag onmiddellijk het verdriet op zijn gezicht. Zijn ogen waren neergeslagen, zijn schouders zakten omlaag.

'Ik kreeg net een telefoontje. Mijn moeder is overleden. Ik moet naar Phoenix om de begrafenis te regelen.'

'O, Trevor, wat erg.'

'Ze stond al een tijd met één voet in het graf. Ik vind het afschuwelijk om je in deze toestand achter te laten.'

228

'O, dat is in orde, Trevor. Mevrouw Westington komt binnenkort weer thuis en dan is alles voorbij. Maak je over ons geen zorgen. Ga doen wat je moet doen.'

'Ik logeer bij een neef van me. Hier.' Hij gaf me een stuk papier. 'Dit is het telefoonnummer. Aarzel niet om me te bellen als je me nodig hebt. Er komen een paar familieleden over uit Houston, de jongste zuster van mijn moeder en haar zoon, dus ik zal misschien twee, drie dagen wegblijven.'

'Doe wat je moet doen, Trevor. Kan ik iets voor je doen in de wijnmakerij?'

'Nee, er is niets dringends. Ik ga over een paar minuten weg. Ik rij naar San Francisco en neem daar het vliegtuig. Er is een vroege ochtendverbinding. Wil jij het voor me uitleggen aan mevrouw Westington?'

'Natuurlijk, Trevor. Maak je over ons geen zorgen.' Hij knikte en liep weg.

Ik deed de deur dicht en ging weer tegenover Destiny zitten.

'Je hebt een mooie act opgevoerd voor Trevor,' zei Destiny. 'Dat was heel aardig van je, maar je weet dat je diep in je hart doodsbang bent om alleen met die twee in dat huis te zijn als Trevor er niet is.'

'Je hebt gelijk,' zei ik. 'Het wordt tijd dat je uit die camper komt, Destiny. Ik moet nu niet alleen zijn.' Ik pakte de afstandsbediening van de pop en droeg haar de camper uit. Natuurlijk verwachtte ik dat Rhona en Skeeter de draak zouden steken met de levensgrote pop, maar dat kon me nu niet meer schelen. Niets wat ze zeiden kon me nog schelen.

Maar gelukkig waren ze al boven in hun kamer toen ik met Destiny binnenkwam. Ik droeg haar naar de logeerkamer en zette haar in een stoel in de hoek. Toen legde ik de afstandsbediening op het tafeltje naast mijn bed. Ik wilde het niet toegeven, maar ik had haar gezelschap nu meer dan ooit nodig, ook al wist ik dat ze maar een pop was. Ik voelde me weer dichter bij oom Palaver. Ze was een lid van de kleine familie die ik bezat.

Ik liep de kamer uit om te zien hoe het met Echo ging. Ze had haar pyjama aangetrokken en was in slaap gevallen met Mr. Panda in haar armen. De lamp op haar nachtkastje brandde nog, dus draaide ik hem uit en keerde terug naar de logeerkamer.

'Ik zal die lakens en kussenslopen verschonen, Destiny,' zei ik.

'Ik wil niet slapen tussen lakens waarop zij geslapen hebben.'

'Doe dat, ja,' hoorde ik haar zeggen. Ik wist dat het idioot was om via haar mijn gedachten hardop uit te spreken, maar het gaf me het gevoel dat ik gezelschap, een vriendin, had. Mijn situatie was als een magische sleutel waarmee ik een deur kon openen die me mijn oom nog beter deed begrijpen. Nu mevrouw Westington in het ziekenhuis lag en Trevor wegging, voelde ik me eenzaam, misschien net zo eenzaam en verloren als oom Palaver zich had gevoeld.

'Je moet een van je eigen nachthemden aantrekken,' zei Destiny.

'Goed idee.'

Ik vond er een die ik had meegenomen uit de camper en haalde toen een andere deken uit de linnenkast en stapte in bed.

'Het is comfortabeler dan de slaapbank in de camper, maar niet zo mooi als het bed dat ik eerst hier had,' zei ik tegen Destiny. Toen pakte ik de afstandsbediening en liet haar instemmend knikken.

'Dat geloof ik graag,' zei ze. 'Ik vroeg me altijd al af hoe je kon slapen in die benauwde ruimte.'

'Het ging best. Ik voelde me veilig bij oom Palaver.'

'Ik ook,' zei ze. Ik draaide haar hoofd heen en weer. 'Dit is niet zo'n slechte kamer. Een beetje pittoresk, ouderwets. Hij heeft karakter.'

'Dat zegt mevrouw Westington ook.'

'Ze is een wijze vrouw,' zei Destiny en knikte. Het leek bijna of ze alles al deed en zei voordat ik op de juiste knoppen drukte. Mijn fantasie slaat op hol, dacht ik. Het was alsof ik een magisch paard besteeg en weggaloppeerde uit het schaduwrijk van de eenzaamheid.

'Ik denk dat ik maar ga slapen.' Ik knipte de kleine lamp op het nachtkastje uit, maar liet de afstandsbediening voor Destiny naast me liggen. Ik vond het gewoon prettig om te weten dat die vlak bij me was, dat ze over me waakte zoals mijn moeder deed toen ik nog heel jong was en een kinderziekte, koorts of uitslag had.

Een tijdlang bleef ik liggen en tuurde in het duister. Dit zal niet lang meer duren, dacht ik. Ik was vol vertrouwen dat wat ik Trevor had verteld, uit zou komen. Rhona zou ontdekken hoe mevrouw Westington haar advocaat ervoor had laten zorgen dat ze nooit iets zou krijgen en ze zou het opgeven en weggaan. Ze had geen enkele belangstelling voor haar kind of voelde zich absoluut niet verantwoordelijk voor haar, en nu Echo binnenkort naar een speciale

230

school zou gaan, zou ze zelfs de schijn van een excuus om te blijven niet kunnen ophouden. En Skeeter zou zich heel gauw gaan vervelen.

Dokter Battie zou snel de juiste medicatie vinden voor mevrouw Westington en dan zou ze thuiskomen. Rhona zou dan weinig meer kunnen doen. Ik wilde tegen haar uitschreeuwen wat ze tegen mij had gezegd: 'Het teken aan de wand'. Háár dagen waren geteld, gereduceerd tot uren, niet die van mij.

Maar toen dacht ik aan wat mevrouw Westington in het ziekenhuis tegen me had gezegd. Natuurlijk had ze gelijk. Ik moest gaan denken aan mijzelf en mijn toekomst. Brenda zou me nu elke dag kunnen bellen en we zouden elkaar ontmoeten en praten over ons leven samen, over haar toekomst en de mijne. Ondanks alles wat er gebeurd was sinds we elkaar voor het laatst hadden gezien en wat er gebeurd was kort voordat ik wegging, verlangde ik naar onze hereniging. Per slot waren we zussen en zoals Trevor zo graag zei: bloed kruipt waar het niet gaan kan. We konden onszelf niet verloochenen. Eerlijk gezegd, miste ik haar, miste zelfs haar kritiek.

Ik was een ander mens geworden. Dat zou ze meteen doorhebben. Behalve dat ik volwassener was geworden, was ik meer dan ooit vastbesloten om te stoppen met mezelf te verwaarlozen. Ik zou de extra kilo's kwijtraken en langzamerhand meer zelfrespect krijgen. Brenda zou dat waarderen. Ik wist zeker dat we beter dan ooit met elkaar overweg zouden kunnen.

Die gedachten vervulden mijn sombere hart met nieuwe hoop. Mevrouw Westington had gelijk dat optimisme een noodzaak was. Als je alleen de zwarte kant van alles zag, zou je verblind raken door het licht van elke willekeurige belofte en zou je spaarrekening van verwachtingen snel rood staan. Ik kan ons door alles heen helpen, dacht ik, terwijl ik op mijn zij ging liggen en me in de deken wikkelde die ik uit mevrouw Westingtons linnenkast had gehaald. Hij rook naar seringen en dat gaf me een goed gevoel.

Ik kan alles overleven en ik kan ook Echo en Trevor erdoorheen helpen. Het zal goed gaan. De ochtend zou licht brengen en wat Rhona ook zei of hoe ze ook tekeerging, ik zou sterk zijn en het negeren. Ze zou gefrustreerd raken en het opgeven om mij te terroriseren. Mevrouw Westington had gelijk. Rhona zou haar concentratie al snel verliezen.

Ik heette de slaap welkom. Ik had slaap nodig om mijn kracht en energie te herstellen, zoals mevrouw Westington zou zeggen. Ik wilde net zo zelfverzekerd zijn en net zoveel vertrouwen hebben in de toekomst als de vogels die daarbuiten in het donker sliepen. Het zal goed gaan, zong ik in mijzelf alsof het een slaapliedje was. Het zal goed gaan en we zullen weer veilig zijn.

Ik viel algauw in slaap, veel eerder dan ik verwacht had. Er waren pas een paar minuten verstreken toen ik wakker werd omdat de matras naast me inzakte en de deken werd weggetrokken. De geur van whisky drong in mijn neusgaten. Ik verstijfde en had het gevoel dat mijn keel werd dichtgeknepen. Ik was doodsbang en durfde me niet om te draaien. Het leek alsof ik uit een nachtmerrie probeerde te ontwaken en, als ik me omdraaide, er juist dieper in zou wegzinken.

Ik voelde iets vochtigs en warms in mijn hals en besefte dat het een tong was die me likte.

'Hoi, April,' fluisterde Skeeter.

Hij duwde zijn linkerhand onder mijn linkerzij en legde zijn rechterhand op mijn middel, schoof mijn nachthemd omhoog en bewoog zijn palmen over mijn borsten. Toen rukte hij zo hard aan mijn nachthemd, dat mijn armen omhooggingen, en hij trok het uit. Ik schreeuwde, maar hij legde zijn hand op mijn mond en bracht zijn lippen naar mijn oor.

'Niemand die je wíl horen kan je horen,' fluisterde hij. 'Verspil je adem niet.'

'Hou op!'

'Nee, dat meen je niet.' Zijn handen bewogen zich over mijn heupen en tussen mijn benen. Ik probeerde me aan zijn greep te ontworstelen, maar hij was te sterk. De schok van het voelen van zijn harde lid tussen mijn benen deed me even verstarren.

'Hé, vind je dat prettig?'

'Nee. Alsjeblieft, laat me los.'

'Je fascineert me, April. Je bent het jongste biseksuele meisje dat ik ken. Rhona denkt dat je gewoon nog nooit een echte man hebt gehad. Die Chinese jongen is een jan lul. Ik denk dat ze gelijk heeft. Je zult me dankbaar zijn. Ik zal je helpen tot een besluit te komen.'

Ik kronkelde en probeerde hem weg te duwen, maar hij drukte met zijn volle gewicht tegen me aan en ik kon me nauwelijks bewegen.

'Je wilt je toch niet zo tegen me blijven verzetten, April. Dat bederft de ervaring, het genot.'

'Ga van me af!'

'Hé, als ik van je af ga, moet ik ergens anders naartoe en Rhona slaapt. Waar denk je dat ik naartoe zou gaan? Nou?'

Het had het effect van een ijskoud mes dat door mijn hart sneed. Wilde hij daarmee soms zeggen dat hij naar Echo's kamer zou gaan?

'Alle jonge vrouwen hier hebben ervaring nodig, vind je ook niet?'

'Nee.'

'Natuurlijk wel. Wie zal de eerste zijn?'

'Je bent walgelijk.'

'Dat weet je nog niet, April. Misschien vind je me juist heel lekker. Je hebt gezien hoe ik was met Rhona. Vertel me niet dat jij er niet ook aan dacht, het wilde. Rhona zei dat je een hele tijd naar ons hebt staan kijken.'

'Dat is niet waar! En ik wil jou niet. Je bent weerzinwekkend.'

Hij lachte.

'Hou op!' Ik probeerde hem met mijn elleboog weg te duwen.

'Rustig maar. Dit wordt de ervaring van je leven en als je een lieve meid bent, zal ik je helpen met Rhona en haar beletten je weg te jagen, maar dan moet je wel lief voor me zijn. Hmm, een heleboel om vast te grijpen. Dat is prettig.' Zijn hand bewoog zich over mijn zij, mijn buik, en hij wilde me omdraaien. Ik probeerde me ertegen te verzetten, maar hij was te sterk en legde zijn been over me heen terwijl hij me omdraaide tot ik op mijn rug lag en naar hem omhoogkeek. Hij ging op mijn benen zitten en in het licht van de sterren dat door de ramen naar binnen scheen, kon ik zijn treiterende lach zien.

Ik haalde naar hem uit en hij greep mijn rechterpols en draaide die hard om.

'Je doet me pijn!' gilde ik.

'Maakt het opwindender,' zei hij zonder zijn greep te verslappen. 'Rhona vindt dat ook prettig. En wat we nu gaan doen hier is heel gewillig en behulpzaam zijn. Ik dring me niet graag met geweld aan een vrouw op. Ik wil het gevoel hebben dat ze naar me verlangt.'

'Nou, dat doe ik niet. Ga van me af!'

Hij draaide mijn pols weer om en ik gilde van pijn.

'Ik kan je pols breken, weet je.'

'Ik dacht dat je je niet graag aan een vrouw opdrong.'

'Dat doe ik ook niet graag, dus dwing me er niet toe. Ik wil dat je langzaam je benen spreidt en dan je voeten plat op bed zet en je kont een beetje omhoogtilt, zodat het me geen moeite kost erin te komen. Snap je?'

Hij liet zich van me af glijden, maar hield mijn pols vast. Ik probeerde me los te rukken, maar hij was veel te sterk. Tijdens die worsteling raakte mijn linkerhand Destiny's afstandsbediening en ik herinnerde me weer dat die naast me lag. Hij had niet gezien dat ze tegenover ons zat, met haar gezicht naar het bed. Ergens besefte ik dat ze dit niet goed zou vinden en me zou helpen. Waar ik de kracht vandaan haalde, weet ik niet, maar mijn kracht kwam terug; alle vaardigheid die oom Palaver me had geleerd kwam weer boven.

'Waar ben jij mee bezig?' vroeg Destiny met haar lage stem.

Skeeter bewoog zich niet meer, maar hield mijn pols vast. 'Wat zeg je?' mompelde hij, naar mij kijkend.

'Als je haar niet onmiddellijk loslaat, bel ik de politie.'

Ik zag dat hij niet kon begrijpen hoe ik kon praten zonder mijn lippen te bewegen.

'Ga van haar af! Onmiddellijk! Nu!'

Totaal in de war draaide hij zich heel langzaam om en keek naar Destiny. Op dat moment drukte ik op een knop en liet haar rechterarm omhooggaan, draaide haar hand om zodat haar wijsvinger recht naar hem wees. Hij werd er volkomen door verrast.

'Wie ben jij verdomme?' schreeuwde hij, maakte een zijwaartse beweging en rolde van het bed. Snel krabbelde hij overeind.

'Verdwijn! Nu!' riep Destiny, knikkend met haar hoofd, 'anders bellen we de politie.'

Hij deed een paar passen achteruit en keek naar mij. 'Wie is dat?'

'Ik zal je vertellen wie ik ben. Ik ben je grootste nachtmerrie als je hier niet in minder dan een seconde verdwenen bent,' zei ze. Ik draaide haar romp in zijn richting. Zijn ogen sperden zich open en hij sputterde, draaide zich toen om en liep de kamer uit.

Ik sprong van het bed af en deed de deur dicht zodra hij weg was. Toen zette ik een stoel ertegen en wrikte die onder de deurknop, zodat hij niet meer open kon. Mijn hart bonsde zo hard, dat het leek of er een drummer in de kamer was. Ik legde mijn oor tegen de deur om te luisteren.

In de gang kwam hij weer bij zijn positieven en keerde terug naar mijn kamer. Hij sloeg zo hard met zijn vuist op de deur, dat het dreunde in mijn hoofd. Ik ging achteruit en zag dat hij probeerde de deur te forceren.

'Wie is dat voor de donder? Wie is dat? Doe die deur open!'

'Wat is er aan de hand, Skeeter?' hoorde ik Rhona met slaperige stem vragen, waarschijnlijk vanuit haar kamer. 'Wat doe je?'

'Ze heeft iemand bij zich, een zwarte vrouw.'

'Hè?'

'Er is iemand in haar kamer.'

'Wie?'

'Dat weet ik niet. Het lijkt een zwarte vrouw.'

'Een zwarte vrouw? Je bent gek en je bent dronken.'

'Ik zeg je…'

'Wat doe je daar trouwens, Skeeter? God, wat ben je zielig.'

'Ik wilde alleen… een beetje pret maken.'

'Pret? Noem je dat pret? Kom mee naar bed. We hebben morgen veel te doen. Je weet dat je met Billy en Lester moet praten. Met die vijfduizend kunnen we ze niet lang blij maken.'

'Maar… ik zeg je dat er iemand in haar kamer is.'

'Nu? Op dit uur van de nacht heeft ze een zwarte vrouw op bezoek? Je bent dronken en je ziet spoken.'

'Ik ben niet dronken. Ik heb haar gehoord en ik heb haar zien zitten. Ga zelf maar kijken.'

Ik luisterde ingespannen, met bonzend hart. Rhona kwam naar de deur en probeerde die te openen.

'Wat heeft dit te betekenen? Doe onmiddellijk open, April. Hoor je me?'

'Hij probeerde me te verkrachten!' gilde ik.

'Is er iemand bij je in de kamer?'

'Ja.'

'Wie?'

'Destiny, en ze heeft alles gezien. Ze vertelt het aan de politie als je me niet met rust laat.'

'Destiny? Wat… doe open!' Ze rukte hard aan de deur. 'Moet ik hem door Skeeter in laten trappen? Dat kan hij, en dan zul je het mijn moeder moeten uitleggen.'

'Laat me met rust. Ik bel Trevor als jullie niet weggaan.'

Ze wisten niet dat zijn moeder was overleden en hij weg was.

Ze hield op met aan de deur rammelen.

'Ik zeg je dat er iemand bij haar in de kamer is,' zei Skeeter op hoge, overspannen toon.

'Fijn voor haar. Ik ga weer naar bed, Skeeter. Ik ben niet in de stemming om midden in de nacht geharrewar te krijgen met Trevor. We hoeven ons toch zeker van háár niks aan te trekken?'

'Maar –'

'Wil je je mond houden? Ik ben moe, verdomme.'

Ik hield mijn adem in en luisterde. Ik hoorde Rhona weglopen en toen zag ik Skeeters gezicht door de kier van de deur.

'Zeg maar tegen je vriendin dat ik morgenochtend op haar wacht.' Hij trok zich terug en ging weer naar hun slaapkamer. Ik sloot de deur en liet de stoel staan. Ik bleef nog een tijdje wachten tot ik zeker wist dat hij niet terugkwam. Ik kon ze horen ruziën in hun kamer. Rhona was woedend op hem omdat hij naar mijn kamer was gegaan. Hij bleef zeggen dat het niks om het lijf had. Eindelijk werd het rustig.

Wat een geluk dat Echo niet kon horen wat zich vannacht had afgespeeld. Het zou ook voor haar een traumatische ervaring zijn geweest, dacht ik, en ging toen weer terug naar mijn bed. Ik beefde nog zo hevig, dat mijn tanden klapperden als een oude schrijfmachine. Ik had mijn adem zo lang ingehouden, dat mijn borst pijn deed. Ik keek naar Destiny.

'Dank je,' zei ik en trok mijn nachthemd weer aan. Ik bleef even zitten tot ik op adem was gekomen en besefte toen dat Skeeter morgenochtend hier binnen zou komen om haar te zoeken. Wat zou er gebeuren als hij ontdekte dat hij zich had laten wegjagen door een pop? In een woedeaanval zou hij haar kunnen beschadigen of vernielen. De angst daarvoor hield me wakker. Ik moest iets bedenken.

Ruim een halfuur later stond ik zo geruisloos mogelijk op en haalde de stoel weg van de deur. Ik deed hem langzaam, centimeter voor centimeter, open, om het piepen van de scharnieren zoveel mogelijk te beperken. Toen tilde ik Destiny uit de stoel en droeg haar, bijna in slow motion, uit mijn kamer naar Echo's kamer.

Ze sliep en zou natuurlijk niets horen. Ik liep naar haar kast, legde Destiny eerst zachtjes op de grond en opende de schuifdeur. Toen trok ik de kleren naar voren om wat ruimte te maken en zette haar zo perfect en onzichtbaar mogelijk in de hoek van de kast. 'Even maar,' fluisterde ik, en duwde de kleren weer naar achteren om haar te verbergen.

Ik deed de kastdeur dicht en liep op mijn tenen over de vloer. Die kraakte, en ik bleef even staan om me ervan te overtuigen dat Rhona en Skeeter het niet gehoord hadden. Ze sliepen eindelijk, dus ging ik terug naar mijn kamer. Ik stapte in bed. Ik was zo uitgeput, zenuwachtig en bang, dat ik lange tijd niet in slaap kon komen. Het lukte eindelijk tegen de ochtend, en toen sliep ik als een blok. Echo moest me heel hard schudden om me wakker te krijgen.

Haar eerste vraag was: 'Komt oma vandaag thuis?'

Ik antwoordde dat ik het niet wist, dat we het zouden horen als we in het ziekenhuis waren.

Ze vertelde me dat ze honger had en dat ze vast zou beginnen het ontbijt klaar te maken. Ik knikte, suf en pijnlijk. Mijn ogen wilden niet open. Ze schudde me weer om me te vertellen dat ze me een kop koffie zou komen brengen. Ik glimlachte naar haar, maar deed mijn ogen dicht en viel op hetzelfde moment weer in slaap.

De volgende keer dat ze me wakker schudde, had ze een kop koffie in haar hand. Ik bedankte haar en ging overeind zitten. Ze wilde weten of ik roereieren wilde. Ze vond het leuk ze te maken. Ik zei ja, al moest ik niet aan eten denken. Ze draaide zich opgewonden om en liep haastig naar beneden naar de keuken. Ik dronk wat koffie en bleef met gesloten ogen zitten.

'Waar is ze verdomme?' was het volgende wat ik hoorde, en ik werd weer wakker. Ik was rechtop zittend in slaap gevallen. Ik keek naar Skeeter. Hij was in zijn ondergoed, zijn haar viel verward om zijn gezicht, zijn ogen waren bloeddoorlopen.

'Nou?'

'Waar is wie?' vroeg ik.

'Leuk hoor.' Hij keek om zich heen in de kamer en liep regelrecht naar de kast, maakte de deur open. 'Waar is ze naartoe? Is ze nog in huis? Beneden?'

'Nee. Er is niemand.'

'Skeeter!' hoorden we Rhona roepen. 'Zeg tegen die trut dat ze me een kop koffie moet brengen.'

Hij staarde me aan. 'Wie was ze? Is ze familie van Trevor, een zus of een vriendin? Ik ga het hem vragen.'

'Ik zou Trevor maar niet vertellen dat je vannacht in mijn kamer was. Dat zou weleens minder goed voor je kunnen aflopen.'

Waar ik de moed vandaan haalde, weet ik niet, maar ik wist dat ik goed toneel zou moeten spelen, anders zou ik aan zijn genade zijn overgeleverd. Hij wees naar me met zijn rechterwijsvinger, maar zei een ogenblik niets. Toen knikte hij glimlachend.

'Jammer. Ze heeft een goede ervaring voor je bedorven. Ik had je in extase kunnen brengen.'

'Ik heb liever een zenuwbehandeling,' mompelde ik, en de glimlach verdween van zijn gezicht.

'Je hebt haar gehoord. Breng haar een kop koffie.' Hij keek weer om zich heen met een blik vol verwarring en ging toen weg.

Ik stond op en kleedde me zo snel mogelijk aan. Echo had mijn roereieren gemaakt. Ik vertelde haar dat ik haar moeder een kop koffie moest brengen en ze stond erop dat zij het zou doen omdat anders mijn eieren koud zouden worden. Ik wist niet hoe ik het haar moest beletten, dus liet ik haar gaan, maar bleef onder aan de trap wachten. Ik kon alles duidelijk horen.

'Er zit niet genoeg suiker in,' klaagde Rhona. 'Skeeter, vertel het haar.'

'Ik weet niet meer hoe je dat moet zeggen.'

'Verdomme, waarom heeft April het niet gebracht? Haal April. Ga naar beneden en haal April,' schreeuwde ze tegen Echo.

Ik liep haastig naar de keuken, pakte de suikerpot en een lepel en holde de trap op. Zoals ik verwacht had, stond Echo verward te kijken, onzeker wat ze moest doen.

Skeeter lag naast Rhona in bed, die naakt rechtop zat. Ik liep haastig naar haar toe.

'Hoeveel suiker wil je?'

'Een volle lepel. Waarom heb je haar naar boven gestuurd? Ze is waardeloos voor die karweitjes.'

'Ze wilde iets voor je doen,' antwoordde ik. Natuurlijk wist ik dat ze het voor mij wilde doen.

'Als ze iets voor me wil doen, zeg dan maar dat ze haar oma moet vertellen mij het geld te geven dat ik nodig heb. Ja, misschien als zij het haar vertelt, zal ze het doen. Wat denk jij, Skeeter?'

'Ik denk dat we hier zullen moeten rondhangen tot ze doodgaat,' zei hij verbitterd.

Het lag op het puntje van mijn tong om te zeggen dat mevrouw Westington al bezig was hun te beletten het geld in handen te krijgen.

'Bak een paar eieren voor ons, met zachte dooier en wat toast met de jam van mijn moeder en nog meer koffie. Wil jij nog wat anders, Skeeter?'

'Ja, maar dat krijg ik een andere keer wel,' zei hij met een wellustige glimlach naar mij.

'Jij denkt altijd maar aan één ding,' zei Rhona.

'Jij houdt van dat ding, dus klaag maar niet.'

Ze lachte.

Ik nam Echo mee de kamer uit en we gingen naar beneden om hun ontbijt klaar te maken. Hoe sneller ik deed wat ze wilden, hoe eerder ik hier weg kon, dacht ik. Ik wilde niet langer bij Skeeter in de buurt zijn dan noodzakelijk was en ik maakte me ernstig bezorgd over Echo.

Ik begon met hun eieren. Echo wilde het doen, zodat ik zou kunnen eten, maar ik had geen trek meer. Ik zei dat zij de roereieren zelf op moest eten en beloofde dat ze er nog een paar voor mij mocht maken als ik klaar was voor haar moeder en Skeeter. Ze was er niet blij mee, maar ging zitten en begon te eten.

Juist toen ik de eerste eieren had gebroken, ging de telefoon. Ik was zo diep in gedachten verzonken en zo ongerust en bezorgd, dat ik schrok. Het leek of de telefoon in mijn hart was gaan rinkelen. Ik staarde naar het toestel, bang om de telefoon op te nemen. Rhona was me voor en nam op in haar kamer. Ik pakte de hoorn op om mee te luisteren.

'Hallo,' zei Rhona.

'Met dokter Battie. Met wie spreek ik?'

'Rhona Westington. De dochter van mevrouw Westington.'

'Ik ben blij dat ik u heb kunnen bereiken. Hebt u mijn bericht niet gekregen met het verzoek mij te bellen?'

'Bericht? Nee,' antwoordde ze. Een aperte leugen. Ik wilde haar tegenspreken, maar het leek me beter onopgemerkt te blijven luisteren. 'Ik heb me zelf niet goed gevoeld. Ik ben een paar keer in het ziekenhuis geweest, maar de verpleegsters vertellen me niets en u was er niet. Hoe gaat het vandaag met mijn moeder?'

'Ik vrees dat mevrouw Westington een kleine terugval heeft gehad,' zei dokter Battie.

Ik hield mijn adem in. Terugval?

'Wat? Waarom? Is ze dood?' vroeg Rhona snel.

'Nee, maar ze heeft een hartprobleem. Het ziet ernaar uit dat ze in aanmerking komt voor een pacemaker, maar ik wil niets in gang zetten voor we haar bloeddruk gestabiliseerd hebben. Dat begint al aardig te lukken.'

'Wat bedoelt u, een hartprobleem? Wat is er met haar aan de hand?'

'De activiteit van haar hart wordt belemmerd, maar de cardiologen denken dat een pacemaker zal helpen.'

Ik was hevig geschokt en geëmotioneerd.

'O, werkelijk?' Ze klonk teleurgesteld. 'Is dat duur?'

'Het gaat niet om de kosten. Die worden vergoed door de verzekering, maar ze wil niet dat we ermee beginnen voor ze met uw logee gesproken heeft.'

'Logee?'

'April. Ik kan me haar achternaam niet herinneren of misschien heeft mevrouw Westington me die ook niet verteld.'

'Als ik u goed begrijp, dokter, wil mijn moeder niet doen wat ze moet doen voor ze met April heeft gesproken?'

'Ja. Is ze daar? Weet u ook of ze gauw op bezoek komt?'

Ik wilde juist iets zeggen, toen Rhona zei: 'Ik zal gaan kijken waar ze is.'

Ik hing zo voorzichtig mogelijk op en liep de keuken uit, onder het mom dat ik bezig was de tafel te dekken voor het ontbijt. Echo keek me nieuwsgierig aan. Ik glimlachte slechts, knikte naar de tafel en wachtte toen in de gang.

'Hé, April,' hoorde ik Skeeter roepen.

Ik liep naar de voet van de trap en bleef daar staan. 'Wat is er?' vroeg ik.

Hij had nog steeds alleen zijn ondergoed aan en was al begonnen de trap af te lopen. 'Kom boven,' zei hij.

'Waarom?' vroeg ik. Ik kon gemakkelijk de telefoon opnemen in de keuken. Waarom zei hij niet gewoon dat ik dat moest doen?

Hij bewoog zich snel en greep met zijn rechterhand mijn nek vast. Zijn vingers klemden zich als bankschroeven eromheen en hij trok me omhoog, zodat ik gedwongen was de trap op te lopen.

'Au!' schreeuwde ik. 'Je doet me pijn. Ik ga wel naar boven. Hou op.'

Ik deed een stap omhoog, maar zijn vingers bleven om mijn nek geklemd. Wat wilden ze, horen wat ik tegen de dokter zei? Toen we boven waren, duwde hij me hard naar links in plaats van naar Rhona's kamer, zoals ik verwacht had.

'Wat doe je?' riep ik.

Hij legde zijn hand op mijn mond en greep mijn haar vast met zijn rechterhand en sleurde me naar mevrouw Westingtons kamer.

Toen we langs Rhona's kamer kwamen, kon ik haar bij het nachtkastje zien staan met haar hand op het mondstuk van de telefoon, starend naar ons. Ik probeerde me te verzetten, maar Skeeter had mijn hoofd stevig vast en het voelde of hij mijn haren met bosjes eruit trok.

Wat deden ze?

'O, dokter Battie,' zei Rhona, luid genoeg dat ik het kon horen. 'Het spijt me dat het zo lang duurde, maar ik hoor net dat April is vertrokken. Ze is naar haar zuster, ze gaat bij haar wonen. Ze is hier niet meer.

'Maar zeg tegen mijn moeder dat ik haar kom opzoeken zodra ik me heb aangekleed.'

Ik probeerde te schreeuwen, maar Skeeters vingers drukten mijn tong omlaag en ik begon te kokhalzen. Ik kronkelde en draaide om uit zijn greep los te komen.

Rhona hing op.

'Nee!' wist ik er eindelijk uit te brengen.

'Ja,' zei hij. Hij tilde me op en droeg me mevrouw Westingtons kamer binnen en deed de deur achter ons dicht.

13. Gebonden en gekneveld

Skeeter dwong me hard op mijn knieën en duwde me toen met zijn voet op de grond.

'Blijf liggen,' zei hij, met zijn voet stevig op mijn onderrug gedrukt. 'Verroer je niet.'

'Wat doe je met me?' schreeuwde ik.

'Verroer je niet. Waar blijft je vriendinnetje nu?' Zijn voet draaide rond op mijn rug. 'Ik weet niet wat er verdomme aan de hand was, maar ik weet dat ik gelijk had. Er wás iemand, maar denk maar niet dat ze je nu komt helpen.'

Hij liep naar de telefoon en trok het snoer eruit. Toen kwam hij met het snoer naar mij toe, wrong mijn armen op mijn rug, wikkelde het snoer rond mijn polsen en bond het stevig vast. Ik gilde van pijn, de tranen sprongen in mijn ogen. Ik snakte naar adem.

'En je hoeft ook niet om die Trevor te roepen,' waarschuwde hij.

'Maak je over hem geen zorgen,' hoorde ik Rhona in de deuropening zeggen. 'Zijn truck staat er niet meer; hij is al ergens heen.'

'Heus? Wat attent van hem,' zei Skeeter spottend.

'Wat doe je?' riep ik uit, nog steeds op mijn buik op de grond omdat Skeeter met zijn knie op mijn billen drukte. 'Waarom heb je tegen de dokter gelogen dat ik vertrokken was?'

Rhona kwam de kamer binnen. Ik draaide mijn hoofd om en keek naar haar voeten en toen naar haar gezicht.

'Je had weg moeten gaan toen ik het je zei. Nu zul je meewerken of je het leuk vindt of niet.' Ze glimlachte. 'Heeft mijn moeder je wel eens verteld dat ze me ooit drie dagen opgesloten hield? Ik kreeg moeilijkheden met de politie toen ik amper elf was, en ze was zo kwaad en beschaamd dat ze besloot me te laten ervaren hoe het was om in de gevangenis te zitten of zo. Waarschijnlijk dacht ze dat de gevangenis ergens in een derdewereldland was. Ze zocht een van haar antiquiteiten op, een po, en gaf me een rol wc-papier, water, en dat was alles. Leuke moeder, hè?'

'Je zult het ongetwijfeld verdiend hebben,' zei ik terwijl ik op de grond lag te kronkelen. Het snoer zat zo strak, dat ik bang was dat het bloed naar mijn handen zou worden afgeknepen. Skeeter haalde zijn knie weg en stond op. Ik ging op mijn zij liggen.

'O, ja, ik had het verdiend, April. Net zoals jij dit verdient.'

'Jullie zullen hierdoor in grote moeilijkheden raken. Jullie kunnen me beter laten gaan.'

'Zodra ik heb wat ik wil, zullen we je laten gaan,' zei Rhona. 'We zullen je zelfs de deur uitschoppen en als je naar de politie gaat of naar wie dan ook, zullen we ze vertellen dat we je met Echo in bed hebben betrapt terwijl je allerlei verdorven dingen met haar deed.' Ze draaide zich om naar Skeeter, die met een voldaan, sadistisch lachje op me neerkeek.

'Ja, ik weet zeker dat Rhona die ook wel kan,' zei hij.

'Laat dat nou maar, Skeeter. Ga met haar auto naar Bill. Zeg dat hij hem voor ons moet bewaren en leg het hem uit van het geld. Als Trevor vandaag terugkomt van waar hij ook naartoe is, zal ik hem vertellen dat ze vertrokken is om bij haar zus te gaan wonen. We zullen Echo hetzelfde vertellen. Ze zal haar niet te zien krijgen en horen doet ze haar natuurlijk ook niet.'

'Uitstekend plan, Rhona,' zei Skeeter vol bewondering, alsof ze een geneesmiddel voor kanker had ontdekt.

'Pak een sok of zo en knevel haar, zodat ze niet zo hard kan gaan schreeuwen dat Trevor haar hoort.'

Ik overwoog of ik hun de waarheid zou vertellen, om niet te worden gekneveld, maar ik was bang ze te laten weten hoe weinig ze in feite te duchten hadden en daardoor hun zelfvertrouwen nog te vergroten.

'Niemand zal je geloven als je zegt dat ik vertrokken ben, zeker mevrouw Westington niet.'

'O, dat zal ze heus wel doen als ik haar vertel wat we van mevrouw Monahan hebben gehoord en dat jij, toen we je ermee confronteerden, als een haas de benen nam omdat je je te veel schaamde. Ze zal erg teleurgesteld zijn. Met haar gezondheidsproblemen zal het voor mij gemakkelijker zijn om de zorg voor Echo over te nemen, dat weet ze ook wel. Ik zal haar zeggen dat ze moet tekenen wat ik wil dat ze tekent, want dat we anders met Echo vertrekken en ze haar nooit meer zal zien. Wat denk je dat ze dan doet? Denk je dat ze dan nog zo hautain zal zijn om er "NEE" op te schrijven?'

'Hoe kun je zo doen tegenover je eigen moeder?'

'Wat mij betreft is ze nooit een echte moeder voor me geweest, dus begin daar maar niet over. En raad eens wat ik gisteren in haar kamer zag? Jawel, dezelfde oude po. Goed, hè? Dan hoef je het niet in je broek te doen.'

Ze keek om zich heen. 'Zoek iets om haar voeten te binden, Skeeter, en zet haar dan in de kast en doe de deur dicht. Ik zal de po voor haar brengen.'

'Hoe moet ik die gebruiken als mijn handen gebonden zijn?'

'Geen probleem. Skeeter, wees zo vriendelijk haar spijkerbroek en slipje uit te trekken, zodat ze alleen maar op de po hoeft te gaan zitten om te pissen. En doe het snel en verder niks,' voegde ze eraan toe. 'Ik wil dat je hier verdwenen bent met haar auto voordat Trevor terugkomt.'

'Ik zal het meteen doen,' zei hij.

Ze glimlachte alsof hij haar een grote gunst bewees.

'We doen de deur dicht, maar je schiet er niks mee op als je ertegen bonkt of trapt, want die arme Echo kan je toch niet horen. Ik raad je aan zoveel mogelijk mee te werken, anders maak je het jezelf alleen maar moeilijker, begrepen?' Haar ogen verkilden en haar lippen verstrakten. Ze keek naar Skeeter. 'Knevel haar eerst,' besloot ze. 'Ik wil die praatjes van haar niet meer horen. Als we terugkomen zal ik haar wat water brengen. Ik kleed me aan en ga naar het ziekenhuis om die lieve ouwe mam van me het nieuws te vertellen.' Met die woorden ging ze weg.

Hij zocht in een van de laden en vond een paar sokken. Ik schudde mijn hoofd en probeerde me van hem af te duwen, maar hij pakte mijn enkels beet, ging schrijlings op me zitten en legde de sok tegen mijn mond. Ik kneep mijn lippen op elkaar.

'Rhona zal het niet leuk vinden als je zo tegenstribbelt,' zei hij. 'Ze is heel fantasievol en slim. Ze kan ergere en pijnlijkere dingen voor je verzinnen.'

Hij greep mijn kaak tussen zijn vingers en duim en kneep hard. Het deed zo'n pijn, dat ik mijn verzet moest opgeven. Zodra mijn mond een klein eindje openging, stopte hij de sok erin en bond toen een ceintuur om mijn gezicht, zodat ik hem niet kon uitspuwen. Ik kreeg bijna geen adem meer en begon in paniek te raken.

'Ontspan je, dan is het minder erg,' zei hij. 'Als je worstelt, maak je het alleen maar erger voor jezelf. Ik weet het. Een vrouw die ik in New Orleans had leren kennen heeft eens iets dergelijks met mij gedaan, maar ik vond het prettig.'

Hij begon mijn spijkerbroek uit te trekken. Ik probeerde het hem moeilijk te maken door te kronkelen en te draaien, maar hij ging op mijn enkels zitten trok tegelijk mijn spijkerbroek en slipje omlaag tot onder mijn knieën. Toen stond hij op en trok mijn schoenen uit en daarna mijn spijkerbroek en slipje. Hij smeet ze door de kamer en bleef glimlachend naar me staan kijken.

'Ik mag dat buikje van je wel,' zei hij. 'Maakt me geil.'

Hij pakte nog een ceintuur en bond die om mijn enkels. Toen tilde hij me op onder mijn oksels en sleepte me naar de kast. Hij haalde er kleren uit om ruimte voor me te maken. Ik probeerde wanhopig te beletten dat hij me in de kast duwde, maar het was een hopeloze taak met gebonden handen en voeten.

'Ik kom terug,' zei hij glimlachend voor hij de deur dichtdeed.

Ik probeerde met mijn tong de sok naar buiten te duwen. Ik slaagde erin een klein beetje meer ruimte te krijgen om adem te halen, maar kreeg hem er niet ver genoeg uit om geluid te kunnen maken. De ceintuur zat te strak om mijn gezicht. Wie zou het trouwens moeten horen? Ik liet me moedeloos op mijn zij vallen. De tranen uit mijn linkeroog rolden over de brug van mijn neus en voegden zich bij de tranen uit mijn rechteroog. Ik worstelde met het snoer om mijn polsen. Het ging iets losser zitten maar niet voldoende om mijn handen te bevrijden en het deed vreselijke pijn als ik eraan trok en duwde, omdat de huid van mijn polsen was geschaafd. Hulpeloos staarde ik naar het streepje licht onder de deur.

Plotseling werd die opengegooid en Rhona, die zich inmiddels had aangekleed, stond met de po in haar hand voor me.

'Alsjeblieft, schat. Probeer hem niet te gauw vol te maken. Ik zal mijn moeder je spijt betuigen. Ze zal heel erg teleurgesteld zijn.'

Ik gilde achter de knevel. Ik vond mijn eigen situatie verschrikkelijk, maar mijn gedachten waren bij die arme mevrouw Westington. Ze zou het waarschijnlijk geloven en erg depressief worden. Ze was een te trotse en onafhankelijke vrouw om op zo'n manier te worden bedrogen. Het zou haar hart breken, maar onder de omstandigheden zou ze weinig kunnen doen. Ze zou ook niet begrijpen waarom Trevor niet kwam. Ik had nog niet de kans gehad haar te vertellen dat zijn moeder was gestorven. Ze zou zich volkomen in de steek gelaten voelen.

En Echo? Wat zou zij denken als ze haar vertelden dat ik vertrokken was? Hoe eenzaam en verloren zou ze zich straks voelen? En ik kon niets doen. Het is ironisch dat als iemand je zulke vreselijke dingen heeft aangedaan, je zo weerloos heeft gemaakt, zo machteloos om ook maar iets te doen om jezelf te helpen, je ten slotte jezelf meer gaat haten dan hen.

Waarom had ik dit of iets dergelijks niet voorzien? Waarom had ik ze na gisteravond nog langer verdragen? Waarom had ik Echo niet gewoon meegenomen en was ik samen met haar het huis uit gevlucht zolang ik nog de kans had? Ik had me zelf in de val laten lokken. Ik was stom geweest en ikzelf was mijn ergste vijand, en door mij zouden andere mensen moeten lijden, mensen die het niet verdienden. Ik verdronk in zelfverachting.

Met alle kracht waarover ik beschikte schreeuwde ik en rukte aan de banden rond mijn polsen en voeten. Mijn gesmoorde kreet stierf geluidloos weg en ik zakte ineen na de inspanning. Ik sloot mijn ogen en liet me achterovervallen, keek omhoog naar het plafond van de kast en luisterde ingespannen. Echo zou nu wel rondhollen om mij te zoeken. Zouden ze haar hier laten? Zou ze zien dat Skeeter in mijn auto wegreed?

Ik meende haar te horen roepen en toen hoorde ik de deur van de logeerkamer opengaan. Ook al wist ik dat ze me niet kon horen, toch gilde ik zo hard ik kon. De sok smoorde het gegil en liet het weergalmen in mijn hoofd. Ik leunde achterover en trapte met mijn voeten tegen de wand van de kast. Ik wachtte, hoopte dat ze op de een of andere manier zou voelen dat ik hier lag, maar ik hoorde niets. Het werd doodstil in huis. Ik veronderstelde dat Echo naar buiten was gegaan om Trevor te zoeken. Ze zou ontdekken dat hij ook verdwenen was en beseffen dat ze alleen was, zonder enig idee waarom of hoe lang.

Mijn maag kromp ineen van frustratie en toen sloeg mijn verbeelding op hol. Ik kreeg een visioen van de ziekenhuiskamer en Rhona die haar act opvoerde, uitlegde waarom ik vertrokken was.

Ze zou elk detail overdrijven en weerzin weten te wekken als ze haar vertelde wat Tyler zijn moeder over mij verteld had. Als ze mevrouw Westington te veel ergerde en haar overstuur maakte, zou haar bloeddruk stijgen en misschien zelfs een hartaanval veroorzaken, die haar dood zou kunnen betekenen. Ik hoopte dat de dokter en de verpleegsters Rhona zouden beletten dat te doen, maar hoe konden ze weten wat ze van plan was? Ze zouden natuurlijk denken dat Rhona als haar dochter het recht had met haar moeder te spreken.

Ik sloot mijn ogen en, zuiver als een manier om frustratie en pijn te vermijden, dwong ik me te slapen. Ik dommelde inderdaad in, droomde dat ik weer bij oom Palaver was en we op een brede snelweg reden. De klassieke muziek waarvan hij hield, speelde, en hij praatte tegen me en vertelde me het ene verhaal na het andere over zijn ervaringen tijdens zijn reizen. Ik zag mezelf lachen, zo blij was ik dat ik bij hem was.

Toen dacht ik aan mijn moeder en vader en Brenda en aan de tijd toen we allemaal bij elkaar waren en ik aan de zijlijn zat met mijn moeder en naar Brenda en papa keek, die basketbal speelden op onze oprijlaan. In mijn herinnering was Brenda pas veertien. Ze deed heel erg haar best. Papa keek nu en dan even naar ons, onder de indruk van haar spel. Ze was zo snel en lenig, dat hij moeite had haar bij te houden.

'Ho!' riep hij, met zijn hand tegen zijn zij gedrukt. 'Je wilt me toch niet dood hebben?'

Moeder lachte. Papa sloeg zijn arm om Brenda's schouders en schudde haar liefdevol heen en weer. Ik wilde zo graag dat hij dat ook met mij zou doen en een tijdlang, als niemand erop lette, ging ik in mijn eentje naar de oprijlaan om te oefenen, maar ik werd nooit goed genoeg. Ik was een onhandige kluns en na een tijdje voelde ik me te ontmoedigd om ermee door te gaan. Ik zou een andere manier moeten vinden om me met zoveel liefde en bewondering door mijn vader te laten omhelzen. Zou ik die ooit vinden?

Ik kon niet op mijn horloge of naar buiten kijken, dus had ik geen idee hoeveel tijd er verstreken was toen ik ontwaakte uit mijn slaap en dromen. Ik luisterde ingespannen. Ik meende Echo te horen snikken in haar kamer, maar besefte toen dat ik mijn eigen gesnik hoorde. Ik moest plassen in de po. Het was moeilijk om erop te gaan zitten zonder hem omver te gooien, maar het lukte me en toen draaide ik me om en staarde naar de achterwand van de kast. Eindelijk hoorde ik zware voetstappen en de kastdeur ging open. Ik keek op en zag Rhona met een kan water. Ze glimlachte en knielde naast me, zette de kan op de grond en maakte de ceintuur los. Zodra mijn mond vrij was, haalde ik diep en gretig adem.

'Nou, je zal blij zijn te horen dat moeder wil meewerken. In tegenstelling tot wat je verwachtte, geloofde ze het hele verhaal, vooral toen ik vertelde over je liefdesaffaire met de vriendin van je zus. Ze laat ook de pacemaker inbrengen, maar pas over een paar dagen. De dokter wil het op dit moment nog niet doen. Hij zegt dat haar bloeddruk weer gestegen is. Ik vraag me af hoe dat komt.'

Ze schonk een glas water voor me in en bracht dat naar mijn mond. Ik wilde niets van haar aannemen. Ik had het in haar gezicht willen spuwen, maar mijn keel voelde verschroeid aan door de dorst. Ik slikte het snel door omdat ze geen geduld had en het te vlug naar binnen goot. Ik kokhalsde en ze moest stoppen.

'Ik heb er eens over nagedacht,' zei ze, 'maar feitelijk bewijs ik je een grote dienst. Ik geef je niets te eten, dus zul je zeker een paar kilo afvallen. Ik zal je hier een tijdje langer moeten houden. Het zal tot morgen duren voor moeder de nodige papieren heeft gekregen die ze moet tekenen en dan kom ik terug en laat je vrij. Tenminste, als je een brave meid bent.'

'En Echo?' vroeg ik.

'Echo? Als ik weg ben en moeder komt thuis, áls ze thuiskomt, kan ze haar naar die school sturen of een andere school voor gehandicapte kinderen. Iedereen zal blij zijn, behalve moeder misschien.

'Ik zie dat Trevor nog niet terug is. Waar is hij? Ik wil niet dat hij hier komt op zoek naar jou, want dan zou het nog weleens een stuk onaangenamer kunnen worden.'

'Zijn moeder is gestorven,' bekende ik. Het had geen zin het nog langer geheim te houden. Ze was er zo van overtuigd dat haar plan succes had en ik wilde niet dat ze Echo iets aandeed. Het nieuws verbaasde haar.

'Heus? Je bedoelt dat hij naar een begrafenis is?'

'Ja.'

'Dat is geweldig. Waarom heb je dat niet eerder gezegd? Hoe lang blijft hij weg?'

'Hij zei een paar dagen.'

'Nou, is dat niet attent van zijn moeder, om op dit moment dood te gaan? Het zal nu allemaal van een leien dakje gaan.'

Ze pakte de sok op om hem weer in mijn mond te stoppen.

'Wacht,' zei ik. 'Trevor is er niet. Niemand kan me horen als ik schreeuw. Doe die sok alsjeblieft niet meer in mijn mond. Dan krijg ik bijna geen adem.'

Ze aarzelde en keek me toen achterdochtig, met schuin geheven hoofd aan. 'En als je tegen me liegt over Trevor? Als je het allemaal verzint zodat ik dat ding niet in je mond stop en jij zo hard kunt schreeuwen dat hij je hoort?'

'Ik lieg niet. Alsjeblieft. Bel het tehuis waar zijn moeder woonde als je me niet gelooft.'

'Hoe moet ik weten waar dat is?'

'Phoenix, Arizona.'

'Hoe heet dat tehuis?'

'Dat weet ik niet, maar je kunt er vast wel achter komen. Hij heeft me het telefoonnummer van zijn neef gegeven, Dat zit in mijn spijkerbroek. Bel hem maar.'

'O, ja, ik ga me al die rompslomp op mijn hals halen, alleen om het jou wat comfortabeler te maken, en denk je niet dat hij zich zal afvragen waarom ik bel?'

'Alsjeblieft. Ik lieg echt niet.'

Ze schudde haar hoofd. 'Ik kan geen risico nemen. Als hij vanavond nog niet terug is, zal ik die sok misschien weglaten. Doe je mond open.'

'Nee,' zei ik.

'Wil je dat ik Skeeter vraag om het te doen? Hij zal niet alleen een sok in je stoppen.'

'Toe nou,' smeekte ik. 'Ik zal niks doen. Wat zou ik trouwens kunnen doen?'

'Doe open.' Ze hield de sok bij mijn lippen.

Ik zag Skeeter in de deuropening staan. 'Wat doe je?' vroeg hij aan Rhona. 'Het kind vraagt naar jou en wil alles over haar weten, geloof ik. Moeilijk te zeggen wat ze bedoelt, maar ik neem aan dat je niet wilt dat ze hierboven komt.'

'April?' zei Rhona. 'Moet ík het doen of Skeeter?'

Ik deed mijn mond open.

'Wijder,' zei ze, en ik gehoorzaamde. Ze stopte de sok erin en bond de ceintuur weer om mijn gezicht. Toen stond ze op, liep de kast uit en sloot de deur. Ik hoorde Skeeter lachen en hen weglopen. De deur van de slaapkamer viel dicht.

Mijn lichaam deed zo'n pijn van het draaien en kronkelen, dat ik kreunend heen en weer wiegde. Toen probeerde ik te gaan staan door mijn rug tegen de muur te persen en me omhoog te duwen, maar mijn enkels waren te dicht bij elkaar gebonden. Ik viel om, en kwam met mijn schouder hard op de grond terecht. Ik gooide ook bijna de po om. Naar ik schatte meer dan een uur of zo later ging de deur weer open en Rhona knielde op de grond om de knevel te verwijderen.

'Raad eens,' zei ze. 'Blijkbaar heeft Trevor het toch iemand verteld van zijn moeder, een van zijn wijnklanten, die langskwam om een condoleantie achter te laten. Ik beloofde die door te zullen geven zodra ik de kans kreeg. Ik zal je nog wat water geven en dat is het dan voor vandaag. Ik heb te veel te doen nu jij er niet bent om te helpen met het eten. Echo is blijkbaar erg verwend en er zijn een hoop dingen die ze niet wil eten. Voor mijn part lijdt ze honger. Dan leert ze die arrogante maniertjes wel af. Toe dan, drink op, anders krijg je niet meer.'

Ik dronk.

'Nog een beetje alsjeblieft,' zei ik, toen ze het glas wegnam. Ze bracht het glas weer naar mijn lippen en dwong me deze keer te kokhalzen.

'Je moet niet te veel drinken, anders maak je de po te vol en ik ben niet van plan die voor je te legen. Dat mag je zelf doen voor je weggaat. Honger?'

'Nee.'

'Mooi. Je mag me later een bedankje sturen voor alle kilo's die je bent afgevallen.' Ze keek naar de sok, wilde hem pakken, maar bedacht zich toen. 'Omdat je je zo netjes gedragen hebt, zal ik hem niet meer in je mond stoppen. Als ik ook maar een piep van je hoor, stuur ik Skeeter om hem weer in je strot te duwen, begrepen? Nou?'

'Ja.'

'Je hoort te zeggen: ja, dank je. Heeft je moeder je geen manieren geleerd, zoals mijn moeder mij heeft geleerd?'

'Ja, dank je,' zei ik haastig.

'Heel goed. Zie je wel, we kunnen best beleefd tegen elkaar zijn als we ons best doen.' Ze glimlachte en stond op. 'Ik zal je morgenochtend nog wat water geven voordat ik naar mijn advocaat ga om de nieuwe papieren te halen die moeder moet tekenen. Ik vraag nu meer dan de eerste keer, want ze heeft zich niet goed gedragen en nu moet ze een boete betalen.'

Ik staarde haar alleen maar aan.

'Op een dag zul je me dankbaar zijn. Geloof me, je zou niet je hele leven hier willen doorbrengen. Slaap lekker.' Ze deed de kastdeur weer dicht.

Ik kon niet tegen de duisternis. Ik deed mijn ogen dicht en wenste dat ik dood was. Als dit alles voorbij was, hoe kon ik mevrouw Westington dan onder ogen komen in de wetenschap dat ík degene was die haar in deze afschuwelijke situatie had gebracht? Ik wist zeker dat ze me erom zou haten, ook al zou ze net doen alsof het niet zo was, en ook Trevor zou diep teleurgesteld zijn in me omdat ik zoveel voor hem geheim had gehouden. Als dit ooit is afgelopen, dacht ik, ga ik weg. Ik stap in mijn auto en rij zo snel mogelijk weg. Wat Rhona mevrouw Westington over mij had verteld, zou best eens waarheid kunnen worden.

Ik viel met tussenpozen in slaap. Eén keer toen ik wakker werd, voelde ik me erg duizelig. Het leek of mijn lichaam rondtolde in de ruimte. Ik was zo zwak en moe, dat ik weinig kon beginnen tegen de knellende banden. Ik voelde me wegzinken in een wereld van hallucinatie. Er flitsten felle kleuren voor mijn ogen, zelfs als ik ze opendeed. De stilte, de duisternis en de verschrikkelijk kleine ruimte waarin ik me nauwelijks kon bewegen, maakten dat ik door allerlei tunnels leek te zwerven.

Ik schoof over de vloer van de kast en legde mijn oor tegen de achterwand. Was het mijn verbeelding of hoorde ik iemand fluisteren aan de andere kant?

'Ik vind het hier niet prettig,' hoorde ik. 'Waarom heb je me hierin gezet?'

O, mijn hemel, dacht ik, het is Destiny. Ik was vergeten dat ik haar in Echo's kast had verborgen en de deur had dichtgedaan. Ze bevond zich in ongeveer dezelfde situatie als ik.

'Destiny? Ben jij het?'

'Ja. Waar ben je?'

'Ik zit ook in een kast. Ze hebben me vastgebonden en erin gezet.'

'Tja, hoe kan ik je helpen? Hoe kom ik hieruit? Echo kan me niet horen als ik schreeuw.'

'Ik weet het niet,' zei ik snikkend. 'Het spijt me. Ik had er beter over na moeten denken.'

'Inderdaad. En wat ga je nu doen?'

'Ik weet het niet.'

'Zeg dat toch niet voortdurend. Denk na.'

'Dat probeer ik. Maar ik ben zo moe en mijn lichaam doet overal pijn.'

'Denk nou eens niet aldoor uitsluitend aan jezelf. Bedenk liever eens hoe het is voor mij en voor Echo.'

'Daar héb ik aan gedacht. Maar het is pijnlijk om daaraan te denken. Ik weet dat het mijn schuld is. Ik weet het.'

'Het is niet helemaal jouw schuld, maar je hebt het hun wél gemakkelijk gemaakt. Je had Trevor meer moeten vertellen. Je had hem in vertrouwen moeten nemen. Je zult moeten leren om goede mensen meer te vertrouwen en je niet meer zo te schamen.'

'Ik weet het.'

Plotseling werd de kastdeur opengegooid. Het licht uit de slaapkamer verblindde me. Ik knipperde met mijn ogen en keek op. Skeeter stond spiernaakt voor me.

'Met wie praat je verdomme?' vroeg hij. Ik zag hem wankelen en besefte dat hij weer dronken was. 'Is ze hier bij je?' Hij boog zich naar voren en duwde de kleren die er nog hingen weg. 'Je bent gek. Je praat tegen jezelf.'

'Maak me alsjeblieft los en laat me eruit,' smeekte ik.

'O, ja. Rhona vilt me levend als ik dat doe. Je lijkt het overigens goed te maken.'

Hij keek op me neer en glimlachte toen, keek achterom naar de deur en hurkte op de grond. Hij bracht zijn gezicht zo dicht bij het mijne dat ik de whisky en het zweet kon ruiken. Ik werd er misselijk van. Hij likte met zijn tong over zijn lippen. Paniek maakte zich van me meester en klemde zich als twee gigantische handen om mijn ribben en maakte het me steeds moeilijker om adem te halen.

'Ik dacht aan gisteravond en hoe teleurgesteld je je moet hebben gevoeld,' zei hij.

'Ik was niet teleurgesteld. Ik walgde van je. Net als nu. Ga weg.'

253

'Je vroeg me net of ik je wilde helpen. Je weet niet wat je wilt, hè?'

'Jawel. Ik vroeg je om me los te maken. Dat was alles.'

'Weet je, ik heb een theorie over lesbiennes. Ze weten niet wat ze missen omdat ze het nooit gehad hebben. Heb ik gelijk of heb ik gelijk?'

Hij prikte met zijn rechterwijsvinger in mijn maag en ik week zover mogelijk achteruit. Toen pakte hij mijn buik met duim en wijsvinger beet en kneep tot ik het uitschreeuwde.

'Hé, hou je mond, jij. Je maakt Rhona wakker en dan heb je de poppen aan het dansen.' Hij keek weer achterom naar de deur.

'Laat me met rust.'

'Dat zou stom zijn en jij zou een mooie kans missen,' zei hij lachend.

Instinctief ging ik zover mogelijk bij hem vandaan door mijn lichaam te draaien en te wentelen, tot ik tegen de kastwand lag. Hij pakte mijn enkels beet en trok me terug. Ik begon te schreeuwen maar zweeg toen ik zijn blik naar de sok zag gaan.

'Als je nog eens schreeuwt, stop ik die diep in je strot,' dreigde hij.

'Laat me alsjeblieft met rust.'

'Het druist tegen mijn geloof in een kans voorbij te laten gaan om een jonge vrouw te bevredigen.'

Hij draaide me nog verder om en legde toen zijn armen om mijn dijen en tilde me op terwijl hij dichterbij kwam. Ik kon weinig verzet plegen. Het gaat gebeuren, dacht ik. Wat had het voor zin om te schreeuwen? Wie zou me helpen? Het enige wat ik kan doen is mijn ogen sluiten en proberen mijn geest ervoor af te sluiten, me misschien verbeelden dat ik ergens anders ben, ergens waar het goed toeven is. Mijn zwijgen en het ontbreken van zelfs maar het geringste verzet moedigden hem alleen maar aan.

'Zo mag ik het zien. Je begint het te snappen,' zei hij. 'Het zal een openbaring voor je zijn. Je zult het nooit vergeten.'

Waar had ik dat eerder gehoord?

Ik voelde zijn harde lid tegen me bewegen en keek naar hem, naar de manier waarop hij zijn hoofd achterover wierp, zijn ogen gesloten, zijn mond enigszins geopend en even, heel even, was ik nieuwsgierig hoeveel genot hij verwachtte te zullen hebben, zelfs al was ik onwillig. Ik bedacht dat hij dit met elke willekeurige vrouw zou kunnen doen, dat emoties, genegenheid, liefde, hem niet interesseerden.

Rhona betekende waarschijnlijk ook niet veel voor hem. Hij bleef bij haar om wat ze beloofde en wat hij dacht er voor zichzelf uit te kunnen halen. Uiteindelijk deed het er minder toe of je homo of hetero was dan met wie je was en waar je met hem of met haar was. Alles wat we in ons leven deden kon van weinig of geen betekenis zijn – en dat was, dacht ik, een goede beschrijving van Skeeter – of als we ons werkelijk inzetten, ons vertrouwen en onze liefde investeerden in een ander, een diepe, zinvolle betekenis hebben die je leven lang bleef bestaan.

Was het te laat voor mij? Zou ik net zo worden als hij? Net als Rhona? Zou wat hij op het punt stond te doen mijn kans op echt geluk vernietigen? Was dat wat hij me zou ontnemen? Of was ik het al kwijtgeraakt tijdens die reis die me naar dit afgrijselijke moment had gevoerd?

'NEE!' gilde ik, ondanks zijn dreigement wat hij zou doen als ik me niet stilhield. 'NEE!' gilde ik voor mijzelf, mijn dromen en hoop, mijn geloof in alles wat mogelijk en goed was in dit leven.

Mijn gil verraste hem. Hij had gedacht dat ik me volledig had overgegeven. Mijn geschreeuw deed hem even aarzelen, een aarzeling die snel overging in woede, maar voor hij verder iets kon doen, hoorden we allebei een afgrijselijke, schrille kreet. Hij draaide zich op zijn zij en ik kon duidelijk de deuropening zien van de slaapkamer. Echo stond daar met haar handen op haar oren, alsof ze haar eigen wanhopige schreeuw kon horen die opsteeg uit haar diepe angst, instinctief en rauw.

Een ogenblik later verscheen Rhona vlak achter haar. Ze keek naar ons met een van woede vertrokken gezicht, wijd opengesperde ogen en omlaag getrokken mondhoeken.

'Skeeter!' schreeuwde ze. 'Verdomde idioot die je bent. Stommeling. Kijk nou eens wat je hebt gedaan.'

'Hè?' zei hij, alsof hij had geslaapwandeld en zojuist wakker was geworden. Hij keek naar mij en toen naar Echo, die zwijgend, met open mond, haar handen op haar oren en gespannen halsspieren bleef staan. Het gaf ons allemaal het gevoel dat wij degenen waren die doof waren en wij haar niet konden horen.

'Nu weet ze dat April nog hier is, en ze heeft gezien wat jij doet en wat wij hebben gedaan.'

Hij schudde zijn hoofd. 'Ik heb niet... hoe kon ze die gil horen?'

vroeg hij, alsof hij op de een of andere manier bedrogen was, alsof iemand een van de regels had overtreden.

'Wat doet dat er nu nog toe, eikel? Waarom ben je hier? Waarom moest je dit zo nodig doen? We hebben ons doel bijna bereikt.'

'Shit,' was alles wat hij kon uitbrengen. Hij zwaaide naar haar en kwam strompelend overeind.

Echo keek hem verward en doodsbang aan en richtte haar blik toen op mij. Ik probeerde me om te draaien, zodat ik niet zo blootgesteld was. Ik kon me precies voorstellen wat een angstaanjagende indruk ik op haar moest maken. Rhona pakte Echo bij haar schouders en duwde haar verder de slaapkamer in, dwong haar op het bed te gaan zitten met haar rug naar mij gekeerd.

'Blijf daar!' zei ze, met haar vinger naar Echo wijzend. 'Blijf!'

'Ze is geen hond,' mompelde ik.

'Hou jij je mond,' zei Rhona. 'Waarom sta je daar nog, Skeeter? Trek wat aan terwijl ik nadenk. Schiet op!' schreeuwde ze en wees naar de deur.

Hij liep de kamer uit, kennelijk snel ontnuchterd.

'Luister goed naar me, jij,' zei Rhona, die dichter naar me toeliep. 'Dit maakt geen enkel verschil, begrijp je?' Ik kon de raderen in haar hoofd bijna zien draaien terwijl ze al pratend nadacht. 'Niemand zal geloven wat ze hun vertelt nadat wij hebben beschreven hoe je haar hebt verleid. Natuurlijk zou ze alles zeggen wat jij wilt dat ze zegt. Dat zou iedereen beseffen. Je zult haar alleen maar een afgrijselijke beproeving laten doormaken.'

'Ze is je eigen dochter,' zei ik, alsof ze daaraan herinnerd moest worden. 'Jij bent degene die haar een afgrijselijke beproeving laat doormaken, niet ik.'

'Je zult het voor jullie allebei nog erger maken,' antwoordde ze, niet in het minst uit het veld geslagen.

Skeeter kwam terug in zijn ondergoed en een T-shirt. Hij stond erbij als een berouwvolle kleine jongen, zijn hoofd licht gebogen, wachtend tot Rhona hem zou bestraffen of gratie verlenen. Ze keek naar hem, naar Echo en naar mij.

'Goed, we zullen het volgende doen,' begon ze. 'Jij en Echo blijven in deze kamer tot we morgen terugkomen uit het ziekenhuis. Skeeter, spijker die deur dicht, bind de deurknop vast, doe wat er gedaan moet worden.'

Hij knikte, blij dat hij iets te doen had gekregen om zijn berouw te tonen.

'En zij?' vroeg hij, met een knikje naar mij. 'Echo zou haar los kunnen maken terwijl wij weg zijn. Ik bedoel, ik zal zorgen dat die deur zo goed dicht is dat hij alleen met een tank open te krijgen is, maar toch, ze kunnen naar het raam gaan en beginnen te schreeuwen of zoiets. Ik zou dat natuurlijk ook wel kunnen dichtspijkeren, maar ze zouden het glas kunnen breken en opschudding veroorzaken.'

Ze dacht na, knikte en draaide zich om naar Echo. 'We zullen haar dus moeten vastbinden, zodat ze April niet kan bevrijden.'

'Nee, alsjeblieft, doe haar dat niet aan. Ze is al zo bang.'

'Het zal haar geen kwaad doen om een paar uur stil te liggen.'

'Ik beloof je dat ik niet uit het raam zal schreeuwen. We zullen niet proberen te ontsnappen.'

Rhona trok haar wenkbrauwen op. 'Schatje, de laatste keer dat ik in beloftes geloofde, geloofde ik in Sinterklaas, en je weet wat dat waard is. Skeeter, haal iets dat ik kan gebruiken.'

'Nee, doe dat niet,' smeekte ik.

Skeeter draaide zich om en haastte zich de kamer uit.

Rhona liep naar de kast, tilde haar voet op om me erin te duwen en deed de deur achter me dicht.

'Hoe kun jij jezelf een moeder noemen?' schreeuwde ik.

Ze stond nog vlak voor de deur. Ze bracht haar lippen bij de smalle opening. 'Dat heb ik nooit gedaan,' zei ze.

14. De grote ontsnapping

Ik hoorde Echo's geroep om hulp en haar verwarde gekreun. Ze vroeg zich ongetwijfeld af hoe haar moeder rustig kon toekijken terwijl Skeeter haar vastbond. Trevor vergiste zich, dacht ik. Het was niet zoals hij dacht, dat bloed kroop waar het niet gaan kon, in ieder geval ging dat niet op voor Rhona, die zo zelfzuchtig was.

Weer hoorde ik ze tegen Echo praten alsof ze een soort huisdier was.

'Blijf! Blijf hier!' schreeuwde Rhona tegen haar. 'We komen zo gauw mogelijk terug om je los te maken.'

Echo was nu waarschijnlijk veel te hysterisch en bang om het concentratievermogen op te brengen dat vereist is om te kunnen liplezen en had geen idee wat er tegen haar gezegd werd. Het enige wat ze zag was een woeste, kwade vrouw die tegen haar stond te schreeuwen, een vrouw die ze gehoopt had dat de moeder zou zijn die ze nooit gehad had. In haar kleine beschermde wereldje was wat er met haar gebeurde veel te bizar om te kunnen begrijpen.

Nu we allebei vastgebonden waren, leek het Rhona niet nodig om de deur dicht te spijkeren.

'We zouden het later maar moeten uitleggen,' bedacht ze.

Ik hoorde Skeeter instemmend mompelen en toen gingen ze weg om te gaan slapen. Ik kon Echo zachtjes horen jammeren. Rhona blijkbaar ook. Ze kwam terug in de slaapkamer en schreeuwde tegen haar dat ze stil moest zijn. Waarschijnlijk legde ze ook haar wijsvinger tegen haar lippen en wierp ze haar een dreigende blik toe, want even later hield Echo op met huilen. In gedachten kon ik haar rillend op het bed zien liggen, aan handen en voeten gebonden. Na een tijdje zakte ze weg in een bevrijdende slaap.

Ik werd wakker toen Skeeter en Rhona 's morgens opstonden en zich gereedmaakten voor wat ze geloofden dat hun grote dag zou zijn. Ik hoorde Rhona terugkomen in de kamer om eerst naar Echo te kijken.

'Zie je wel? Het gaat prima met je,' zei ze. 'Rust maar uit. Drink dit water.'

Ik wist niet of Echo het ook deed, maar een paar ogenblikken later maakte Rhona de kastdeur open en keek op me neer met de kan water in haar hand.

'Als alles gaat zoals ik verwacht, kom ik terug om jullie los te maken,' zei ze. 'Maak verder geen moeilijkheden, al zou ik niet weten hoe je dat zou kunnen. Probeer het gewoon niet en dan ben je gauw genoeg hier vandaan, op weg naar waar je maar wilt.'

Ik zei niets en toen, waarschijnlijk meer omdat ze niet wilde dat er iets zou gebeuren om het voor haar te bederven dan uit medelijden, schonk ze ook voor mij een glas water in. Ik dronk gretig en ze toonde nu wat meer geduld.

'Eigenlijk,' zei ze terwijl ik dronk, 'had ik verwacht dat het vanaf het begin van mijn komst hier beter zou gaan dan het geval is geweest. Ik was het dolende kind, net als jij, en maakte mezelf wijs dat mijn moeder edelmoedig en vergevensgezind zou zijn en me graag zou geven wat me toekwam, vooral nadat ze me zo bereidwillig geholpen had toen ik in Mexico in de problemen zat. Natuurlijk wist ik niet dat jij hier was en dat ze die surrogaatmoeder-dochterrelatie had gevormd en mij in de kou zou laten staan.'

Ik hield op met drinken en ze haalde het glas weg.

'Dat is niet waar,' zei ik. 'Ik heb nooit jouw plaats ingenomen als haar dochter.'

'Vertel mij niet hoe mijn moeder denkt. Ik geloof niet dat ze vanaf de dag waarop ik geboren ben ooit van me gehouden heeft. Ze vertelde me altijd dat ik te veel huilde. Ik klaagde te veel. Ik eiste te veel. De helft van de tijd zadelde ze mijn vader met me op en liet hem voor me zorgen, me troosten, me bezighouden. Wie weet? Misschien was ik haar kind wel niet, al moet ik toegeven dat ze heel knap was toen ze zo oud was als ik en eruitzag zoals ik nu.

'Ze werd weer zwanger, hoopte beslist op iets dat beter was dan ik. Heel lang heeft ze het geheimgehouden dat ze na mij een jongen kreeg. Ik wed dat ze jou dat niet eens verteld heeft, hè? Nou?'

'Nee. Trevor heeft het me verteld. De herinnering is te pijnlijk voor haar.'

'Ha! Te pijnlijk? Na al die jaren?'

'Anders dan jij zouden de meeste vrouwen het verlies van een kind te traumatisch vinden om ooit te vergeten,' zei ik. Ze trok haar wenkbrauwen op.

'Goed geprobeerd, maar ik zal je vertellen wat ik denk. Ik denk dat ze geloofde dat ik alle gezondheid uit haar lichaam had gepeurd, zodat de volgende baby misvormd en gebrekkig werd. Ze gaf mijn bestaan de schuld van zijn dood.'

'Dat is stom,' zei ik. Haar wangen werden vuurrood van woede.

'Hoe dúrf je te zeggen dat ik stom ben! Jij hebt hier al die jaren niet gewoond, jij hebt niet naar haar hoeven luisteren en jij hebt niet gehoord hoe ze tegen me sprak. Ik kon het horen aan de toon van haar stem. Wat denk je dat Echo's doofheid voor haar betekende, hè? Hetzelfde. Het was op de een of andere manier mijn schuld. Daarom moest ik hier weg. Ik kon het niet verdragen. Ik kon het niet verdragen de schuld te krijgen van elke ramp in de wereld.'

'Ik weet zeker dat je je dat maar verbeeldde,' zei ik, al wist ik niet helemaal zeker of er niet een greintje van waarheid school in wat ze zei. Maar zelfs dan kwam het niet in de buurt van een excuus voor alle verschrikkelijke dingen die ze had gedaan en nog zou doen.

'Gaan we nog?' riep Skeeter bij de deur. 'Ik word stokoud door al dat wachten.'

Ze keek me woedend aan. 'Het is trouwens toch tijdverspilling om tegen jou te praten,' zei ze. 'Hou je gewoon gedeisd.'

Ze stond op en deed de deur van de kast dicht. Ik hoorde Rhona en Skeeter de kamer verlaten en kon zelfs horen hoe ze de trap afliepen. Toen haalde ik diep adem. Hoe dan ook, dacht ik. Hoe dan ook moest ik een manier vinden om aan dit alles een eind te maken.

Maar wat kon ik doen, gebonden en opgesloten in een kast? Wat zou Brenda doen? vroeg ik me af, al kon ik me niet voorstellen dat ze ooit in een dergelijke benarde situatie terecht zou zijn gekomen.

'Ze zou hier niet als een lijk blijven liggen,' hoorde ik. Zei ík dat, of was het Destiny en was ik weer aan het buikspreken?

Nee, dat zou ze inderdaad niet, dacht ik. Ze zou geen zelfmedelijden hebben, niet kreunen en kermen dat het allemaal haar eigen schuld was en hoe verschrikkelijk de wereld en sommige mensen zijn. Ze zou ook niet wegvluchten in een voortdurende slaap.

Ik keek omhoog naar de knop van de kastdeur. Omdat mijn polsen en enkels gebonden waren, was die knop even ver buiten mijn bereik als de maan. Worstelend, draaiend en kronkelend, slaagde ik erin op mijn knieën te komen.

Wat nu? vroeg ik me af. Ik kon mijn been niet naar voren brengen, maar ik kon centimeter voor centimeter naar het deel van de kast schuiven waar een paar schoenenplanken waren. Toen boog ik me zijwaarts tot ik op mijn linkerzij lag en mijn benen kon strekken. Met behulp van mijn handen draaide ik me rond tot mijn voeten bij de onderste plank waren. Daarna duwde ik hard tegen de plank, met mijn rug tegen de tegenoverliggende kastwand. Door het duwen kwam mijn onderrug omhoog, en ik drukte mijn handen tegen de muur. Het kostte me zoveel moeite en inspanning, dat ik moest stoppen om op adem te komen. Als ik nog niet voldoende reden had om af te vallen, dan had ik die nu wel, dacht ik.

Toen ik weer rustig kon ademhalen, bewoog ik mijn voeten zodanig dat ze plat op de grond kwamen te staan. Toen richtte ik me op en duwde tegen de wand achter me tot ik rechtop stond. Ik had nooit kunnen denken dat ik iets zo simpels zo'n geweldige prestatie zou vinden. Er ging een vlaag van opwinding en hernieuwde hoop door me heen.

Ik schoof langs de wand tot ik bij de deur was en mijn handen vlak onder de knop waren, boog me voorover, ging op mijn tenen staan en duwde mijn onderrug weer omhoog tot mijn vingers de knop raakten. Een paar ogenblikken kon ik er niet achter komen hoe ik het voor elkaar moest krijgen, of ik de knop naar boven of naar beneden moest duwen. Omlaag lukte niet, dus duwde ik omhoog, maar niet genoeg. Mijn handen bevonden zich te laag en ik kon mijn armen niet hoger strekken. Het was te moeilijk.

Ik had ook niet voorzien wat voor uitwerking die lange periode zonder eten op me zou hebben bij al die fysieke inspanning. Alles draaide om me heen en mijn knieën knikten. Ik sloot mijn ogen en wachtte weer tot mijn hartslag bedaarde en ik gemakkelijker kon ademhalen. Toen dacht ik na. Mijn lengte schoot een paar centimeter tekort. Er kwam een ander idee bij me op. Ik schoof weer terug langs de wand, draaide me om en hurkte net ver genoeg om de planken af te tasten tot ik een paar laarzen te pakken kreeg. Ik trok ze van de plank af en liet ze op de grond vallen. Mijn bedoeling was erop te gaan staan.

Het leek uren te duren, maar ik schoof weer langs de wand, duwde de laarzen voor me uit, tot ik zeker wist dat ik bij kastdeur en de knop was. Mijn gebonden enkels maakten het me onmogelijk mijn voet op te tillen en op de laarzen te gaan staan. Ik hield mijn adem in en sprong, draaide me enigszins om, zodat ik er goed op neer zou komen. Het was te moeilijk. Ik viel hard op mijn schouder, sloeg met mijn hoofd op de grond.

Uitgeput bleef ik liggen, voelde me weer verslagen. Ik schreeuwde van frustratie en draaide me toen om, trok mijn benen op, bonsde op de kastdeur. Ik kon mijn benen niet ver genoeg naar achteren bewegen om hard tegen de deur te kunnen trappen, maar ik deed wat ik kon en hield toen op, sloot mijn ogen en rustte uit. Voor ik weer kon beginnen, zag ik dat de knop van de deur bewoog.

Ze waren terug, dacht ik. Er was iets misgegaan. Wie weet wat ze nu zouden doen, vooral als ze me zoveel lawaai hoorden maken dankzij mijn pogingen om hieruit te komen? Ik hief mijn voeten op in afwachting van hun komst. Ik zou vechten met alle kracht waarover ik nog beschikte. De deurknop klikte en de deur ging zo langzaam open, dat het leek of ik hem openduwde met mijn adem.

Blij en ongelovig staarde ik naar de deuropening.

Echo stond voor me. Enkels en polsen waren nog gebonden, maar Skeeter had haar armen niet op haar rug gedraaid. Ze kon haar handen opheffen en ze bij de deurknop brengen. Ze was erin geslaagd al rollend, glijdend of hoe dan ook van het bed naar de kast te komen, had zich toen op haar knieën weten te manoeuvreren en haar handen om de deurknop te klemmen.

Ik wou dat ze mijn kreet van vreugde kon horen. Ze glimlachte alsof ze die daadwerkelijk had gehoord, en draaiend en wentelend rolde ik de kast uit.

'Goed gedaan,' vertelde ik haar. Ze knikte. Haar gezicht was vuil van de tranen.

Wat moesten we nu doen? vroeg ik me af. Ik keerde haar mijn rug toe, zodat ze kon zien hoe mijn handen gebonden waren. Ze kon haar handen gebruiken, ook al waren haar polsen dicht bijeengebonden. Ze deed haar best de knoop los te peuteren. Het was moeilijk en nu en dan stopte ze en kreunde gefrustreerd, maar ik bleef haar aanmoedigen tot ze eindelijk een beetje vooruitgang boekte en zelf wat vastberadener werd. Ik kon voelen dat de band losser werd en ten slotte kon ze hem ver genoeg uiteentrekken om mijn handen eruit te kunnen wrikken.

Ik draaide me om en knuffelde haar en maakte toen snel haar polsen los. We lachten allebei van blijdschap toen ook onze enkels vrij waren. Weer moest ik even ophouden om op adem te komen, maar ik draalde niet lang. Toen ik ditmaal rechtop ging staan, voelde ik de pijn in mijn benen. Ik moest snel in beweging komen en mijn spieren losmaken. Ik trok een schoon slipje aan en een andere spijkerbroek. Ik vond mijn schoenen die Skeeter opzij had gegooid en toen liepen we naar de deur. Ze was bang dat ze nog in huis waren, maar ik wist zeker dat ze allang onderweg waren om hun plan ten uitvoer te brengen. Dat wilde zeggen dat ze eerst naar de advocaat gingen die ze uit een of andere juridische vuilnisbelt hadden opgegraven en daarna zo snel mogelijk naar het ziekenhuis voor mevrouw Westingtons handtekening.

Een van de eerste dingen die ik deed toen we buiten de kamer waren en de trap afliepen, was in de keuken een groot glas sinaasappelsap halen. Ik smeerde jam op een boterham en schrokte die naar binnen. Echo gebaarde allerlei vragen naar me: 'Waarom hebben ze dit met ons gedaan? Zijn ze weg? Hoe gaat het met oma? Kunnen we haar bezoeken? Waar is Trevor?'

Ik gaf zo simpel mogelijk antwoord, legde uit dat het haar moeder alleen om geld te doen was. Ik vertelde haar dat Trevors moeder was gestorven en toen zei ik dat we zo gauw mogelijk naar haar oma moesten. Ze knikte gretig. Het was ironisch, dacht ik, dat zij degene was die mij gered had in plaats van andersom, en toen gingen mijn gedachten terug naar het moment waarop ze in de deuropening van de slaapkamer was verschenen en gezien had wat Skeeter probeerde met me te doen.

'Hoe wist je dat ik nog hier was?' gebaarde ik.

Ze glimlachte en wees omhoog.

'Destiny,' zei ze. Ze sprak de naam goed uit, vond ik. En toen gebaarde ze 'Zij heeft het me verteld'.

Het was een vreemd en mysterieus moment. Wat bedoelde ze? Ze kon niets horen, zelfs al zou mijn stem door de kastwand zijn heengedrongen.

'Hoe?' vroeg ik haar.

'Ik vond haar in mijn kast,' legde ze uit. 'En ik wist dat je nooit zonder haar zou weggaan.'

Ik glimlachte. Ja, dacht ik. In meer dan één opzicht had Destiny me weer gered. 'Dank je, oom Palaver,' mompelde ik zacht.

'Kom,' zei ik. 'We moeten aan het werk.'

Pas toen we buiten stonden, drong het tot me door dat Skeeter mijn auto had meegenomen, en Trevor was natuurlijk nog niet terug.

'Kom. Gauw,' zei ik en ging haar voor naar de camper. Wat was ik blij dat de ambtelijke molens zo langzaam maalden en hij nog steeds op het landgoed stond. Echo was opgewonden bij het vooruitzicht dat ze erin zou rijden. Ondanks alles wat er met haar gebeurd was en wat ze had gezien, had ze nog steeds een meisjesachtig onschuldige blik op de wereld. Het was triest om dat te moeten opgeven, maar uiteindelijk overkwam ons dat allemaal.

Ik startte de motor en keerde in de richting van de oprijlaan. Ik had geen gedetailleerd plan. Even dacht ik erover rechtstreeks naar de politie te gaan om ze te vertellen wat Skeeter en Rhona gedaan hadden, maar dat was niet mijn voornaamste zorg. Die gold mevrouw Westington, dus reed ik zo snel mogelijk naar het ziekenhuis. Natuurlijk vreesde ik een confrontatie met Rhona en Skeeter, en ik was bang voor de uitwerking die het zou kunnen hebben op mevrouw Westington als de ontmoeting in haar bijzijn zou plaatsvinden. Het tumult zou te veel zijn voor haar, maar ik moest haar bewijzen dat ik haar niet in de steek had gelaten.

Toen we de parkeerplaats van het ziekenhuis opreden, keek ik snel om me heen of ik het busje zag van Skeeter en Rhona. Het was nergens te bekennen en ik vroeg me af of ze misschien al geweest waren en van mevrouw Westington gekregen hadden wat ze wilden, en we dus te laat waren. Ik vond twee lege parkeerplaatsen, groot genoeg voor de camper. Zodra ik geparkeerd had, trok ik Echo haastig mee naar de ingang van het ziekenhuis. Ik besefte wat voor indruk ik op iedereen moest maken, als een bezetene voorthollend, met verwarde haren, en met Echo die zich vastklampte aan mijn hand, haar eigen gezicht betraand en haar haren al net zo verward. We vormden een vreemd stel.

Toen we op mevrouw Westingtons verdieping uit de lift stapten, dacht ik dat het geluk ons eindelijk, eindelijk toelachte. Aan het eind van de gang stond dokter Battie, in gesprek met een verpleegster. Hij keek in onze richting, staarde even naar ons, keek weer naar de patiëntenkaart in zijn hand en hief toen verbaasd zijn hoofd op.

'Ik dacht dat je vertrokken was,' zei hij toen we bij hem waren.

'Ze heeft tegen u gelogen. Ik moet met u praten,' zei ik met een blik op de verpleegster, die ons nieuwsgierig en belangstellend aankeek. 'Onder vier ogen alstublieft.'

Hij knikte en nam Echo en mij mee de gang door naar een lege patiëntenkamer.

'Hoe gaat het met mevrouw Westington?' was mijn eerste vraag.

'Ik kan nog niet voldoende verbetering constateren om een andere procedure aan te durven. Er is iets dat haar behoorlijk van streek maakt. Wat is er gaande?'

Hoe moet ik beginnen? vroeg ik me af. Zonder iets te zeggen liet ik hem mijn polsen zien.

'Hoe komt dat?' vroeg hij.

Ik vertelde het hem. Hij luisterde aandachtig. Zijn gezicht veranderde van nieuwsgierigheid in bezorgdheid en toen woede. Hij gebaarde naar Echo en hoorde ook haar verhaal aan.

'Je had gelijk dat je niet direct naar mevrouw Westington bent gegaan met dit verhaal,' zei hij. 'Wacht hier.'

Hij liet ons alleen en toen hij terugkwam, had hij twee mannen van de beveiliging bij zich.

'Ik heb de politie gebeld,' zei hij. 'Ze zijn onderweg. Ik heb met mevrouw Westington gesproken en haar, zonder verder iets te zeggen, gevraagd wanneer haar dochter haar zou komen bezoeken. Ze vertelde me dat ze haar over een minuut of twintig verwachtte. Ze had haar zojuist gebeld op het kantoor van een of andere advocaat.'

'Wat moeten we doen?' vroeg ik hem.

'Wacht hier. Ik zal een van de zusters vragen jullie wat te eten en te drinken te brengen. En om je polsen te verzorgen. Ga rustig in die stoel zitten.' Zijn gezicht was vertrokken van woede.

'We zouden graag mevrouw Westington even zien.'

'Straks,' zei hij.

Hij nam de bewakers terzijde en sprak met ze voor hij weer wegging. De zuster bracht ons wat te eten en sap en we aten en wachtten. Ze behandelde mijn polsen met een ontsmettingsmiddel op de plekken waar ze ontveld waren en verbond ze toen.

266

Kort daarna kwamen er een agent en een rechercheur. De laatste stelde zich voor als rechercheur Temple. Ik vertelde haar wat er met ons gebeurd was. Ze was heel geïnteresseerd in nieuws over die man Bill, die naar we veronderstelden mijn auto onder zijn hoede had. Ik zei dat ik verder niets wist. Ze stelde een hoop vragen over Skeeter. Toen ik zijn tatoeages beschreef, keek ze heel verheugd.

Ze zweeg toen ze dokter Battie in de gang hoorde. Hij sprak met Rhona en Skeeter die net uit de lift stapten.

'Uw moeder is naar een andere kamer gebracht,' zei hij luid genoeg voor ons om te horen. 'De eerste deur links verderop in de gang,' zei hij – de kamer waarin wij zaten.

De haat, woede en razernij die ik voelde deden me voldaan glimlachen, de tevreden glimlach van een spinnende kat. Rhona, die haar map met documenten in haar rechterhand hield, kwam als eerste binnen. Skeeter volgde met zijn handen in zijn zakken, zijn ogen neergeslagen, een grijns om zijn lippen. Met een zachte uitroep bleef ze staan en hij keek op; de schok was te zien op zijn gezicht en in zijn ogen.

'Verdomme, hoe komen jullie twee –' begon hij.

'Hou je mond,' zei Rhona. Ze keek naar de agent rechts van hen en de rechercheur die links van hen stond. De bewakers van het ziekenhuis gingen achter hen staan.

'Sanford Bickers,' zei rechercheur Temple, 'ik arresteer je wegens schending van je voorwaardelijke invrijheidstelling, verdenking van drugshandel, autodiefstal en onwettige gevangenhouding van een minderjarige.'

De agent liep naar Skeeter en deed hem de handboeien aan.

'Rhona Westington, ik arresteer je wegens onwettige gevangenhouding van een minderjarige en verdenking van medeplichtigheid aan drugshandel en autodiefstal.'

Ook haar werden de handboeien omgedaan.

'Dit is belachelijk,' zei Rhona. 'Die meid zuigt alles uit haar duim. Ze is lesbisch, een zwerfkat die mijn moeder zo dom was om in huis te nemen, en ze wilde mijn dochter verkrachten. We hebben haar in bed met haar betrapt. Vraag het maar aan mijn dochter. Toe dan. Vraag het haar.'

Rechercheur Temple negeerde haar en las haar haar rechten voor. Al die tijd bleef Rhona me woedend aanstaren en ik staarde terug.

Ik keek nu met Brenda's ogen en weifelde geen moment.

'Denk maar niet dat je hiermee wegkomt!' schreeuwde ze. Skeeter hield zijn hoofd gebogen.

Ze werden weggevoerd naar de lift.

'Over ongeveer twee uur kun je me in het huis verwachten,' zei rechercheur Temple. 'Ik wil een volledig, gedetailleerd verslag van je en ik wil dat je me laat zien waar jullie waren opgesloten en ook waarmee jullie waren gebonden en gekneveld.'

Ik had geen moment naar Echo gekeken, die verstijfd op de stoel rechts van me had gezeten. Niemand had eigenlijk naar haar gekeken. Toen Rhona en Skeeter gearresteerd werden en tijdens het voorlezen van hun rechten, had ze gehuild en deed dat nog steeds. Ik sprong op om haar te troosten. Dokter Battie kwam binnen en hielp me om haar te kalmeren. Hij vertelde haar dat haar oma naar haar gevraagd had en dat het heel erg belangrijk was dat ze er niet ontdaan uitzag zodat haar oma zich niet zou opwinden. Ze slikte snel haar tranen in. Ik ging met haar naar de toiletten en hielp haar zich wat op te knappen, haar gezicht te wassen en haar haar te kammen.

'Vertel haar niets over wat ze met ons gedaan hebben,' gebaarde ik en zei hardop: 'Dan zou ze nog zieker kunnen worden.' Ze begreep het en knikte.

Toen gingen we naar mevrouw Westington. Zodra ze ons zag begon haar gezicht te stralen van blijdschap. De tranen sprongen in mijn ogen. Afgezien van mijn eigen ouders, betwijfelde ik of iemand zich zo zou kunnen verheugen om iemand als mij te zien. Echo holde naar haar toe en knuffelde haar.

'Ik wist dat ze leugens vertelde over je. Ik deed net of ik haar geloofde,' zei ze. 'Er is meer dan één manier om iemand te bedotten. En wat is er nu precies aan de hand? Wanneer krijg ik de hele waarheid te horen, de harde feiten, alle details?'

Dokter Battie, die vlak achter me stond, schraapte zijn keel. Ik keek op.

'Jij maakt het er niet beter op, meneer Betweter, door mijn kinderen te vertellen dat ze dingen voor me geheim moeten houden,' zei mevrouw Westington. Het ontging me niet dat ze aan mij refereerde als een van die kinderen.

'U maakt het er niet beter op door per se meteen de modderpoel in te duiken voor ik je het groene licht geef,' antwoordde hij. 'Als je je goed gedraagt en me laat zorgen dat die bloeddruk daalt, zodat we aan die pacemaker kunnen beginnen, zullen we je alle miserabele, gruwelijke dingen vertellen die je maar wilt.'

Zelfs zij moest lachen. Ze keek naar mij. 'Vertel me in ieder geval over Trevor,' zei ze met een blik op de dokter. 'Waar is hij? Waarom heb ik helemaal niets van hem gehoord?'

Ik legde haar uit waar hij was en waarom.

'Ik dacht wel zoiets.' Ze keek weer naar de dokter. 'Nou, hoe lang ben je van plan me hier te houden?'

'Dat hangt van jou af,' zei dokter Battie.

Ze zuchtte. Goed, goed. Ik hou me wel rustig.'

Ze draaide zich om naar Echo en begon te gebaren. Ik sloeg haar en Echo aandachtig gade. Echo hield haar belofte en vertelde geen nare dingen. Iets meer dan een uur later gingen we weg, met de verzekering dat we de volgende ochtend zouden terugkomen. Ze vroeg zich niet af waarom we die avond niet kwamen. Ze zag hoe moe ik was en knikte slechts.

'Kom dichterbij,' zei ze, en ik boog me over haar heen. Ze stak haar armen uit om me te omhelzen en bracht haar lippen vlak bij mijn oor. 'Ik hoef niet te weten wat er precies gebeurd is,' zei ze. 'Maar ik weet dat ik je moet bedanken voor mijn kleindochter.'

Ik zei niets. Ik had het gevoel dat mijn keel werd dichtgeknepen, zo moest ik me inspannen om niet in tranen uit te barsten. Ik gaf haar een zoen op haar wang, pakte Echo's hand en liep met haar de kamer uit. Dokter Battie kwam naar ons toe voor we bij de lift waren.

'Gaat het goed, April?'

'Ik geloof van wel, ja. Ik ga eens goed uitslapen na een lekkere, warme maaltijd.'

'Oké. Je kunt me bellen als je iets nodig hebt. Ik zal duimen. De cardioloog en ik zouden haar graag morgen behandelen of uiterlijk de dag erna.'

'Daar ben ik blij om. We hebben haar thuis nodig.'

We stapten in de lift en liepen naar de ingang van het ziekenhuis. Aan de manier waarop sommige leden van het personeel en bewakers naar ons keken, kon ik zien dat ons verhaal snel de ronde had gedaan. Een paar ogenblikken nadat we in de camper waren gestapt, bleef ik achter het stuur zitten staren naar het kleine stukje bos aan de overkant van de weg. Ik voelde me doodmoe. Ik had niet zo dapper en onafhankelijk moeten zijn. Ik had ons door iemand anders terug moeten laten rijden, dacht ik.

'Moet je nou echt altijd zo'n trut zijn?' hoorde ik.

Ik was weer aan het buikspreken. Het leek logisch om dat in de camper te doen, zelfs zonder dat Destiny erbij was. Ik sprak nog steeds via haar.

Ik lachte stilletjes, startte de motor en reed de parkeerplaats af. Toen ik in de achteruitspiegel keek, zag ik dat Echo languit op de bank lag te slapen. Ze zag er jonger uit, meer als een kind van een jaar of zes, zeven. Wat had ze het moeilijk gehad in haar jonge leven, dacht ik. We waren verwant door verdriet en narigheid. Geboren in een zelfde familie van tegenslag. Misschien zou het nu veranderen. Misschien hadden we een belangrijke bladzij omgeslagen. Misschien zouden we weer kunnen dromen.

Ondanks alles wat we hadden bereikt, was Echo nog steeds bang toen we bij het huis kwamen. Ik zag hoe ze om zich heen en naar de voordeur keek. Ik verbeeldde me dat ze zich afvroeg of haar moeder en Skeeter op de een of andere manier konden zijn teruggekomen. Ik sloeg mijn arm om haar schouders en lachte naar haar.

'We hoeven niet bang te zijn,' beloofde ik. 'Ze komen niet terug. Maak je geen zorgen.' Het gebaar voor *zorgen* vereiste enige acteerkunst: met de rechtervingertoppen tegen je voorhoofd trommelen en daarbij je voorhoofd fronsen en diep bezorgd kijken.

Ze lachte om mijn gebaren en ging naar binnen. Ik ging naar de keuken om te zien wat er te eten was. Ik wilde vroeg eten, want we hadden lunch en ontbijt overgeslagen. Kort daarna hoorde ik de deurbel en ging rechercheur Temple begroeten. Ze werd vergezeld van een andere rechercheur, een lange, magere man met donker haar, die ze voorstelde als inspecteur Hampton.

'Ik vind het niet prettig je weer het hele verhaal te laten vertellen,' zei ze. 'Maar we hebben alle informatie, details en bewijzen nodig.'

'Het doet er niet toe,' zei ik, en ging hen voor naar de logeerkamer en de kast waarin ze me hadden opgesloten. De koorden en de sok lagen nog op dezelfde plaats waar we ze hadden achtergelaten. Rechercheur Temple keek me onderzoekend aan toen ik de details beschreef en pakte toen plotseling mijn hand, knikte naar inspecteur Hampton en trok me terzijde.

'Wat heeft hij nog meer met je gedaan?' vroeg ze.

Ik begon te huilen.

'Ik weet hoe moeilijk het voor je is. Ik heb met een aantal slacht-offers van verkrachting te maken gehad. Wat ik wil is hem opslui-ten en de sleutel in de Pacific gooien.'

Ik knikte en beschreef wat hij had gedaan en geprobeerd had te doen toen ik gebonden in de kast lag. Ik vertelde hoe Echo het had onderbroken, maar zei niets over Destiny. Ik dacht dat ze daardoor in de war zou raken. Ze maakte aantekeningen. Inspecteur Hampton nam foto's van de kamer en de kast, en daarna gingen ze naar Rhona's kamer en doorzochten hun spullen. Blijkbaar vonden ze drugs en informatie die hen heel verheugd stemden.

'Je krijgt je auto vóór morgenochtend terug,' beloofde ze. 'We weten waar hij is en bij wie. We hebben die mensen in de gaten ge-houden, en het onderzoek is nu bijna rond.'

'Is Rhona werkelijk bij dat alles betrokken?' vroeg ik.

'Ze gaat met die mensen om en ze is er tot op zekere hoogte be-slist bij betrokken. Ik denk dat ze bang genoeg zal worden om zich tegen hen te keren. Dat gebeurt meestal. Ik denk niet dat haar moe-der haar deze keer uit de put zal halen.'

'Toch weet ik zeker dat mevrouw Westington zou willen dat ze er voor haar had kunnen zijn.'

'Ja, waarschijnlijk wel. Dat zou elke moeder willen. Ga wat rus-ten. We praten verder in de komende paar dagen.'

Zij en inspecteur Hampton namen afscheid en plotseling had ik het gevoel dat ik om zou vallen als ik niet wat rust kreeg. Ik vertel-de het Echo, die net zo moe was als ik. Ze was nog steeds bang en voelde zich onveilig. Het draaide erop uit dat ik in haar kamer ging slapen, naast haar op het bed, met Mr. Panda tussen ons in. Een paar seconden aarzelde ik, denkend aan Rhona's beschuldigingen, maar ik wilde me niet door haar obscene geest laten beletten Echo wat troost te geven. Eerlijk gezegd vond ik het niet erg dat ze naast me lag. We troostten elkaar.

'Wacht,' gebaarde ze, toen ik op het punt stond mijn ogen te slui-ten. Ik zag hoe ze uit bed opstond. Ze draaide zich om en glimlach-te naar me bij de deur van haar kast.

Natuurlijk, dacht ik.

Ze deed de deur open en ik liep snel naar haar toe om haar te helpen Destiny eruit te halen. Echo wilde net zo graag als ik dat ze over ons zou waken. Ik zette haar in de stoel rechts van ons. Toen kroop Echo in bed.

'Dank je, Destiny,' zei ik.

Ik hoefde het niet hardop te zeggen via haar. Ik hoorde haar in mijn gedachten.

'Graag gedaan.'

Ik stapte in bed en toen zei Echo weer: 'Wacht.'

Wat was er nu weer? Ze stond snel op en liep de kamer uit. Toen ze terugkwam hield ze de dromenvanger, die we in Rhona's kamer hadden geborgen, in haar hand.

'Goed zo,' zei ik en maakte hem boven ons vast. Als we hem ooit een nacht nodig hadden, dan was het nu wel, dacht ik.

Echo glimlachte en deed eindelijk haar ogen dicht. Ik streek wat haar van haar voorhoofd, zoals mijn moeder vroeger altijd bij mij deed. Toen legde ik mijn hoofd op het kussen. Ik viel zo snel in slaap, dat ik me, geloof ik, niet één keer omdraaide nadat ik mijn ogen gesloten had.

Toen ik wakker werd, was het buiten donker en Echo lag niet naast me. Even was ik verschrikkelijk in de war, maar toen kwam alles weer bij me terug, en raakte ik weer in paniek. Waar was ze?

Ik ging rechtop zitten. Het was doodstil in huis. Toen meende ik iemand te horen praten. Ik hoorde iemand lachen en mijn hart bonsde in mijn keel.

Ik liet me van het bed glijden, trok mijn schoenen aan en wreef de vermoeidheid uit mijn gezicht. Ongelooflijk maar waar: ik bekeek mezelf in de spiegel en schikte wat aan mijn haar. Vrouwelijke ijdelheid. Daar viel niet aan te ontkomen.

Ik liep de trap af naar de zitkamer. Naast Echo zat Tyler Monahan. Hij keek snel op toen ik in de deuropening verscheen. Hij kwam me voor als een angstig ineengedoken puppy, met zijn staart tussen zijn poten.

'Hallo, hoe gaat het?' vroeg hij snel.

'Goed,' zei ik.

'Iedereen praat over wat er hier gebeurd is. De mensen kwamen in onze winkel om het ons te vertellen, omdat ze wisten dat ik Echo les had gegeven.'

Ik knikte en sloeg mijn armen over elkaar. Ik zag dat hij zich niet op zijn gemak voelde, maar ik was niet van plan het hem zo gauw te vergeven.

'Je weet waarom Rhona me heeft kunnen bedreigen en chanteren, hè?'

'Daar ben ik achter gekomen toen mijn moeder me vertelde wat zij haar had verteld. Het spijt me. Ik heb vreselijke spijt van wat ik gedaan heb. Ik wist niet dat Rhona het tegen jou zou gebruiken. Ik heb ook tegen mijn moeder gezegd dat ze iets heel verkeerds had gedaan.'

'Ja, ja.'

'Nee, echt waar.'

Ik staarde hem aan. Hij keek naar Echo die bewonderend naar hem glimlachte.

'Dat mocht ook wel. Ik ben blij dat je het gedaan hebt.'

'Ik heb een besluit genomen,' zei hij. 'Ik heb besloten dat ik mijn opleiding en talent niet langer zal verspillen.'

'Wat wil je daarmee zeggen?'

Ik heb de school gebeld waar Echo naartoe zal gaan en het bleek dat er een vacature is en ze iemand met mijn ervaring nodig hebben, dus heb ik die baan aangenomen. Ik was juist bezig het haar uit te leggen.'

'Echt waar? Tyler, dat is geweldig.'

'Ik geloof van wel, ja. Ik heb tegen mijn moeder gezegd dat ik haar meer respect zou betonen door gebruik te maken van het talent dat ze me heeft meegegeven. Ze begrijpt het nu. Tenminste, dat denk ik.'

'Als ze het niet begrijpt, is ze stom.' Ik was niet in de stemming om de pil te vergulden. In meer dan één opzicht dacht ik, was ik op mijn zus gaan lijken, mijn stoere, prestatiegerichte zus.

Hij knikte gedwee. 'Hoe is mevrouw Westington onder dit alles?'

'Ze kent de onsmakelijke details niet, en die laten we haar ook niet weten voordat de dokter het goedvindt. Maar ze is heel slim en ze weet dat we iets heel onaangenaams hebben doorgemaakt.'

'Ja, dat is duidelijk. Ik weet zeker dat het afschuwelijk geweest is.'

'Het gaat nu weer goed met ons,' zei ik vastberaden. 'Met ons allebei.'

'Gelukkig.' Hij sloeg zijn ogen op, glimlachte naar Echo en stond op van de bank. 'Ik kwam alleen even langs om te horen hoe het met jullie gaat en jullie over mijn baan te vertellen. De plannen voor haar school gaan toch door, hè?'

'O, ja, dat weet ik zeker.'

'Het ruikt lekker hier,' zei hij, en ik realiseerde me plotseling dat er iets op het gas stond. Natuurlijk had ik dat niet gedaan.

Ik gebaarde naar Echo en ze antwoordde dat ze een stoofschotel had opgezet die haar oma had gemaakt en in de vriezer achtergelaten.

'Ik geloof dat ik door alles heen heb geslapen. Ik denk dat ze heel wat meer kan dan iedereen denkt.'

'Dat kan ze en ze zal nog een heel stuk vooruitgaan als ze eenmaal op school is. Volgend jaar om deze tijd zul je haar niet herkennen.'

'Dan ben ik hier niet meer, Tyler.'

'O, nee, natuurlijk niet.'

'Maar ik kom op bezoek.'

'Graag,' zei hij glimlachend.

We staarden elkaar even aan.

'Het spijt me,' zei hij. 'Ik heb me gedragen als –'

'Laten we ophouden met alle verontschuldigingen, Tyler. Ik heb honger.' Hij lachte.

'Echo,' zei ik, me naar haar omdraaiend en gebarend. 'Zullen we Ty uitnodigen om te blijven eten?'

Ze knikte zo snel en beslist dat ik dacht dat haar ogen uit haar hoofd zouden rollen.

We gingen aan het werk. Het was heerlijk om je gelukkig te voelen, grapjes te maken en plezier te hebben. Kort nadat de tafel was gedekt werd er aan de deur gebeld. Het waren twee politieagenten. Toen ik langs hen heen keek, zag ik mijn auto. Ze vroegen me te tekenen voor de ontvangst ervan en ik bedankte hen en daarop vertrokken ze.

Juist toen we aan tafel zaten om te gaan eten, ging de telefoon. Mijn hart klopte in mijn keel.

'Met dokter Battie. Ik wilde je even laten weten dat we morgenochtend de pacemaker aanbrengen. Haar conditie is nog niet optimaal, maar we hebben besloten niet langer te wachten.'

'Hoe laat?'

'Vroeg. Om acht uur moet het achter de rug te zijn.'

'We zullen er zijn.'

'Oké. En hoe gaat het met jullie beiden?'

'Stukken beter.'

'Mooi. Maak je niet ongerust.'

Ik bedankte hem en hing op.

Niet ongerust?

Ik staarde naar mijn spiegelbeeld in het keukenraam en gebaarde toen naar mijzelf: rechtervingers op mijn slaap en die overdreven grimas.

15. Bis!

Tyler wilde niet meteen naar huis nadat ik hem verteld had dat mevrouw Westington de volgende ochtend geopereerd zou worden. We waren het er natuurlijk over eens dat we het Echo voorlopig nog niet zouden vertellen. De volgende ochtend zou ik haar meenemen naar het ziekenhuis onder het mom van een gewoon bezoek. We besloten haar bezig te houden tot ze moe genoeg was om in slaap te vallen en haar op die manier te beletten aan de nare dingen te denken die er waren gebeurd en nog konden gebeuren. Eigenlijk was het ook voor mij een goede therapie.

Tyler hielp me al oom Palavers goocheltrucs naar beneden te brengen en ook Destiny de trap af te dragen, zodat ik een voorstelling kon geven in de zitkamer. Ik ging terug naar de camper om nog meer van de trucs te halen die we in de theaters gebruikten. We lieten Echo op de bank zitten en Tyler stond rechts van me en verklaarde in gebarentaal wat ik zei.

Ik begon met net te doen of ik een zakdoek hypnotiseerde, die zich uit eigen beweging leek op te richten. Het was een simpele truc omdat een platgemaakt strootje in de zoom van de zakdoek was genaaid en ik er alleen maar op hoefde te drukken om de zakdoek omhoog te laten gaan.

Met behulp van Destiny deed ik de trucs met kaarten en verdwijnende ballen en diverse munten- en spiegeltrucs. Tyler zat in een stoel terwijl ik op magische wijze een zakdoek door zijn hoofd trok en hem een paar centimeter van zijn stoel omhoog deed rijzen. Zelfs hij was verbaasd en onder de indruk. Ik eindigde met de antwoordpendeltruc, die me dicht bij echte magie leek te komen. Aan het eind van een koord had oom Palaver een kleine pendel bevestigd. Hij stelde een vraag aan iemand uit het publiek, en de pendel zwaaide in een rechte lijn voor een ja en in een cirkel voor een nee.

Ik haalde mijn schouders op. 'Oom Palaver kon het ook niet verklaren. Hij zei dat het op een ouderwetse wichelroede leek. Misschien wordt het beïnvloed door onze onderbewuste gedachten.' Ik glimlachte. 'Maar misschien ook niet.'

Tyler knikte. Hij keek naar Destiny, die haar armen had opgeheven terwijl ze haar hoofd schudde, en hij lachte.

'Ik geloof dat het niet altijd zo slecht voor je was onderweg met je oom.'

'Nee, maar zoals mevrouw Westington zegt, je kunt niet eeuwig blijven rondzwerven en voor jezelf weglopen, je kop in het zand steken.'

We zagen dat Echo geeuwde.

'Tijd om te gaan slapen,' zei ik tegen haar, met een knikje naar Destiny wier ogen dichtvielen.

Echo vroeg Tyler of hij de volgende ochtend terugkwam. Hij keek even naar mij en antwoordde toen dat hij haar in het ziekenhuis zou zien, want dat hij haar oma ook wilde bezoeken. Echo was tevreden en vroeg me of ik nu ook ging slapen. Ik zei dat ik haar voorbeeld gauw zou volgen. Ik wilde eerst mijn goocheltrucs opbergen. Ze keek naar Tyler en toen naar mij en knikte. Toen ze weg was hielp Tyler me alles terug te brengen naar de camper.

'Destiny blijft bij ons in het huis,' zei ik.

We liepen naar boven om even bij Echo te gaan kijken en vonden haar slapend, met Mr. Panda in haar armen.

'Ik zie dat jij ook een dromenvanger hebt,' zei hij. 'Je neemt geen risico, hè?'

'Niet meer.'

Hij glimlachte. Alles wat er gebeurd was scheen hem innerlijk bevrijd te hebben, zodat hij minder behoedzaam was om zijn gevoelens te uiten en minder bevreesd ze te vertrouwen.

We gingen weer naar beneden. Ik zag dat hij aarzelde.

'Je hoeft niet langer hier rond te hangen, Tyler. Alles is in orde met ons.'

'Als je er geen bezwaar tegen hebt, zou ik dat toch graag willen. Dan voel ik me wat beter.'

'Oké,' zei ik verbaasd.

We gingen op de bank in de zitkamer zitten en praatten over zijn nieuwe plannen en de mijne. Ik probeerde wakker te blijven, maar na een tijdje werden mijn oogleden te zwaar en ik voelde dat ik steeds meer tegen hem aan ging leunen. Hij stond op en legde een kussen onder mijn hoofd. Toen ging hij tegenover me zitten in de stoel van mevrouw Westington. Toen het ochtendlicht door het raam naar binnen scheen werd ik wakker en zag dat Tyler nog in de stoel zat en zelf in slaap was gevallen.

Ik ging rechtop zitten en hij deed zijn ogen open.

'Hé,' zei hij, om zich heen kijkend, 'hoe laat is het?' Hij keek op zijn horloge. 'Wauw. Ik denk dat ik vermoeider was dan ik dacht.'

'Ik moet Echo uit bed gaan halen. Ik zal haar ontbijt klaarmaken en dan gaan we naar het ziekenhuis.'

'Goed. Dan zie ik jullie daar,' zei hij. Hij stond op en rekte zich uit. 'Mooie voorstelling gisteren,' zei hij lachend.

'Dank je.'

'Tot straks.' Hij liep haastig naar buiten.

Ik vroeg me af wat hij zijn moeder zou vertellen als hij thuiskwam en of hij dat überhaupt nog belangrijk vond.

Echo en ik douchten en kleedden ons aan. Ik zette koffie; veel eten kon ik niet. Ik had een gevoel of mijn maag vol kleine slangetjes zat. Echo dronk een glas sap en at wat muesli. Ik dacht dat ze een beetje wantrouwend was omdat ik haar aanspoorde zich te haasten en we zo vroeg op pad gingen, maar ze vroeg niets. We stapten in mijn auto en reden weg. Ik kon mijn zenuwen nauwelijks bedwingen. Al was het inbrengen van een pacemaker over het algemeen niet zo'n gevaarlijke procedure, dat was het wél voor iemand van mevrouw Westingtons leeftijd en conditie. Ik wist voldoende om te beseffen hóé gevaarlijk. Vooral dat de artsen bang waren voor een nog ernstigere beroerte.

Tyler stond al op de parkeerplaats op ons te wachten toen ik kwam aanrijden. Hij stapte snel uit om ons te begroeten. Echo was blij hem te zien, maar ook heel verbaasd. Ze bleef naar mij kijken, vragend om een verklaring. Ik wist dat we de waarheid nog maar een paar minuten geheim konden houden. Als we eenmaal binnen waren en ze merkte dat we niet naar de kamer van haar oma gingen, dan zou ze beseffen dat er iets meer aan de hand was. Ik was blij dat Tyler erbij was, die het haar kon uitleggen met zijn betere kennis van gebarentaal.

Bij de receptie vroegen we waar we naartoe konden om te wachten. Toen we in de lounge waren, legden Tyler en ik Echo eindelijk uit wat er precies ging gebeuren. Ze ging zitten en probeerde alles te verwerken; ze zag er heel bang en smalletjes uit. Ik hield haar hand vast om haar gerust te stellen. Daarmee stelde ik tegelijk mijzelf gerust. Kort na acht uur kwam dokter Battie. Ik hield mijn adem in tot ik hem zag glimlachen. Terwijl hij sprak gebaarde Tyler naar Echo.

'Het is goed gegaan,' zei de dokter. 'Wat een pit heeft die vrouw! Over een paar uur kunnen jullie haar bezoeken. Ik zal haar laten weten dat jullie er zijn en dat ik jullie op de hoogte heb gebracht.'

Blij en met het gevoel dat er een loodzwaar gewicht van mijn schouders was gevallen, gaf ik te kennen dat ik eindelijk honger had. Tyler bekende dat hij ook niet veel ontbeten had, dus liepen we naar de kantine van het ziekenhuis. We gingen aan een tafel zitten en keken naar het personeel van het ziekenhuis en de andere bezoekers en artsen, die in en uit liepen.

'Ik zou later graag in een ziekenhuis werken,' zei Echo, 'om mensen te helpen.'

'Als je die school hebt doorlopen kun je alles worden wat je wilt,' gebaarde Tyler glimlachend.

'Hoe staan dove mensen er werkelijk voor wat hun carrière betreft?' vroeg ik hem.

'Ze hebben tegenwoordig veel meer mogelijkheden. Ze is nog lang niet toe aan het kiezen van een carrière, maar het zal je verbazen hoeveel ze kan doen. Misschien zal ze op een dag in een medisch laboratorium werken of zelfs arts worden.'

'Arts?'

'Wie weet? Ze is intelligent genoeg om bijna alles te kunnen.'

Plotseling sperde Echo haar ogen open. Ik draaide me om en zag Trevor, die naar ons toeliep. Hij keek kwaad genoeg om in staat te zijn de hele kantine kort en klein te slaan. Zijn blik ging naar Tyler en toen naar mij.

'Het gaat goed met haar. En het gaat goed met ons,' zei ik haastig.

Trevors schouders ontspanden zich. 'Waarom heb je de politie niet naar het huis van mijn neef laten bellen?' vroeg hij. 'Toen ik mevrouw Westingtons huis belde en niemand aan de telefoon kreeg, belde ik een vriend van me in Healdsburg in het Mars Hotel en kreeg alles te horen. Het is het gesprek van de dag. Toen ik de afschuwelijke details hoorde, heb ik een vroegere vlucht genomen en ben meteen naar het ziekenhuis gereden.'

Hij ging zitten. 'Ze zitten dus allebei in de gevangenis?' vroeg hij.

'Ja. Skeeter werd voor nog veel meer dingen gezocht en Rhona bevindt zich in grote moeilijkheden.'

'Ik ben allesbehalve verbaasd en ook niet teleurgesteld.'

'Zal ik een kop koffie voor je halen, Trevor?' vroeg Tyler.

Trevor keek hem even scherp aan en knikte toen. 'Graag. Zwart, geen suiker,' zei hij, en Tyler sprong overeind. 'Hoe gaat het nu met mevrouw Westington?'

'Ze heeft vanmorgen een pacemaker gekregen en de dokter zegt dat het goed gaat, Trevor.'

'En de kleine hier?'

'Ze begint weer bij te komen. Het komt allemaal goed met haar. We maken het allemaal prima, Trevor.'

'Blij dat te horen. Het spijt me dat ik er niet was. Ik wist dat ik jullie niet met die twee achter moest laten. Ik wed dat je me niet de hele waarheid hebt verteld over wat er allemaal in dat huis gebeurde. Je wilde niet dat ik zou blijven en je wist dat ik niet weg zou gaan als ik alles wist.'

'Je was waar je hoorde te zijn.'

'Dat weet ik nog zo net niet. Je kunt me later de details vertellen.' Hij maakte een beweging met zijn schouder naar Tyler. 'Ik dacht dat hij van het toneel verdwenen was.'

'Het spijt hem dat hij bij ons is weggegaan. Hij heeft een baan aangenomen op de school waar Echo naartoe gaat. Dat zal het gemakkelijker maken voor haar.'

'O? En wat heeft zijn mama daarover te zeggen?'

'Niet veel blijkbaar.'

'Ik geloof dat er zich heel wat dingen vlak voor mijn ogen afspeelden, waar ik geen flauw benul van had,' zei hij glimlachend.

'Mevrouw Westington zal erg blij zijn als ze jou ziet en weet dat je terug bent,' zei ik om van onderwerp te veranderen.

'O, ze zal wel iets vinden om mij te verwijten. Wees maar niet bang.' Ik lachte.

Tyler bracht zijn koffie. 'Ik vond het heel erg om te horen dat je moeder gestorven is, Trevor,' zei hij.

'Dank je. April vertelde me over je nieuwe carrièreplannen.'

'Ja,' zei hij.

'Klinkt goed,' merkte Trevor op.

Tyler knikte. 'Misschien is de jury eindelijk tot een beslissing gekomen in mijn zaak.' We moesten allebei lachen. Zelfs Trevor vond het vermakelijk en Echo lachte omdat ze zich koesterde in onze vrolijke stemming.

Toen er voldoende tijd verstreken was, gingen we naar mevrouw Westington. Normaal gesproken zouden de verpleegsters ons nooit allemaal tegelijk hebben binnengelaten, maar ik denk dat ze net zo bang waren voor de kritiek van mevrouw Westington als voor de kritiek van hun superieuren. We stonden rond haar bed. Ze keek naar onze gezichten en wendde zich toen tot Trevor.

'Hoe komt het dat je hier zo gauw terug bent?'

'Ik heb me erop geconcentreerd.' Ze glimlachte.

'Blijven jullie alsjeblieft niet zo naar me staan kijken alsof ik aan de rand van mijn graf sta.'

'Wat wilt u daarmee zeggen?' vroeg Trevor. 'Dat die oude man die u door het raam van uw ziel zag niet langer naar binnen tuurt?'

'Hij komt als ik zeg dat hij mag komen en geen minuut eerder,' antwoordde ze.

'Dat geloof ik graag, ja,' zei Trevor lachend. 'Ik wed dat hij dat niet durft.'

De dokters wilden dat mevrouw Westington nog één dag in het ziekenhuis zou blijven. Natuurlijk klaagde ze, maar ze gaf het op toen ze besefte dat ze daadwerkelijk op eigen benen het ziekenhuis zou kunnen verlaten. Ze zwoer bij hoog en bij laag dat ze zich netjes zou gedragen en niet te gauw te veel zou doen, maar we wisten allemaal dat die beloftes net zoveel waard waren als de lucht waarop ze geschreven waren, zoals ze zou zeggen over andermans beloftes. Toen ze weer thuis was, probeerde ik bij haar in de buurt te blijven, haar werk uit handen te nemen, dingen te doen voordat zij ze kon doen, en smeekte haar voortdurend te gaan zitten en te rusten. Ze schold me uit voor zenuwpees.

Trevor hielp me zoveel mogelijk met haar, en Echo ook, die waarschijnlijk de meeste invloed had. Tyler kwam bijna elke dag en we hadden heerlijke etentjes en gezellige avonden. De dag na mevrouw Westingtons thuiskomst kwam rechercheur Temple me weer opzoeken om me te vertellen dat Skeeter en Rhona in staat van beschuldiging waren gesteld en een hoorzitting was vastgesteld voordat het proces plaats zou vinden. Skeeter werd ook in andere staten gezocht en zou worden uitgeleverd om ook daar terecht te staan.

Ondanks haar woede en teleurstelling had mevrouw Westington een paar stille momenten van verdriet en spijt over Rhona. Ze praatte over de fouten die ze wellicht had gemaakt bij haar opvoeding en zei dat ze zich tot op zekere hoogte verantwoordelijk voelde, of ze dat nu al dan niet wilde toegeven. Ten slotte besloot ze een advocaat te betalen, niet zozeer om Rhona ongestraft vrij te krijgen, maar om haar althans nog enige hoop te geven.

'Het is goed geld naar kwaad geld gooien,' zei ze tegen me, 'maar ik kan er niets aan doen. Je zult ondervinden dat je veel dingen doet die je eigenlijk niet wilt doen vanwege je moederlijke verplichtingen, April.'

Wie zegt dat ik ooit een moeder zal zijn? dacht ik. Ze zag de twijfel in mijn gezicht.

'Je moet nooit iets afschrijven, kind. Je bent nog veel te jong om tot zulk soort conclusies te komen.'

Misschien had ze gelijk, dacht ik.

Toen mevrouw Westington sterk genoeg was, gingen we met z'n allen naar de school om Echo's toekomstige directeur en docenten te leren kennen. We kregen ook de slaapafdeling te zien. Al die tijd keek ik aandachtig naar mevrouw Westingtons gezicht. Ik kon haar innerlijke strijd zien. Ze was onder de indruk van de faciliteiten, de prestaties van de leerlingen en hun onderlinge communicatie, maar ze zag ook hoe haar kleindochter haar ging ontglippen. De banden die hen aaneen hadden gesmeed zouden verbroken worden. Ze was verstandig genoeg om te erkennen dat sommige van die banden Echo te veel beknelden en haar gevangen hielden in een kleine-meisjeswereld, terwijl ze haar geest hoorde te verruimen, zich hoorde te ontwikkelen, volwassen en onafhankelijk te worden.

'Gek,' zei ze, toen Trevor ons die dag naar huis reed, 'ik denk dat ik meer succes heb gehad met de opvoeding van een meisje met een gehoorstoornis dan een meisje dat in alle opzichten gezond was.'

'Niet in alle opzichten,' zei Trevor fronsend. 'Ze heeft wat rottigheid geërfd van een of andere voorouder. Natuurlijk niet van de familie van uw kant,' voegde hij eraan toe, en ze gaf hem een speelse mep op zijn schouder. Echo en ik keken achterin lachend toe.

'Hou je bij onze druiven,' zei ze.

'Onze druiven? Nu zijn het plotseling onze druiven?'

'Dat zijn ze altijd geweest. Ik heb je altijd maar een beetje getreiterd, zodat je beter zou produceren.'

'Wel heb ik ooit... hoor je dat, April? Is deze vrouw de moeder van alle bedrog, of wat?'

'O, ga fietsen, jij,' zei ze.

De volgende dag gingen we terug naar het winkelcentrum om nieuwe kleren te kopen voor Echo. Het was mevrouw Westingtons idee, nadat ze gezien had wat de andere tieners op de school droegen.

'Tja, als ze er allemaal zo mal willen bijlopen in die wijde broeken en korte bloesjes, kan ik er weinig aan doen,' besloot ze. 'Ik hoop alleen dat ze niet ook nog ringen door haar neus gaat dragen.'

Echo was verrukt over de aankopen. Ik had haar nog nooit zo enthousiast gezien, en mevrouw Westington ook niet. Echo en ik brachten alles naar haar kamer en ik hielp haar met het uitzoeken van haar spulletjes voor haar verhuizing naar haar school, die over twee dagen zou plaatsvinden. Al die voorbereidingen deden me denken aan mijn eigen eerste dagen op school: de verwachtingen, de zenuwen en de hoop.

Laat in de middag kreeg ik een telefoontje van de advocaat die oom Palavers nalatenschap had geregeld. Hij vertelde me dat de camper nu verkocht kon worden en hij had geregeld dat er de volgende ochtend iemand zou komen die hem naar het veilinglokaal zou rijden. Hij wilde zeker weten dat ik alles eruit had gehaald wat ik wilde hebben.

Ik had geweten dat dit bericht elk moment kon komen, maar nu het zover was, ging er een steek door mijn hart. Ik vertelde het aan mevrouw Westington die het aan mijn gezicht zag.

'Je moet het loslaten, April,' zei ze. 'Je moet kappen met het verleden. Ik weet waarover ik praat. Ik heb het vaak gedaan en ik doe het nu weer. Soms is het pijnlijk en soms niet, maar het moet gebeuren. Het leven gaat door.'

'Ik weet het,' zei ik. 'Ik zal de camper inspecteren en eruithalen wat ik niet wil dat wordt weggegooid of door iemand anders wordt meegenomen.'

'Zal ik je helpen?'

'O, nee. Het gaat prima.' We wisten allebei dat het een leugen was.

Toen ik in de camper kwam, bleef ik eerst domweg naar alles staan kijken zonder te weten waar ik moest beginnen. Ik controleerde oom Palavers laden, borg allerlei dingen in kleine zakken en dozen. Ik vond oude foto's van hem en mijn moeder, zelfs foto's die hij had bewaard van Brenda en mij toen we nog heel jong waren. Er was één foto van mijn vader en hem die de tranen in mijn ogen deed springen. Ze zagen er toen nog zo jong uit, zo jong en vol hoop en energie. Was er maar een manier om foto's weer tot leven te brengen, terug te keren naar gelukkiger tijden.

Ik vond een geheime voorraad geld in een van oom Palavers sokken. En toen vond ik een schoenendoos met knipsels en foto's van de echte Destiny. Er bevond zich een hoop illusie in die camper, dacht ik, toen ik alle trucs en rekwisieten had verzameld die oom Palaver gebruikte voor zijn optreden, maar er waren ook veel mooie herinneringen aan reële, gelukkige tijden. Wat ik met dat alles moest doen, wist ik niet, maar ik bracht uren door met alles te sorteren, de onbelangrijke dingen te scheiden van de belangrijke.

Trevor kwam me helpen alles naar buiten te dragen. Hij vond een plek voor me in zijn wijnmakerij, waar ik alles op kon slaan tot ik besloten had wat ik ermee zou doen. Mevrouw Westington zei dat ik het linnengoed, serviesgoed, de handdoeken en bruikbare huishoudelijke artikelen in dozen moest bergen, die Trevor naar het Leger des Heils zou brengen. Echo hielp me bij dat alles. We werkten door tot het eten en gingen daarna verder en laadden toen alles in Trevors truck. Hij zou het de volgende ochtend wegbrengen.

De man van de veiling kwam de volgende dag op het moment dat we gingen ontbijten. Ik had de hele nacht liggen woelen en piekeren. Als de camper verkocht was en oom Palavers bezittingen waren weggegeven of opgeslagen, was dat deel van mijn verleden voorbij, dacht ik. Ik had het gevoel of ik een navelstreng doorsneed en ik helemaal alleen was, zwevend in een ruimte van besluiteloosheid en onzekerheid.

Ik moest een paar papieren ondertekenen en toen stapte de man in de camper en startte de motor. Echo kwam naast me staan en we keken hem na toen hij wegreed. Ik huilde niet, maar de pijn in mijn hart was zo intens dat ik moeite had met ademhalen.

'Dat is het verleden,' hield mevrouw Westington vol. 'Denk uitsluitend aan de toekomst.'

Ik knikte, maar zei niets en ik liet mijn ontbijt staan. Later hielp ik met afruimen, waste borden en bestek af en borg alles op. Toen ging ik in mijn eentje naar buiten en liep naar het meer. Echo was in haar kamer en bewonderde al haar nieuwe kleren. Ze was zo opgewonden als elk jong meisje dat naar een nieuwe school gaat, of het nu een school voor gehandicapte kinderen was of niet. Niemand hoefde me te vertellen dat ik al heel gauw minder belangrijk voor haar zou zijn. Daar was niks mis mee. Ze moest omgang hebben met haar leeftijdgenoten, vrienden met wie ze dingen gemeen had. Haar nieuwe leven stond op het punt om te beginnen.

Misschien dat van mij ook, dacht ik. De klokken van de toekomst leken een nieuwe fase in te luiden. Ik hoorde mevrouw Westington roepen op de veranda. Haastig liep ik terug naar het huis, bang dat er misschien iets mis was.

'Je zus is aan de telefoon,' zei ze.

'Mijn zus?' Ik holde naar binnen en pakte de telefoon op. 'Hallo, Brenda?'

'Hoi, April. Ik vlieg morgen naar San Francisco; ik ben er tegen elf uur. Ik heb drie uur overstaptijd en dan vlieg ik door naar Seattle.' Ze gaf me de naam van de luchtvaartmaatschappij en het vluchtnummer. 'We kunnen samen lunchen en praten. Als je dat nog wilt tenminste.'

'Ja, dat zou ik graag willen, Brenda. Hoe gaat het met je?'

'Ons team heeft maar één wedstrijd verloren. Ik heb een hoop interessante mensen leren kennen. De manier waarop ze de nadruk legde op *interessante* deed mijn hart even stilstaan. Bedoelde ze iemand in het bijzonder? 'En hoe is het jou vergaan?' vroeg ze.

Ze had geen idee waarom, maar haar vraag maakte me aan het lachen.

'Waarom lach je?'

'Ik zal het je vertellen als ik je zie. Maar nu gaat het goed met me, Brenda.'

'Oké.'

Ik vertelde haar over oom Palavers bezittingen en wat onze advocaat me had verteld over zijn nalatenschap.

'We krijgen wat geld, een erfenis.'

'We hebben alles wat we nodig hebben van de nalatenschap van mam en papa. Je bent weggelopen voordat ik daarop in kon gaan.'

'Ik vond dat toen niet belangrijk.'

'Je hebt de nodige middelen voor je universitaire opleiding. Je *wilt* toch gaan studeren, hè?'

'Absoluut,' antwoordde ik vastberaden.

'Goed. Tot morgen.'

'Oké,' zei ik, en slaakte een diepe zucht.

'En?' vroeg mevrouw Westington zodra ik terugkwam in de zitkamer.

'Ik weet het nog niet, mevrouw Westington.'

Ze knikte bedachtzaam. 'Je weet dat je hier altijd een thuis hebt,' zei ze. 'Hoe dan ook.'

'Dank u.'

Ik had nooit kunnen denken dat ik me zo zenuwachtig zou maken over een ontmoeting met mijn zus. Deels verlangde ik heel erg naar haar liefde en deels was ik nog steeds bang voor haar. Ik vreesde dat ze, als ze hoorde wat er met me gebeurd was, gewoon haar hoofd zou schudden en me, zoals ze vroeger zo vaak had gedaan, een hopeloos geval zou noemen, een loser, een dood gewicht dat ze mee moest torsen. Misschien waren we te verschillend om ooit goed met elkaar te kunnen opschieten. Ik wist dat ik slecht zou slapen die nacht in het vooruitzicht van die ontmoeting.

Mevrouw Westington had erop gestaan dat ik weer in Rhona's kamer trok. Ze had hem door Lourdes laten schoonmaken alsof er iemand met een besmettelijke ziekte in had geslapen. Hij was zo schoon dat hij als operatiekamer in een ziekenhuis gebruikt zou kunnen worden. Ik bleef zeggen dat het voldoende was, en mevrouw Westington bleef maar iets vinden dat nog gewassen of gepoetst moest worden. Zelfs Lourdes keek naar me alsof mevrouw Westington gek was geworden. Maar uiteindelijk stelde ik het heel erg op prijs.

Destiny zat in een stoel naast mijn bed en ik sliep heel kalm en rustig, tot de nacht voordat oom Palavers camper verkocht zou worden. En nu was ik bang dat ik weer de hele nacht zou liggen draaien en woelen.

'Hou toch op met dat gepieker,' zei ik via Destiny. 'Het gaat zoals het gaat.'

Eindelijk viel ik in slaap. Echo was heel nieuwsgierig en wilde weten waar ik naartoe ging en waarom zo vlak na het ontbijt. Toen ze hoorde dat ik een afspraak had met mijn zus, keek ze bezorgd. Zelfs al ging ze naar school, toch verkeerde ze nog steeds in de mening dat ik hier zou blijven bij haar oma. Noch mevrouw Westington, noch ik had de tijd genomen haar te vertellen dat ik hoogstwaarschijnlijk ook zou vertrekken.

Later kwam Echo op de veranda staan om me te zien wegrijden. Ze keek zo bedroefd, dat ik in de verleiding kwam niet te gaan. Ik gebaarde dat ik gauw terug zou zijn en ze glimlachte en zwaaide. Ik keek naar haar in mijn achteruitkijkspiegel en zag dat ze niet naar binnen zou gaan voordat ik om de bocht verdwenen was.

We moeten zo vaak afscheid nemen in ons leven, dacht ik. Afscheid natuurlijk van onze ouders en grootouders, afscheid van anderen die ons dierbaar zijn, maar ook afscheid van onszelf en speciaal van onze jeugd. Toen ik naar de luchthaven van San Francisco reed, voelde ik me ouder, bijna oorlogsmoe, een getekende oorlogsveteraan, gehard, cynischer misschien, maar een stuk zelfverzekerder. En dat viel Brenda onmiddellijk op.

Ze kwam uit de gate om me te begroeten en bleef even staan, knipperde met haar ogen, alsof ze zich ervan moest overtuigen dat ik het echt was, voor ze verder liep. Ze had haar rugzak om en droeg een kleine sporttas. Ook zij leek veranderd. Haar haar was op dezelfde manier geknipt en haar gewicht leek hetzelfde, maar ze was niet zo lang en intimiderend als ik me herinnerde. Misschien was ik, zonder het te beseffen, een aantal centimeters gegroeid.

Ik had mijn haar naar achteren geborsteld. Het was langer dan ze zich zou herinneren.

'Hoi,' zei ze.

Even wisten we geen van beiden goed wat we nu moesten doen. Elkaar omhelzen? Zij nam het initiatief, zette haar tas neer, en we sloegen onze armen om elkaar heen. Toen deed ze een stap achteruit.

'Je lijkt een paar kilo te zijn afgevallen.'

'Een paar, ja.'

Ze staarde me aan. 'Ik was vergeten hoeveel je op papa lijkt.'

'Dat heb ik nooit gedacht.'

'O, ja. Je hebt zijn ogen en neus. Ze zeggen dat je naarmate je ouder wordt steeds meer op je ouders gaat lijken. Waar kunnen we iets te eten krijgen? Ik rammel. Ik haat dat plastic eten in het vliegtuig.'

'Daar is een soort snackbar,' zei ik, naar rechts wijzend. Ze pakte haar tas op en we liepen in de richting van het restaurant. 'Was het een lange vlucht?'

'Lang genoeg. Ik heb in zoveel vliegtuigen gezeten, dat ik het ene toestel niet meer van het andere kan onderscheiden.'

We liepen het restaurant in en ik bestelde een salade en een fles water. Ze zei niets, maar ik betrapte haar erop dat ze naar me zat te kijken terwijl ik mijn keuze maakte uit het menu, precies zoals ze altijd had gedaan. Zij nam iets warms, sap, brood en een fruitdessert. We zaten aan een tafel in de verste hoek.

'Waar zullen we beginnen?' vroeg ze, boter op haar brood smerend. Ze keek op toen ik niet reageerde.

'Ik weet het niet. Waarschijnlijk met mijn ontmoeting met oom Palaver.'

Ze knikte. 'Goed. Ik wil het niet over Celia hebben.'

'Je hebt niets meer van haar gehoord sinds –'

'Nee. Dat is voorbij. Toe dan, vertel eens hoe het was om met hem rond te reizen, met hem op te treden.'

Ik beschreef het zo goed mogelijk. Ze at en luisterde, maar ik had het gevoel dat ze door mijn verhalen heen keek. Ze nam me zo aandachtig op. Toen ik oom Palaver en zijn Destiny beschreef, schudde ze haar hoofd.

'Daar heb ik me altijd over verbaasd. Hij nam haar nooit mee. Hij had altijd een of ander excuus. Wat triest voor hem. Waar is de pop?'

'Die heb ik nog. Die zal ik nooit wegdoen.'

'Ik snap het. En na zijn dood heeft die oude dame je gewoon in huis genomen om haar dove kleindochter gezelschap te houden?'

'Ja. Mevrouw Westington.'

'En, hoe was het om daar te wonen?'

Ik praatte zo lang en enthousiast over Trevor, Echo, Tyler en mevrouw Westington, dat Brenda het verbaasd aanhoorde. Ze glimlachte en knikte, maar toen ik begon over Rhona en Skeeter versomberde haar gezicht. Ik vertelde haar wat ze met mij en Echo hadden gedaan, over hun arrestatie en komende processen.

'Ik moet natuurlijk getuigen.'

'En dat alles is jou overkomen?'

'Ja, en Echo.'

'Heeft hij je daadwerkelijk verkracht?'

'Bijna. Maar er zijn behalve dat genoeg aanklachten tegen hem om hem een heel lange tijd achter de tralies te houden.'

Ze wendde haar blik af en haalde diep adem. Ik wist het niet zeker, maar het leek of ze haar tranen moest bedwingen.

'Ik voelde me ellendig die dag toen je wegliep en niet om de reden die je denkt. Ik wist dat mam gewild zou hebben dat ik voor je zorgde, en papa verwachtte het. Ik heb je volkomen aan jezelf overgelaten.'

'Nee, Brenda, dat heb je niet. Ik was bij oom Palaver.'

'Hij heeft je ook alleen gelaten. Je was bij vreemden.'

'Niet lang. Ze zijn familie van me geworden.'

Ze kromp even ineen. 'Dat is fijn.' Ze prikte even rond in de restanten van haar maaltijd. Ik maakte gebruik van haar zwijgen om wat van mijn salade te eten. Met gebogen hoofd ging ze verder. 'Ik heb een grote fout begaan met jou, April. Ik had eerlijker en openhartiger moeten zijn over mijn seksualiteit.'

'Nee, je –'

'Ja, dat had ik wél moeten zijn. Al toen we nog op school waren. Ik had je in vertrouwen moeten nemen. Ik weet hoe verwarrend het voor je geweest moet zijn toen het voor het eerst tot je doordrong, en wat een impact het gehad moet hebben op je eigen identiteit. Het is heel belangrijk om je op je gemak te voelen met jezelf, met je eigen seksualiteit, wat die ook mag zijn.'

'Ik geloof dat ik dat ook doe. Nu wel.'

'Goed, maar ik heb je laten modderen in al die… misvormende verwarring. Het spijt me. Ik ging te veel op in mezelf.'

'Ik neem jou niks kwalijk, Brenda.'

'Dat zou je wel moeten doen, maar oké, ik ben blij dat je het niet doet. En wat wil je nu doen? Kom je bij mij wonen in Seattle?'

'Zal ik je niet in de weg lopen?'

'Nooit. Maar ik zal je niet voor de gek houden. Ik ben weer samen met iemand, iemand die niet zo in zichzelf opgaat als Celia. Ze is de assistente van de coach, en ik weet zeker dat je haar aardig zult vinden. Als vrienden,' ging ze snel verder. 'We hebben een huis met vier slaapkamers en een grote tuin en een werkkamer waar je je huiswerk kunt maken. Je moet je laatste schooljaar nog afmaken, hè?'

'Ja. Ik had een vervangend eindexamen willen doen, maar ik denk dat ik toch liever een deel van het jaar nog gewoon naar school ga.'

'Mooi zo.' Ze keek op haar horloge en zocht toen in haar sporttas. 'Hier is alle informatie die je nodig hebt om te weten hoe je me kunt bereiken. Kom zo gauw je kunt. Ik zal uitkijken naar een school en alles voor je regelen. Kun je daar meteen naartoe?'

'Ja.'

'Veel kan ik je niet bieden, vrees ik, we hebben alleen elkaar nog.'

'We hebben heel wat meer dan de meeste mensen. Dat heb ik wel geleerd,' zei ik. Ze glimlachte.

'Je bent erg volwassen geworden, April. Dat is duidelijk. Je bent snel opgegroeid, voornamelijk omdat je wel moest. Ik hoop dat je onderweg niets belangrijks gemist hebt.'

'Dat hebben we allemaal, Brenda, maar ik zal het inhalen.'

Ze leunde met haar hoofd achterover. 'Van wie heb je al die wijsheid?'

'Een oude dame, die put uit haar bron van ervaring en me het een en ander daarvan aanreikt.'

'Ik zal haar echt eens moeten ontmoeten.'

'Ik hoop dat je dat op een dag zult doen.'

Ze stond op. 'Ik moet mijn vliegtuig halen.'

'Natuurlijk.'

Links van me zag ik een vrouw die in gebarentaal sprak tegen een klein meisje. Brenda zag waar ik naar keek.

'Wat vertelt ze haar?'

'Dat ze niet bang moet zijn. Ze belooft dat ze dicht bij haar zal blijven. Waarschijnlijk is het haar eerste vlucht.'

'Heb je dat allemaal begrepen?'

'Stukjes en beetjes, genoeg om het uit te kunnen puzzelen.'

'Misschien heb je je loopbaan gevonden,' zei Brenda met een bewonderende blik.

Ik haalde mijn schouders op. 'Misschien. Wat ik wél heb geleerd is dat mensen met een goed gehoor niet altijd zo goed naar elkaar luisteren als mensen die niets kunnen horen.'

Ze hield haar hoofd schuin. 'Ja, die oude dame wil ik graag leren kennen.'

'Ik zal het regelen,' riep ik haar na. 'Maar je kunt haar beter geen oude dame noemen.'

Ze draaide zich lachend om en op dat moment zag ik mijn vader en moeder naast haar staan, met diezelfde lach op hun gezicht, en ik herinnerde me wat mevrouw Westington me had verteld dat geliefde mensen die zijn heengegaan, nog over je kunnen waken. 'Ze doen hun best om over ons te waken en ons naar het geluk te leiden.'

Waarom zou dat niet waar kunnen zijn? dacht ik.

Epiloog

Ik had gemengde gevoelens ten aanzien van het rekken van mijn verblijf tot ik Echo zou kunnen vergezellen naar haar school. Ik kon merken hoe verscheurd ze zich voelde, achteromkijkend naar ons en dan weer naar de school en de beloftes die hij voor haar belichaamde. Ze knuffelde me en hield me vast alsof ze geloofde dat ze me nooit meer zou zien. Ik beloofde dat ik terug zou komen, legde uit dat ik in ieder geval al terug zou zijn voor de komende rechtszaken.

Tyler kwam het gebouw uit, liep met haar mee naar binnen en hielp haar zich te installeren. Het maakte duidelijk een enorm verschil. Toen ze in haar kamer was liepen hij en ik terug naar het parkeerterrein, terwijl mevrouw Westington bij Echo bleef om haar te helpen met uitpakken.

'Ze zal het hier naar haar zin hebben,' zei hij.

'Dat weet ik. Maar het is moeilijk voor mevrouw Westington. Het is of je kind voor het eerst naar school gaat.'

'Ja, feitelijk is het ook haar eerste schooldag. Dus je gaat naar Seattle?'

'Ja. Mijn zus zal me daar op een school inschrijven. Bedankt dat je me geholpen hebt met de voorbereidingen voor het vervangende eindexamen. Het zal me beslist goed van pas komen als ik weer echt naar school ga.'

'O, zeker. Je zult een goede leerlinge zijn,' zei hij, terugvallend in zijn koele, beoordelende toon. Hij besefte het onmiddellijk en glimlachte. 'Schrijf me een regeltje als je kunt, om me te laten weten hoe het met je gaat.'

'Ik zal het doen, en schrijf dan ook terug.'

'Reken maar. Ik zal mevrouw Westington ook in het oog houden,' zei hij toen we op de parkeerplaats stonden. Trevor zat te wachten in de auto; mevrouw Westington was nog niet naar buiten gekomen.

'Dat zou ik heel prettig vinden.'

Hij dacht even na en draaide zich toen naar me om. 'Hoor eens, April, het spijt me heel erg van –'

'Niet doen. Laten we net doen of het nooit gebeurd is, oké? Ik kom terug en dan zal ik veranderd zijn en jij zult veranderd zijn en dan zien we wel wat dat voor ons betekent.'

Hij glimlachte. 'Uitstekend. Doe Destiny de groeten van me, wil je?'

'Je weet dat ik dat wil,' zei ik en hij moest lachen. Hij wilde teruglopen naar het gebouw, bleef staan, pakte mijn hand weer vast om me naar zich toe te trekken en zoende me.

'Dag,' fluisterde hij, en liep toen terug. Ik keek hem na tot hij binnen was. Trevor had alles gezien, maar zei niets. Even later kwam mevrouw Westington tevoorschijn en hij stapte uit om het portier voor haar open te houden. Ze foeterde hem uit.

'Ik heb geen chauffeur nodig,' snauwde ze. 'Ik ben Miss Daisy niet.'

Hij schudde zijn hoofd en ging achter het stuur zitten. Op weg naar huis was mevrouw Westington opvallend zwijgzaam. Trevor en ik praatten aan één stuk door, om geen lange momenten van stilte te laten vallen.

Toen we aankwamen, wankelde ze iets meer dan anders bij het uitstappen. 'Ik begin mijn leeftijd te voelen,' merkte ze op. 'Ik denk dat ik wat gas terug zal moeten nemen.'

'Wat hebt u me eens verteld? Als je aan slechte dingen denkt, gebeuren er slechte dingen. Geef geen goede raad als u die zelf niet opvolgt,' vermaande ik, en ze begon te lachen.

'Moet je eens zien wat ik op de wereld heb losgelaten, Trevor,' zei ze.

'Ja, mevrouw. U hebt het goed gedaan.'

Ze knikte en keek toen achterom in de richting van de school. 'Ik hoop dat ze niet bang is vannacht.'

'Ik heb haar Mr. Panda gegeven. Die ligt vannacht naast haar,' zei ik.

Ze trok haar wenkbrauwen op, alsof ze van plan was de draak ermee te steken, maar knikte toen slechts. 'Dat zal waarschijnlijk wel helpen,' gaf ze toe, en we gingen naar binnen.

Ik moest mijn spullen bijeenzoeken. Brenda had gebeld om te zeggen dat alles klaar was in het nieuwe huis en me te vertellen hoe ik moest rijden. Veel had ik niet. Trevor zette een paar van de dozen met oom Palavers eigendommen in de kofferbak en op de achterbank naast Destiny.

'Je zult wel de aandacht trekken als je met die pop in je auto rijdt,' zei hij. 'Maar aan de andere kant moet je heel dichtbij komen om te zien dat het een pop is.'

'Als je heel dichtbij komt, besef je dat het niet zomaar een gewone pop is,' zei ik. Hij glimlachte.

'Mijn overgrootmoeder had een magische pop; ze had iets met voodoo te maken. Ik zeg het nooit tegen mevrouw Westington. Ze lacht me uit om mijn zogenaamde bijgeloof. Ik zet ook een doos wijn in je auto. Misschien houden je zus en haar vrienden ervan.'

'Reken maar. Dank je, Trevor.'

Ik keek naar het huis. Afscheid nemen van mevrouw Westington zou moeilijk worden, zelfs met de belofte dat ik gauw terug zou komen. Ze hield zich bezig in de keuken en deed net of er niets bijzonders was gebeurd of zou gebeuren.

'Ik heb een paar sandwiches voor je gemaakt,' zei ze toen ik in de keuken kwam. 'Ik wil niet dat je in een van die smerige, vervallen restaurants onderweg eet, waar de vrachtwagenchauffeurs komen.'

'Dank u,' zei ik en nam de plastic tas van haar aan.

'Weet je zeker dat je alles hebt?'

'Als ik iets vergeten heb, dan krijg ik dat wel als ik terugkom.'

'Natuurlijk,' zei ze.

'U weet dat ik terug moet komen.'

'Natuurlijk moet je dat.'

'U gaat toch niet ziek worden als ik er niet ben, hè?'

'Waarom vraag je dat?' zei ze verontwaardigd. 'Ik heb hier genoeg te doen om bezig en gezond te blijven. Wie heeft er nou tijd om ziek te worden? Ik kan niet op die man of die dienstmeid vertrouwen om alles piekfijn in orde te houden.'

'Oké. Ik wil u bedanken –'

'Hou op voor je begint,' zei ze op scherpe toon. 'Dat is iets voor vreemden, al dat bedankt voor dit en bedankt voor dat. Daar zijn wij overheen. Ga gewoon doen wat je moet doen en zorg dat je succes hebt. Dat is de manier om me te bedanken, kind.'

'Goed. Mag ik u een afscheidszoen geven?'

'Nee. Geef me gewoon een zoen en ga op weg en rij extra voorzichtig.'

'Jawel, mevrouw,' zei ik. Ik omhelsde haar. Ze voelde zo broos en klein en toch als een wereld vol liefde. Ik wilde haar niet loslaten, evenmin als Echo mij had willen loslaten. Maar ik deed het. En ik glimlachte, en ik huilde niet.

'Die meid is weer te laat,' mompelde ze en wendde zich haastig af. 'Ik snap niet waarom ik haar niet wegstuur.'

'Ja,' zei ik, alsof ik het al duizend keer gehoord had en nog eens duizend keer zou horen.

Langzaam liep ik naar buiten. Ik verwachtte niet dat ze me zou volgen en op de veranda naar me zou staan zwaaien. Trevor stond bij mijn auto en maakte de ramen schoon.

'Oké dan,' zei hij. 'Pas goed op jezelf, hoor je?'

'Ik zal het doen. En ik kom terug om je te helpen met de oogst.'

'Als je er maar aan denkt die druiven te behandelen als vloeibaar goud.'

'Ik zal eraan denken. Ik beloof het je. Zorg goed voor haar.' Ik omhelsde hem en ook hij bleef me lange tijd vasthouden.

'Voor haar zorgen?' zei hij toen ingestapt was. 'Weinig kans. Zij zal voor mij zorgen tot een van ons in de schaduw verdwijnt.'

'Hou die schaduw op een afstand.'

'Ja, dame.'

Hij deed een stap achteruit. Ik startte de motor, keek achterom naar Destiny, die me plotseling peinzend leek aan te staren. En toen reed ik weg, maar stopte even aan het eind van de oprijlaan om een laatste blik te werpen op het huis.

Ze stond achter het raam aan de voorkant naar me te kijken.

Ook al wilde ze het eigenlijk niet.

Ze was er en ze zou er altijd zijn.

Beste Virginia Andrews-lezer,

Als u op de hoogte wilt blijven van het boekennieuws rondom Virginia Andrews, dan kunt u een e-mail met uw naam sturen naar *info@defonteinbaarn.nl* o.v.v. Virginia Andrews (uw gegevens worden uitsluitend voor deze mailinglijst gebruikt). Uitgeverij De Kern organiseert regelmatig kortingsacties en prijsvragen waaraan u kunt meedoen.

Met vriendelijke groet,
Uitgeverij De Kern

April is het eerste deel van de *Schaduw-serie* van de succesvolle schrijfster Virginia Andrews.

April voelde zich altijd al een buitenstaander. Brenda Taylor – het oudere zusje van April – is lang, slank en zeker van zichzelf. April zelf is klein, gevoelig en kan lang niet zo goed tegen haar vaders kritiek als Brenda.
Haar vader was eens een liefdevolle man, maar nu is hij veranderd in een kil monster. April weet niet waardoor, maar ze weet zeker dat het met haar te maken heeft. Ook ziet ze wat zijn gruwelijke gedrag doet met haar zachtaardige moeder.
Maar het geluk lijkt haar weer toe te lachen wanneer Brenda een nieuwe studievriendin mee naar huis neemt: de mooie en betoverende Celia…

Enkele lezersreacties op www.amazon.com:

'*April* is wéér een absolute must!'*****

'Spannend, maar ook met gevoel geschreven. Lezen!'****

Gebonden, 320 blz.
ISBN 978 90 325 1072 5

De Dollanganger-serie begint met *Bloemen op zolder,* waarin vier kinderen 'voor een paar dagen' worden opgesloten op de zolder van een riant landhuis, zodat hun moeder een enorme erfenis in de wacht kan slepen. Wat volgt is het huiveringwekkende verhaal van de familie Foxworth, waarin ondanks obsessies en wraak toch plaats is voor hartstocht en geluk.

De Casteel-serie vertelt hoe een vloek de familie Casteel in zijn greep houdt, en hoe de mooie, jonge vrouw Heaven Leigh verstrikt raakt in een web van duistere geheimen, wreed bedrog en verborgen hartstochten.

De Dawn-serie vertelt hoe een onverklaarbaar onheil de mooie jonge vrouw Dawn en haar familie in zijn greep houdt, en hoe het leven van Dawn en haar dochter steeds maar verstoord blijft.

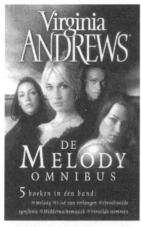

De Melody-serie gaat over de familie Logan. Rouwend om het verlies van haar vader, wordt Melody door haar moeder achtergelaten bij haar familie. Als haar neef Cary een schokkend geheim onthult, wordt Melody meegezogen in een draaikolk van leugens en mysteries.

De Weeskinderen-serie vertelt het meeslepende verhaal van vier jonge meisjes die op tragische wijze wees zijn geworden en hunkeren naar de onvoorwaardelijke liefde die alleen familie kan geven.

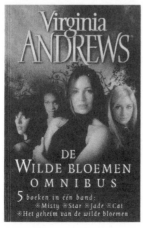

De Wilde bloemen-serie vertelt het huiveringwekkende verhaal van vier meisjes, Misty, Star, Jade en Cat, eenzame zielen, kinderen van gescheiden ouders die alle vier een groot, duister geheim met zich meedragen.

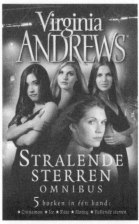

De Stralende sterren-serie gaat over de vier meiden Cinnamon, Ice, Rose en Honey. Allemaal hebben ze een groot talent, en allemaal moeten ze vluchten uit hun dagelijkse leven. Als ze elkaar ontmoeten, sluiten ze vriendschap, maar het dreigende gevoel blijft hen achtervolgen.

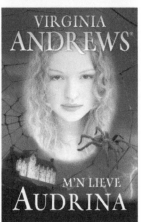

Audrina Adare is mooi en verstandig, en verliefd op Arden, volgens haar vader een jongen beneden haar stand. Maar zijn motieven om Audrina bij Arden weg te houden, zijn niet zuiver…
Het boek *M'n lieve Audrina* is een 'losse' titel. Veel fans beschouwen dit als een van de beste, meest beklemmende boeken van Virginia Andrews.

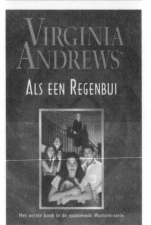

De Hudson-serie vertelt het aangrijpende verhaal van Rain Arnold, die opgroeit in een getto. Als ze getuige is van een hartverscheurende onthulling, verandert haar leven voorgoed. Ze moet gaan wonen bij de rijke familie Hudson.
Deze serie omvat de delen *Als een regenbui, Een bliksemflits, Het oog van de storm* en *Voorbij de regenboog.*

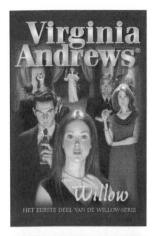

De Willow-serie omvat de delen: *Willow, Verdorven woud, Verwrongen wortels, Diep in het woud* en *Verborgen blad.*
Willow De Beers droomt van rijkdom, grootse feesten en beroemd worden. Maar wanneer ze het dagboek van haar adoptievader leest, ontdekt ze dat ze haar leven kan veranderen. Ze gaat op zoek naar haar echte familie in de glamour van Palm Beach, maar die verbergt een duister geheim.

De Gebroken vleugels-serie gaat over Robin, Teal en Phoebe, drie meiden met ieder een heel verschillende achtergrond, maar met één ding gemeen: ze zijn *born to be wild*!
Deze serie omvat de delen *Gebroken vleugels* en *Vlucht in de nacht.*

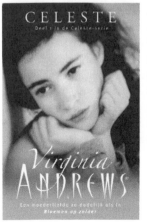

De Celeste-serie omvat de delen *Celeste, Zwarte kat* en *Kind van de duisternis.*
Celeste en haar tweelingbroer Noble zijn onafscheidelijk, tot Noble door een tragisch ongeluk om het leven komt. Hun bijgelovige moeder kan dit verlies niet verdragen, en in een wanhopige poging om haar zoon terug te krijgen, dwingt ze Celeste voortaan als Noble door het leven te gaan.